KB264056

일타강사 백사부

일편강사
벽사벽

5권

간짜장 지음

arte POP

목차

199화

명성을 떨치는 방법

백무흔이 돌아간 후, 백수룡은 한동안 평범하게 반복되는 일상을 보냈다.

우선 새벽에 일어나서, 백룡장에 머무는 제자들과 함께 가볍게(?) 새벽 수련을 하고.

"끄허어억!"

"사, 살려 줘……."

"젠장. 그때 못 때린 게 천추의 한이다, 진짜!"

"배우는 건 우리인데 왜 선생님이 제일 강해지는 거냐고……."

새벽 수련이 끝난 후에는 청룡학관으로 출근, 소속인 생활지도부로 건물로 향했다.

"왔느냐."

오전 업무는 주로 매극렴과 함께 학관을 순찰하는 것.

두 사람은 학관 내에서 금지된 음주, 흡연, 불순 이성 교제를 하는 불량학생들의 단속에 나섰다.

"히이이익!"

"학주다! 튀어!"

무공이 강해지면서 백수룡의 기감은 한층 넓어졌고, 이는 청룡학관의 불량학생들에게 재앙이었다.

"사, 살려 주세요!"

"젠장! 여긴 학주한테도 안 걸렸던 곳인데!"

한층 예민해진 기감으로 학관 곳곳에 숨은 바퀴벌레들을 모조리 찾아내 박멸했다.

도망? 어림도 없었다.

도망치려다 제압당한 불량학생들은 눈탱이가 밤탱이가 되도록 처맞거나, 악명이 자자한 매극렴과의 개인 면담이 기다리고 있었다.

"네 덕에 요즘 일이 편하구나."

매극렴은 손자의 활약에 만족한 눈치였다.

실제로 백수룡이 온 이후, 문제를 일으키는 학생의 수가 빠르게 감소하고 있었다.

덕분에 처음에는 없던 여유 시간도 생겼다.

"오후에는 나 혼자 순찰을 돌 것이니, 너는 네 할 일을 하거라."

"예."

점심 식사 이후에는 주로 〈사파 무공의 이해와 실전 대비〉 수업 준비를 했다.

아직 맡은 수업이 하나뿐이었기에, 백수룡은 그 최대한 꼼꼼하게 수업을 준비했다.

〈사파 무공의 이해와 실전 대비〉는 철저하게 실전적인 수업이었으므로, 그는 보조강사도 적극적으로 활용했다.

"오늘은 독에 당했을 때 대처하는 방법을 배울 거랍니다. 호호호. 걱정하지 마세요. 즉사하는 독은 안 가져왔으니까요."

"꺼어어억!"

독이 필요하면 당소소를 불러서 강의실에 독을 풀게 했고.

"칼침? 이쁘게 놔줄 수 있는데. 어떤 새끼가 먼저 맞아 볼래?"

"……."

사파 특유의 분위기가 필요할 땐 갱생문에 있는 인상 험악한 애들을 데려와 혀로 칼날을 핥게 했으며,

"……오늘은 내가 만난 연쇄살인범에 대해 이야기해 주지. 때는 삼 년 전. 열 살 이하의 어린아이들이 사라지기 시작했다……."

"꿀꺽……."

한 번씩은 청천을 불러다가 실감 나는 경험담을 풀게 해, 사파의 마두들이 얼마나 잔인하고 교활한지 설명하면서 학생들이 경각심을 가지도록 했다.

"수고하셨습니다!"

수업이 끝난 후에는 생활지도부로 돌아와 서류 업무를 보거나, 개인적으로 찾아온 학생들의 무공을 봐주었다.

처음에는 아무도 개인적으로 백수룡을 찾아와 따로 무공을 배우려고 하지 않았다.

하지만.

"선생님. 지도 대련을 부탁드립니다."

학생회장 독고준이 찾아오기 시작한 후로는 하나둘 백수룡을 찾아오는 학생이 늘었다.

"독고준. 몇 번이나 말했지만, 무식하게 정면승부만 고집한다고 강검이 아니다."

"유이란. 검초에서 조급함이 느껴진다. 다시 한번 해 보도록."

"……당소소. 왜 또 왔지?"

그렇게 백수룡은 충실한 하루를 보내고 거의 밤늦게 퇴근을 했는데, 퇴근길에 야근 중독자인 남궁수와 종종 마주쳤다.

“…….”

“…….”

딱히 친한 사이도 아니어서 처음에는 눈인사만 하고 각자 갈 길을 갔지만, 간혹 오늘처럼 남궁수가 혼잣말 비슷하게 말을 걸어올 때가 있었다.

“훌륭한 자세다.”

“……뭐가?”

“모자란 능력을 야근으로 채우는 것. 그 정신력을 칭찬하지.”

“뭐래. 미친놈이. 야근은 네가 학관에서 제일 많이 하는데. 그럼 네가 능력이 제일 모자라냐?”

“나는 업무가 과중하다. 물리적으로 시간이 부족하지.”

“아이고. 그러시겠지요.”

짧은 동행은 청룡학관 정문을 나설 때까지만 이어졌다. 그 앞에서 반대 방향으로 길이 나뉜 것이다.

“조만간…….”

“조만간 뭐?”

남궁수는 무언가를 말하려다가, 이내 고개를 저었다.

“아니다. 아직 확실한 것은 아니니, 직접 보는 게 낫겠지.”

“뭔 소리야? 야. 야!”

남궁수 끝내 대답하지 않고 돌아섰다.

“저거 나 찜찜하라고 일부러 말하다 만 거 아니야?”

백수룡은 남궁수의 뒤통수에 대고 주먹감자를 먹여 준 후, 몸을 돌려 백룡장으로 향했다.

하지만 집에 왔다고 하루의 일과가 끝난 것이 아니었다.

이제 제자들의 저녁 수련을 도와줄 시간이었다.

끼이이익.

백룡장의 문을 열어젖힌 백수룡은 마당에서 훈련 중이던 제자들을 향해 사악하게(본인은 활짝이라고 표현하는) 웃었다.

"애들아. 나 왔다."

"히익!"

수련이 끝나면 푹 자면서 휴식을 취할 것이기에, 새벽 수련보다는 저녁 수련의 강도가 조금 더 높았다.

물론 백수룡은 입장에서나 '조금'이었다.

당하는 입장에서는 절로 곡소리가 날 지경이었다.

"끄허어어어억!"

"자, 잘못했어요! 뭔지 몰라도 제가 다 잘못했어요!"

"그러니까 내가 그때 기습하자고 했잖아!"

"엄마…… 아빠…… 헤헤. 다시 뵈니 너무 기뻐요……."

"정신 차려! 너네 엄마, 아빠 돌아가셨어!"

덕분에 백룡장에는 비명이 가실 날이 없었지만, 그만큼 제자들의 무공은 하루가 다르게 성장하고 있었다.

백수룡은 공식적인 일과로도 하루가 꽉 차 있는 것처럼 보였지만.

사실 그는 비공식적으로도 꽤 바빴다.

[최근 혈교의 것으로 짐작되는 무공의 흔적이 중원 곳곳에서 발견되고 있음. 자세한 정보를 얻고 싶다면 본문의 비밀지부로 찾아올 것.]

하오문에서 인편으로 보내 온 짧은 서찰.

그 내용을 확인한 백수룡의 표정이 살짝 굳었다.

그가 낮게 중얼거렸다.

"슬슬 본격적으로 움직이기 시작하려는 건가?"

혈교의 준동은 거의 확정된 미래나 다름이 없었다.

더 이상 그 힘을 숨기지 못해 밖으로 흘러나오는 수준에 이르렀으니.

무림맹도 혈교의 움직임에 촉각을 곤두세우고 있었다.

백수룡은 곰곰이 생각에 잠겼다.

'앞으로 시간이 얼마나 남아 있을까. 삼 년? 이 년?'

백수룡은 최대 삼 년, 아마도 그 전에 혈교가 다시 세상에 모습을 드러내리라고 예상했다.

놈들이 '우리가 부활했다!' 하고 얌전히 있을 리 없으니, 혈교의 등장과 동시에 무림은 전쟁의 화마에 휩싸인다고 봐야 한다.

'그 전에 대비해야 해.'

이미 나름대로 준비를 하는 중이었다.

악인곡에 다녀온 후 금룡상단을 통해 벽안귀와 꾸준히 연락을 주고받고 있었고, 갱생문에도 가끔 들러 철두를 비롯한 문도들의 무공을 봐주었다.

당장은 미약하지만, 일 년만 지나도 두 세력은 몰라보게 성장할 것이다.

'하지만 턱없이 부족해. 적은 피해로 전쟁에서 이기려면, 훨씬 더 많은 고수가 필요해.'

백수룡이 매일 학생들을 닦달해 무공을 가르치는 이유도, 더 이상 천무제 때문만은 아니었다.

혈교와 전쟁이 벌어지면 그의 제자들도 휩쓸릴 것이다.

어리다고 해서, 미래가 기대되는 후기지수라고 해서 적의 칼날이 비켜 나가진 않는다.

'너희들은 지금보다 훨씬 강해져야 한다.'

백수룡은 제자들이 자고 있는 방 쪽으로 시선을 돌렸다.

쿠울…….

곤히 잠든 제자들의 숨소리, 코 고는 소리, 몸을 뒤척이는 소리가 들려왔다.

제자들이 전쟁에 나가서 큰 활약을 하길 바라는 것이 아니었다.

다만, 살아남을 정도로는 강해지길 바랐다.

언제까지 자신이 옆에서 지켜 줄 수는 없으니 말이다.

'내 영향력도 키워야겠지.'

전쟁은 혼자서 하는 것이 아니다.

필시 무림맹이 전쟁을 주도하게 될 텐데, 그때 목소리를 내려면 명성과 영향력이 필요했다.

다행히 최근 청룡신협이라는 별호를 얻으며 명성이 조금씩 붙고 있었지만, 아직 한참 부족했다.

'십대고수 정도의 명성은 되어야, 무림맹에 내 의견을 강하게 말할 수 있다.'

단순히 강해서만은 안 된다. 정파의 협객으로서 명성을 높여야 한다.

'그래야 무림맹 고위직에 있는 혈교의 간자들을 축출해 낼 수 있어.'

전쟁이 시작되기 전에 무림맹 내부부터 정리해야 전쟁의 피해가 줄어들 것이다.

머리가 아픈지 백수룡이 작게 한숨을 쉬었다.

"웬만하면 앞에 나서지 않으려고 했지만……."

백수룡은 혈교의 수법을 누구보다 잘 안다고 자부했다.

놈들은 완벽하게 준비가 되었을 때 전쟁을 시작할 것이다. 그때 대처하면 너무 늦는다.

그 전에 하나씩 혈교가 준비한 계획들을 무너뜨리고, 약점을 찾아내 물고 늘어져야 한다.

그러려면 역시…….

"여론을 움직일 정도의 명성이 필요해."

지금까지 백수룡은 무인으로서 명성을 떨치고 싶다고 생각해 본 바가 없었다.

오히려 명성이 높아지면 적만 많아진다고 생각했다.

그 생각은 지금도 마찬가지였다.

하지만 혈교를 상대로 전쟁에서 싸워 이기려면, 지금껏 원치 않았던 명성이 필요했다.

"명성, 명성이라……."

그의 머릿속에서 여러 가지 계획이 떠올랐다가 수정되고, 폐기되고, 다시 떠오르기를 반복했다.

무림인이 명성을 쌓는 방법은 가장 쉬운 방법은 누가 뭐래도 강한 무공이다.

그리고 무공을 증명하는 방법은 싸워서 증명하는 것이 가장 확실하다.

하지만, 그렇다고 아무나 붙잡고 싸움을 걸면?

자칫 잘못하면 무림공적이 되기 십상이다.

아니면 무공만 세고 예의가 없다며 뒤에서 수군거리겠지.

생각하면 웃긴 일이지만, 정파는 그렇다.

'정파의 존경받는 협객이 되려면 그런 단순한 방법으론 안 돼.'

차라리 밖에 나가서 무림공적이라도 찾아 죽일까? 혈수귀옹을 죽였을 때처럼?

무림공적을 찾기도 쉽지 않을뿐더러, 그 행동 자체가 매우 부자연스럽고 어색하다.

게다가 갑자기 학관을 내팽개쳐 두고 밖에 나갈 핑계는 뭐라도 댈 것인가?

'아예 외부 실습 수업을 핑계로 나갔다 올까?'

"으음…….”

순간 그것도 나쁘지 않다는 생각이 들었으나, 백수룡은 이내 고개를 저었다.

"멀리 갈 수가 없어. 동네 뒷산 정도 가 봤자 무림공적이 있을 리도 없고…… 끄응.”

백수룡은 팔짱을 낀 채로 오래도록 생각에 잠겼다.

늦은 밤이었지만 피로를 느끼지는 않았다.

무공의 성취가 높아진 덕에, 최근에는 하루에 한 시간만 자도 충분했다.

다만 아무리 고민해 봐도 뾰족한 답이 나오지 않아 답답할 뿐이었다.

"……나중에 더 생각해 봐야겠군.”

결국, 백수룡은 고민을 한쪽으로 미뤄 놓았다.

그것 외에도 곧 다가올 중간고사 등 생각할 것이 많았으니까.

그리고 다음 날.

평소와 다름없이 제자들을 반쯤 다져 놓고 출근한 백수룡은, 청룡학관 정문에 붙은 대자보를 보고 멈춰 섰다.

"이건…….”

대자보는 두 장이었는데, 그중 하나가 백수룡의 시선을 사로잡았다.

신입 강사 연수 참가자 모집

올해 본 학관에 입사한 신입 강사를 대상으로 아래와 같이 연수를 실시합니다.

일시 : 중간고사 종료 후(추후 결정)

장소 : 안휘성 남궁세가

대상 : 오대학관 신입 강사 중 지원자에 한함

오대학관의 미래를 이끌어갈 신입 강사들의 역량 강화 및 교류를 목적으로 한 신입 강사 연수를 준비했습니다. 신입 강사 여러분의 많은 참여를 바랍니다.

“다행히 허락이 떨어졌군.”

남궁수가 옆에 나타난 것은 그때였다. 돌아보니 평소보다 입꼬리가 조금 올라간 모습이었다.

“놀랐나?”

“어제 말하려다 만 게 이거였나?”

고개를 끄덕인 남궁수는 드물게 말을 많이 했다. 마치 백수룡을 설득하려는 것 같았다.

“본가는 학관업의 정점에 있다. 신진교육법을 익히고 인맥을 만들기에 이보다 좋은 장소도 없지. 너에게는 큰 기회다. 마침 기간도 중간고사 이후이니…….”

“당연히 가야지.”

바로 나온 대답에, 남궁수는 ‘이렇게 쉽게?’라는 표정으로 말했다.

“……의외로군. 남에게 배울 것이 없다고 거절할 줄 알았는데.”

그 순간, 백수룡의 입가에 의미심장한 미소가 맺혔다. 그가 천연덕스럽게 말했다.

“무슨 소리야. 내가 이런 기회를 얼마나 간절히 원했는데.”

하지만 남궁수가 생각했던 대로, 백수룡은 신입 강사 연수 자체에 관심이 있는 것이 아니었다.

‘신진교육법 따위는 관심 없지만…….’

바로 장소가 오대세가의 수좌인 남궁세가였다.

천하에 이름난 고수들, 유명한 강사들이 모여들 것이 분명했다.

명성을 떨치기에 그보다 좋은 장소도 없었다.

무인으로서도, 선생으로서도 말이다.

200화

사천왕이다

점심시간.

백수룡이 식당에 들어서자, 한쪽에서 먼저 자리를 맡아 두고 있던 악연호와 명일오가 손을 열심히 흔들었다.

"형님! 형님! 이쪽이에요!"

"여깁니다! 빨리 오십시오!"

"부끄러워……."

그들 옆에 앉아 있던 제갈소영은 모여드는 주변의 시선이 부끄러운지, 손바닥으로 얼굴을 반쯤 가리고 있었다.

백수룡은 식판을 들고 그들 건너편에 앉았다.

"오늘따라 왜 이렇게 호들갑이야?"

백수룡은 두 사람이 이러는 이유를 짐작하고 있었지만, 짐짓 모르는 척했다.

예상대로 두 남자가 흥분해서 말을 쏟아냈다.

"형님. 아침에 정문에 공고문 붙은 거 못 보셨어요?"

"남궁세가랍니다! 저희가 남궁세가에 간답니다! 신입 강사 연수로요!"

평소에는 둘 중 악연호가 더 수다스러운 편이지만, 오늘은 명일오가 더 난리였다.

명일오는 마치 소풍 가기 전날의 어린아이처럼 들뜬 표정으로 말을 쏟아냈다.

"다른 곳도 아닌 남궁세가란 말입니다! 저는 그렇게 엄청 큰 무가는 처음 가 봅니다!"

"명 형. 예전에 우리 가문에 와 봤다고 하지 않았어요?"

"어? 아, 아니 그게……. 아무튼 남궁세가는 처음이라 이거지."

뒤늦게 당황한 명일오가 어색하게 변명을 했다.

힐끗 장난스럽게 명일오를 째려본 악연호는 이내 피식 웃었다.

"하긴, 지금의 남궁세가는 명백히 천하제일 세가이니까요."

천하제일세가.

남궁세가는 수백 년에 달하는 유구한 역사를 자랑했고, 현재에 이르러서는 명백히 오대세가의 수좌로 인정받고 있었다.

혈교가 망한 후 빠르게 학관업에 뛰어든 것이 주효했다.

한순간에 주적을 잃은 정파무림이 그 힘을 주체하지 못하고 우왕좌왕하는 동안, 남궁세가는 가장 먼저 학관업에 뛰어들어 시장을 장악했다.

그리고 수십 년이 지난 현재.

남궁세가는 오대학관 전체에 일타강사를 둘 정도로 뛰어난 강사를 많이 배출했고, 방계들조차 온 천하로 퍼져 나가 남궁의 이름을 걸고 무관을 세웠다.

거미줄처럼 뻗어 나간 남궁세가의 인맥은 이제 천하를 아우를 정도였다.

명일오가 목소리를 낮추며 말했다.

"요즘에는 남궁세가의 눈 밖에 나면 학관 문도 못 연다는 말이 있을 정도입니다."

“뭐, 면접에서부터 남궁세가의 직계를 도발했던 누구도 있지만요.”

악연호가 피식 웃으며 백수룡을 바라보았다.

어느덧 몇 달 전이 된 입사 시험 때의 이야기.

명일오도 기억난다며 고개를 끄덕였다.

“그땐 정말 깜짝 놀랐지.”

“시골에서 상경한 촌뜨기가 남궁세가의 직계한테 시비를…….”

“됐어. 그만해.”

백수룡은 그만하라며 손을 휘휘 저었다. 그 입가에 은은한 미소가 맺혔다.

“뭘 또 새삼스럽게 내 얼굴에 금칠을 하고 그래.”

“칭찬 아니거든요?”

뭐든지 칭찬으로 듣는 그 뻔뻔함에, 동기들은 못 말린다며 고개를 저었다.

그때까지 조용히 있던 제갈소영이 한마디 했다.

“들기로는, 남궁수 선생님이 이번 연수를 추진하기 위해 힘을 많이 쓰셨다고 해요.”

입사 수석인 그녀는 일타강사인 남궁수를 사수로 두고 있었고, 덕분에 나날이 야근을 경험하며 눈 밑에 그늘이 짙어지는 중이었다.

“남궁수가?”

백수룡이 의아한 표정으로 물었다.

아침에 만났던 남궁수의 얼굴이 떠올랐다.

분명, 평소보다 입꼬리가 살짝 올라가 있었다.

“그게 사실은…….”

제갈소영은 주위를 슥 둘러보더니 목소리를 낮췄다. 거의 속삭이는 수준이었다.

“올해부터 청룡학관은 신입 강사 연수에서 제외될 예정이었대요.”

“뭐?”

“왜요?”

악연호와 명일오는 이해할 수 없다는 듯 황당하다는 표정을 지었지만, 백수룡은 그 의도를 단숨에 이해하고 미간을 찌푸렸다.

오대학관 신입 강사 연수에 청룡학관만 제외시키려 했던 이유.

“같이 놀기에는 우리가 수준이 떨어진다, 이건가?”

“설마요…….”

“에이…….”

하지만 말과 달리, 악연호와 명일오의 표정도 굳었다.

내년부터 청룡학관이 천무제에 초대받지 못할 거란 사실은 더 이상 비밀도 아니었다.

신입 강사 연수 제외는 그에 따른, 청룡학관 배제의 시작이었던 것이다.

한껏 들떴던 기분이 가라앉을 수밖에 없었다.

백수룡이 제갈소영에게 물었다.

“그래서 이번에 우리는 제외될 뻔했는데, 남궁수가 그걸 막았다는 거지?”

“네. 사무실로 남궁세가의 서찰이 여러 번 왔었어요. 그때마다 남궁 오라버니, 아니 선생님도 흥분해서 답장을 보냈고요.”

제갈소영은 남궁수와 같은 오대세가인 제갈세가 출신이었다.

덕분에 이런저런 사정을 많이 알게 된 듯했다.

그녀는 조금 화가 난 표정으로 말했다.

“저희를 제외하려는 명분은 위험하다는 거였대요.”

“……위험해?”

“신입 강사 연수에서 매해 싸움이 있었나 봐요. 처음에는 각자의 교육관을 두고 싸우다가 감정이 격해져서 비무가 벌어지고, 그러다 부상자가 나오면서 학관 간에 감정의 골이 생기고…….”

“그런데 왜 우리만 제외야?”

제갈소영은 잠시 머뭇거리다가 대답했다.

“청룡학관 신입 강사는 항상 다른 학관들의 표적이었대요. 연수 성적도 좋지 않았고요.”

남궁수 선생님이 연수에 갔을 때는 예외였지만…….

제갈소영은 뒷말을 중얼거리며 동기들의 눈치를 보았다.

“…….”

“…….”

악연호와 명일오의 표정이 이제는 완전히 굳어 있었다.

더 이상 마냥 좋아할 수는 없었다.

신입 강사 연수에 가는 순간, 다수의 표적이 된다는 이야기였으니까.

하지만.

“그러니까 말만 연수지, 강사들 간의 전쟁터라 이거네?”

백수룡의 입가에는 오히려 미소가 맺혔다.

그에겐 아주 마음에 드는 상황이었다.

안 그래도 남궁세가에서 어떻게 다른 놈들한테 싸움을 걸어야 하나 고민하고 있었는데.

“거기서 제일 만만한 게 우리라서, 알아서 시비를 걸어온다 이거지?”

“혀, 형님?”

“왜 또 그렇게 웃어요?”

백수룡의 불길한 미소에 악연호와 명일오가 뜨악한 표정을 지었다.

경험상 백수룡이 저런 미소를 지은 뒤에는, 항상 사고가 터졌던 것이다.

하지만 이번에는 제갈소영의 표정도 심상치 않았다.

“용서할 수 없어요.”

동기들에겐 차마 말하지 않았지만, 그녀는 우연히 남궁수가 남궁세가와 주고받은 서찰의 내용 일부를 보았다.

[신입 강사 연수에 참여시켜 달라? 청룡학관에 가더니 너도 그들처럼 수준이 떨어진 것이냐?]

힐끗 본 서찰에 적혀 있던 내용.
그들은 대놓고 남궁수를 조롱하며 무시하고 있었다.
청룡학관 출신이라는 이유 때문일 것이다.
'너무해.'
제갈소영은 개인적으로 남궁수를 그리 좋아하진 않았지만, 그가 얼마나 열심히 일하는지 누구보다 가까운 곳에서 지켜보았다.
남궁수는 절대로, 그런 식으로 무시당해도 될 사람이 아니었다.

[올해는 다릅니다. 청룡학관 신입 강사들은 연수에서 좋은 성적을 거둘 겁니다. 제 경력을 걸지요.]

그런 남궁수가 자신들을 믿어 주었다.
자신의 일타강사 경력을 걸고, 신입 강사 연수에 후배들을 보내 주었다.
"오라버니."
제갈소영은 백수룡을 바라봤다.
아마도 남궁수가 자신의 경력을 걸 수 있었던 이유.
"가서 다른 학관 놈들을 박살 내요. 우리가 얼마나 달라졌는지 보여 주자고요."
"당연하지."

제갈소영의 진지한 눈빛에, 백수룡도 진지하게 고개를 끄덕였다.

악연호와 명일오도 함께 고개를 끄덕였다.

"가서 본때를 보여 주죠."

"확실하게 준비해서 개망신을 시켜 줍시다."

청룡학관의 변화는 학생들에게만 찾아온 것이 아니다.

오대학관 중 가장 처진다는 평가.

그 수군거림 속에서 알게 모르게 자신감이 떨어져 있었던 강사들이, 최근 연이은 사건들을 겪으며 똘똘 뭉치기 시작했다.

그 중심에는 항상 백수룡이 있었다.

'좋군.'

백수룡은 달라진 자신의 동기들을 보며 흐뭇하게 웃었다.

벌써부터 다가올 신입 강사 연수가 기대됐다.

"하지만 그 전에, 중간고사부터 잘 마무리해야 하는 건 알지?"

"물론이죠."

백수룡의 말에 다들 고개를 끄덕였다.

신입 강사 연수는 오대학관의 첫 중간고사가 모두 끝난 후에야 정확한 일정이 잡힌다.

지금은 들뜬 마음을 가라앉히고, 다가올 중간고사에 집중해야 할 때였다.

"그래서 말인데……."

백수룡은 동기들을 둘러보며 의미심장한 미소를 지었다.

여기 있는 세 명에 한 명을 더해서, 자신을 제외하고 네 명이면 지금 구상한 계획에 딱 맞을 것 같았다.

"너희들, 중간고사에 나 좀 도와줄 수 있어?"

청룡학관에 입사한 후 첫 번째 중간고사.

백수룡은 누구보다 특별한 시험을 준비하고 있었다.

바야흐로 중간고사가 시작됐다.

"아니, 대체 뭘 배웠다고 중간고사야?"

헌원강은 투덜거리며 오늘의 마지막 시험 장소로 향했다.

그 옆에서 걷고 있던 거상웅이 혀를 차며 말했다.

"꼭 너처럼 공부 안 한 애들이 그런 말을 하더라."

"그러는 선배는 공부 좀 했어?"

"산은 산이요, 물은 물이로다……."

거상웅은 못 들은 척하며 손에 든 서책을 읽었다. 당장 며칠 후에 있는 교양 시험 범위였다.

"똑똑한 척은 다 하더니, 벼락치기 하는 건 똑같네."

"……똑같지는 않아. 그건 나에 대한 모독이라고."

"어쩌라고."

정색하는 거상웅에게서 고개를 돌린 헌원강이 이번에는 후배들을 바라봤다.

"너희는 공부 좀 했냐?"

"흐아아암……."

"아니오……."

야수혁과 위지천은 고개를 절레절레 저었고, 여민은 대답할 기운도 없다는 손을 휘휘 저었다.

다들 중간고사 기간에 벼락치기를 하느라 잠이 부족했다.

어쩐지 위로가 되는 후배들의 모습에 헌원강은 흐뭇하게 웃었다.

"하긴, 니들이 살면서 공부라는 걸 해 봤어야지."

"선배랑 똑같은 취급은 좀……."

"그래도 정도라는 게 있는데……."

“아니. 이것들이 왜 나만 바보 취급이야?”

“바보에도 급이 있지…….”

“뭐 인마?!”

항상 그렇듯, 다섯 명은 티격태격하며 시험 장소로 향했다.

발등에 불이 떨어진 제자들은 죽어라 공부했고, 덕분에 대부분의 교양·이론시험을 간신히 통과하는 기염을 토했다.

“그래도 이번 시험은 실전이라 다행이에요.”

위지천의 말에 다들 고개를 끄덕였다.

이번 과목은 그들이 가장 자신 있는 과목이었다.

시험 장소에 도착한 일행은 주위를 둘러봤다.

텅 빈 연무장이었다.

“선생님은 무슨 시험을 이렇게 야밤에 불러내서 본대?”

바로 〈사파 무공의 이해와 실전 대비〉 시험.

백수룡은 시험 시간을 다른 학생들이 모두 하관한 저녁으로 변경했고, 덕분에 이 넓은 청룡학관에는 몇 안 되는 학생들만 들어와 있었다.

불길한 상상을 한 헌원강이 몸을 부르르 떨며 중얼거렸다.

“오늘은 또 얼마나 두들겨 패려고 이 밤에…….”

“글쎄. 단순 대련은 아닐 것 같은데.”

“독고준!”

학생회장 독고준이 다른 학생들과 함께 나타났다.

그 걸음걸이가 꼿꼿하고 자연스럽게 명문가의 아들다운 기품이 흘렀다.

헌원강이 냉큼 가서 독고준과 똑바로 마주 서더니, 목소리를 낮게 깔았다.

“흠흠. 학생회장 왔나?”

“……뭐 하는 거지?”

"흠흠. 너도 회장. 나도 회장. 그러니까 이제 같은 위치라 이거지. 앞으로 잘 부탁한다, 이 말이야."

"……."

독고준은 한심하다는 표정으로 고개를 절레절레 저었다.

오늘 학생들이 모인 장소는 평소의 강의실이 아닌 중앙 연무장이었다.

열 명 남짓한 학생들이 모두 시험 장소에 도착하고 잠시 후, 어둠 속에서 익숙한 목소리가 들려왔다.

"반갑다."

목소리가 들려온 방향은 위쪽이었다. 학생들이 고개를 들자, 연무장을 내려다보는 건물 위에 백수룡이 서 있었다.

"시험을 시작하기 전에 우선 소개부터 하지."

딱.

백수룡이 손가락을 튕기자, 연무장의 동서남북 네 방향의 끝에서 가면을 쓴 괴한들이 흑의무복을 펄럭이며 내려섰다.

"오늘 너희의 시험을 도와줄 사천왕이다."

진지해야 할 순간이었지만, 사천왕들은 자신들의 소개가 부끄러운 듯 고개를 돌리며 헛기침을 했다.

"규칙은 간단하다."

백수룡은 개의치 않고 말을 이어 나갔다.

원래 이럴 때일수록 뻔뻔해야 하는 법이다.

"연무장 중앙에 목함이 있을 거다. 그 안에 너희의 이름이 적힌 명찰이 있다. 즉시 착용해라."

학생들이 목함에서 명찰을 꺼내 착용한 것을 확인한 백수룡이 말을 이었다.

"시험이 시작되면, 사천왕이 수단과 방법을 가리지 않고 너희의 명찰을 빼앗으려고 할 거다."

“두 시진 동안 명찰을 빼앗기지 않고 버티면 합격. 학관 내에서라면 도망 다니거나 숨어도 된다.”

“사천왕의 몸에 닿는 공격을 성공시키면 가산점.”

“사천왕의 가면을 벗기면 만점. 해당 학생은 바로 집에 가도 좋다. 질문 있나?”

학생 중 한 명이 손을 들고 물었다.

“선생님도 이 시험에 나서시나요?”

“아니. 나는 너희를 지켜보면서 채점만 할 거다. 없다고 생각해도 좋다.”

그 순간, 학생들의 눈이 반짝이기 시작했다.

백수룡이 직접 나서지 않는다고?

“좋아. 해 보자고! 가면 하나는 내 거다.”

헌원강이 어깨를 붕붕 돌리며 의욕적으로 앞으로 나섰다. 다른 학생들도 무기를 뽑아 들었다.

백수룡이 직접 나서지 않는다면 꽤나 할 만해 보였으니까.

백수룡이 피식 웃으며 말했다.

“이제 시작해도 좋다.”

“조져!”

성급하게 달려든 헌원강을 시작으로, 학생들이 사천왕을 노리고 둘 혹은 셋씩 흩어져 달려들었을 때였다.

“아, 깜빡하고 설명 안 한 게 있는데…….”

어둠 속 사천왕의 뒤편에서, 갱생문의 왈패들, 아니 문도들이 모습을 드러내기 시작했다. 그 숫자가 수십이 훌쩍 넘었다.

“뭐, 뭐야!”

당황해서 뒤로 물러나는 제자들에게, 백수룡이 어깨를 으쓱하며 말했다.

"사천왕에겐 그를 따르는 부하들이 꽤 많으니 주의하도록."
"진작 말했어야지!"
학생들의 비명과 함께, 난전이 시작됐다.

201화

정신 안 차리지?

학생들은 어둠 속에서 시작된 난전에 꽤나 당황했다.

하지만 크게 긴장한 기색은 아니었다.

"갑자기 이러는 게 어딨어요!"

"저희 내일 다른 시험도 있다고요!"

"어휴. 진짜……."

갑작스럽게 시작된 시험에 일부 학생들은 불만을 터트렸다.

그들은 백수룡에게 항의하거나 피곤하다고 투덜거리는 등, 시험에 완전히 집중하지 않았다.

"어? 철두 형이다!"

"아삼 형도 왔네."

심지어 몇몇은 적으로 등장한 갱생문의 문도들에게 반갑게 아는 척을 했다.

수업의 일환으로 외부 순찰을 다니는 동안, 얼굴을 익히면서 말을 걸 정도로 친해진 것이다.

다르게 말하면, 철두파를 만만히 본 것이다.

학생들의 그런 진지하지 못한 태도에, 위에서 전황을 살피던 백수룡이 작게 혀를 찼다.

"너희들. 갱생문 애들 무시하다간 후회한다."

아니나 다를까.

"카악, 퉤!"

갱생문에서 철두가 앞으로 성큼성큼 나섰다. 그의 표정이 사납게 일그러져 있었다.

"이 새끼들이 장난하나. 우리가 너희랑 놀러 온 거로 보이냐?"

"예? 철두 형. 그게 아니라……."

휘익!

철두가 던진 손도끼가 자신에게 말을 건 학생의 얼굴 옆을 스쳐 벽에 부딪쳤다. 헌원강이었다.

퍼억!

살상을 피하기 위해 날을 가죽으로 감싸긴 했지만, 그 파괴력만으로도 뼈를 부수기에 충분해 보였다.

"뒈지기 싫으면 진지하게 해라. 이 새끼들아."

"……."

오싹.

철두가 드러내는 무시무시한 살기에, 학생들의 피부에 소름이 돋았다.

갱생문의 선두에서 철두가 미친개처럼 달려들며 소리쳤다.

"다 죽여!"

그 말이 도저히 농담으로 느껴지지 않았다.

갱생문의 공격이 한층 거세지자, 비로소 학생들의 대응도 조금 진지해졌다.

하지만…….

백수룡이 눈을 가늘게 뜨며 중얼거렸다.

“손속에 사정을 두고 싸우다니. 아직도 정신을 못 차렸군.”

학생들의 마음속에는 여전히 방심이 남아 있었다.

무공만을 겨룬다면 갱생문은 그들의 상대가 되지 않았다.

때문에 학생들은 덤벼드는 갱생문도들을 상대로 여유를 부렸다.

백수룡은 혀를 찼다.

“다들 이 수업이 ‘사파’ 무공의 이해와 실전 대비라는 걸 까먹은 모양인데…….”

지금은 개과천선했다지만, 갱생문은 얼마 전까지만 해도 사파였다.

사파는 자신들보다 고수를 상대하기 위해서는 수단과 방법을 가리지 않는다.

그리고 그들을 직접 훈련시킨 사람은, 다름 아닌 백수룡이었다.

“정신 안 차리지?”

딱!

백수룡이 손가락으로 신호를 보낸 순간, 갱생문의 본격적인 공격이 시작됐다.

퍼어엉!

“콜록! 콜록! 독연이다! 조심해!”

연무장 곳곳에서 시커먼 독연이 터졌고,

“화살이다! 피해!”

주변 건물의 옥상에서 화살과 온갖 암기가 쏟아지기 시작했으며,

“치사하게 차륜전이냐!”

“병신들. 그럼 줄 서서 일대일로 싸울 줄 알았냐?”

여럿이서 한 명을 상대하는 데 일말의 부끄러움도 존재하지 않았다. 오히려 그런 방식에 훨씬 더 익숙했다.

‘오히려 이쪽이 예상 이상인데?’

위에서 싸움을 지켜보던 백수룡은 갱생문의 유기적인 움직임에 감탄

했다.

오늘을 위해 준비한 사파의 수법만이 아니라, 갱생문의 기본적인 움직임 자체가 기대 이상으로 훌륭했다.

갱생문.

한때 철두파라 불렸던, 제대로 된 무공은커녕 삼류 무공도 제대로 배우지 못해 빈민가를 전전하던 하류 인생들의 문파.

갱생문을 거둔 백수룡은 그들에게 어울리는 실전적인 무공을 가르쳤고, 갱생문도들은 간절했던 만큼 죽을 각오로 무공을 익혔다.

그 결과가 지금 나타나고 있었다.

채채채채챙!

"크윽!"

"이 아저씨들 생각보다 강해!"

"언제 이렇게……."

다소 어설픈 마음으로 시험에 임한 학생들과 달리, 갱생문은 진심으로 이 싸움에서 이기고자 했다.

백수룡은 그런 말을 하지 않았지만, 이 싸움은 그들에게도 일종의 시험이었다.

"뒈져!"

빠악!

철두의 박치기가 헌원강의 안면에 작렬했다.

방심하다 일격을 허용한 헌원강이 휘청거리며 뒷걸음질 쳤다.

"크윽!"

뒤따른 철두의 도끼가 헌원강의 몸을 반으로 쪼갤 기세로 내리쳐졌다.

쐐애액!

"이런 미친!"

헌원강이 몸을 옆으로 굴리다시피 해서 그 공격을 피했다. 언제 코피가 터졌는지 피가 줄줄 흘렀다.

손등으로 코피를 슥 닦아 낸 헌원강이 사납게 눈을 치켜떴다.

"좋아. 제대로 붙어 보자 이거지?"

헌원강의 몸에서 철두 못지않은 살기가 흘러나오기 시작했다.

그는 철두에게 수라혈천도의 맛을 보여 줄 생각이었다.

하지만,

"뭐, 뭐야?"

헌원강의 안색이 창백해졌다.

단전에서 퍼져 기경팔맥으로 뻗어 나가야 할 내공이, 제대로 움직이지 못하고 중간에 힘없이 흩어졌던 것이다.

"사, 산공독(散功毒)? 대체 언제?"

산공독은 생명에는 지장이 없지만, 내공을 흩어 버리는 독이다.

일반인에겐 무해하지만 무인에게는 가장 치명적인 독 중에 하나.

산공독에 당한 사람은 헌원강뿐만이 아니었다.

곳곳에서 비명이 터져 나왔다.

"내, 내공을 쓸 수가 없어!"

"산공독이다!"

"미친! 무슨 시험에서 산공독까지 사용해!"

내공을 사용할 수 없게 되자, 학생들은 큰 혼란에 빠졌다.

학생들과 갱생문도의 가장 큰 차이는 내공의 깊이였다.

최소 십 년 이상 내공을 쌓아 온 학생들과 고작 몇 달의 내공만 가지고 있는 갱생문도들.

그 압도적이었던 차이가 사라졌다.

비로소 여유로웠던 학생들의 얼굴 위로 공포가 드리워졌다.

"자, 잠깐만!"

"이건 너무하잖아요!"

"진짜 이러면 우리도 안 봐줘!"

갱생문의 맹렬한 공세에 학생들의 손발이 어지러워졌고, 점점 궁지에 몰렸다.

심지어 사천왕은 아직 나서지도 않은 상황.

백수룡은 건물 위에서 무심한 눈으로 자신의 학생들을 지켜봤다.

"그래도 약간은 기대했는데…… 아직도 멀었군."

분명 개개인의 무력은 비교할 수 없을 정도로, 학생들이 갱생문보다 강하다.

하지만 그들이 적에게 대처하는 방식은 허술하기 그지없었다.

"그렇게 가르쳤는데 말이야."

상대가 약해 보인다고 얕보고, 방심하고, 여유를 부린다.

실전이었으면 이미 죽은 목숨이나 다름없었다.

지금이라도 뭉쳐서 전열을 재정비하면 승산이 없는 것도 아니지만…….

'스무 살도 안 된 애송이들에게 그런 걸 바라는 건 무리겠지.'

이미 완전히 기세가 꺾였다.

이렇게 될 거라고 예상치 못했던 것은 아니었다.

처음부터 함정을 파고 준비한 것은 이쪽이니까.

학생들 입장에서는 충분히 억울할 수도 있는 상황.

'그래도…… 한 번 정도는 기회를 주지.'

잠시 생각을 정리한 백수룡이 내공을 담아 외쳤다.

"규칙을 다시 말해 주마. 두 시진 동안 명찰을 빼앗기지 않고 살아남으면 합격. 학관 내에서라면 도망 다니거나 숨어도 상관없다."

굳이 싸우지 않아도 시험에 합격할 수 있다는 뜻.

그 말을 듣는 순간, 학생들의 머릿속에 같은 생각이 떠올랐다.

'일단 도망치자!'

‘튀어야 해!’

눈치가 빠른 몇 명은 곧바로 실행에 옮겼다.

강하게 무기를 휘둘러 길을 열고, 그 틈새로 빠져나갔다.

“으아아아!”

“저리 비켜!”

거상웅과 야수혁이 가장 먼저 힘으로 포위망을 뚫어냈다.

외공에 특출한 둘은 산공독에도 큰 영향을 받지 않았다. 그들의 몸에 부딪힌 갱생문도들이 튕겨 나갔다.

길을 연 거상웅이 학생들을 돌아보며 소리쳤다.

“우리가 길을 열 테니 따라올 수 있는 놈은 따라와라!”

두 거인을 필두로, 포위망을 뚫어낸 학생들은 도망치기 시작했다.

“쫓지 마라!”

철두는 도망치는 학생들을 무리해서 쫓게 하지 않았다.

섣불리 쫓다간 역으로 당할 수도 있었다.

개개인의 무력은 여전히 갱생문이 열세인 데다가, 이 주변 지리도 학생들이 훨씬 익숙하기 때문이었다.

“뭐, 아직 시간은 많으니까.”

히죽 웃은 철두는 문도들을 수습했다.

부상자는 다섯에 불과했고, 그것도 전부 경상이었다.

완벽하다고 해도 부족할 정도의 압승.

철두가 백수룡을 올려보며 씩 웃었다.

“어때. 이만하면 우리도 꽤 쓸 만해졌지?”

백수룡은 대답 대신 그들이 있는 아래로 뛰어내렸다.

휘리릭!

바닥에 가볍게 착지한 백수룡은 주위를 둘러봤다.

“……”

갱생문도들의 시선이 전부 그를 향했다.

다들 어떤 말을 기대하는 눈빛이었다.

백수룡은 피식 웃으며 고개를 끄덕였다.

칭찬을 아끼지 않아야 할 순간이었다.

"내가 생각했던 것보다 훨씬 나은데?"

"흐흐흐. 당연하지! 그동안 진짜 죽어라 수련했으니까!"

무섭게 생긴 철두의 얼굴에 환한 미소가 맺혔다.

야밤에 혼자 보기엔 상당히 무서운 인상이었으나, 백수룡은 옆으로 다가가 그의 어깨를 두드려 주었다.

"굉장했다. 너희들한테 진심으로 놀랐다."

"으하하하하!"

백수룡의 말 몇 마디에, 철두는 그동안의 고생이 사르르 녹아내리는 것 같았다.

철두가 얼마나 노력했는지는 그의 손만 보아도 알 수 있었다.

종일 도끼를 휘두른 탓에 부르트고 갈라진 손바닥.

철두뿐만이 아니었다. 갱생문의 사내들 전부가 전과 비교할 수 없이 강해졌다.

문득, 백수룡은 허탈한 웃음을 터트렸다.

"참나. 이걸 좋아해야 하는 건지, 말아야 하는 건지…….."

시험에 대처하는 학생들의 모습은 다소 실망스러웠지만, 반대로 말하면 갱생문이 지나치게 강해진 탓이기도 했다.

백수룡도 설마 이 정도까지 잘해 줄 거라고는 예상하지 못했으니까.

'벌써 이 정도 수준이라면, 나중에는 정말 제대로 된 전력이 될 수도 있겠어.'

갱생문의 빠른 성장은 백수룡에게도 커다란 소득이었다.

조만간 정식으로 개파식을 열어도 될 것 같았다.

그때였다.

"저희는 뭐, 한 것도 없네요?"

멀리서 구경만 하고 있던 사천왕들이 하나둘 다가왔다.

원래 그들은 갱생문이 밀리면 나서려고 기다리고 있었는데, 갱생문이 알아서 다 처리(?)하는 바람에 할 일이 없었다.

"결정적일 때 나서려고 한껏 분위기 잡고 있었는데."

"한마디도 못 했는데 다 도망쳤네."

"오늘 써먹으려고 진법도 여러 개 준비했는데……."

"……집에 가고 싶군."

백수룡은 투덜거리는 사천왕을 달랬다.

"자자. 지금부터 너희도 바빠질 거야. 녀석들이 학관 전체로 흩어졌으니까."

백수룡은 고개를 돌려 철두에게 물었다.

"추종향은?"

"진작 뿌려 놨지. 찾는 건 일도 아니야."

철두가 학생들을 쉽게 놓아준 이유였다.

두 시진 동안 청룡학관 밖으로 나가지 못하는 한, 녀석들은 독 안에 든 쥐나 마찬가지였다.

고개를 끄덕인 백수룡이 말했다.

"이제부터 본격적으로 명찰 뜯기를 시작해 보자고."

그는 학생들에게 한 번의 기회를 줬다.

더 이상은 봐주지 않을 생각이었다.

"이제부터는 사천왕도 적극적으로 움직여. 명찰을 제일 많이 뜯어낸 사람에겐 보상이 있을 테니까 기대하라고."

사천왕은 처음에는 시큰둥했지만, 백수룡이 그 보상이 무엇인지 알려 준 이후에는 표정이 변했다.

"진짜죠?"

"그걸 보상으로……."

"저, 저 꼭 필요해요!"

"진심인가?"

서로 눈치를 보던 사천왕이 동시에 바닥을 박찼다.

타닷!

사천왕의 신형이 동서남북 네 방향으로 흩어졌다. 본격적인 사냥의 시작이었다.

철두도 외쳤다.

"갱생문은 네 명씩 조를 이뤄 수색한다! 사냥감을 발견하면 섣불리 공격하지 말고 신호를 보내도록!"

"예!"

우렁찬 기합 소리와 함께 갱생문도 다시 움직이기 시작했다.

202화

다시 뺏어오자

"허억…… 허억……. 죽겠네, 진짜."

헌원강은 거친 숨을 몰아쉬며 주위를 둘러보았다.

뒤를 쫓아오던 적들의 기척이 더 이상 느껴지지 않았다. 간신히 추격자들을 뿌리치는 데 성공한 것 같았다.

"젠장. 다 어디로 간 거야?"

처음에는 여러 명이 함께 포위망을 뚫고 나왔지만, 쫓아오는 추격자들을 뿌리치며 싸우다 보니 어느새 뿔뿔이 흩어졌다.

"설마……."

뒤늦게 이게 적들의 노림수일지도 모른다는 생각이 들었다.

학생들을 뿔뿔이 흩어지게 한 후, 하나씩 사냥하려는 것이다.

적들의 지독한 추격을 떠올린 헌원강은 몸을 부르르 떨었다.

"젠장. 방심했어."

차라리 백수룡이 직접 시험에 나섰다면 처음부터 전력을 다했을 것이다.

하지만 그를 대신해 나선 것은 갱생문이었고, 그들의 실력을 낮춰 본 헌원강은 손속에 사정을 두고 싸웠다.

'변명의 여지가 없어.'

다행이라면, 시험은 아직 끝나지 않았다는 것이다.

아직 한 시진 이상 남아 있었고, 그동안 버티기만 해도 시험은 합격이었다.

하지만, 도망만 다니다가 시험을 끝낼 생각 같은 건 헌원강의 머릿속에 없었다.

'기회를 봐서 사천왕 중 하나를 노린다.'

다른 수업도 아닌 백수룡의 수업이었다.

이 시험에서만은 반드시 만점을 받고 싶었다.

헌원강은 각오를 다지며 중얼거렸다.

"일단 높은 곳에 올라가서 상황을 보자."

다행히 몸에서 산공독이 대부분 빠져나갔는지, 내공은 거의 다 회복되었다.

헌원강은 가까운 건물로 가서 벽에 달라붙었다. 그리고 손과 발을 이용해 바퀴벌레처럼 기어오르기 시작했다.

샤샤샥!

단숨에 뛰어오르면 보기에는 좋지만, 적들에게 들킬 염려가 있었다. 헌원강은 주위를 살피며 벽을 기어올랐다.

약 반 각의 시간이 흐른 후, 헌원강은 건물 지붕 위로 빼꼼 고개를 내밀었다.

휙휙!

주위를 둘러본 헌원강은 아무도 없음을 확인하고, 바닥에 몸을 낮게 붙인 채 지붕 위로 올라갔다.

그리고 지상을 살폈다. 곧 절로 욕이 나왔다.

"미친. 대체 몇 명이나 데려온 거야."

밤이라 자세히 보이지는 않았지만, 언뜻 어둠 속에 일렁이는 인영의 숫자가 오십은 넘었다.

갱생문은 네 명씩 조를 이뤄 청룡학관을 샅샅이 수색하고 있었고, 곳곳에서 추격전과 전투가 벌어지고 있었다.

"벌써 몇 명은 잡혔나 보네."

목표인 사천왕의 모습은 보이지 않았다.

아마 따로 움직이는 것 같은데……. 헌원강은 그렇게 생각하며 기감을 더욱 넓혔다.

곧 확연히 큰 기가 하나 잡혔다. 멀지 않은 곳이었다.

헌원강은 자세를 낮추고 이동했다.

건물 지붕에서 지붕으로 넘나들며 기가 느껴지는 곳으로 이동했다.

잠시 후, 사천왕 중 한 명이 혼자 있는 게 눈에 들어왔다.

'찾았다.'

가면으로 얼굴을 가리고 있어 확신할 수는 없지만, 상대는 아마도 강사 중 한 명일 것이다.

'정면승부는 어렵지만, 기습이라면 못 할 것도 없어.'

마침 상대는 이쪽으로 오고 있었다.

헌원강은 기척을 죽이고 기회를 노렸다.

이윽고 상대가 건물 바로 아래까지 걸어왔을 때,

헌원강은 망설임 없이 건물 위에서 뛰어내렸다.

휘익!

떨어지는 가속도에 천근추의 수법을 더해, 그야말로 벼락처럼 떨어져 내렸다.

그동안 사천왕은 아직 헌원강의 접근을 눈치채지 못한 듯 주위를 두리번거리고 있었다.

'위에서 덮쳐서 단숨에 가면을 빼앗는다!'

그 순간, 사천왕이 위를 올려보며 씩 웃었다. 마치 기다렸다는 듯이.

"젠장!"

욕설을 내뱉은 헌원강은 있는 힘껏 도를 휘둘렀다.

까앙!

칼날이 창날이 부딪치며 불꽃이 튀었다.

헌원강은 그 반동을 이용해 도주하려 했지만, 표홀한 신법을 발휘한 상대가 퇴로를 미리 차단했다.

"인사만 하고 가려고?"

"쳇……."

헌원강은 마주한 상대의 모습을 살폈다.

화려한 가면으로 얼굴을 가리고 있었지만, 가까이에서 보자 그 정체를 파악하기가 어렵지 않았다.

저토록 호리호리한 체형에, 창을 다루는 강사는…… 헌원강이 알기로 한 명뿐이었다.

"악연호 선생님 맞죠?"

"갈! 본좌는 지존마창(至尊魔槍)이니라!"

목소리를 낮게 깐 지존마창이 "크하하하." 하고 광소를 터트렸다.

누가 봐도 연기였다.

헌원강은 차마 못 볼 꼴을 본 표정으로 지존마창을 바라봤다.

"학생 앞에서 이상한 연기하는 게 부끄럽지도 않아요? 하려면 잘하기라도 하든가."

"……닥쳐라!"

지존마창이 다짜고짜 창을 뻗었다.

유치찬란한 별호와 달리, 그 기세는 흉흉하기 그지없었다.

채채채챙!

헌원강은 급히 뒤로 물러나며 공격을 막았다. 금세 손아귀가 저렸다.

“큭!”

지존마창의 공격은 상상 이상으로 매섭고 예리했다.

기생오라비처럼 생겨서 실력은 별 볼 일 없을 줄 알았는데.

……혹시 기생오라비처럼 생긴 인간들은 다 강한 걸까?

갑자기 억울한 기분이 든 헌원강은 전력으로 내공을 끌어올렸다.

“젠자아앙!”

“갑자기 왜 흥분하고 난리야?”

“죽어, 이 기생오라비야!”

헌원강의 도에 시퍼런 도기가 맺히기 시작했다.

그 순간, 지존마창의 눈빛이 착 가라앉았다.

“애송아. 넌 아직 도기를 실전에서 사용할 수준이 아니란다.”

“어차피 이판사판이야!”

헌원강은 지존마창과의 싸움에 전력을 다하기로 마음먹었다.

도망치는 것도 글렀고, 여기서 잡혀서 명찰을 빼앗기면 시험도 끝이니까.

그런데 그 순간, 지존마창의 기세가 돌변했다.

그가 싸늘하게 내뱉었다.

“이런 멍청한 자식.”

순식간에 거리를 좁힌 지존마창이 헌원강의 도를 후려쳤다.

쩌엉!

“큭!”

가볍게 휘두른 창에 가공할 거력이 담겨 있었다. 헌원강은 뒷걸음질을 치며 겨우 그 힘을 해소했다.

“지금부터 네 실수를 하나씩 말해 주마.”

“무슨…….”

콰콰콰콰!

지존마창의 창에 강한 와류가 휘감겼다. 그 유명한 악가창법이었다.

"첫째. 실전에서는 상대가 네 어설픈 도기가 완성될 때까지 기다려 주지 않는다. 그 전에 빈틈을 파고들지, 이렇게."

빛살처럼 찔러 들어온 창이 헌원강의 허벅지를 노렸다. 헌원강은 간신히 도를 들어 공격을 막았다.

쩌엉!

하지만 그것으로 끝이 아니었다. 지존마창의 창은 마치 살아 있는 뱀처럼 움직여 헌원강의 오금을 후려쳤다.

"크윽!"

비틀거리며 물러나는 헌원강을 향해 지존마창이 똑바로 걸어가며 말했다.

"둘째. 넌 자신보다 강한 적을 앞에 두고 지나치게 흥분했다. 이판사판? 이런 상황일수록 냉정해야 살아남을 수 있거늘."

지존마창은 무심하게 창을 휘둘렀다. 허나 무심함과 달리, 창은 허공에서 무수한 변화를 일으키며 헌원강을 궁지로 몰아넣었다.

쩌저저정!

헌원강은 정신없이 공격을 막으며 눈을 부릅떴다.

이렇게 상대도 안 될 정도로 실력 차이가 난다고?

믿을 수 없다는 표정을 짓는 헌원강에게, 지존마창은 진지한 목소리로 세 번째 실수를 이야기했다.

"마지막으로 셋째, 넌 내가 아니라 다른 학생들을 먼저 찾아야 했어. 다른 학생들과 힘을 합쳐 날 기습했다면, 그나마 승률이 조금은 올라갔을 거다."

"……."

그 순간, 헌원강은 이번 시험에 백수룡이 직접 나서지 않아서 다행이라고 생각했던 게 얼마나 건방진 생각이었는지를 깨달았다.

청룡학관의 강사들은…… 하나같이 자신보다 훨씬 강했다.

"돌아가서 반성하도록."

와류에 휘감긴 지존마창의 창이 일순간 수십 개로 늘어난 것처럼 수많은 잔상을 남기며, 헌원강의 전신을 노렸다.

까가가가강!

"크으윽!"

헌원강은 간신히 쏟아지는 공격을 막아 냈지만, 그다음 순간 지존마창에게 등 뒤를 잡혔다.

지존마창이 그의 귓가에 대고 속삭였다.

"명찰은 내가 가져가마. 실전이었으면 목이었다는 걸 명심하도록."

"자, 잠깐……."

빠악!

뒤통수를 얻어맞은 헌원강은 그대로 의식을 잃었다.

"으허어억!"

헌원강은 비명을 지르며 깨어났다.

동시에, 그는 자신의 몸이 기둥에 묶여 있다는 것을 깨달았다.

"여긴 어디야?"

어둠 속에서 주위를 둘러보는데, 가까운 곳에서 익숙한 목소리가 들려왔다.

"선배. 깨어났어요?"

"……여민?"

"결국 선배도 잡혔군."

"야수혁. 너도 잡혔나?"

바로 여민과 야수혁이었다.

시야가 어둠에 익숙해지면서 맞은편 기둥에 묶인 채로 앉아 있는 둘의 모습이 보였다.

"여긴…… 어디야? 니들은 어쩌다 잡혀 왔고?"

여민이 한숨을 내쉬며 대답했다.

"전 제갈소영 선생님한테 잡혔어요. 이상한 진법에 갇혀가지고 도망도 못 치고……."

"나는 그 밤톨만 한 선생한테."

"밤톨이가 누구야?"

"아마 명일오 선생님 말하는 걸 거예요."

여민의 설명이 있고 나서야 헌원강은 고개를 끄덕였다.

악연호. 제갈소영. 명일오.

백수룡과 평소 친하게 지내는 세 명의 신입 강사가 사천왕의 정체인 모양이었다.

'그럼…… 나머지 한 명은 누구지?'

문득 나머지 한 명의 정체가 궁금했으나, 지금은 그걸 궁금해할 때가 아니었다.

헌원강은 고개를 숙여 자신의 가슴께를 보았다.

명찰이 사라지고 없었다.

"젠장……."

악연호가 자신을 기절시켜 명찰을 빼앗은 후, 이곳으로 데려와 기둥에 묶어 놓은 듯했다.

여긴 일종의 감옥인 모양.

여민이 한숨을 길게 내쉬었다.

"이렇게 어이없게 끝이라니. 선생님 얼굴을 볼 면목이 없어요."

"……."

“…….”

방 안에 침울한 분위기가 흘렀다.

그들은 〈사파 무공의 이해와 실전 대비〉를 듣는 학생들 중에서도 백수룡의 수제자라고 자부하고 있었다.

그런데 이렇게 잡혀 버렸으니, 시험이 끝난 후에 백수룡을 어떻게 볼지 걱정이었다.

후환도 걱정되고…….

“이대로 돌아가면, 선생님이 우리를 가만 안 둘 텐데…….”

후배들이 땅이 꺼지도록 한숨을 내쉬는 가운데, 헌원강이 고개를 번쩍 치켜들었다.

짧은 순간, 어떤 생각이 뇌리를 스친 것이다.

“다시 뺏어오자.”

“네?”

“뭐요?”

헌원강의 입가에 천천히 번지는 악동의 미소.

한 번씩 남들은 생각하지 못하는 것을 생각해 냈을 때의 표정이었다.

“명찰 말이야. 다시 뺏어오자고.”

여민이 부정적인 반응을 보였다.

“뺏긴 걸 다시 뺏자고요? 그런 건 규칙에 없었잖아요.”

“안 된다는 말도 없었잖아?”

“그건 그렇지만…….”

정말 그래도 되나?

여민이 혼란스러운 표정으로 중얼거리자, 헌원강은 자신의 의견을 강하게 밀어붙였다.

“생각해 봐. 탈락했으면 끝인데, 왜 굳이 우릴 여기에 가둬 놨겠어?”

“그러니까…….”

“즉, 능력껏 탈출해서 다시 빼앗아 보라는 의미라고. 시험 시간도 아직 남았잖아.”

전부 헌원강의 추측에 불과했다.

하지만 평소 백수룡의 성격을 생각해 보면, 충분히 일리가 있는 추측이기도 했다.

“으음…….”

“맞는 말 같기도 하고…….”

잠시 고민하던 여민과 야수혁이 마주 보며 고개를 끄덕였다.

어차피 밑져야 본전이었다.

“까짓거 한번 해 봐요.”

“좋아. 일단 이 포승줄부터 풀어야 하는데…… 야수혁. 네 힘으로도 못 끊어?”

야수혁은 이미 몇 번이나 시도해 봤다며 고개를 저었다.

“차라리 꽉 조이는 거면 힘으로 끊어 버리겠는데, 이건 늘어나는 종류라서…….”

그 말을 듣고 있던 여민이 말했다.

“줄을 딱딱하게 만들면 끊을 수 있다 이거네?”

“아마도?”

“가만히 있어 봐.”

여민은 숨을 들이마셨다가 가느다랗게 내뱉었다.

“후우우…….”

여민의 입에서 새하얀 냉기가 흘러나와 야수혁의 밧줄을 얼리기 시작했다.

악인곡에 다녀온 후 본격적으로 익히기 시작한 빙공이었다.

야수혁이 몸을 부르르 떨었다.

“으으으! 이거 차가운데.”

"좀 참아. 금방 끝나니까. 후우우……."

잠시 후, 야수혁을 옭아맨 포승줄이 얼어붙었다.

그다음은 쉬웠다.

야수혁이 "흐읍!" 하고 힘을 주자 얼어붙은 포승줄이 산산이 조각났다. 무인을 결박하기 위해 특수 제작된 포승줄이었지만, 야수혁의 괴물 같은 힘 앞에서는 아무 소용도 없었다.

"빨리 우리도 풀어줘."

잠시 후, 헌원강과 여민의 포승줄도 풀렸다.

자리에서 일어난 셋은 몸을 풀고 무기를 되찾았다.

사천왕이 그들을 완전히 무시한 것인지, 무기들은 전부 방 안에 있었다.

"자, 이제부터 반격이다."

어깨에 도를 척하니 걸친 헌원강이 목을 좌우로 꺾으며 씩 웃었다.

203화

그 녀석은 우리 중 최약체다

휘이이이이잉~

청룡학관 학생 기숙사 옥상.

차가운 밤바람이 불어오는 그곳에, 가면과 흑의장포로 정체를 숨긴 괴한들이 모습을 드러냈다.

바로 청룡학관에 침입한(?) 사천왕이었다.

"다들 모였군."

음산한 분위기가 흐르는 가운데, 처음 입을 연 가면인은 호리호리한 체형에 등에 사선으로 창을 메고 있었다.

헌원강에게 스스로를 '지존마창'이라고 소개했던, 본인이 악연호임을 극구 부인했던 자였다.

"지존마창. 우리를 불러내다니…… 무슨 꿍꿍이지?"

지존마창의 왼쪽 대각선에는 두 자루의 봉을 양손에 하나씩 나눠 든 사내가 있었다. 그는 의심스럽다는 시선으로 지존마창을 노려봤다.

"파멸명왕. 그렇게 경계하지 않아도 되네."

피식 웃으며 말한 지존마창은 오른쪽 대각선으로 고개를 돌려, 사천왕 중 유일한 여성에게도 안심하라고 일렀다.

“혼세마녀. 그대도 긴장하지 마시오.”

“으으…….”

‘혼세마녀’라고 불린 여인은 몸을 부르르 떨었다.

낯짝이 두꺼운 두 사내와 달리, 그녀는 이런 역할극이 익숙하지 않았기 때문이었다.

혼세마녀의 가면 속 제갈소영이 소심하게 말했다.

“저희끼리 있는데 이렇게까지 해야 해요? 그냥 평소처럼 대화를…….”

“어허! 그대는 정파의 후기지수들을 짓밟으러 온 무자비한 사파의 고수, 혼세마녀요! 그 사실을 잊었단 말인가!”

“분명 그런 설정이긴 하지만…….”

“갈! 혼세마녀는 임무에 진지하게 임하라!”

지존마창의 일갈에 더해, 파멸명왕도 엄중한 목소리로 혼세마녀의 경솔함을 질책했다.

“……아, 알았느니라.”

역할극에 심취한 두 사내의 박력에, 결국 체념해 버린 혼세마녀였다.

파멸명왕이 뒷짐을 지며 지존마창을 매섭게 노려봤다.

“지존마창. 아직 우릴 부른 이유가 뭔지 대답하지 않았다. 쓸데없는 일로 본좌의 시간을 낭비케 한 것이라면, 내일 아침 해를 보지 못할 것이다.”

“……그대들을 부른 것은 다름 아닌 냉혈수라마왕. 그자 때문이다.”

“냉혈수라마왕?”

“그러고 보니 이 자리에 그분만 오지 않았네요.”

자꾸만 역할극을 깨는 제갈소영의 말투에, 지존마창와 파멸명왕이 동시에 미간을 찌푸리며 말했다.

“혼세마녀!”

“네, 넵. 아니, 알았다! 그렇군! 그러하구나! 하하하!”

“…….”

“…….”

제갈소영도 나름대로 최선을 다하고 있었기에, 두 사람도 더 이상은 뭐라고 하지 않았다.

지존마창이 다시 입을 열었다.

“하여튼 그대들을 부른 건 냉혈수라마왕 때문이다. 솔직히 말하지. 나는 도망친 애송이들 중 한 명밖에 잡지 못했는데, 그대들은 몇 명을 잡았나?”

“저도 한 명…….”

“파멸명왕 그대는?”

“……본좌도 한 놈이다. 미꾸라지 같은 놈들.”

생각보다 상황이 심각하군.

그렇게 중얼거린 지존마창이 다시 말했다.

“이 수업을 듣는 정파 애송이들의 숫자는 열 명이 조금 넘는다. 그런데, 우리는 각자 한 명씩밖에 못 잡았단 말이지. 나머지는 다 어디 있을까? 꽁꽁 숨어서 우리가 못 찾는 것일까?”

“설마…….”

뭔가를 눈치챈 파멸명왕이 눈을 부릅떴다.

지존마창이 무겁게 고개를 끄덕였다.

“냉혈수라마왕. 그자가 사냥감의 씨를 말리고 있다. 내가 알기로, 그자는 벌써 혼자 다섯의 명찰을 뜯었소.”

“허어! 이런 상도덕도 없는 자 같으니! 혼자 다 해 먹으려고!”

“엄청난 속도네요……. 학관 지리에 익숙하셔서 그런가…….”

냉혈수라마왕.

그는 무자비한 손속으로 청룡학관에 흩어진 학생들의 명찰을 제거하고 있었다.

"다행인 건, 냉혈수라마왕에게 잡힌 녀석들은 다 송사리라는 것이다."

백수룡은 학생의 명찰마다 점수를 다르게 분배했는데, 냉혈수라마왕에게 명찰이 떼인 학생들은 하나같이 점수가 낮은 송사리들이었다.

반면, 여기 있는 세 명은 운이 좋게도 점수가 높은 헌원강, 여민, 야수혁의 명찰을 뗐다.

"그 말은 즉, 우리에게도 아직 기회가 남아 있다는 것이지."

다른 사천왕들을 둘러본 지존마창이 은근한 어조로 말했다.

"손을 잡는 게 어떤가? 그자를 견제해야 우리가 보상을 얻을 수 있을 테니."

"으음……."

'보상'이라는 말에 파멸명왕과 혼세마녀의 눈빛이 흔들렸다.

백수룡이 이번 시험에서 가장 많은 명찰을 가져온 사람에게 주겠다고 한 보상.

세 사람 모두 그것에 욕심을 내고 있었다.

파멸명왕이 물었다.

"힘을 합치면? 허면 보상은 어찌할 것인가?"

"합의해서 사용하지. 그 방법이 최선이 아닌가 하는데."

"으음……."

잠시 고민하던 파멸명왕이 고개를 끄덕였다.

"본좌는 네 손을 잡도록 하지. 냉혈수라마왕에게 그 귀한 보상이 돌아가게 할 수는 없으니."

"저, 저도 승낙하겠어요."

그렇게 세 사람은 동맹을 맺었다.

함께 냉혈수라마왕을 견제하고, 빼앗은 명찰을 모아 보상을 받아 내기로 한 것이다.

지존마창은 동맹이 체결되자마자 모두에게 고급 정보를 공유했다.

"현재 독고준과 위지천, 거상웅은 학생회 건물 안에서 농성 중이다."

다른 두 사람의 표정이 흐려졌다.

"하필이면 그 셋이?"

"쉽지 않을 것 같은데……."

거상웅의 거구가 정면을 막고, 양옆에서 독고준과 위지천의 검이 날아오면, 아무리 사천왕이라도 혼자서는 당해내기가 쉽지 않았다.

지존마창이 다른 두 사람을 끌어들인 이유이기도 했다.

"하지만 우리 셋이 손을 잡으면 어렵게 않게 공략할 수 있다. 그 셋만 잡으면 보상은 우리 거나 마찬가지야."

독고준과 위지천이 아무리 뛰어나도 아직 학생이었다.

사천왕 중 셋이 나선다면 충분히 제압 가능하리라 여겼다.

그때, 파멸명왕이 말했다.

"놈들을 잡으려면 준비가 좀 더 필요할 것 같군. 일 각 후에 이곳에서 다시 만나는 건 어떤가?"

"……다른 꿍꿍이가 있는 건 아니고?"

지존마창이 의심스러운 표정으로 묻자, 파멸명왕이 오히려 화를 냈다.

"갈! 본좌가 그렇게 야비한 놈으로 보이더냐? 놈들이 도망치려 할 때를 대비해 물건을 더 챙겨오려는 것뿐이다."

"아, 저도 진법에 필요한 재료를 챙겨올게요. 아무래도 그 셋은 강하니까."

혼세마녀까지 그렇게 나오자, 지존마창도 결국 고개를 끄덕일 수밖에 없었다.

"……알았다. 그럼 일 각 후 학생회 앞에서 보도록 하지. 배신자에겐 죽음뿐이라는 걸 명심하도록."

"흥. 누가 할 소리를."

“그럼 흩어지지. 일 각 후, 이곳에서 다시.”

파밧!

사천왕은 동시에 바닥을 박찼다. 그들의 신형이 각각 다른 방향으로 흩어졌다.

그들이 사라지고 잠시 후,

세 사람의 대화를 숨어서 듣고 있던 백수룡이 그 자리에 나타났다. 그는 황당하다는 표정으로 중얼거렸다.

“쟤네…… 뭐 하는 거야?”

세 사람에게 학생들의 명찰을 뜯는 사천왕 역할을 맡기긴 했지만, 설마 이 정도로 역할 놀이에 심취했을 줄이야.

특히 악연호와 명일오는 자신들이 정말 사파의 거두라도 된 것처럼 즐기고 있었다.

“뭐, 역할에 몰입해 줘서 나쁠 건 없지.”

피식 웃은 백수룡은 기감을 넓혀 청룡학관 전체를 훑었다.

거미줄처럼 넓게 펼쳐진 기감에, 학관 곳곳에서 움직이고 있는 기들이 느껴졌다.

그중 익숙한 기 몇 개가 움직였다.

방금까지 감옥에 갇혀 있던 헌원강, 여민, 야수혁의 기였다.

“호오. 탈출했네?”

마침 사천왕 중 한 명의 경로가 그들과 겹쳤다.

그리고 그 뒤에는…….

백수룡의 입가에 미소가 맺혔다.

“이거…… 생각보다 재미있게 돌아가는데?”

생각 이상으로 시험을 지켜보는 재미가 있었다.

"후후후……. 멍청한 놈 같으니."

파멸명왕은 괴소를 흘리며 경공에 박차를 가했다.

그는 고급 정보를 알려 준 지존마창의 경솔함을 비웃었다.

'보상을 나눈다고? 어림없는 소리!'

사실 혼자서는 독고준이나 위지천을 감당할 자신이 없었다.

하지만 방법이 있었다.

파멸명왕은 다른 사천왕이 아닌 갱생문과 손을 잡을 생각이었다.

그들은 백수룡이 내건 보상보다는 실전 경험에 더 목말라 있었으니까.

교활한 지존마창 녀석과 달리, 갱생문의 문주인 철두는 믿을 만한 사내였다.

'철두와 손을 잡고 학생회 건물로 쳐들어가는 거야. 지존마창이 눈치 채기 전에 속전속결로 끝내야 해.'

파멸명왕은 서둘러 철두를 만나기 위해 속력을 높였다.

하지만 그 조급함이 시야를 좁게 만들었고, 매복자들은 그 틈을 놓치지 않았다.

후우웅!

갑자기 골목에서 튀어나온 야수혁이 온몸으로 파멸명왕을 들이받았다. 그 기세가 마치 거대한 흑곰 같았다.

"뭐, 뭐야!"

기습은 시작에 불과했다. 야수혁의 커다란 덩치 뒤에 숨어 따라온 여민이 옆으로 움직이며 냉기가 실린 암기를 던졌다.

까가가강!

파멸명왕은 야수혁을 밀어내고 정신없이 암기들을 쳐 냈다. 그 순간 뒤에서 헌원강이 달려들었다.

“하아압!”

가면을 노리는 칼끝이 예리했다. 파멸명왕은 거의 눕듯이 몸을 뒤로 눕히는 동시에 쌍봉으로 바닥을 밀어 뒤로 멀리 물러났다.

헌원강이 안타깝다는 듯 입맛을 다셨다.

“쳇. 한 번에 끝낼 수 있을 줄 알았는데. 아쉽네.”

“이 자식들! 너희들 뭐야? 아까 탈락한 녀석들이…….”

울컥해서 소리치던 명일오는 곧 아차 싶어서 자신의 입을 막았다.

자신은 지금 사파의 대마두인 파멸명왕이니까.

“갈! 이런 버러지 같은 놈들! 감옥에서 탈출했으면 얌전히 집으로 돌아갔어야지. 그랬다면 목숨만은 건졌을 터…….”

“애들아! 저 웃기지도 않는 연기 그만두게 하자!”

헌원강, 여민, 야수혁은 파멸명왕을 포위하고 동시에 덤벼들었다.

그들은 더 이상 방심 따윈 하지 않았다. 전력을 다해 파멸명왕을 상대했다.

헌원강이 외쳤다.

“백수룡 조지기 십팔번으로 간다!”

이 순간, 평소 백수룡을 상대로 수없이 손발을 맞춰 본 것이 빛을 발했다.

“우앗! 이 자식들이 비겁하게!”

손발이 척척 맞는 세 학생의 합공에 파멸명왕은 크게 당황했다. 마치 몇 년은 함께 합격진을 수련한 것처럼 유기적인 움직임이었다.

승부가 나는 데는 오랜 시간이 걸리지 않았다.

찌이익!

파멸명왕의 가면이 벗겨진 채 명일오가 바닥에 털썩 주저앉았다.

청룡학관 강사로서의 정체성을 되찾은 그가 억울한 표정으로 말했다.

“너희들 이거 반칙 아니야? 아까 명찰 뺏겼잖아?”

"감옥에서 탈출했으니깐 다시 참여해도 돼요."

"누가 그래?"

"제가요."

"하! 누가 수룡 형님 제자 아니랄까 봐……."

명일오가 어처구니없다는 표정으로 학생들을 바라보는데, 위쪽에서 익숙한 목소리가 들려왔다.

"후후후. 내가 이럴 줄 알았지."

네 사람의 시선이 동시에 위쪽을 향했다.

건물 위, 지존마창이 달빛을 등진 채로 아래를 내려다보고 있었다.

명일오가 버럭 소리쳤다.

"악연호 이 자식! 왔으면 도와줬어야지, 보고만 있었냐! 그러고도 네가 동맹이냐!"

지존마창이 눈을 가늘게 뜨고 대답했다.

"동맹 같은 소리 하네. 혼자 다른 꿍꿍이가 있었던 거 모를 줄 알고?"

"내, 내가 언제……."

"그리고 본좌는 악연호가 아니라 지존마창이다. 시체는 더 이상 설정을 깨지 말고 조용히 있도록."

"……큭!"

명일오의 입을 다물게 한 지존마창은, 긴장된 표정으로 서 있는 세 학생을 바라봤다.

"제법이구나. 사천왕 중 하나인 파멸명왕을 쓰러뜨리다니. 하지만……."

후후후…….

지존마창의 입가에 비릿한 미소가 맺혔다.

"안타깝게도 그 녀석은 우리 중 최약체였다."

"저 자식이!"

휘익!

지존마창이 건물 위에서 뛰어내렸다.

허공에서 휘리릭 공중제비를 돈 그가 우아하게 바닥에 내려섰다.

"세 명이라…… 몸풀기로는 적당하겠군."

차갑게 웃은 지존마창이 창끝을 위협적으로 겨눴다.

"진짜는 지금부터다."

그의 창에 와류가 휘감기기 시작했다.

204화

찾아다닐 수고를 덜었군

“참나⋯⋯.”

악연호는 망연자실한 표정으로 자신의 손 위에 놓인 가면을 바라봤다. 뒤쪽의 끈 부분이 매끈하게 잘려나가 있었다.

“너무 방심했나.”

허탈하게 웃은 악연호는 방금 전의 싸움을 다시 떠올렸다.

─백수룡 조지기 이십삼 번으로 간다!

─⋯⋯그거 대체 몇 번까지 있는 거냐?

처음에는 녀석들에게 말을 걸 정도로 여유만만이었다. 헌원강을 간단히 제압한 지 반 시진도 안 됐으니까.

‘셋이 모인다고 별다를 거 있겠어?’

완벽한 오판이었다.

싸움이 시작되자마자 야수혁이 단단한 몸으로 정면에서 압박하고, 여민은 특출난 보법으로 시야를 어지럽히며 빙공을 뿌렸다.

빙공에 의해 악연호의 움직임이 제한되는 순간순간, 헌원강의 칼끝이 예리하게 빈틈을 파고들었다.

합격진을 수년 이상 수련한 고수들이 이러할까.

셋은 서로의 빈틈을 보완하며 각자의 장점을 최대로 끌어올렸다. 눈빛만으로도 생각이 통하는 듯했다.

'세 명이 아니라 열 명을 동시에 상대하는 기분이었어.'

하마터면 과하게 힘을 써서 애들을 다치게 할 뻔했다. 다행히 그 전에 멈추긴 했지만, 그 대가로 가면을 잃었다.

"방심은 무슨."

악연호 옆으로 다가온 명일오가 코웃음을 쳤다.

"나보고 사천왕 중 최약체라더니, 너도 똑같이 당했구나."

"그래도 내가 명 형보다는 훨씬 오래 버텼을걸요? 그리고 실전이었으면 이겼어요. 내가 걔들처럼 인정사정없이 창을 휘두를 순 없잖아요."

"지고 나서 변명하는 것만큼 구차한 것도 없는 거 알지?"

"쩝……."

악연호는 머리를 벅벅 긁더니 고개를 들어 밤하늘을 올려다봤다.

새카만 하늘에 무수히 많은 별이 반짝이고 있었다.

잠시, 말없이 밤하늘을 올려보던 악연호가 피식 웃으며 입을 열었다.

"……보상도 날아갔고 학생들한테 졌는데 말이에요."

"이상하게 기분이 나쁘질 않지?"

"하하하."

오히려 두 사람의 얼굴에는 환한 웃음이 떠올랐다.

학생들은 그들이 생각했던 것 이상으로 강했다.

어쩌면 조만간 자신들이 따라잡힐지도 모른다는 위기감이 생길 정도로.

하지만 기분이 나쁘기는커녕, 오히려 학생들의 성장한 모습이 대견하고 기뻤다.

악연호가 들뜬 표정으로 입을 열었다.

"천무제 우승 말이에요. 꿈이 아닐지도 몰라요."

"나도 방금 그 생각했다. 그 녀석들이라면……."

단순히 당장의 강함 때문에 그리 생각하는 건 아니었다.

싸움에 임하는 눈빛, 태도, 이기고자 하는 간절한 열망.

그 아이들은, 가르치는 사람에게도 열정을 불어넣었다.

'우리도 지지 않게 분발해야겠어.'

두 사람은 조용히 각오를 다졌다.

그때, 명일오가 깜빡 잊고 있던 한 사람을 떠올렸다.

"그나저나 소영이는 어떡하지? 우릴 기다릴 텐데 말이야."

"뭐, 알아서 잘하겠죠……. 덜렁대긴 해도 실력은 확실한 애니까."

가면이 벗겨진 두 사람은 이제 퇴장해야 할 시간이었다.

더 이상 시험에 참여하는 것은 반칙이었다.

이제 남은 사천왕은 둘.

혼세마녀와 냉혈수라마왕.

두 사람은 함께 퇴근하며 두런두런 대화를 나눴다.

"혼세마녀 혼자서는 남은 애들을 상대하기 힘들 텐데……. 결국 보상은 냉혈수라마왕이 가져가겠군."

"혹시 모르죠. 그 애들이 냉혈수라마왕의 가면까지 벗길지도?"

"상대가 그 냉혈수라마왕인데?"

"……하긴."

냉혈수라마왕.

그는 명실상부 사천왕 중 최강.

학생들이 넘보기엔 아직은 너무 높은 벽이었다.

한편, 학생회 건물 안에서는 두 사람의 의견이 팽팽히 맞서고 있었다.

"지금쯤 저희 위치가 드러났을 겁니다. 더 늦기 전에 움직여야 합니다."

"아니, 이곳에서 농성하면서 시간을 끄는 쪽이 낫다."

독고준과 거상웅.

학생회 건물에서 농성 중인 일행 가운데, 발언권이 가장 강한 두 사람의 의견이 나뉘었다.

다른 학생들의 의견도 그들을 따라 둘로 나뉘었다.

"저희는 회장의 의견이……."

"더 적절하다고 생각합니다."

학생회의 선도부 쌍둥이, 청룡쌍걸은 독고준의 좌우에 섰고,

"저는 거상웅 선배님 의견이 맞는 것 같아요."

위지천은 소심하지만 분명하게 거상웅의 편을 들었다.

거상웅, 독고준, 위지천, 청룡쌍걸.

갱생문의 포위망에서 탈출한 다섯 명은 한데 뭉치게 되었고, 한 시진이 넘는 시간 동안 함께해 오고 있었다.

의견이 갈리기 시작한 건, 멀지 않은 곳에서 기의 충돌이 느껴지고 나서였다.

독고준이 답답하다는 표정으로 말했다.

"적들은 학관 전체를 훑어가며 포위망을 좁혀 오고 있습니다. 방금 전에는 가까운 곳에서 기파의 충돌이 느껴졌고요. 짐작이지만 사천왕일 겁니다."

이곳까지 오는 동안 적지 않은 싸움을 겪은 듯, 독고준의 무복 곳곳이 찢어져 있었다.

“사천왕 중 두 명 이상이 나서면 저희 전력으로도 당해내기 어렵습니다. 통로가 좁긴 하지만, 그 정도 고수들에겐 벽을 부수거나 천장을 부수는 건 아무 일도 아니니까요. 차라리 나가서 적을 맞이하는 게 낫습니다.”

독고준의 말은 구구절절 틀린 구석이 없어 보였다.

하지만 거상웅은 학생회장의 말에 동의하지 않았다.

“독고 후배. 이 시험의 첫 번째 목적은 두 시진 동안 버티는 거야. 싸워서 이기는 게 아니라.”

“물론 알고 있습니다.”

“아니, 너는 중요한 걸 놓치고 있어.”

“……후배에게 가르침을 주십시오.”

말은 그렇게 했지만, 자존심 강한 독고준은 인정할 수 없다는 눈빛으로 거상웅을 바라봤다.

자신이 파악하지 못한 것이 있을 리 없다는 태도였다.

씩 웃은 거상웅이 말했다.

“내 예상으론 사천왕 중 셋은 신입 강사다. 아마 악연호, 명일오, 제갈소영 선생님일 거야.”

“……그게 이 시험과 상관이 있습니까?”

“당연히 상관이 있지.”

씨익.

거상웅은 입가에 비열한 미소가 맺혔다.

“창문을 부수고 들어온다고? 그들은 감히 학교 건물을 파손하지 못해. 왜냐면, 신입 강사 월봉으로는 수리비를 감당하지 못하거든. 뿐만 아니라 학관 기물 파손은 훗날 정식 강사 채용에도 치명적이지.”

거상웅은 상인의 아들답게 세상을 보는 관점이 다른 무인들과 달랐다.

상대의 무공뿐 아니라 재력과 권력, 인맥 관계 등을 살피는 것은 상인의 기본이었다.

"즉, 이곳의 지형지물은 모두 우리에게 유리하다 이거야. 우린 부숴도 반성문 정도만 쓰면 되거든."

수리비쯤이야 내가 내면 되고. 그렇게 중얼거린 거상웅은 히죽 웃었다.

독고준이 입을 떡 벌렸다.

"……선배님. 이런 말씀 드리기 죄송하지만, 전략이 매우 치사하군요. 상대의 약점을 이용하겠다는 말 아닙니까?"

"후후후. 이 수업의 이름은 사파 무공의 이해와 실전 대비야. 사파인처럼 생각하고 행동해야 이길 수 있는 게 당연하지."

"……."

혹시 이 수업이 멀쩡한 정파의 후기지수들을 사파로 만드는 건 아닐까?

문득 그런 걱정이 든 독고준이었다.

'하지만 틀린 말은 아니야.'

지금까지 사천왕이 실내로 함부로 들어오지 못하는 이유까지 한 번에 설명되었다.

'거상웅 선배. 생긴 것과 달리 의외로 두뇌파로군.'

외모는 녹림의 산도적이라고 해도 믿을 거상웅이지만, 보기완 달리 상당히 머리가 잘 돌아가고 눈치도 빨랐다.

'하긴, 예전에는 방백현 선배와 청룡쌍절로 불리던 사람이었으니…….'

하지만 식도락과 도박에 빠져 방탕한 세월을 보냈던 거상웅은, 백수룡을 만나면서 다시 옛날에 총기를 되찾았다.

"조급해진 사천왕은 결국 여기로 올 거야. 우린 그때까지 기다렸다가 덮치면 돼."

"……선배님 의견에 따르겠습니다."

독고준은 인정할 수밖에 없었다.

이 상황에서는 자신보다는 거상웅의 의견을 따르는 것이 낫다는 것을 인정했다.

"양보해 줘서 고맙다."

말을 마친 거상웅은 주위를 둘러봤다.

자신과 독고준, 위지천, 여기에 선도부의 쌍둥이까지.

이 전력이면 사천왕 중 두 명까지는 충분히 상대할 만하지 않을까.

'반격에 나서는 건…… 마지막 이 각이면 충분해.'

이건 단순히 무공을 확인하는 시험이 아니라, 인내력과 더불어 상대와의 수싸움이 필요한 시험이다.

'숨어서 버티기만 해도 되지만, 그렇게 끝내는 건 이 시험을 치르는 큰 의미가 없어. 최선은 사천왕의 가면을 벗기는 것, 그다음은…….'

거상웅은 생각에 생각을 거듭하며 고민했다.

그러는 동안에도 시간은 점점 흘러갔고, 시험 종료까지 이 각쯤 남았을 무렵.

딸랑.

학생회 건물로 들어오는 문에 설치한 방울이 울렸다.

그 순간, 학생들이 일제히 몸을 긴장시켰다.

'누가 들어왔다!'

일행은 기척을 죽였다. 숨소리마저 줄이고, 상대의 움직임에 온 신경을 집중했다.

삐걱. 딸랑. 삐걱.

적은 곳곳에 설치해 둔 간단한 기관에 걸리고 있었다.

기관에 걸릴 정도로 조심성이 없거나, 무시할 정도로 자신감이 있다는 의미였다.

학생들은 당연히 후자로 보았다.

독고준이 거상웅에게 전음을 보냈다.

[선배님. 한 명이 아닙니다.]
[갱생문은 아닌 것 같지?]
[발걸음이 가볍습니다. 둘…… 아니 셋인 것 같습니다.]
[사천왕 중 셋은 친분이 있어. 힘을 합쳤을 수도 있지.]
[넷이 아닌 걸 다행이라고 생각해야 할까요.]
[승산이 아주 없는 건 아니야. 수업에서 배운 온갖 비열한 방법을 다 동원해 보자고.]

"……."

거상웅은 독고준 외에 다른 학생들과도 전음을 주고받았다. 각자에게 숨어 있을 위치를 정해 주고, 상황에 따른 대처 방안을 설명했다.
일행은 복도를 가운데 두고 양쪽 방에 몸을 숨겼다.

[독고 후배. 첫 기습을 부탁해. 크고 화려한 거로.]
[알겠습니다.]

독고준이 선두에 자리를 잡았다.
학생회 건물 지리에 가장 익숙하면서, 가장 빠르고 강하기 때문이었다.

[천이는 독고준 뒤에 숨어 있다가 기습해.]
[네!]
[청룡쌍걸은 나와 함께…….]

시시각각으로 적의 기척이 가까워졌다.

어둠 속에서 울리는 방울 소리, 기관이 부서지는 소리.

각도 탓에 실제 모습은 보이지 않았지만, 벽에 희미하게 일렁이는 상대의 그림자가 보였다.

"스읍."

독고준은 숨을 길게 들이마셨다. 상대가 도착할 시간에 맞춰 천천히, 그리고 이내 멈춘 후.

폭발적으로 숨을 내뱉으며 보법을 밟았다.

휘익!

문 안쪽에서 복도 쪽으로 몸을 회전시키며 검을 뽑았다. 벼락같은 발검과 함께 상대의 모습이 보였다.

"!"

순간, 두 사람의 얼굴에 똑같이 놀라움이 어렸다.

까앙!

검과 도가 부딪친 후, 두 사람은 동시에 뒤로 물러났다.

"헌원강?"

"깜짝 놀랐잖아, 이 새끼야!"

버럭 소리치는 헌원강의 뒤로 야수혁, 여민의 모습도 보였다.

"원강 선배?"

"원강이었어?"

기습을 준비하던 다른 학생들도 모습을 드러냈다.

다들 긴장이 풀렸는지 허탈한 표정이었다.

거상웅이 의아하다는 표정으로 물었다.

"너 살아 있었냐? 성격상 제일 먼저 죽을 줄 알았는데."

"죽긴 누가 죽어? 말하자면 긴데……."

헌원강은 오면서 겪은 이야기를 빠르게 설명했다. 결론 부분에 이르러서는 어깨가 으쓱 올라갔다.

"사천왕 중 둘은 우리가 쓰러뜨렸어. 가면을 벗기고 빼앗긴 명찰을 되찾았지."

덕분에 건물 안에 있던 학생들도 현재 상황을 알게 되었다.

거상웅이 눈을 빛내며 말했다.

"그러니까, 남은 사천왕은 둘뿐이라 이거지?"

거상웅은 주위를 둘러봤다.

한자리에 모인 백룡장의 제자들 전원과 독고준, 청룡쌍걸.

이 전력이라면…… 남은 사천왕 둘을 충분히 노릴 수 있었다.

"나가자. 더 이상 이곳에 있을 필요가 없겠어."

"서두르자!"

시험 종료까지 남은 시간은 일 각.

학생들은 망설이지 않았다.

남은 두 명의 가면만 벗기면 학생들의 완벽한 승리니까.

"갱생문에게 들키면 귀찮으니까 기척을 죽이고 움직이자."

거상웅을 필두로 여덟 학생은 학생회 건물을 빠져나왔다.

헌원강과 독고준이 그의 양옆에 따라붙었다.

헌원강이 물었다.

"선배. 그런데 말이야. 사천왕 중 세 명은 누군지 알겠는데 나머지 한 명은 누굴까?"

"나도 마침 그 생각 중이었다. 떠오르는 후보가 몇 명 있긴 한데……."

악연호. 명일오. 제갈소영.

사천왕 중 세 명의 정체는 신입 강사 삼인방으로 드러났다.

하지만 남은 한 명, 냉혈수라마왕의 정체는 여전히 오리무중이었다.

여기 있는 학생들 중에서는 그와 마주친 학생이 없었다.

그와 마주친 학생은 전부 명찰이 떨어지고 감옥으로 끌려갔으니까.

“흐음…….”

거상웅은 머릿속에 떠오르는 사람들을 한 명씩 냉혈수라마왕이라고 가정해 보았다.

누구 하나 만만한 상대가 없었다.

특히 한 명은…….

‘에이. 아무리 그래도 그건 아니겠지.’

거상웅이 고개를 저어 불길한 생각을 털어낼 때였다.

“이상하군요.”

독고준이 주변을 두리번거리며 말했다.

“진작 벗어났어야 하는 길인데, 오늘따라 길게 느껴집니다.”

“뭐? 다들 정지!”

흠칫 놀란 거상웅이 일행을 멈춰 세웠다.

그리고 눈을 가늘게 뜨고 주변을 자세히 살폈다.

어둠 속이라 인지가 늦었다.

……방금 전에 왼쪽으로 끼고 돌았던 건물이 그 자리에 그대로 있었다.

그 사실을 깨달은 순간, 거상웅의 표정이 굳었다.

“진법이다! 조심해!”

즉시 외쳤지만, 한발 늦었다.

우우우웅!

바닥이 진동하기 시작하더니, 공간이 뒤틀리며 주변의 풍경이 흐물흐물하게 변했다.

무기를 뽑아 든 학생들이 등을 맞대고 주변을 경계했다. 다들 낭패한 기색이 역력했다.

“제갈소영 선생님이 만든 건가?”

“누구 진법 배운 사람 없어? 해체 좀 해 봐.”

“멍청아. 제갈세가에서 만든 진법을 우리가 어떻게 해체해?”

다들 당황해서 어쩔 줄 모르고 있을 때, 진의 바깥에서 한 사람이 걸어왔다.

저벅. 저벅.

다들 상대가 혼세마녀일 거라고 예상했지만, 낮고 무거운 목소리가 들려왔다.

“한곳에 모여 있었나. 덕분에 하나씩 찾아다닐 수고를 덜었군.”

무심하고 딱딱한 말투.

눈처럼 하얀 백의무복에 하얀 가면을 쓴 사내가, 무거운 존재감을 드러내며 걸어왔다.

냉혈수라마왕.

분명 가면을 쓰고 있었지만, 그를 본 순간 모두가 그의 정체를 깨달았다.

학생 중 누군가가 절망스러운 목소리로 중얼거렸다.

“남궁수…….”

“선생님을 붙이도록.”

검을 뽑아 든 남궁수가 학생들을 향해 걸어가기 시작했다.

치직, 치지지직!

그의 검에 백색의 뇌기가 맺혔다.

205화

가르침을 내리겠다

남궁수의 검법을 알아본 거상웅이 소리쳤다.

"천뢰검법이다! 다들 흩어져! 뭉쳐 있으면 전부 뇌기에 감전당한다!"

천뢰검법(天雷劍法).

남궁세가의 창궁무애검법이나 제왕검형만큼 유명하지는 않지만, 그 위력은 결코 앞선 무공들에 못지않은 신공절학.

하지만 익히는 것조차 매우 고통스러운 뇌기를 다루는 무공이라, 남궁세가 내에서도 익힌 사람이 거의 없다고 알려져 있었다.

"독고준이 아니라 거상웅이 머리인가."

남궁수는 학생들에게 지시를 내리는 거상웅을 보며 흥미롭다는 듯 눈을 빛냈다.

"적의 숫자가 많을 땐, 머리부터 노리는 것이 정석."

마치 강의를 하듯, 남궁수의 목소리는 학생들의 귀에 쏙쏙 들어왔다.

그의 걸음에는 여유가 넘쳤고, 반면 학생들은 주춤주춤 물러나기만 했다.

"반대로 말하면, 너희는 우두머리를 지켜야겠지."

한순간, 남궁수의 신형이 아무런 징조도 없이 죽 늘어났다.

실로 경탄스러운 신법에 대부분의 학생들이 제대로 반응조차 하지 못했다.

남궁수의 검이 거상웅의 어깨에 거의 닿았을 때까지도.

까앙!

남궁수는 자신의 검을 막아 낸 두 자루의 검을 보았다.

독고준과 위지천이 이를 악물며 자신을 노려보고 있었다.

"제법이군."

남궁수의 입가에 희미한 미소가 맺혔다.

그가 가볍게 손을 털자, 두 자루 검이 뒤로 튕겨 나갔다.

남궁수가 다른 학생들을 둘러보며 말했다.

"나머지도 분발하도록."

"넓게 흩어져서 포위해! 냉혈수라마왕 한 명 정도면 충분히 쓰러뜨릴 수 있어!"

"도발인가. 주제 파악을 못 하는 건가."

남궁수는 자신을 포위한 학생들을 보며 한쪽 입꼬리를 말아 올렸다.

동시에 그의 눈은 서늘하게 빛났다.

"어디. 그 녀석에게 얼마나 잘 배웠는지 볼까."

괜히 이 우습지도 않은 사천왕 놀이에 응한 것이 아니었다.

남궁수는 전날 백수룡과 나눈 대화를 떠올렸다.

-네가 가르친 학생들을 나더러 시험하라고?

-한번 해 봐. 뭔가 가르치고 싶으면 가르쳐도 되고.

-자신만만하군.

-왜냐면, 그 녀석들이 올해 천무제 우승의 주축이 될 거거든.

천무제 우승의 주축?

그 말을 듣는 순간 남궁수는 어이가 없었지만, 예전처럼 백수룡을 비웃거나 조롱하지는 않았다.

'인정할 건 인정하지.'

백수룡이 온 이후로 청룡학관은 변화하고 있었다. 일타강사인 자신도 그동안 못했던 일. 분명 인정받고 칭찬받아 마땅했다.

하지만.

'천무제는 그리 만만한 행사가 아니다.'

찬물을 뿌리고 싶지는 않지만, 너무 들뜨지 않도록 현실을 명확히 인식시켜 줘야 할 필요가 있었다.

그래서 남궁수는 백수룡의 제안을 승낙했다.

─좋다. 나도 시험관으로 참여하지.

팔방(八方)을 점한 여덟 명의 학생이 남궁수의 가면을 노리고 덤벼들었다. 그 기세가 제법 날카로웠다.

하지만 천무제에 나서기엔, 아직도 터무니없이 부족하다.

"지금부터 가르침을 내리도록 하지."

가장 먼저 날아든 것은 여민이 던진 암기였다. 전신 요혈을 노리는 암기의 숫자는 정확히 스물둘. 남궁수는 뛰어난 안법으로 모든 암기의 속도와 각도를 파악했다.

휘리릭!

남궁수는 몸을 회전시키며 바람을 일으켰다.

백의무복이 바람에 크게 펄럭였다.

스물두 개의 암기가 자석처럼 그의 검에 달라붙었다가, 폭발하듯 다시 사방으로 뿌려졌다.

파바바박!

암기는 여민이 날렸을 때보다 배는 빠른 속도로 학생들에게 날아갔다.

"피해!"

"으허억!"

학생들은 대부분의 암기를 쳐 내거나 피했지만, 그 한 수로 인해 촘촘했던 대열은 완전히 흐트러졌다.

남궁수는 깃털처럼 가벼운 보법으로 그 틈으로 파고들었다.

"우선 둘."

남궁수는 가장 가까이 있는 청룡쌍걸을 향해 검을 뻗었다.

학생회 선도부로 유명한 쌍둥이.

냉정하게 말해 둘 다 무공에 큰 자질은 없으나, 둘이 함께 펼치는 합격술은 제법 봐줄 만했다.

"타핫!"

"타핫!"

청룡쌍걸이 좌우에서 동시에 달려들었다.

포승줄이 뱀처럼 움직여 남궁수의 검을 옭아매고, 육모방망이가 검을 때렸다.

남궁수는 쌍둥이의 합격진에 대해 짧게 평했다.

"미숙하다."

서걱!

육모방망이와 포승줄이 단숨에 베여 나갔다.

남궁수는 놀란 표정으로 물러나는 쌍둥이의 가운데로 선선히 움직였다.

"서로에게 의존하는 버릇을 버리고, 각자의 무공에 더 정진하도록."

짧은 가르침.

쌍둥이가 뭐라고 대답하기도 전에, 남궁수의 검이 그들의 마혈을 찍었다.

털썩.

털썩.

등 뒤에서 쌍둥이가 의식을 잃고 쓰러졌지만, 남궁수는 그들에게 시선도 주지 않았다.

아직 가르침을 줘야 할 학생들이 많았다.

남궁수가 호명했다.

"다음."

"흐라아아압!"

쩌렁쩌렁한 고함과 함께 야수혁이 거대한 몸으로 돌진했다. 땅을 울리는 기세가 사람이 아닌 곰이나 호랑이를 연상시켰다.

남궁수는 작게 고개를 끄덕였다.

"타고난 신체 능력. 더불어 뛰어난 외공으로 단련했군. 단련된 신체가 매우 뛰어나 보인다. 하지만……."

푹!

남궁수는 바닥에 검을 꽂았다. 그 의미를 눈치챈 야수혁의 눈썹이 꿈틀거렸다.

검객이 검을 놓고 체술로 자신과 싸우겠다고?

자존심이 상한 야수혁이 주먹을 휘두르며 사자후를 터트렸다.

"죽어라!"

"……물불 가리지 않는 성격, 그리고 도발에 쉽게 걸려드는 점은 감점 요인이다."

그 순간, 야수혁은 하늘과 땅이 뒤집히는 기분을 느꼈다.

정확히 어떻게 된 일인지는 파악하지도 못했다.

어느 순간 몸이 허공에 붕 뜨더니, 야수혁의 거구가 바닥에 메다꽂혔다.

콰아아아앙! 바닥에 금이 갈 정도로 커다란 충격이었다. 상체를 들썩이는 야수혁의 입에서 피가 쿨럭쿨럭 터져 나왔다.

"상대와 자신의 역량 차이를 가늠하는 법을 배워라. 네 몸은 남들보다 튼튼할 뿐이지, 금강불괴가 아니다."

"끄으윽……."

내상이 심한지, 야수혁은 쉽게 몸을 일으키지 못했다. 그를 지나친 남궁수의 눈이 서늘하게 빛났다.

"다음."

수십 종의 암기가 하늘을 가득 메우며 날아왔다.

남궁수의 미간이 찌푸려졌다.

"조잡하군."

남궁수가 일으킨 검풍에 암기가 모조리 휘말려 떨어졌다.

하지만 남궁수의 시선이 암기로 향했을 때, 그의 왼편으로 다가온 여민이 쌍장을 앞으로 내밀며 기습을 가했다.

쩌저저적!

그녀의 손바닥에 새하얀 서리가 맺혀 있었다.

남궁수도 손바닥을 마주 내밀었다. 그의 손바닥에는 치치직, 하고 뇌기가 흘렀다.

퍼어엉!

손바닥과 손바닥이 부딪친 순간, 비명과 함께 여민이 뒤로 튕겨 날아갔다.

"꺄악!"

남궁수의 장력을 견디지 못하고 튕겨 나간 것이다. 뇌기에 감전된 듯, 여민이 몸을 부르르 떨었다.

"믿을 것은 보법과 암기뿐인가? 빙공은 아직 어설프군."

"으으……. 배운 지 얼마 안 되어서 그래요!"

“변명하는 자리가 아닐 텐데. 감점.”

“치사해!”

남궁수는 대답하지 않고 몸을 돌렸다.

등 뒤에서 강맹한 기운이 느껴졌기 때문이었다.

“학생회장. 다음은 너인가?”

쐐애액!

머리 위에서 독고준의 강검이 떨어지고 있었다.

그 순간, 남궁수의 입가에 처음으로 흡족한 미소가 맺혔다. 그가 검을 마주 휘두르며 말했다.

“독고구검이 제법 태를 갖췄군.”

쩌어엉! 일검에 거대한 충격파가 사방으로 퍼져 나갔다.

독고준은 빠르게 뒤로 물러났다.

검을 든 손아귀가 저릿한지 표정이 일그러졌다.

반면, 남궁수는 태연한 모습이었다.

“훌륭하다. 하지만 아직 보완할 구석이 보이는군. 예를 들어 방금 전에는⋯⋯.”

남궁수는 말을 마치지 못했다. 독고준이 정면에서 시선을 끄는 사이, 뒤에서 유령처럼 다가온 위지천이 그의 목덜미를 노렸다.

위지천의 억누른 살기에 피부가 따끔거렸다.

“놀랍군.”

남궁수는 작게 감탄했다. 동시에, 그의 검에 맺힌 천뢰기가 더욱 새하얗게 백열했다.

까가가강!

남궁수와 위지천의 검이 연달아 부딪쳤다.

순식간에 수세에 몰린 위지천의 이마에 식은땀이 줄줄 흘렀다.

반면, 남궁수는 여전히 숨도 흐트러지지 않았다.

“위지천. 너는 분명 네 나이에 보기 드문 성취를 이뤘다.”

“숙여, 위지천!”

위지천이 고개를 숙이자, 그 위로 헌원강이 날린 도기가 날아왔다.

하지만 남궁수는 검을 휘둘러 가볍게 도기를 소멸시켰다.

헌원강이 아쉽다는 듯 발을 굴렀다.

“쳇! 비장의 한 수였는데.”

“조잡했다.”

“으아악! 저 인간 재수 없어!”

남궁수의 시선이 위지천과 그 너머의 헌원강, 그리고 다시 달려오는 독고준을 스윽 훑었다.

“천무학관에는 너희들 못지않은 재능들이 있다. 그중 극히 일부만이 용봉이라 불리지.”

위지천, 헌원강, 독고준이 남궁수를 둘러싸고 공격을 쏟아냈다.

하지만 남궁수는 여유롭게 보법을 밟으며 모두의 공격을 막고, 피하고, 반격했다.

그는 마치 유유자적하게 산보를 나온 사람처럼 보였다.

“이 정도가 너희의 한계인가?”

“큭……!”

“젠장!”

학생들에게 남궁수는 거대한 벽처럼 느껴졌다.

여덟 명을 상대로도 밀리기는커녕, 오히려 압도하는 강함.

하지만 거리를 두고 남궁수의 신위를 지켜본 거상웅은 다른 의미에서 놀랐다.

‘무공도 무공이지만…… 우리의 장단점을 완벽하게 파악하고 있어.’

그는 남궁수의 약점을 찾기 위해 일부러 싸움에 끼지 않았다.

하지만 남궁수는 약점을 드러내기는커녕, 학생들의 허점을 하나하나

지적하며 싸우고 있었다.

학생 한 명, 한 명에 대한 분석을 철저하게 했다는 의미였다.

'끝내려면 진작 끝낼 수 있었어. 이건 완전히 우리를 가지고 노는 거야.'

거상웅의 판단은 그러했다.

그리고 이 자리에 있는 모두가, 은연중에 그 사실을 느끼고 있었다.

전의를 상실한 학생들의 공격에서 서서히 힘이 빠지기 시작했다.

"한심하군."

갑자기 남궁수가 공격을 멈췄다.

가면 아래로 드러난 입가에 비릿한 미소가 맺혔다.

"겨우 이 정도 실력으로 오만하게 굴었던 너희들도, 너희를 데리고 천무제에서 우승하겠다고 장담한 그 허풍쟁이도 한심해."

"……뭐?"

"지금 뭐라고 했어요?"

그 순간, 패배감이 짙게 드리워져 있던 학생들의 눈빛이 다시 불타오르기 시작했다.

방금 남궁수가 '허풍쟁이'라고 부른 사람이 바로 백수룡이었기 때문이다.

헌원강이 앞으로 나서며 따지고 들었다.

"우리 실력을 탓하는 건 상관없는데, 왜 백수룡 선생님을 끌어들여요?"

남궁수는 헌원강의 말을 무시하고 다른 학생들을 둘러봤다.

거상웅, 여민, 위지천, 야수혁, 그리고 다시 헌원강.

백수룡의 애제자라고 할 수 있는 학생들이 그를 사납게 노려보고 있었다. 독고준의 눈빛도 곱지 않았다.

"그 녀석이 호언장담하기에 뭔가 달라졌을지도 모른다고 생각했는데…… 너희는 여전히 실패작이로군.”

“뭐라고?”

“저 인간이 진짜!”

“선생님! 말씀이 심하시군요!”

“…….”

학생들이 눈에 다시 독기가 어리기 시작했다.

두려움에 떨던 손에 힘이 들어가고, 은연중에 패배를 인정했던 마음속으로 분노가 가득 차올랐다.

남궁수는 입가에 비릿한 미소를 지으며 도발을 계속했다.

“억울한가? 그럼 입으로만 떠들지 말고 실력으로 증명해라. 너희가 실패작이 아니라는 것을.”

퉤!

바닥에 피가 섞인 침을 뱉은 헌원강이 성큼 앞으로 나서며 말했다.

“저 자식 얼굴에 한 방 먹여 줘야겠어.”

“동감이다.”

“당신은 옛날부터 마음에 안 들었어.”

남궁수는 자신을 향해 다시금 전의를 불태우는 학생들을 보며 미소 지었다.

“…….”

한편으로는 씁쓸해 보이는 미소였지만, 그 사실을 깨달은 학생은 아무도 없었다.

206화

더욱 정진하도록

한편, 진법의 바깥.

백수룡은 제갈소영과 함께 학생회 건물 지붕 위에 서서 남궁수와 학생들의 싸움을 지켜보고 있었다.

"남궁 선생님이 저렇게 강할 줄이야……."

제갈소영은 적잖은 충격을 받은 모양이었다.

남궁수와 사적으로는 어려서부터 알던 사이였고, 지금은 청룡학관의 사수이기도 했다.

하지만 정작 남궁수의 무공에 대해서는 아는 것이 별로 없었다.

치지지직!

새하얀 뇌기를 뿌리며 학생들을 압도하는 남궁수의 모습은, 벼락으로 악귀와 요괴를 멸한다는 전설 속의 뇌공(雷公)과도 같았다.

"……대단하네."

감탄하기는 백수룡도 마찬가지였다.

하지만 그는 남궁수의 실력보다, 익히고 있는 무공에 놀랐다.

미간을 모은 백수룡이 제갈소영에게 물었다.

"저 녀석이 익힌 천뢰검법. 익히기 힘든 무공이지?"

"힘들기로는 남궁세가의 무공 중에서도 첫손에 꼽을 거예요."

새하얀 뇌기에 휘감긴 남궁수를 본 제갈소영이 몸을 부르르 떨었다.

남궁수는 이제 검뿐만이 아니라 온몸에 뇌기를 두르고 있었다.

"무공 자체가 어려운 것도 있지만, 뇌기를 다루는 무공이라 익히는 과정이 무척 고통스럽거든요."

"역시 그랬군."

간단히 말해, 몸 안에서 계속 벼락이 친다고 생각하면 된다.

특유의 호신기로 신체와 혈도를 보호하긴 하지만, 뇌기가 주는 고통까지 경감시킬 수는 없다.

그건 오로지 당사자가 견뎌야 할 몫.

제갈소영이 어두워진 표정으로 말했다.

"게다가 격렬하고 파괴적인 성향을 지니고 있어서, 무공을 익히는 사람의 성격이 거칠어진다는 부작용도 있어요."

"그만큼 주화입마에 빠지기도 쉽겠지."

"……맞아요. 그래서 정파에서도 뇌기를 다루는 무공이 점점 사라지는 추세예요."

예전 신입 강사 대련 시험에서 남궁수가 명일오를 상대로 사용하는 걸 보긴 했지만, 그땐 주력 무공을 보조하는 수준으로만 익힌 줄 알았다.

하지만 지금 모습을 보니, 평생 천뢰검법만 익혔다 해도 믿을 정도로 그 성취가 대단해 보였다.

제갈소영이 확신을 담아 말했다.

"남궁세가에서도 천뢰검법을 저 정도까지 익힌 고수는 아마 남궁수 선생님이 유일할 거예요."

"흐음……."

백수룡은 턱을 쓰다듬으며 남궁수를 바라봤다.

전신에서 새하얀 뇌기를 뿜어내며 학생들을 압도하는 모습.

몸을 휘감은 백색 뇌기에 가려서 표정이 제대로 보이진 않았지만, 백수룡에겐 혈마안이 있었다.

'한번 볼까.'

백수룡은 제갈소영이 눈치채지 못하도록 한 걸음 앞으로 나서며 혈마안을 발동했다.

키이잉!

혈마안을 사용하자 뇌기에 가려진 남궁수의 표정이 선명하게 보였다.

가면 아래, 못마땅한 듯 꾹 다문 입매가 파르르 떨렸다.

평소 같았다면 그냥 재수 없다고 생각했을 표정이지만, 천뢰검법의 부작용을 알게 되자 새롭게 다가왔다.

'고통을 참고 있군. 뇌기의 출력이 부담스러운 거야.'

저 표정을 보니 남궁수가 고통을 즐기는 변태가 아니라는 건 확실했다.

간혹 그런 성향을 이용해서 무공을 수월하게 익히는 경우도 있으니까.

하지만 남궁수는 고통을 느끼는 평범한 인간이고, 천뢰검법은 그에게 상당한 고통을 주는 듯했다.

의문이 꼬리를 물고 이어졌다.

'저 녀석. 남궁세가의 직계라고 하지 않았나? 소가주가 아니니까 제왕검형은 무리겠지만, 창궁무애검법이라면 배울 수 있었을 텐데.'

제왕검형(帝王劍形).

창궁무애검법(蒼穹無涯劍法).

둘 다 남궁세가를 대표하는 절세의 검공이었다.

천뢰검법보다 훨씬 안정적이면서, 위력은 결코 모자라지 않은 무공들.

하지만 남궁수는 굳이 천뢰검법을 주력 무공으로 익혔다.

"어째서 창궁무애검법 대신 천뢰검법을 익혔을까요?"

제갈소영도 똑같은 의문이 드는 모양이었다.

백수룡은 어깨를 으쓱했다. 아무 단서도 없이 섣불리 추측할 수는 없는 일이었다.

"뭐, 무림인치고 사연 없는 놈 없으니까. 물어본다고 해서 순순히 말해 줄 놈도 아니고."

"하긴…… 생각해 보면, 어릴 때 빼곤 자기 애길 하는 걸 들어 본 적이 없어요."

"일단 더 지켜보자."

백수룡은 남궁수에 대한 궁금증은 잠시 옆으로 미뤄 두기로 했다. 한창 싸움이 절정에 이르고 있었다.

'아니, 저런 걸 싸움이라고 부르면 안 되겠지.'

백수룡의 입가에 흐뭇한 미소가 맺혔다.

혹시나 하는 마음에 남궁수에게도 시험관을 부탁했지만, 저렇게까지 준비해 올 줄은 몰랐다.

그가 피식 웃으며 말했다.

"저 녀석. 남의 시험에서 멋대로 특강을 하고 있잖아."

"네? 특강이요?"

되묻는 제갈소영의 말에, 백수룡은 고개를 끄덕였다.

그의 시선은 학생들 한 명, 한 명의 단점을 지적하고 교정해 주는 남궁수에게 고정되어 있었다.

"내가 왜 너희에게 시험관을 부탁했을 것 같아?"

"……직접 나서면 너무 쉽게 끝나니까?"

제갈소영이 자신 없는 투로 대답했다. 백수룡은 그것도 맞다며 웃었다.

"하지만 진짜 이유는 따로 있어."

백수룡의 시선은 이를 악물고 남궁수에게 덤벼드는 자신의 제자들을 향했다.

“저 녀석들이 나 말고 다른 사람한테도 무언가를 배웠으면 싶었거든.”

“아…… 무슨 말인지 알 것 같아요.”

지금껏 알게 모르게, 학생들은 백수룡의 방식에 많이 의존하고 있었다.

하지만 백수룡은 혼자서 하나부터 열까지 모든 것을 가르칠 수는 없었다.

무림에는 수많은 고수가 있고, 그들 개개인의 무공이며 성격은 모두 다르다.

보다 다양한 경험을 해 두면 언젠가 강호에 나갔을 때도 큰 도움이 될 것이다.

뇌기를 다루는 고수와 싸워 보는 것만 해도, 백수룡은 시켜 줄 수 없는 경험이었다.

“봐. 애들 대처가 처음보다 훨씬 나아졌지.”

처음에는 남궁수에게 상대도 되지 않았는데, 점점 움직임이 나아지더니 지금은 제법 잘 싸우고 있었다.

진법 안에서 남궁수의 비웃음 섞인 목소리가 간간이 들려왔다.

“백수룡의 집에서 하숙하며 배운 게 고작 이건가? 실패작들답군.”

“닥쳐요!”

“내 옷깃이라도 건드리고 싶다면 보법부터 신경 쓰도록.”

“아악! 약 올라!”

“고수는 상대의 눈만 보고도 공격의 방향을 읽는다. 달리 말하면 눈빛만으로도 허초를 줄 수 있단 뜻이다.”

“우리도 알아! 다 배웠다고!”

“다 알면서 이 모양이라는 뜻인가? 백수룡도 피곤하겠군.”

“진짜 열 받게 하고 있어!”

자신에 대한 학생들의 분노.

백수룡에 대한 학생들의 신뢰와 믿음.

남궁수는 그것까지 자신의 특강에 활용하고 있었다.

백수룡이 팔짱을 끼며 씩 웃었다.

"나랑 방식은 다르지만, 남궁수도 제법 잘 가르치는걸."

"……일타강사한테 제법이란 소리를 하는 사람은 오라버니뿐일걸요."

"물론 나보다는 못하지만."

"어련하시겠어요."

제갈소영은 못 말리겠다는 듯 고개를 절레절레 저었다.

피식 웃은 백수룡은 고개를 돌려 어둠 속을 바라봤다.

"너희는 간 줄 알았더니 다시 왔냐?"

돌아간 줄 알았던 악연호와 명일오가 털레털레 걸어오고 있었다.

"퇴근하려고 했는데, 무시하기 힘든 기의 충돌이 느껴져서요."

"……남궁수 선생님. 진짜 대단하네요."

네 사람은 나란히 서서 일타강사 남궁수의 특강을 청강했다.

백수룡을 제외한 세 사람은 감탄과 동시에 부끄러움을 느꼈다.

'우린 형님이 내건 보상에 눈이 멀어서 그냥 애들을 쫓아다니기만 했는데.'

'애들 한 명, 한 명의 특성을 저렇게 분석해서 오다니…….'

'일타강사도 저렇게 열심히 하는데, 신입 강사인 우린 뭘 하고 있었던 거지?'

세 사람은 얼굴이 달아오를 정도로 부끄러웠다.

하지만 그들은 자신들의 부족함을 외면하거나 부정하지는 않았다.

눈을 크게 뜨고 청룡학관의 유일한 일타강사의 특강을 끝까지 지켜봤다.

'보고 배우자!'

'다음에 더 잘하면 돼.'

'언젠가는 나도…….'

꽉 쥔 주먹과 꾹 다문 입에서 배움의 열의가 느껴졌다.

백수룡은 그런 동료들의 모습을 보며 흐뭇하게 웃었다.

'성장하는 건 학생들만이 아니야.'

스승과 제자는 서로에게 영향을 미친다.

강사들끼리도 마찬가지다.

서로에게 영향을 미치고, 경쟁하고, 그러면서 더욱 발전한다.

청룡학관이 천무제에서 우승하기 위한 준비는 차근차근 이루어지고 있었다.

그때였다.

"끝내려나 보군."

백수룡의 중얼거림과 함께, 남궁수가 전신에서 뇌기를 뿜어냈다.

−실패작이 되고 싶은 거니?

돌아가신 어머니의 입버릇이었다.

대남궁세가의 첩실.

그 사실에 열등감을 가졌던 그녀는 하나뿐인 자식을 유독 엄하게 훈육했다.

−실패작이 되고 싶지 않으면 죽어라 무공을 수련해야 한다. 너는 반드시 가주가 되어야 해!

남궁수는 어머니의 꿈이 너무나 허황됐다고 생각했다.

비록 남궁세가는 정실과 첩실의 자식을 크게 차별하지 않는 편이었으나, 아무리 그래도 첩의 자식이 소가주가 된 예는 없었다.

－네 자질이라면 충분하단다. 수야. 이 어미의 소원을 들어줄 거지?

남궁수는 무공에 뛰어난 자질을 타고났으나, 다른 형제들을 압도할 정도는 아니었다.

결국 조바심이 났는지 어머니는 결단을 내렸다. 어느 날 아들을 앉혀 놓고 설득했다.

－천뢰검법을 익히려무나. 이 어미가 들어 보니 조금 아프기는 해도, 창궁무애검법보다 성취가 빠르고, 대성에 이르면 뇌신의 경지에 이른다고 하더구나. 그것만이 네 형제들을 압도할 수 있는 길이란다.

직접 익혀 보니 '조금' 아픈 정도가 아니었지만, 남궁수는 묵묵히 어머니의 뜻을 따랐다.

몸이 약했던 어머니는 그가 약관이 되기도 전에 돌아가셨지만, 남궁수는 천뢰검법을 대성하는 것이 어머니의 유언이라도 되는 것처럼 계속 파고들었다.

어머니의 입버릇은 어느새 자신의 입버릇이 되었다.

－일어나라. 그대로 주저앉으면 실패작이 될 뿐이다.

남궁세가의 일반 무사들을 가르칠 때마다 남궁수는 그렇게 말했다. 자존심이 강한 무사들은 이를 악물고 일어났다. 그들의 눈에 자신을 향한 분노와 증오가 가득했지만, 남궁수는 상관치 않았다.

혈교와의 전쟁이 끝난 후, 남궁세가는 학관업에 총력을 기울였다. 학관업을 통해 쌓은 부와 명예, 인맥은 그들을 오대세가의 수좌에 앉혀 놓았다.

가주의 아들들에게도 예외가 아니었다.

-너희는 일타강사가 되어야 한다.

최소 오 년 이상은 오대학관 중 한 곳에서 강사 일을 해야 했으며, '일타강사'라는 명예를 거머쥐어야 가문의 어른들에게 인정받을 수 있었다.

어느 날, 가주가 아들들을 모아 놓고 물었다.

-청룡학관에는 누가 갈 테냐?

가주의 질문에, 그의 아들 중 누구도 선뜻 입을 열지 않았다.

청룡학관.

오대학관 중 가장 수준이 떨어지며, 조만간 오대학관에서 제명될 것이 확실시되는 학관.

누구도 그곳에 가고 싶어 하지 않는 눈치였기에, 남궁수는 고개를 들고 대답했다.

-제가 가겠습니다.

형제들 중 누군가는 놀라는 눈치였고, 누군가는 안타깝다는 눈빛을 보냈다. 당연하다고 여기는 눈빛도 있었다.

─네가 첩의 자식이기에 양보하는 것이냐?

가주가 실망스러운 눈빛으로 묻기에, 남궁수는 고개를 저었다.

─밑바닥에서부터 하나씩 일궈 보고 싶습니다.

결국 가주의 허락이 떨어졌다. 남궁수는 그 길로 행낭을 꾸렸고, 청룡학관으로 향했다.

─결국 실패작이 되었구나. 실패작이 되었어.

청룡학관으로 가는 내내 돌아가신 어머니의 환청이 들렸다.
남궁수는 그때 처음으로 어머니에게 반항했다.
'두고 보십시오.'
남궁수는 청룡학관으로 온 지 오 년도 되지 않아 일타강사라는 개인적인 명예를 얻었다.
하지만 청룡학관의 위상은 예전 그대로였다.
천무제에서는 여전히 최하위를 도맡아 했고, 학생들의 자신감은 점점 하락했다.
매해 입학하는 신입생들의 수준도 떨어졌다.
끝없는 악순환.
남궁수는 자신이 아무것도 바꾸지 못할 거란 사실을 점점 받아들여야만 했다.

─실패작이 되고 싶은 거니?

어머니의 말이 떠오를 때마다 남궁수는 학생들을 강하게 질책했다.

누구보다 먼저 출근하고, 누구보다 늦게 퇴근했다.

하지만 바뀌는 것은 없었다.

한 신입 강사가 청룡학관에 오기 전까지는.

"끄으윽……."

"젠장. 젠장. 젠장. 젠장."

"더럽게 강하네."

"후우. 한 번만 더 해 보자."

백수룡이 심은 변화의 씨앗이, 남궁수의 눈앞에서 발아하고 있었다.

"……."

남궁수는 말없이 학생들을 바라봤다.

재능이 있지만 게으르고, 회피하고, 기회를 줘도 무기력하게 고개를 젓던 녀석들.

때문에 자신은 그들을 실패작이라고 단정 짓고 눈길조차 주지 않았다.

하지만 백수룡은 이 아이들을 거두어 환골탈태시켰다.

특히 헌원강과 거상웅의 변화는 놀라웠다.

'작년과는 비교도 되지 않을 정도로 성장했군.'

궁금했다.

이 아이들에게, 자신과 백수룡의 차이는 무엇이었을까?

'모르겠군.'

아무리 생각해 봐도 알 수가 없었다.

백수룡은 어떻게, 저 아이들의 눈이 저토록 활활 타오르게 만들 수 있었는지.

무릎이 후들거리면서도 싸움을 포기하지 않도록 만든 것인지.

'내 교육 방식이 잘못됐다고는 생각하지 않는다.'

그렇지만, 인정할 것은 인정해야 한다.

남궁수는 잠시 공격을 멈추고 입을 열었다.

"아까 한 말은 모두 취소하지. 너희는 실패작이 아니다."

"음?"

"갑자기?"

다들 쉽게 못 믿는 표정이었다. 경계심 가득한 얼굴들을 둘러보며 남궁수가 말했다.

"너희에게 충분한 잠재력이 보인다. 지금처럼 꾸준히 성장한다면, 천무제에서도 충분히 활약할 수 있을 것이다. 기대하지."

"어……?"

"정말요?"

얼떨떨한 표정이던 학생들의 뺨이 조금씩 씰룩이기 시작했다.

칭찬에 인색하기로 소문난 남궁수였다.

그의 입에서 저런 말이 나온 건, 그야말로 극찬이나 다름이 없었다.

남궁수는 고개를 끄덕이며 시험 종료를 알렸다.

"시험 시간이 이미 지났으니 명찰은 빼앗지 않겠다. 너희의 승리다."

"저, 정말이죠?"

"하아……."

"다행이다……."

"끝난 거지? 그렇지?"

"한 방 못 먹인 건 아쉽지만……."

안심한 학생들이 하나둘 무기를 내렸다.

그러나 남궁수의 말은 아직 끝나지 않았다.

"마지막으로, 이번 공격을 막으면 너희에게 내 가면을 주지."

남궁수의 몸에 흐르던 뇌기가 한순간 두 배로 늘었다.

학생들이 창백해진 얼굴로 뒷걸음질 쳤다.

"네? 자, 잠깐만요!"

"시험도 끝났는데 이제 그만해도 되지 않아요?"

"우린 선생님 가면 필요 없어요!"

필사적으로 거부하는 학생들에게, 남궁수가 차갑게 웃으며 말했다.

"거부권은 없다."

남궁수가 성큼 내디디며 검을 휘둘렀다. 순간, 세상이 새하얗게 물든 듯한 착각이 들었다.

치지지지지지직!

공간 전체에 벼락이 내리친 듯한 섬광과 함께, 학생들의 비명이 울려 퍼졌다.

"이 악마아아아!"

잠시 후, 얼굴이 시커멓게 타고 머리카락이 삐죽삐죽 솟은 학생들이 털썩털썩 주저앉았다.

"방심하지 말고 더욱 정진하도록."

준비한 강의를 모두 마친 남궁수는 그대로 몸을 돌렸다.

207화
어림도 없다

“으으…….”

“꼼짝도 못 하겠어.”

녹초가 된 학생들은 바닥에 주저앉거나 아예 대자로 드러누웠다.

남궁수와의 실전에 가까운 대련이 그들을 손 하나 까딱할 수 없는 상태로 만들었다.

하지만 가진 걸 모두 쏟아낸 만큼 후련한 기분도 들었다.

남궁수의 등을 바라보는 학생들의 눈빛에 감탄이 어렸다.

‘말도 안 되게 강하잖아.’

‘이렇게 속수무책으로 당한 건 백수룡 선생님 말고는 처음이야.’

‘역시 일타강사…….’

재수 없고, 사람을 무시하긴 해도, 남궁수의 실력은 진짜였다. 학생들도 그 사실만은 인정하지 않을 수 없었다.

등 뒤로 학생들의 시선을 느낀 남궁수가 고개도 돌리지 않은 채로 말했다.

“시간이 늦었으니 바로 집으로 돌아가도록.”

남궁수는 그대로 진법을 벗어나 어둠 속으로 사라졌다.

끝까지 옷매무새 하나 흐트러지지 않은 완벽한 모습.

하지만 학생들의 시야에서 모습을 숨긴 직후, 남궁수는 어지러움을 느끼고 비틀거렸다.

"후우……."

남궁수는 벽에 손을 기대고 잠시 호흡을 골랐다.

그의 이마에서 식은땀 한 방울이 흘러내렸다. 뇌기에 가려졌던 안색은 시체처럼 창백했다. 참았던 격통이 몰려오며 몸이 부들부들 떨렸다.

'천뢰기를 너무 많이 사용했나.'

남궁수가 익힌 천뢰검법은 몸에 큰 무리가 간다. 대성을 이루기 전까지는 감당할 수밖에 없는 부작용이었다.

남궁수는 조금 갈라진 목소리로 중얼거렸다.

"조금…… 쉬어야겠군."

다행히 학생들은 끝까지 눈치채지 못했다.

남궁수는 비틀거리는 몸에 힘을 줘 중심을 잡았다.

사무실로 돌아가서 잠시 쉰 후에, 밀린 업무를 처리할 생각이었다.

그때, 누군가가 그의 앞을 가로막았다.

"잠깐 얘기 좀 할까?"

"……."

백수룡이었다.

"여긴 여전히 삭막하네."

남궁수의 사무실을 둘러본 백수룡이 말했다.

산더미처럼 쌓인 서류 더미에 절로 고개가 저어졌다. 그 외에는 최소한의 가구뿐, 간단한 장식조차 없었다.

학관에서 가장 잘 나가는 일타강사의 방이라기엔 너무나 초라한 모습.

백수룡이 혀를 차며 투덜거렸다.

"돈도 많이 벌면서 좀 꾸며 놓고 살지."

"용건만 간단히 하고 돌아가도록."

차갑게 내뱉은 말과 달리, 남궁수는 직접 달인 차를 내주었다.

백수룡은 조금 놀란 표정으로 자신의 앞에 놓인 찻잔을 바라봤다.

"독이 든 건 아니겠지?"

"……쫓아낸다고 순순히 갈 놈이 아니니까."

"우리가 서로에 대한 이해가 깊어지긴 한 모양이야."

"시답잖은 이야기는 그만두고 본론으로 들어가도록."

차를 한 모금 마신 남궁수가 낮은 한숨을 내쉬었다.

창백했던 혈색이 점점 돌아오고, 흐트러졌던 자세가 바르게 펴졌다.

하지만 속눈썹이 파르르 떨리는 것만은 숨기지 못했다.

'아직 고통스러울 텐데, 그걸 참는군.'

남궁수는 놀라울 정도의 인내력으로 고통을 숨겼다.

백수룡도 그 사실을 눈치챘지만 모른 척하며 말했다.

"특강 잘 들었다. 여러모로 인상 깊었어. 학생들에게도 큰 도움이 됐을 거다."

"……겨우 그 얘길 하려고 날 찾아온 건가?"

"그것도 있고."

백수룡은 품에서 종이에 싸인 환약을 꺼내 탁자 위에 올렸다. 그리고 남궁수 쪽으로 밀었다.

"원기 회복에 좋은 약이다. 가전 비법으로 만든 약이라, 웬만한 약보다 좋을 거야."

이제는 사라진 혈교의 비법으로 만든 환약이었다. 원기 회복을 돕고

진통제 효과도 있었다.

매일 수십 명이 죽고 다쳐나가는 혈교에서 개발한 약인 만큼, 그 효능은 웬만한 거대 방파의 것보다 좋았다.

남궁수는 백수룡이 준 환약을 마다하지 않고 받았다.

"수업료라고 생각하고 받아 두지."

"지금 바로 먹는 게 좋을 텐데?"

"독이 있는지 확인한 다음에 먹을 생각이다."

"뭐?"

백수룡이 황당하다는 표정을 짓는 순간, 남궁수의 입꼬리가 아주 미미하게 씰룩였다.

나름대로 농담이었던 것이다.

"잘 먹지."

남궁수는 백수룡이 준 환약을 한입에 삼켰다. 떨리던 그의 속눈썹이 빠르게 안정을 되찾았다.

"……좋은 약이군."

확실히 두 사람 사이에 흐르던 분위기는 예전과는 달랐다.

남궁수가 백수룡을 동료 강사로 인정하기 시작했다는 의미이기도 했다.

"마침 잘됐군. 나도 너에게 할 말이 있었다."

"할 말?"

차를 한 모금 마신 남궁수가 진지한 목소리로 말했다.

"인정하지. 네가 온 이후로 학관의 분위기가 변했다."

백수룡이 청룡학관에 입사한 이후로, 청룡학관의 많은 부분이 달라졌다.

공손수의 후원을 받으면서 자금 사정은 예전과 비교할 수 없이 좋아졌고, 어딘가 주눅 들어 있던 학생들의 표정도 훨씬 밝아졌다.

뿐만 아니었다.

신입 강사의 활약에 자극을 받은 기존의 강사들도, 오랜 권태와 무기력에서 벗어나 새롭게 열의를 다지는 중이었다.

남궁수는 이 모든 변화를 가져온 사내를 물끄러미 바라봤다.

'이 녀석이 풍진호도 잡아먹었지.'

어떻게 한 것인지 자세한 사정까지는 모르지만, 풍진호가 백수룡의 눈치를 본다는 것은 이제 웬만한 강사들은 다 알고 있었다.

즉, 백수룡이 청룡학관에 끼치는 영향력이 풍진호 이상이라는 의미였다.

아니, 어쩌면 이미 일타강사인 자신 이상일지도 모른다.

"아직은 우스갯소리에 가깝긴 하지만, 올해 천무제에서 청룡학관이 이변을 일으킬지도 모른다는 소문이 돈다고 하더군."

"호오."

백수룡과 그의 제자들이 악인곡에 다녀온 이후로, 청룡신협과 그 제자들에 관한 이야기가 호사가들의 입을 통해서 퍼져 나가고 있었다.

청룡학관 입장에서는 좋은 일이었다.

하지만, 마냥 좋아할 수도 없었다.

"조만간 가게 될 신입 강사 연수에서, 많은 사람들이 그 소문의 진위를 확인하려 할 거다."

"확인?"

"노골적으로 말하면, 어떻게든 널 망신 주려고 하겠지."

"……."

중간고사가 끝난 이후, 머지않아 남궁세가에서 오대학관 신입 강사 연수가 열린다.

그 자리에 무림 오대학관의 신입 강사들도 모두 모일 터.

청룡신협의 소문을 들은 그들은 백수룡의 일거수일투족을 지켜보며 흠을 잡으려 들 것이 뻔했다.

"너에게 견제가 집중될 거다. 그들은 네 명성을 깎아내리는 것이 자신들이 명성을 높이는 거라고 생각할 테니까."

"이런. 큰일 났네. 먼저 다녀오신 선배님에게 조언이라도 구해야 하나?"

백수룡이 씩 웃으며 물었다. 하지만 진심으로 조언을 구하는 표정은 아니었다.

"……그렇게 대답할 줄 알았다."

남궁수도 조언해 주려고 꺼낸 이야기는 아니었다.

이젠 그도 백수룡이라는 인간에 대해 어느 정도는 알고 있었다.

누구든, 섣불리 백수룡을 건드렸다가는 몇 배로 당할 것이다.

"내가 해 줄 조언은 없다. 나 때는 아무도 나를 건드리지 못했다. 남궁 세가 안에서 그 직계를 건드릴 만큼 간 큰 자는 없으니까. 아무리 내가 서출이라도 해도 말이지."

"……너 서출이었냐?"

"모르고 있었나. 별로 중요한 건 아니다."

남궁수는 정말 대수롭지 않다는 듯 말을 이었다.

이제부터가 본론이었다.

"청룡학관의 이름을 걸고 가는 거다. 얕보이지 마라. 웬만한 사고를 쳐도 내가 무마해 줄 테니, 눈치 보지 않고 행동해도 좋다."

"……그거 다 박살 내고 오란 소리지?"

남궁수가 무표정한 얼굴로 고개를 끄덕이자, 백수룡의 입가에 악동 같은 미소가 맺혔다.

오대학관 신입 강사 연수.

원래도 가서 얌전히 있을 생각은 없었지만, 남궁수가 뒤를 봐준다고 하니 더욱 거리낄 것이 없어졌다.

“내가 할 말은 끝났다. 이만 나가 보도록.”

남궁수는 백수룡에게 축객령을 내린 후, 바로 자신의 책상에 앉아 두꺼운 서책을 꺼냈다.

백수룡은 남궁수가 꺼낸 두꺼운 서책의 제목을 확인했다.

『강의 일지』

팔뚝만 한 두께의 일지는, 손때가 검게 탈 정도로 낡아 있었다.

남궁수는 일지를 휘리릭 넘기더니 무언가를 적어 넣기 시작했다.

백수룡은 거기서 익숙한 이름을 발견했다.

「헌원강 : 학습 의욕이 떨어지고 수업 중 집중력이 부족한 모습을 보였으나, 최근 뚜렷한 목표를 가지고 수련에 매진하고 있음. 향후 무공의 큰 발전이 기대됨. 하지만 성격이 포악하고 강사에 대한 태도가 불량한 것은 개선해야 할 부분임. 무공에서 보완할 부분으로는……」

남궁수는 헌원강 외에도 거상웅, 야수혁, 위지천 등 오늘 상대한 학생들에 대해 꼼꼼히 적어 나갔다.

그 양이 어마어마했다.

‘수업이 끝나면 매일 일지를 적는 모양이군.’

백수룡은 잠시 그 모습을 지켜보다가 말했다.

“하나만 더 묻자.”

“아직 안 갔나.”

남궁수는 고개도 들지 않고 대답했다. 백수룡의 시선을 별로 의식하지도 않는 것 같았다.

“넌 왜 그렇게 성공과 실패에 집착하는 거냐?”

“……사람의 성공과 실패를 나누는 건 내가 아니다. 세상이지.”

남궁수는 여전히 고개도 들지 않고 대답했다. 손으로는 바쁘게 무언가를 계속 적어 내려가며 말을 이었다.

"세상은 실패에 가혹하다. 무림인은 더욱 그렇지. 무공의 성취가 목숨과 직결되어 있으니까."

"그래서 성취가 부족한 학생들을 실패작이라고 부르는 거냐?"

"독기를 심어 줬을 뿐이다."

"아직 애들이다. 독기를 품는 게 아니라, 절망에 빠져 헤어나지 못할 수도 있어."

"말 몇 마디에 부러질 녀석이라면, 무공 따위는 배우지 않는 게 낫겠지."

"……뭐, 네 말에 공감 못 하는 건 아닌데."

백수룡은 전생에 혈교의 교관이었다.

정파에서는 상상할 수 없을 만큼 가혹한 환경에서 훈련생들을 죽일 각오로 훈련시켰던 경험을 가지고 있었다.

하지만 전생의 그런 경험이 있기에, 백수룡은 남궁수의 방식에 문제가 있음을 느끼고 있었다.

마치 과거의 자신을 보는 것 같아서, 백수룡은 조금 씁쓸하게 웃으며 말했다.

"널 미워하는 학생들도 꽤 많을 거다."

"학생들에게 잘 보이려고 이 일을 하는 게 아니다."

남궁수는 작게 한숨을 쉬더니, 고개를 들어 백수룡을 똑바로 바라봤다.

그가 단호한 말투로 말했다.

"너와 교육이념을 두고 토론하고 싶은 생각은 없다. 당장 내 방에서 나가도록."

"그러지."

백수룡은 어깨를 으쓱하고는 몸을 돌렸다.

어차피 서로를 완벽하게 이해할 순 없었다.

남궁수란 인간에 대해서 이만큼 더 알게 된 것으로 오늘은 충분했다.

"맞다. 그런데 보상은 언제 쓸 거야?"

"……나갈 생각이 없나 보군."

남궁수가 무시무시한 눈으로 백수룡을 쏘아보았다.

백수룡은 곧 나갈 거라며 문고리를 잡고 말했다.

"네가 사천왕 중에 명찰을 가장 많이 뗐거든. 약속은 약속이니까."

"보상이라면, 소원권 말인가?"

–명찰을 가장 많이 뗀 사람에겐 무슨 부탁이든 한 가지는 들어줄게. 물론 상식적인 선에서 내가 할 수 있는 일이라는 전제하에.

백수룡은 사천왕에게 보상을 약속했고, 명찰을 가장 많이 뗀 사람은 바로 냉혈수라마왕 남궁수였다.

"지금은 아무것도 바라는 게 없다. 네가 내 방에서 나가는 것 외에는."

"그럼 그걸로 할까?"

"어림도 없는 소리. 나중에 쓸 테니 달아 두도록."

"쩝. 아쉽네."

입맛을 다신 백수룡은 마지막으로 남궁수의 표정을 살폈다.

수많은 사람의 기대를 짊어진 탓에 일타강사의 표정은 지쳐 보였고, 어깨는 무거워 보였다.

백수룡은 반쯤 농담 삼아 말했다.

"고민거리 있으면 언제든지 상담하러 오라고."

"건방지군. 햇병아리 주제에 무슨 소리를 지껄이는 건지."

남궁수는 어이가 없는지 그만 헛웃음을 터트렸다.

그를 향해 씩 웃어 준 백수룡이 문을 반쯤 밀었다.

“그럼 연수 다녀와서 보자고. 그땐 술이나 한잔하지.”

그런데 그 순간, 처음으로 남궁수가 의아한 표정을 지었다.

“무슨 소리지? 이번 연수에는 나도 같이 간다.”

백수룡은 진심으로 당황했다.

“……어? 네가 왜 같이 가?”

“인솔 강사로 간다. 설마 신입 강사들만 남궁세가로 보낼 줄 알았나.”

“아니, 그건 아닌데……. 진짜 같이 간다고?”

백수룡의 떨떠름한 표정을 본 남궁수가 미간을 좁게 모았다.

“그 표정은 뭐지. 내가 같이 가는 게 불만인가?”

“아니, 뭐, 그게, 딱히 불만은 아닌데…….”

뭐라고 해야 할까.

친구들끼리 편하게 놀러 가려는데, 깐깐한 모범생 선배 하나가 감시역으로 따라붙은 기분이라고 해야 할까.

‘오가는 길에 맛있는 것도 먹고, 풍류도 즐기려고 했는데…….’

난감한 표정을 짓는 백수룡을 향해, 남궁수는 의미심장한 미소를 지어 보였다.

“풍류라도 즐기면서 갈 생각이었나 보군. 밤낮으로 말을 달려 일정에 딱 맞춰서 갈 생각이니, 꿈 깨도록.”

“젠장…….”

그로부터 며칠 후, 오대학관 신입 강사 연수 날짜가 확정되었다.

208화

남궁세가로

째짹

새벽을 깨우는 새들의 지저귐.

창을 넘어 들어오는 은은한 햇살.

헌원강은 새로운 하루를 맞이하며 천천히 눈을 떴다.

"으음……."

간밤의 수련으로 온몸의 근육이 비명을 질렀다. 익숙해질 만하면 점점 강도가 높아지는 수련 탓에, 하루라도 근육통이 가실 날이 없었다.

하지만 오늘만은, 헌원강은 아무 고통도 느끼지 못하는 사람처럼 기분 좋게 일어날 수 있었다.

"흐흐흐……."

눈을 뜨자마자 절로 웃음이 새어 나왔다.

지독한 수련을 못 견디고 드디어 실성한 것일까?

헌원강은 평소보다 일찍 이불을 정리하고 연무장으로 나왔다. 어차피 곧 땀에 흠뻑 젖을 예정이라 대충 마른세수로 눈곱만 뗐다.

잠시 후, 백룡장에서 함께 합숙하는 다른 제자들도 하나둘 연무장에 모습을 드러내기 시작했다.

"오늘……인가."

"드디어 이날이 오다니…….."

"꿈, 꿈 아니죠?"

"세상이 아름다워 보여…….."

하나같이 감개무량한 표정으로 주변을 둘러보았다.

평소와 똑같은 새벽, 똑같은 연무장이었지만, 그들의 눈에만 아름다운 총천연색으로 보이는 듯했다.

"하아. 오늘따라 공기가 따뜻한 것 같구나."

거상웅은 차디찬 새벽공기에 하얀 입김을 내뱉으며 웃었고,

"흐흐. 오늘 저녁에 술 마십시다. 술."

야수혁은 제일 어린놈이 벌써부터 술 마실 생각에 흥분해 있었다.

"갑자기 일정이 취소되거나 하진 않겠지?"

여민은 갑자기 찾아온 행운이 날아갈까 노심초사했으며,

"저 밤에 악몽 꿨어요……. 선생님이 저희도 데려간다면서 짐을 싸라고…….."

"너 미쳤냐?!"

"재수 없는 소리 하지 마!"

"훠이! 훠이! 소금 갖고 와 소금!"

위지천은 괜한 소리를 했다가 선배들의 따가운 눈총을 받았다.

"크흠! 다들 주목."

평소 같았으면 헌원강이 군기반장으로서 이런 소란을 진정시켰겠으나, 오늘만은 그도 도저히 흥분을 가라앉힐 수 없었다.

오히려 가장 헤벌쭉한 표정으로 말했다.

"흐흐흐. 기뻐해라, 제군들. 꿈만 같겠지만 드디어 그날이 왔다. 길고 긴 인내의 시간 끝에, 바로 오늘…….."

꽉 쥔 주먹의 핏줄이 도드라진다. 헌원강이 주먹을 번쩍 치켜들며 비장하게 외쳤다.

"선생님이 신입 강사 연수를 받으러 간다!"

"해방이다!"

다섯 명이 일제히 손을 치켜들며 환호했다.

특히 헌원강은 동연 회장으로 당선되었을 때보다 훨씬 더 기뻐 보였다.

마침내, 백수룡이 신입 강사 연수를 받으러 남궁세가로 떠나는 날이 밝은 것이다.

"선생님은 어제 학관에서 자고 바로 출발한댔으니까, 오늘 새벽부터 자유 수련이다! 오늘은 좀 쉬엄쉬엄하자고! 으하하하!"

백수룡은 전날 밤부터 백룡장을 비운 상태였다.

학생들이 연무장에서 마음껏 "해방이다!"라고 외치는 이유가 여기에 있었다.

눈치 볼 사람이 없자, 헌원강은 아예 덩실덩실 춤을 췄다.

"으하하하! 오늘부터 거의 보름 동안은 자유란 말이야! 자유! 물론 수련은 게을리하면 안 되겠지만, 그래도 오늘 하루쯤은 괜찮잖아?"

너무 기쁜 마음에, 헌원강은 선후배들의 갑자기 조용해졌음을 깨닫지 못했다.

공교롭게도 헌원강은 혼자 앞으로 나와서 다른 학생들을 마주 보고 있었고, 자신의 등 뒤에 뭐가 있는지 알지 못했다.

"워, 원강아……."

"원강 선배……."

"적당히 해요……."

"님아, 그 강을 건너지 마오……."

표정이 변한 학생들이 입술을 모아 헌원강에게 말했다.

'뒤, 뒤! 이 멍청아!'

다른 학생들이 열심히 신호를 보냈지만, 잔뜩 들뜬 헌원강은 눈치 없이 계속 떠들어 댔다.

"뭘 적당히 해. 지금 이것도 참는 거구만! 어휴. 진짜 속이 다 시원하네. 그동안 갈굼 당한 것만 생각하면, 내가 진짜 이가 갈린다고. 내가 원래는 총명했는데 말이야, 그 인간한테 맨날 뒤통수 맞으니까 요즘 기억력도 나빠졌다니까?"

하긴, 다른 세 명을 합친 것보다 헌원강 혼자 맞은 것이 더 많기는 했다.

……하지만 그건 다 이유가 있었다.

"연수에 오대학관 강사들이 다 온다며? 이참에 그 인간도 한 번은 망신을 당해 봐야 세상이 넓다는 걸 깨닫고……."

"깨닫고 뭐?"

"딸꾹!"

뒤에서 들려온 익숙한 목소리에, 헌원강이 갑자기 딸꾹질을 시작했다.

"서, 선생님……?"

헌원강은 천천히 뒤를 돌아봤다.

분명 학관에서 자고 바로 출발할 거라 했던 백수룡이, 팔짱을 낀 채로 자신을 바라보고 있었다.

헌원강이 식은땀을 흘리며 뒷걸음질 쳤다.

"하, 학관에서 바로 출발하신다더니. 여긴 어떻게……."

"잠깐 짐 챙기려고 들렀는데, 내가 눈치가 좀 없었지?"

"하하하……."

"원강아. 그리고 얘들아."

"예, 예?"

백수룡의 입꼬리가 천천히 올라갔다. 동시에 그의 발밑에서 원형으로 퍼져 나가는 강렬한 기의 파동.

"몇 시간 비웠다고 쳐 놀고 앉았어? 뭐? 해방?"

백수룡의 눈썹이 위아래로 꿈틀거리고, 목에는 핏대가 돋았다.

이런 것들을 제자라고 믿고 있었다니!

"서, 선생님!"

"그게 아니라……."

"잠깐만 쉬려고 한 거예요!"

헌원강뿐만 아니라 모두의 안색이 창백해졌다.

안일했다. 백수룡이 완전히 떠날 때까지 기다려야 했거늘!

마지막 순간에 방심한 대가는 컸다.

"해방? 해바아아앙? 좋지. 해방 좋아."

백수룡은 소매를 걷으며 하얗게 이를 드러냈다.

워낙 잘난 얼굴이라 그것조차 그림이 되었으나, 제자들에겐 지옥에서 올라온 야차처럼 보일 뿐이었다.

백수룡이 활짝 웃으며 말했다.

"아주 오늘 이승에서 해방시켜 주마."

양손에 흑룡편과 월영을 나눠 든 백수룡이 제자들을 향해 걸어가기 시작했다.

"사, 살려 주세요!"

"저희는 그냥 원강 선배가 시키는 대로 했어요!"

"왜 나한테 덮어씌우는데!"

오늘도 평화로운 백룡장.

돼지 멱따는 소리가 담장 밖까지 길게 울려 퍼졌다.

"금방 온다더니 왜 이렇게 오래 걸렸어요?"

의아한 표정으로 묻는 악연호의 질문에, 백수룡은 손바닥을 탈탈 털었다.

그의 손에서 굳은 피로 추정되는 가루가 툭툭 떨어졌다.

"애들 아침 수련 좀 시키고 왔다."

"형님도 진짜 지독하다니깐……."

"그, 그거 피 아니에요?"

명일오와 제갈소영은 질린다는 표정으로 백수룡을 바라봤다.

준비성이 철저한 성격의 두 사람은 긴 일정에 대비해 커다란 행낭을 메고 있었다.

반면, 가볍게 행낭을 꾸린 백수룡은 어깨를 으쓱했다.

"보름이나 자리를 비울 텐데 미리 빡세게 굴려 놔야지. 그래서 과제도 하나씩 내주고 왔어."

아침 수련이 끝난 후, 백수룡은 제자들 한 명, 한 명에게 자신이 돌아올 때까지 완수해야 할 과제를 내줬다.

―돌아와서 확인했을 때 못하기만 해 봐. 그땐 정말 이승에서 해방시켜 줄 테니까.

단단히 격려(협박)도 하고 왔으니, 자신이 없어도 보름 동안 열심히 훈련할 것이다.

'나 없는 동안 수업은 일단 청천한테 맡겨 놨고. 갱생문, 악인곡에도 연락해 뒀고. 혹시 놓친 게 있나?'

잠시 생각해 봤지만 없었다. 모든 준비가 완벽했다.

백수룡이 씩 웃으며 말했다.

"가자. 홀가분하게 다녀오자고."

네 사람은 함께 관주실로 향했다.

노군상에게 인사한 후에 남궁수와 만나서 남궁세가로 떠날 예정이었다.

나란히 걷는 길에 명일오가 작게 한숨을 쉬었다.

"결국 남궁세가로 가는 사람은 저희뿐인가 보군요."

"이게 다 수룡 형님 때문이잖아요."

"내가 뭘?"

놀랍게도 청룡학관에서 오대학관 신입 강사 연수에 신청한 사람은 그들 넷뿐이었다.

악연호가 정말 몰라서 묻냐며 백수룡을 타박했다.

"청룡신협 때문에 다른 오대학관에서 청룡학관을 단단히 벼르고 있다는 소문이 났는데, 갈 용기가 쉽게 생기겠어요?"

모난 돌이 정 맞는다고, 백수룡 옆에 있다간 다른 오대학관 신입 강사들의 온갖 견제를 함께 받을 것이 뻔했다.

심지어 며칠 전, 남궁수가 신입 강사들을 불러놓고 경고를 하기도 했다.

−모두 소문은 들었으리라 생각합니다. 연수 중에 발생한 사고에 대해서는 본가에서 책임지지 않으니, 각자의 안전은 스스로 지키기 바랍니다.

−그런…….

결국 눈치를 보던 신입 강사들이 하나둘 발을 뺐고, 끝까지 남은 사람은 백수룡, 악연호, 명일오, 제갈소영뿐이었다.

“우리끼리 가면 편하고 좋지. 어디 패싸움하러 가는 것도 아닌데.”

태평한 백수룡에 반해, 다른 강사들은 앞날이 걱정인지 한숨을 푹푹 내쉬었다.

“하아. 다른 학관 놈들한테 얼마나 시달릴지 벌써부터 걱정이다.”

“가끔은 저 태평한 성격이 얼마나 부러운지 몰라.”

“정말 패싸움은 안 할 거죠? 그렇죠?”

그래도 다들 백수룡과 함께 다녀서인지, ‘어떻게든 되겠지.’ 하는 마음 가짐이 어느 정도는 장착되어 있었다.

잠시 후, 네 사람은 관주실 앞에 도착했다.

“음? 넷만 가는 줄 알았는데?”

관주실 앞에 두툼한 덩치를 자랑하는 도객이 그들을 기다리고 있었다.

신입 강사 동기 중 한 명이었다.

백수룡은 기억이 날 듯 말 듯한 얼굴로 그에게 다가갔다.

“누구더라…… 이름이, 고혁두 맞지?”

“곽두용이다! 어떻게 한 글자도 안 맞냐!”

곽두용이 씩씩거리며 외쳤다. 백수룡은 전혀 미안하지 않은 표정으로 사과했다.

“미안하다. 워낙 오랜만이라 이름을 깜빡했네. 요즘 안 보여서 잘린 줄 알았지.”

“잘리긴 누가 잘려. 당숙, 아니 부관주님 밑에서 열심히 일하고 있다.”

곽두용은 부관주 곽철우와 같은 가문 출신이었다.

입사 당시 연줄로 들어온 것이 아니냐는 수군거림이 조금 있었는데, 백수룡이 온갖 일을 터트리면서 그의 존재는 빠르게 잊혀졌다.

“그런데 네가 여기 왜 있어? 너도 연수에 가려고?”

“신입 강사 연수 같은 행사에 이 몸이 빠질 수는 없지.”

곽두용은 당당히 고개를 끄덕였다.

예전과는 어딘가 달라진 그의 모습에, 백수룡은 미간을 살짝 좁혔다.

'살이 제법 빠졌군. 체격도 단단해졌고.'

그동안 무슨 일이 있었는지는 모르지만, 썩 나쁜 변화는 아닌 듯했다.

"너⋯⋯."

백수룡이 입을 열던 그때, 관주실 안에서 노군상의 목소리가 들려왔다.

"다 도착했으면 들어오시게."

하려던 말을 멈추고, 다섯 명은 함께 관주실로 들어갔다.

방 안에는 노군상과 남궁수가 함께 기다리고 있었다. 신입 강사들이 오기 전에 둘이 먼저 이야기를 나누고 있었던 것 같았다.

"짧게 말하겠네."

노군상이 자리에서 일어났다.

그는 신입 강사 한 명, 한 명과 눈을 맞추더니, 마지막으로 백수룡을 바라봤다.

노군상의 눈은 마치 '또 어떤 일을 벌일 것이냐?' 하고 묻는 듯했다. 그가 씩 웃으며 말했다.

"내가 허락할 테니, 가서 청룡학관을 무시하는 놈들에게 본때를 보여주도록 하게나."

"예!"

신입 강사들은 힘차게 대답했다. 노군상 옆에서 남궁수가 차가운 얼굴로 말했다.

"본 강사가 동행한다. 지금부터 여러분은 청룡학관을 대표해 남궁세가로 향할 것이다. 이동하는 동안 품위를 지키고 언행을 조심하도록."

"예!"

신입 강사들은 잔뜩 긴장한 표정으로 고개를 끄덕였다.

틈만 나면 맞먹는 백수룡을 제외하면, 다들 남궁수를 어려워했다.

“그럼 관주님. 다녀오겠습니다.”

“허허. 잘 부탁하네.”

노군상에게 포권을 취한 남궁수가 몸을 돌려 신입 강사들에게 말했다.

“가지.”

관주실을 나선 남궁수와 신입 강사들은 곧장 건물 밖으로 나왔다.

그런데 그 앞에, 예상치 못한 배웅객들이 그들을 기다리고 있었다.

“선생님! 가서 다 박살 내고 와요!”

“우리한테 하는 것처럼만 하세요!”

“올 때 선물 사 오는 거 잊지 말고요!”

백룡장에 널브러져 있는 줄 알았던 백수룡의 제자들을 필두로,

“악연호 선생님! 다녀와서 꼭 개인 과외 해 주셔야 해요!”

“제갈소영 선생님! 돌아오실 때까지 가르쳐 주신 진법 복습하고 있을게요!”

“명일오 선생님! 다음에 대련 부탁드려요!”

신입 강사들이 각자 한 명, 한 명 인연을 맺은 학생들까지.

학생회, 동아리연합회에서도 적지 않은 인원이 그들을 배웅하러 나와 있었다.

“너희가 왜…….”

“이 녀석들…….”

“…….”

신입 강사들은 예상치 못한 학생들의 응원에 가슴이 벅차올랐다. 몇 명은 이미 눈가가 촉촉해졌다.

“자식들. 기특하게, 언제 이런 짓을 꾸몄대.”

피식 웃은 백수룡은 울먹이는 동생들의 어깨를 다독였다.

“잘하고 오자. 애들한테 부끄럽지 않게.”

백수룡의 말에 모두가 힘껏 고개를 끄덕였다.

혼자 응원을 받지 못한 곽두용만 시무룩한 표정이었다.

그 모습이 불쌍해 보였는지, 몇몇 학생들이 선심 쓰듯 외쳤다.

"곽두용 선생님도 힘내요!"

"으하하하! 고맙다! 내 반드시 청룡학관의 이름을 빛내고 오마!"

그렇게 모두가 많은 사람들의 응원을 받으며, 청룡학관 강사들은 보무도 당당히 학관을 나섰다.

목적지는 남궁세가.

강호에 커다란 변화를 불러올 발걸음이었다.

209화

지금은 아니고

안휘성 천주(天柱)산 자락.

남궁세가의 영역이 시작되는 초입이라 할 수 있는 곳에 자리한 천주객잔은 언제나 손님들로 문전성시를 이뤘다.

웅성웅성.

객잔에는 강호에서 모여든 손님들과 함께 온갖 소문들 역시 가득했는데, 최근 가장 뜨거운 소문은 바로 남궁세가와 관련된 것이었다.

남궁세가에서 오대학관 신입 강사 연수가 열린다!

남궁세가가 어떤 곳인가?

무림에 수많은 무가들 중에서도 천하제일세가로 우뚝 선 가문이었다.

당대에는 그 영향력이 무림의 태산북두라는 소림, 무당과 견주어도 부족하지 않다는 말이 있을 정도였다.

무려 그 남궁세가가 직접 주최하는 행사였다.

손님들의 눈과 귀가 모두 그곳으로 쏠릴 수밖에 없었다.

“올해는 창천검왕 남궁제학 대협께서도 연수에 참여하신다더군.”

염소수염의 사내가 입을 열자, 객잔에 있던 인원의 절반 정도는 그쪽으로 귀를 기울였다.

“정말이오? 창천검왕이라면 남궁세가의 전대 가주 아닙니까.”

“그뿐인가? 천하에서 가장 강하다는 십존의 일원이시지. 아마 그 안에서도 세 손가락 안에 능히 드실 절세고수요, 천하제일인일지도 모른다 이 말이야.”

“허어! 그런 대단한 고수가 신입 강사들을 지도한다는 말입니까?”

염소수염과 함께 앉은 사내가 놀라서 눈을 동그랗게 떴다.

한눈에 봐도 세상 물정 모르는 젊은이로 보였다.

염소수염의 사내가 눈을 빛내며 말을 이었다.

“확실한 이야기요. 남궁세가에서 일하는 하인 중에 친한 동생이 있는데, 그 녀석한테 들었거든.”

“그 이야기 자세히 좀 해 주실 수 있소?”

“합석 좀 해도 되겠소이까?”

호기심 많은 사내들 몇이 염소수염의 자리에 합석했다.

염소수염 사내가 히죽 웃으며 사내들을 돌아봤다.

“이야기를 해 주는 건 어렵지 않은데, 말을 많이 했더니 목이 마르는구려.”

“점소이! 여기 죽엽청 한 병 주게!”

“배도 좀 고프고.”

“오리고기도 좀 내오고!”

염소수염의 사내는 만족스럽다는 듯 수염을 쓸어내렸다.

그 천박한 행동에, 염소수염을 주시하고 있던 무림인의 절반은 사내의 말이 허풍일 거라고 판단하고 고개를 돌렸다.

온갖 뜨내기가 모여드는 곳에는 온갖 헛소문도 함께 퍼지는 법이었다.

“그만큼 남궁세가 입장에서도 이번 신입 강사 연수가 중요하다는 뜻이오. 왜냐? 천무학관이 불참을 선언했거든.”

“예?

“어째서!”

“!”

염소수염을 외면했던 이들 중 절반이 다시 사내를 향해 고개를 돌렸다.

천무학관의 불참 선언!

사실이라면 무림이 놀랄 만큼 큰 사건이었다.

자신에게 시선이 집중된 것을 아는지 모르는지, 염소수염의 사내는 술과 오리고기를 게걸스럽게 먹어치우며 말을 이었다.

“뻔하지 않소? 자기네들은 남궁세가에서 배울 게 없다 이거지. 다른 곳이랑 같은 급으로 취급하지 말라, 이거야.”

그 순간 객잔 구석 자리에 있던 인물들이 움찔했지만, 눈치챈 사람은 거의 없었다.

염소수염이 낄낄 웃으며 말했다.

“천하에 오대학관이 있다지만, 천하제일학관이 천무학관이란 사실은 수십 년째 변하지 않는 사실 아닌가.”

“허어! 대단한 자신감이군!”

“아무리 그래도 남궁세가에서 열리는 연수를 어찌…….”

사내의 말에 같은 탁자에 앉은 사내들은 물론이고, 몰래 듣고 있던 사람들까지 자기도 모르게 고개를 끄덕였다.

“천무학관이 빠지다니, 올해 신입 연수는 작년보다 흥이 식겠군.”

누군가의 중얼거림에 염소수염의 사내가 고개를 저었다.

“뭘 모르는 소리. 오히려 더 재미있는 상황이 벌어질 거요.”

“그건 또 어째서 그렇소?”

“천무학관이 매년 가장 좋은 성적으로 연수를 수료했는데, 그들이 빠지고 고만고만한 사대학관만 남지 않았소?”

‘고만고만한’이라는 말에, 객잔 구석에 있던 인물들이 주먹을 꽉 쥐었다. 은은한 살기마저 내비쳤다.

하지만 염소수염은 그 사실을 전혀 모르는 듯 계속 떠들었다.

“하지만 올해는 좀 다른 양상을 띨 거요. 자존심을 긁힌 사대학관에서 아득바득 서로 이기려 하겠지. 천무학관이 빠진 자리이니, 이번엔 충분히 해볼 만하다는 생각도 할 테고.”

“하긴…….”

듣고 있던 사람들이 고개를 끄덕였다.

천무학관이 빠진 사대학관 신입 강사 연수.

이미 자존심이 상한 상황에서, 가장 좋은 성적이라도 거두고 돌아가야 최소한의 체면이라도 차릴 수 있을 것이다.

“그래서, 형장은 천무학관이 빠진 이번 연수에서 어느 학관이 가장 좋은 성적을 거두리라 보시오?”

“그것참 어려운 질문이로군. 술이 들어가야 대답이 술술 나올 것 같은데…….”

“점소이! 여기 죽엽청 더 가져와!”

새로 나온 죽엽청을 받아든 염소수염이 자신의 잔에 술을 꼴꼴꼴 따르며 말했다.

“내 안휘성에서만 이십 년 넘게 살았소. 그동안 신입 강사 연수에 행차하신 오대학관 강사들을 몇 번이나 보았지. 개중에는 지금은 일타강사로 활약하는…….”

“거, 본론부터 빨리 좀!”

“끌끌. 몸이 달았군. 기다려 보시오. 내 하나하나 냉정하게 평가해 줄 터이니.”

"……."

염소수염의 말에는 묘한 흡입력이 있었다. 어느새 대부분이 사람들이 그의 말을 경청하고 있었다.

염소수염의 입에서 오대학관에 대한 냉정한 평가가 흘러나왔다.

"첫 번째로, 주작학관은 오 년째 천무제에서 준우승을 차지했소. 명실상부 천하에서 두 번째로 뛰어난 후기지수들을 키워 내는 학관이지. 강사들도 그만큼 뛰어나다는 데 이견은 없을 것이오."

염소수염은 객잔 안을 빙 둘러보았다.

객잔 구석에 있던 인물들과도 가볍게 시선이 스쳤다.

"……하지만 그들은 오만하기가 짝이 없소. 자기들만 천무학관의 경쟁자라고 생각하지. 하지만 실상은 다른 학관과의 차이가 점점 좁혀지고 있소. 현실을 자각하지 못한다면, 더 이상의 발전은 없을 거요."

콰직!

어디선가 나무 부서지는 소리가 났지만, 대부분의 사람은 듣지 못했다.

"둘째, 현무학관은 신비문파 같은 느낌이 강하오. 그들은 속세와 가장 동떨어져 있지. 실제로 새외무공, 진법, 기문진, 보패 연구, 강시술 등 사마외도의 공부를 가장 많이 한다고 들었소."

"가, 강시술?"

"물론 연구만 하는 거요. 실제로 만들었다간 경을 치르겠지."

"하긴……."

"하여튼, 폐쇄적인 곳이라 이번 연수에도 몇 명 안 올 거요. 성적에도 큰 관심이 없을 것이고."

염소수염은 술로 입술을 축이며 클클 웃었다.

경박해 보이는 겉모습과 달리, 강호의 정세에 식견이 상당한 듯했다.

"마지막으로 백호학관은 최근 흐름이 좋소. 성적도 점점 좋아지고 있고, 학생들이나 선생들이나 용맹하기가 범과 같지. 이번에 이변을 기대한다면 나는 백호학관에 걸겠소.”

“…….”

들고 있던 사람들이 고개를 끄덕이거나 생각에 잠겨 있는 가운데, 누군가가 물었다.

“하나 빼놓지 않았소? 청룡학관이 남아 있는데.”

“아, 청룡학관은…… 글쎄. 말할 가치가 있어야 말이지.”

염소수염의 사내는 피식 웃었다. 그래도 말해 달라는 사람들의 성화에, 그가 입을 열었다.

“십 년째 꼴찌를 했으니 가장 뒤떨어지는 것은 말할 것 없고, 조만간 천무제에도 초대받지 못하게 될 거요. 올해 신입 강사 연수도 초대받지 못할 줄 알았는데…… 오는 것 자체가 신기하지.”

“청룡신협이 악인곡에서 혈수귀옹의 목을 베었다고 하던데…….”

“에이. 그 말을 곧이곧대로 믿는 사람이 있을까?”

“하지만 헛소문이라고 하기에는…….”

“사실이라고 해도 과장되었을 거요. 여럿이서 합공해 죽였거나, 함정을 팠겠지.”

염소수염이 눈을 찌푸리며 말했다.

“생각해 보시오. 십대악인을 죽일 정도로 고강한 고수가, 뭐가 아쉬워 청룡학관에 입사한단 말인가?”

“하긴…….”

다들 순순히 납득하는 가운데, 염소수염의 사내가 자리에서 벌떡 일어났다. 모두가 의아한 눈으로 그를 바라봤다.

“오늘 강호의 형제들이 술과 음식을 나눠 주었으니, 답례로 노래를 한 곡 불러 드리겠소.”

염소수염의 사내는 목을 가다듬더니 그 자리에서 짧은 노래를 지어 불렀다.

> 자존심이 드높은 주작은 도무지 그 고개를 숙일 줄 모르고
> 물속에 숨은 현무는 신기루처럼 신비롭구나.
> 용맹하기 이를 데 없는 백호의 울음이 천지를 떨어 울리는데
> 겁쟁이 청룡만 구름 뒤에 숨어 나타나질 않는구나.

염소수염이 흥에 취해 즉석에서 노래를 지어 부르자, 지켜보던 사람들이 박수를 치며 웃었다.

그 순간, 객잔 안에 싸늘한 살기가 감돌았다.

"닥쳐라."

객잔 구석에서 조용히 듣고 있던 두 명의 사내였다. 그들은 몸을 일으키더니 염소수염의 사내를 향해 걸어왔다.

"두고 보자니 오만방자하기가 이를 데 없구나. 뭘 안다고 주둥이를 함부로 놀리는 것이냐."

"뉘신지……?"

사내들이 입고 있던 흑의장포를 벗자, 주홍색 무복이 드러났다.

그리고 두 사람의 가슴에 새겨진 붉을 주(朱).

상대가 누군지 알아본 염소수염의 표정이 돌처럼 굳었다.

"주, 주작학관?"

"그렇다. 우리는 주작학관의 신입 강사들이다. 신입 강사 연수에 가는 길이지."

"어, 어째서 주작학관의 강사들이 이런 곳에…… 그것도 둘만…….."

"지금 그게 중요한가? 우리가 네놈이 나불거린 말을 들었다는 사실이 더 중요하지."

차갑게 웃는 그들의 말에, 염소수염의 이마에 식은땀이 맺혔다.

그가 억지로 웃으며 상황을 모면해 보려 했다.

"하하. 안 보이는 곳에서는 나라님도 욕한다고 하지 않습니까. 두 대협께서는 넓은 마음으로 아량을……."

"그럼 안 보이는 곳에서 했어야지. 우리가 보는 곳에서 했으니 문제지."

"그, 그건……."

"함부로 주둥이를 나불거렸으니, 스스로 입을 찢는다면 용서해 주겠다."

"……."

"아니면 나가서 무공을 겨뤄 보아도 좋다. 보아하니 무공을 익힌 것 같은데, 실력에 그만큼 자신이 있으니 본 학관을 깔본 거겠지?"

두 주작학관 강사의 말에서 오만함이 뚝뚝 묻어났다.

'저건 너무 심한 것 아닌가?'

'소문대로 오만방자한 자들이구나.'

하지만 누구도 그들을 말리지 못했다.

정파에서는 사문이 모욕당했을 경우 참고 넘어가는 게 오히려 비겁한 행동이었다.

두 강사에게 주작학관은 사문이 아니었지만, 현재 소속된 조직인 만큼 충분히 무례를 물을 수 있었다.

중요한 것은 방식의 문제였다.

염소수염도 그 사실을 알기에 겁에 질린 표정으로 말했다.

"하, 한 번만 용서를……."

"순순히 따라 나오겠나, 아니면 끌려 나오겠나?"

앞뒤로 포위당한 염소수염이 창백하게 질린 얼굴로 주위를 돌아봤으나, 함께 떠들던 이들은 모두 자신의 시선을 외면할 뿐이었다.

"이보시오들……."

“…….”

아무도 염소수염을 돕지 않는 가운데, 주작학관의 두 신입 강사 중 한 명이 염소수염의 맥문을 움켜쥐려 손을 뻗었다.

그 순간,

쐐애애액!

어디선가 날아온 젓가락에 주작학관 신입 강사가 깜짝 놀라 손을 뒤로 빼며 물러났다.

“누구냐!”

“감히 어떤 놈이!”

두 신입 강사가 젓가락이 날아온 방향으로 돌아서며 무기를 뽑아 들었다.

“이봐. 적당히 하지.”

객잔 전체가 쥐 죽은 듯 조용해진 가운데 들려온 목소리.

여섯 명으로 이루어진 흑립인들이 앉아 있었다.

그중 한 명이 일어서며 천천히 흑립을 벗었다. 방금 젓가락을 던진 자였다.

“사람이 술을 마시다 보면 실수도 하고 그럴 수 있지. 별것도 아닌 일로 사람을 겁박하고 그럼 쓰나.”

흑립을 벗자 천하에 보기 드물게 잘생긴 얼굴이 드러나며, 객잔 곳곳에서 감탄이 터져 나왔다.

주작학관의 두 신입 강사는 상대의 얼굴도, 주변의 반응도 마음에 들지 않았다. 그래서 한껏 비꼬았다.

“본 학관이 모욕을 당했는데도 가만히 있으라는 거요?”

“어디의 고인이시기에 끼어드는지 궁금하군.”

상대는 얼굴만 번드르르할 뿐, 별다른 기세가 느껴지지 않았다.

잘생긴 사내가 씩 웃으며 자신을 소개했다.

“나? 청룡학관 일타강사인데.”

“청룡학관?”

“일타강사?”

주작학관 신입 강사들이 황당하다는 표정으로 되묻는 가운데, 잘생긴 사내의 뒤쪽에서 한숨이 푹푹 새어 나왔다.

“아, 형님 좀…….”

“부끄러우니 제발.”

“건방진 놈. 누굴 사칭하는 거냐.”

그와 같은 탁자에 앉아 있던 흑립인들이 내쉰 한숨이었다.

백수룡이 머리를 멋쩍게 긁으며 사실을 정정해 주었다.

“아, 지금은 아니고. 나중에…….”

주위를 휙 둘러본 백수룡이 활짝 웃으며 말을 이었다.

“청룡학관이 천무제에서 우승하고 난 다음에 말이야.”

“!”

천하의 온갖 소문이 모인다는 천주객잔.

남궁세가의 앞마당에서, 백수룡은 오대학관 전체에 선전포고를 날렸다.

210화

기대 이하인데

"푸하하하하!"

돌연 폭소가 터져 나왔다.

주작학관 신입 강사들 중 조금 더 마르고 키가 큰, 방금 전 염소수염의 맥문을 움켜쥐려다가 물러난 사내가 터트린 웃음이었다.

"푸흡……. 미안하오. 부지불식간에 그런 허무맹랑한 소리를 들으니 참을 수가 있어야 말이지."

사내는 웃음을 간신히 참는 기괴한 표정으로 말했다.

백수룡 뒤쪽에 있는 일행까지 살핀 그가 장난스럽게 포권을 취했다.

"이제 보니 청룡학관 강사님들이셨군. 본인은 주작학관 신입 강사 강소치라 하오."

"양자기요."

다른 강사도 코웃음을 치며 대충 포권을 취했다. 그 눈빛이며 말투에서 상대를 무시하고 있음이 고스란히 드러났다.

어쨌든 상대가 먼저 자신을 소개했기에, 백수룡도 마주 포권을 취했다.

“백수룡이오.”

“누군가 했더니 청룡신협이셨군. 악인곡에서 혈수귀옹의 목을 베었다는 게 사실이오?”

“사실이오.”

백수룡은 덤덤히 고개를 끄덕였지만, 주작학관의 두 강사는 믿지 않는 눈치였다.

‘변변한 기도가 느껴지지 않는다. 기껏해야 일류 수준인가?’

‘역시 헛소문이었군.’

두 강사는 백수룡의 기도를 살핀 후, 청룡학관과 백수룡을 무시하는 마음이 더욱 커졌다.

강소치가 빈정거리는 태도를 숨기지 않으며 말했다.

“천무제 우승에 대한 포부, 잘 들었소. 정정당당하게 경쟁해 봅시다.”

“뭐, 그립시다.”

“헌데 본 학관의 일에 어째서 끼어든 것이오?”

왜 젓가락을 던져서 방해했느냐는 물음이었다.

백수룡은 어깨를 으쓱하더니, 겁에 질려 오들오들 떨고 있는 염소수염을 안쓰럽게 바라봤다.

“방금 말하지 않았소. 술에 취해 떠든 것 가지고 너무 심하게 몰아붙이니 보기가 불편해서.”

“대, 대협…….”

염소수염이 감격한 표정으로 백수룡을 바라봤다.

객잔에서 그들을 지켜보고 있던 사람들도 대부분 백수룡의 대협다운 풍모에 감명받은 듯했다.

하지만 주작학관의 두 신입 강사는 코웃음을 쳤다.

“그럼 내 귀로 이자가 주작학관을 모욕하는 것을 똑똑히 들었는데, 못 본 척하라는 것이오?”

“내가 언제 못 본 척하라고 했소. 제대로 사과를 받고 용서해 주면 될 것을.”

“사과드리겠습니다! 정말 죄송합니다!”

염소수염이 고개를 숙여 사죄했지만, 강소치와 양자기는 사과를 받는 것으로 끝낼 생각이 없었다.

강소치가 코웃음을 치며 염소수염에게 말했다.

“너는 우리 앞에서 주작학관을 모욕했다. 수많은 사람이 보고 듣는 자리에서 노래를 불러 조롱거리로 삼았지. 그냥 넘어간다면 강호인들이 주작학관을 비웃을 것이다.”

강소치의 말도 틀린 것은 아니었다.

무림인들은 명예와 자존심에 죽고 사는 족속이었다.

비록 상대가 있는 줄 몰랐다고는 하나, 눈앞에서 그런 모욕을 듣고 그냥 넘길 무인은 없었다.

하물며 자존심이 드높은 주작학관 소속이라면 더더욱.

마침 염소수염이 허리춤에 찬 검을 본 강소치가 비릿하게 웃었다.

“너도 무인이라면 자신이 한 말에 책임을 지도록. 무공으로 우리에게 네 말이 옳음을 증명하거나, 사죄의 의미로 스스로 혀를 자른다면 용서해 주지.”

“히익!”

혀를 자르라는 말에 염소수염이 몸을 부르르 떨었다.

머릿속 선택지에 무공을 겨룬다는 것은 아예 없는 듯했다.

바닥에 무릎을 꿇은 염소수염이 빌었다.

“저, 저는 기껏해야 삼류 나부랭이입니다요. 주작학관 강사님들과 어찌 무공을 겨룬단 말입니까…….”

“싫다면 혀를 자르면 된다.”

주작학관이 내세운 명분 자체는 틀리지 않았다.

하지만, 그 행동은 선을 넘었다.

물론 실제로 혀까지 자르게 할 생각은 아닐 것이다.

크게 겁을 준 후에, 사람들 앞에서 백배사죄하게 할 확률이 높았다.

염소수염의 눈에서 눈물이 뚝뚝 흘러내렸다.

"제발 한 번만 용서를……."

"혀를 잘못 놀렸으니 벌을 받아야지."

주작학관 강사들의 냉정하고 거만한 태도에, 객잔에서 구경 중이던 사람들 중 절반은 눈살을 찌푸렸다.

그때, 백수룡이 두 사람 사이로 끼어들었다.

"아깐 입을 찢겠다더니 이젠 혀를 자르라고? 이건 뭐 사파의 파락호들과 하는 짓이 똑같지 않소."

"……방금 사파라고 했나?"

강소치의 말투가 바뀌자, 백수룡도 더는 존대를 하지 않았다.

"상대가 무릎까지 꿇고 사과하지 않았나. 그런데도 이토록 겁박하고 기어이 분풀이를 하겠다는 꼴이 사파랑 다를 게 뭐지?"

전직 사파의 따끔한 일침에, 강소치의 얼굴이 붉게 달아올랐다.

하지만 이내 비릿하게 웃더니, 갑자기 노래를 불렀다.

겁쟁이 청룡만 구름 뒤에 숨어 나타나질 않는구나.

아까 염소수염이 부른 노래의 한 소절이었다. 그걸 따라 부른 강소치가 이죽거렸다.

"겁쟁이 청룡이 구름 뒤에 숨었다더니. 맞는 말이라서 화도 나지 않나 보군."

그러자, 백수룡이 표정을 굳히며 물었다.

"……지금 내 앞에서 청룡학관을 조롱한 건가? 술에 취하지도 않았고, 내가 듣는 걸 뻔히 알면서 의도적으로?"

강소치가 어이가 없다는 표정으로 대답했다.

“아까 듣지 못했나? 저자가 부른 노래다. 주작학관만이 아니라 청룡학관도 저자에게 모욕을 당했다. 헌데 당신은 화도 나지 않나?”

“모르고 부른 것과 내 앞에서 들으라고 부른 것은 경우가 다르지.”

백수룡이 표정을 굳히며 한 걸음 내디뎠다.

두 사람 사이의 거리가 좁혀지자, 긴장감도 점점 높아졌다.

그리고 그 순간, 두려움에 몸을 부들부들 떨고 있는 것처럼 보였던 염소수염이 조용히 눈을 빛냈다.

‘일이 예상치 못한 방향으로 재미있게 흘러가는군.’

하지만 그 시선이 워낙 은밀해서 아무도 눈치채지 못한 것처럼 보였다.

그때였다.

“하하! 둘 다 그만합시다.”

큼직한 덩치가 그들 사이에 끼어들었다. 청룡학관의 곽두용이 넉살 좋게 웃으며 말했다.

“사해가 동도라고 하지 않소. 내 술 한잔 따라 드릴 테니, 주작학관의 선생들도 그만 노여움을 푸시구려.”

“……그쪽은 누구요?”

“본인은 곽두용이라 하오. 지금은 청룡학관에 적을 두고 있지만, 주작학관 졸업생이외다. 이렇게 만난 것도 인연인데, 우리 술이나 한잔하면서 오해를 풀고 허심탄회하게 이야기해 봅시다.”

곽두용은 평소 주작학관 출신이라는 것에 커다란 자부심을 가지고 있었다.

틈만 나면 학생, 선생들에게 그 사실을 자랑할 정도였다.

그만큼 주작학관에 애정이 있다 보니, 주작학관과 싸움이 벌어질 것처럼 보이자 못 참고 끼어든 것이다.

백수룡이 못마땅한 표정으로 곽두용을 바라봤다.

“내가 알아서 할 테니 들어가지?”

“어허. 자네야말로 일 키우지 말고 가만히 있게! 내가 알아서 할 테니!”

“……하긴, 네가 나서는 게 더 나을 수도 있겠다.”

백수룡이 한걸음 뒤로 물러나자, 곽두용이 넉살 좋게 웃으며 앞으로 나섰다.

“자자, 한 잔씩 받으시오.”

곽두용은 술잔에 술을 가득 채워 강소치와 양자기에게 건넸다. 화해의 의미로 건넨 술이었다.

‘저걸 받을 리가 없지.’

백수룡의 예상대로, 주작학관의 두 강사는 곽두용이 건넨 술을 거절했다. 뿐만 아니라 곽두용의 손을 매몰차게 쳐 냈다.

“더러운 손으로 어딜.”

술잔이 바닥에 떨어지고, 술이 쏟아져서 바닥에 흘렀다.

당황한 곽두용이 어색하게 웃으며 말했다.

“하하. 손이 미끄러졌군. 다시 따라드릴 테니…….”

“학연을 빌미로 우릴 설득할 수 있을 줄 알았나?”

“아니. 그게 아니라, 나는 서로 좋게 이야기로 풀자고…….”

멋쩍게 말한 곽두용을 바라보는 강소치의 눈에 경멸과 조소가 어렸다.

“한 가지 말해 주지. 우리는 자체 시험을 치르고 있다. 둘씩 조를 이뤄 남궁세가로 향하는 중이지. 일부러 험한 지형을 골라 이동하고, 어려운 과제를 수행하며 이곳까지 왔다.”

“갑자기 그건 왜…….”

“너희처럼 술이나 마시고 풍류를 즐기면서 늦장을 부린 것이 아니란 말이다.”

“저기, 우리도 상당히 촉박하게 달려왔소만…….”

강소치의 입가에 서늘한 비웃음이 맺혔다. 곽두용을 위아래로 훑어보며 완전히 무시하는 투로 말했다.

"청룡학관이 왜 십 년 동안 최하위를 했는지 알겠군. 실력이 부족하면 노력을 하든가, 최소한 주제 파악이라도 해야 할 텐데, 그마저도 못하는 자들이 아닌가. 더 이상 너희와 드잡이질하고 싶진 않으니 썩 꺼져라. 우리까지 격이 떨어지는……."

그 순간, 강소치의 눈앞에 바람이 화악 불었다.

흠칫 놀란 강소치가 뒤로 훌쩍 물러났다. 하지만 아무런 일도 일어나지 않았다.

짝!

백수룡이 박수를 한 번 친 것이 전부였다. 고작 그것에 놀라서 물러난 것이다.

강소치의 표정이 굴욕감으로 붉게 물드는 가운데, 백수룡이 싸늘한 표정으로 말했다.

"자신들이 받은 모욕에는 예민하게 대응하면서, 남을 모욕하는 데는 아주 관대하군. 그것이 주작학관의 전통인가?"

"뭐라!"

"닥쳐라!"

주작학관의 두 강사가 핏대를 세워 가며 소리쳤다.

가벼운 언쟁으로 시작된 다툼은 이제 돌이킬 수 없는 지경이 되었다.

'그런데 왜 기뻐 보이지?'

백수룡을 조용히 관찰하던 염소수염의 눈에 의아함이 어렸다. 방금 백수룡의 입가에 희미하게 맺힌 미소를 본 것이다.

그때, 백수룡에게 굴욕을 당한 강소치가 검파에 손을 올리며 스산하게 말했다.

"따라 나와라. 더 이상의 대화는 무의미한 것 같으니."

“그쪽에서 그걸 원한다면야.”

두 사내가 무복을 펄럭이며 밖으로 나가고, 수많은 구경꾼들이 그 뒤를 우르르 따라나섰다.

◈

청룡학관과 주작학관 강사의 비무!

객잔에서 시작된 작은 말다툼은 결국 서로의 자존심을 건 대결이 되었다.

웅성웅성.

“주작학관 강사가 너무했지. 청룡학관을 대놓고 무시하지 않았나.”

“그런데 청룡신협은 과연 대협이더군. 자신을 놀린 사내를 도와주려고 나서다니.”

“자존심 강한 고수들 중에서 보기 드문 인성이야. 생긴 것도 훤칠하니…….”

“누가 이길까? 학관의 명성이야 주작학관이 훨씬 높지만, 개인의 명성은 청룡신협이 높지 않나.”

“어쨌든 꽤 볼 만한 싸움이 되겠어.”

수많은 사람들이 곧 벌어질 청룡학관과 주작학관의 싸움을 기대하며 웅성거렸다.

하지만 그들의 기대와 달리, 싸움은 황당할 정도로 압도적이었다.

짜악!

비무가 시작되자마자 강소치의 얼굴이 옆으로 홱 돌아갔다.

백수룡이 검도 뽑지 않고 검집으로 상대의 뺨을 갈긴 것이다.

“커헉!”

기습도 아니었다. 뻔히 보이도록 스윽 다가가서 검을 휘둘렀는데, 구경꾼들이 보기에도 강소치는 아무것도 못 한 채 당한 것처럼 보였다.

"음? 이렇게 약하다고?"

백수룡이 황당하다는 듯 고개를 갸웃거리자, 강소치가 얼굴을 붉히며 소리쳤다.

"감히!"

한 번은 방심이라고 생각할 수 있었다.

내공을 끌어올린 강소치는 전력을 다해 비전의 검법을 펼쳤다.

하지만 그중 단 한 번의 검초도 백수룡의 옷깃조차 건드리지 못했다.

휘익! 휙! 휙휙휙!

마치 허공에 대고 허우적거리는 듯한 움직임에, 백수룡은 물론이고 구경꾼들조차 혀를 찼다.

"기대 이하인데?"

가볍게 혀를 찬 백수룡은 상대가 펼치는 검법의 맥을 정확히 탁탁 끊었다.

백수룡이 검을 찔러 넣을 때마다 강소치의 몸이 휘청거렸다.

마치 검을 제대로 쥐어 본 적 없는 사람처럼.

그 모습을 본 구경꾼들이 혀를 찼다. 대부분은 무공을 잘 모르는 사람들이었다.

"주작학관이 영 힘을 못 쓰는군."

"너무 약한 것 아닌가?"

"신입 강사라지 않나."

"그렇기는 해도……. 청룡학관 쪽도 신입인 건 매한가지잖아?"

하지만 무공을 좀 볼 줄 아는 구경꾼들, 드물게 섞여 있는 고수들은 다른 의미로 경악했다.

'주작학관 강사가 약한 게 아니야.'

'약하게 보이게 만드는 거다.'

'실력 차이가 얼마나 많이 나면…….'

백수룡은 상대를 농락하고 있었다.

단순히 압도적인 무공으로 찍어 누르는 것이 아니라, 구경꾼들이 강소치가 '약해 보이도록' 만드는 방법으로.

"주작학관은 오만해서 발전이 없다더니……."

"소문이 틀린 것이 하나도 없네그려."

"틀린 것이 왜 없나? 청룡신협의 무공이 저토록 고강한데!"

수많은 구경꾼들이 보는 앞에서, 주작학관과 청룡학관의 평가가 엇갈리기 시작했다.

한편, 싸움의 원인을 제공한 염소수염 사내는 착 가라앉은 눈으로 두 강사의 비무를 지켜봤다.

211화

언제부터 아셨습니까?

강소치는 지금 자신이 처한 상황을 도저히 납득할 수 없었다.

'고작 청룡학관 강사 따위에게!'

상대가 최근 청룡신협이라는 별호로 위명을 떨치고 있다는 사실은 알고 있었다.

하지만 소문이 과장된 거라고 생각했다.

아니면 혈수귀옹의 실력이 생각보다 형편없었거나, 염소수염의 말대로 합공이나 함정을 이용했으리라 보았다.

'내가 충분히 이길 수 있다.'

실제로 직접 본 백수룡의 기도는 평범한 수준이었다. 충분히 이길 수 있으리라 판단했기에 먼저 비무를 청했다.

많은 구경꾼들이 보는 앞에서 놈을 쓰러뜨려, 주작학관과 청룡학관의 수준 차이를 알려 줄 생각이었다.

하지만 강소치의 계획은 시작부터 예상과는 전혀 다르게 흘러갔다.

'내가 잘못 판단한 건가? 아니면…… 처음부터 실력을 감춘 건가?'

마치 귀신에 씐 기분이었다. 검을 아무리 휘둘러도 허공만 벨 뿐, 상대의 옷깃 하나 건드리지 못한 것이 벌써 반 각이 넘었다.

반면, 백수룡의 검은 휘두르는 족족 강소치의 몸에 적중했다.

'젠장!'

몸에 직접 허용한 공격만 열 번이 넘었다.

백수룡이 검집째로 휘둘러서 다행이지, 진검이었다면 진작 피투성이가 되었을 터.

강소치 스스로 패배를 인정해야 했지만, 평소 깔보고 무시했던 청룡학관 강사에게 졌다고 말하는 건…… 차마 입이 떨어지지 않았다.

하지만 그럴수록 몸에 피멍만 늘어날 뿐이었다.

"커헉!"

결국, 검집에 명치를 찍힌 강소치가 고통을 견디지 못하고 비틀거리며 뒷걸음질 쳤다.

실전이라면 방금 공격으로 죽었을 터.

강소치의 온몸에서 땀이 줄줄 흘렀다.

반면, 백수룡은 땀 한 방울 흘리지 않은 모습이었다.

"검의 기교에 너무 의존하는군. 변초가 너무 많아서 오히려 검로가 난잡해. 보법도 따라 주지 못하니, 상체와 하체가 따로 노는 느낌이야."

"감히……!"

"더 보여 줄 게 없다면 이쯤에서 마무리하는 게 어때?"

강소치의 얼굴이 수치심으로 시뻘겋게 물들었다.

이 정도면 비무가 아닌 지도 대련이라고 불러야 했다.

평소 같았으면 자신의 단점을 지적해 준 고수에게 감사의 인사를 전했겠지만, 상대는 경쟁 학관의 강사였다.

'경쟁 학관이라고? 청룡학관 따위가?'

순간, 강소치는 분노에 눈이 멀어 하지 말아야 할 말을 했다.

"청룡학관 따위가 누굴 가르치려고 든단 말이냐!"

"……청룡학관 따위?"

한순간 백수룡의 눈빛이 서늘하게 변했다.

뒤쪽에서 비무를 관전하던 청룡학관 강사들의 눈빛 역시 마찬가지였다.

"호의를 베풀었더니 모욕으로 갚는군."

짜악!

눈에 보이지도 않았다. 어느새 날아온 검집이 강소치의 따귀를 후려쳤다. 입안에서 핏물이 터져 뿜어지고, 이빨 몇 개가 허공을 날았다.

"청룡학관 따위라고?"

"!"

백수룡의 몸에서 소름 끼치도록 차가운 살기가 뿜어졌다.

지금까지는 장난이었다는 듯, 그가 본격적으로 검을 휘두르기 시작했다.

"커헉!"

일격에 강소치의 팔이 부러지고,

"끄아악!"

이격에 다리가 부러지고,

"쿨럭!"

삼격에 바닥으로 고꾸라져 피를 토했다.

"그, 그만……."

강소치가 숨을 헐떡대며 백수룡을 올려봤다.

그의 눈이 공포에 질려 있었다.

이러다 진짜 죽을 수도 있겠다는 생각에 몸이 바들바들 떨렸다.

자신의 한심한 꼴을 수많은 구경꾼이 지켜보고 있다는 사실은 생각할 겨를조차 없었다.

"내, 내가 졌소. 그러니 제발 그만하시오!"

독기 어린 표정을 짓던 조금 전과는 딴판이었다.

사신처럼 다가오던 백수룡의 걸음이 우뚝 멈췄다.

“…….”

구경꾼들 중 누구도 입을 열지 못했다.

방금 강소치의 발언은 명백히 도를 넘었다.

백수룡이 이 자리에서 그의 목을 일검에 베어도 할 말이 없었다.

하지만, 백수룡도 그렇게까지 할 생각은 없었다.

‘이 정도면 충분하겠지.’

솔직히 백수룡은 그렇게 화가 나지도 않았다.

현재 청룡학관의 위치를 생각하면, 다른 학관 강사들에게 무시당하는 것이 당연했으니까.

그럼에도 주작학관 쪽의 비무에 응한 것은, 많은 사람들 앞에서 청룡학관이 예전과는 달라졌다는 사실을 보여 주고 싶어서였다.

‘깽판이야, 남궁세가 안에 들어가서 얼마든지 칠 수 있는 거고.’

이곳에 있는 구경꾼들은 자신과 청룡학관의 명성을 널리 퍼트려 줄 사람들이었다.

더 이상 과하게 손을 쓰면 악명까지 함께 퍼질 수도 있었다.

계산을 끝낸 백수룡은 싸늘한 표정으로 강소치를 바라봤다.

“졌다는 말이 끝인가? 할 말이 더 있을 텐데?”

“……청룡학관을 모욕한 걸 사과하겠소. 본의가 아니었소이다. 그대에게 진 것이 분해서 실언을 했소.”

강소치가 고개를 푹 숙이며 자신의 무례를 사죄했다.

주작학관 강사의 완전한 패배 선언!

숨죽이고 있었던 구경꾼들이 일제히 탄성을 터트렸다.

“청룡신협의 무공이 소문 그 이상이구나!”

“내 살면서 주작학관이 청룡학관에 패하는 것을 볼 줄이야…….”

“허어. 정말로 올해 신입 연수에서 이변이 일어날지도 모르겠군.”

오늘의 비무 결과는 호사가들의 입을 통해 무림 전체로 퍼질 것이다. 전부 백수룡이 의도한 바였다.

‘이제 시작이다.’

백수룡은 입꼬리가 올라가려는 것을 간신히 눌렀다.

하수를 상대로 이긴 것 가지고 너무 좋아하는 티를 내는 것도 모양이 빠지는 일이니까.

감사의 의미로 사방에 포권을 취한 백수룡은 남아 있는 주작학관 신입 강사, 양자기를 돌아보며 물었다.

“그쪽도 덤비시겠소?”

양자기는 말없이 고개를 저었다.

백수룡의 실력을 자신을 압도한다는 것을 알게 된 이상, 덤빈다는 것은 만용밖에 되지 않았다.

“내 실력은 강형과 큰 차이가 없소. 해 볼 필요도 없을 것 같군.”

하지만, 양자기는 제 실력이 부족함은 인정해도 얌전히 물러날 생각은 없는 듯했다.

“청룡신협. 그대가 강한 것은 인정하오. 하지만 특출한 한 명은 어디에나 있는 법이오. 오늘의 결과로 청룡학관이 주작학관보다 뛰어나다고 착각하지는 마시오.”

백수룡의 무공이 뛰어남은 인정하지만, 신입 강사들의 평균적인 수준은 결코 주작학관에 미치지 못한다는 말이었다.

“정말 그렇게 생각하시오? 청룡학관에 뛰어난 신입 강사가 나 하나뿐일 거라고?”

“물론이오.”

백수룡이 어깨를 으쓱하더니 뒤를 돌아봤다.

“그렇다는데?”

스윽.

백수룡과 같은 탁자에 앉아 있던 다섯 흑립인 중, 세 명이 일어나 흑립을 벗었다.

그러면서 드러나는 한 명, 한 명의 얼굴.

악연호, 명일오, 제갈소영이 앞으로 동시에 나섰다.

"그 말은 그냥 못 넘어가겠는데요."

"실력에 꽤 자신이 있으신 모양인데."

"한번 겨뤄 볼까요?"

그리고 백수룡이 동기들의 선두에서 씩 웃으며 말했다.

"이들 전부 청룡학관의 신입 강사들이오. 원한다면 이들 중 아무나 원하는 사람과 비무를 해 봐도 좋소."

"……."

양자기의 표정이 똥 씹은 것처럼 구겨졌다.

지금 앞으로 나선 세 사람 중, 누구 하나 만만하게 느껴지는 상대가 없었던 것이다.

'이게 도대체…….'

심지어 나설 순간을 놓치고 혼자 어정쩡하게 뒤에 서 있는 곽두용마저, 느껴지는 기도로는 자신보다 약해 보이지 않았다.

'여기서 싸우면 득보다 실이 크다.'

생각을 정리한 양자기는 강소치를 부축하며 말했다.

"여러분과 무공을 겨루어 보고 싶은 마음은 굴뚝같으나, 내 동료의 부상이 심해서 의원으로 데려가는 것이 우선일 것 같소."

"저런. 그렇다면 어쩔 수 없지."

"……남궁세가에서 봅시다."

구차한 변명으로 상황을 모면한 양자기는 강소치를 부축해 서둘러 객잔을 빠져나갔다.

"우우우우~!"

몇몇 구경꾼들의 야유가 그 뒤로 꼬리처럼 따라붙었다.

◆◈◆

그날 밤.

"아이고, 감사합니다. 정말 감사합니다!"

염소수염은 연신 허리를 숙이며 감사를 표했다.

그는 백수룡에게 구명의 은인이라면서 음식과 술을 사겠다고 찾아왔다. 백수룡은 그것을 마다하지 않았다.

"은인께서 말려 주시지 않았다면, 놈들에게 얻어맞아서 몇 달은 요양해야 했을 겁니다."

일행은 객잔에 방을 잡았다.

밤이 늦어 오늘은 이곳에서 하룻밤 묵고, 다음 날 산을 넘어 곧장 남궁세가로 갈 예정이었다.

백수룡이 부드럽게 웃으며 말했다.

"은인이라고 하실 것까지 없습니다. 제가 나서고 싶어서 나선 것이니."

"객잔에 그 많은 무인들 중에 나선 분은 청룡신협 대협뿐이었습니다. 헤헤. 제가 한잔 따라드려도 되겠습니까?"

염소수염은 백수룡 옆에 찰싹 붙어서 알랑방귀를 뀌었다.

'딱 봐도 간신배 같은 인간이로군.'

'그냥 쫓아내 버리면 안 되나?'

'형님은 왜 이런 자를…… 정보 때문에?'

다른 강사들은 그런 염소수염이 못마땅한 표정이었는데, 어째선지 남궁수가 아무 말도 않고 조용히 있는 탓에 다들 가만히 있었다.

염소수염이 그들의 눈치를 보며 말했다.

“그…… 제가 청룡학관에 관해서 이야기한 것 말입니다. 그냥 떠도는 소문을 이야기한 것입니다. 혹여 기분이 나쁘셨다면…….”

“한 가지만 물어봐도 되겠습니까?”

그때, 백수룡이 염소수염의 말을 싹둑 끊으며 물었다.

염소수염이 두 손을 싹싹 비비며 헤헤 웃었다.

“뭐든지 물어만 보십시오. 제가 안휘성에서만 이십 년 넘게 살았습니다. 이 근방 소문이라면 전부…….”

“연수는 이미 시작된 겁니까?”

“예? 무슨 말씀인지…….”

염소수염이 백수룡의 눈치를 보며 눈동자를 굴렸다.

백수룡은 다 알면서 시치미를 떼는 그가 우스워서 피식 웃었다.

“신입 강사 연수 말입니다. 이미 시작된 거냐고 묻는 겁니다.”

“아아. 제가 남궁세가의 하인 중에 친한 동생이 있어서 이런저런 소문을 좀 듣긴 했습니다만, 그래 봤자 아랫것들이 알 수 있는 데는 한계가 있습니다. 그래서 그런 것까지는 잘…….”

“남궁세가의 무인이 모르면 누가 압니까?”

“……예?”

순간, 염소수염의 표정이 어색하게 굳었다.

동시에, 짜증으로 찌푸려져 있던 동료 강사들은 눈을 휘둥그레 떴다.

“무슨 말씀이신지 잘…….”

“무공을 익히셨더군요. 걸음걸이, 호흡, 밥 먹는 모습만 봐도 압니다.”

“하하. 그래 봤자 삼류에 불과합니다. 대협께서 무슨 오해를 하시는 모양인데, 저는 남궁세가와 아무런 인연도 없습니다. 있으면 오죽 좋겠습니까. 아까 그런 자들한테 굽신댈 필요도 없겠지요.”

염소수염이 넉살을 떨며 말했다.

자신이 남궁세가의 무사였으면, 주작학관 신입 강사들에게 굴욕을 당하면서 그냥 참고 있었겠느냐는 말이었다.

맞는 말이었지만, 백수룡은 여전히 의미심장하게 웃고 있었다.

"예. 삼류는 아닌 것 같지만, 경지가 그리 높은 것 같지도 않군요. 게다가 살수의 무공을 익힌 걸 보니 창천검대나 천풍대 소속은 아닌 것 같고요."

"대관절 무슨 말씀이신지……."

창천검대와 천풍대는 남궁세가를 대표하는 무력대였다.

"하지만 남궁세가와 같은 거대 세가에 무력대만 있는 것은 아니지요. 천하의 정세를 살피려면 정보 단체도 있어야 하지 않겠습니까?"

"……."

천하를 아우르는 세력들은 모두 정보 단체를 가지고 있으며, 자신들의 영역 안에서만은 하오문이나 개방보다도 더 양질의 정보를 많이 가진 경우가 많았다.

오대세가의 수좌인 남궁세가 마찬가지였다.

백수룡이 씩 웃으며 쐐기를 박았다.

"남궁세가 정보 조직의 이름이 천이당(天耳堂)이라고 들었습니다. 그곳 소속이신 듯한데, 이래도 발뺌하실 겁니까?"

"……."

염소수염 사내의 비굴한 미소가 조금씩 사라지더니, 이내 표정 역시 완전히 사라졌다.

잠시 후, 완전히 다른 사람이 된 그가 낮은 목소리로 물었다.

"언제부터 아셨습니까?"

"처음부터요. 보시다시피 제가 눈썰미가 꽤 좋거든요."

"제 얼굴을 보자마자 제가 천이당 소속이란 걸 알았다고요?"

"아쉽게도 그런 초능력은 없습니다. 사대학관을 평가하는데 유독 청룡학관과 주작학관만 평이 박하더군요. 공교롭게도 그 자리에 두 학관의 신입 강사들이 있었으니, 뭔가 이상하지 않습니까?”

“고작 그것만으로…….”

“우리를 자극하고 반응을 보려는 사람들이 누굴까 생각해 봤을 뿐입니다. 간단히 답이 나오더군요.”

“…….”

말이 ‘간단히’지, 누구도 떠올리지 못한 생각이었다.

실제로 남궁수를 제외한 모두가 눈을 동그랗게 뜨고 있었다. 전혀 몰랐다는 의미였다.

백수룡이 태연하게 안주를 집어 먹으며 염소수염에게 물었다.

“그래서, 연수 교육은 이미 시작된 겁니까?”

잠시 후, 염소수염 사내가 한숨을 내쉬며 말했다.

“다시 인사드리겠습니다. 천이당 부당주 남궁명진입니다.”

212화

겸사겸사 상품도

염소수염이 자신의 정체를 밝히자, 백수룡과 남궁수를 제외한 모두가 눈을 휘둥그레 떴다.

"예에?"

"남궁세가 분이라고요?"

"헌데 왜 이런 짓을……."

다들 크게 놀란 표정이었다.

경박한 기회주의자로 보였던 염소수염이 사실은 남궁세가의 정보 조직인 천이당의 조직원이었다니.

그것도 부당주라면 간부급이 아닌가?

남궁명진이 절도 있게 포권을 취하며 말했다.

"먼저 사과의 말씀을 드리겠습니다."

얼굴이 바뀐 것도 아니었지만, 말투와 몸짓이 바뀐 것만으로 그에게서 명문가 무인의 품위가 느껴졌다.

"백수룡 강사님의 말씀이 맞습니다. 저는 청룡학관 강사님들을 자극하기 위해서 일부러 접근했습니다."

“왜 그런 짓을…….”

“수룡 형님 말대로 이미 신입 강사 연수가 시작된 겁니까?”

“서, 설마 벌써 누가 떨어지거나 한 것은 아니지요?”

네 명의 신입 강사는 자세를 바로 하며 남궁명진을 바라봤다.

뒤늦게 자신들이 무슨 실수라도 하지 않았는지 노심초사하는 모습이었다.

남궁명진이 안심하라는 듯 고개를 저었다.

“신입 강사 연수는 예정대로 이틀 뒤부터 시작입니다. 제가 정체를 숨기고 여러분께 접근한 이유는, 여러분을 관찰하고 연수에서 어떤 교육을 진행하는 게 좋을지 보고서를 올리기 위함입니다.”

“휴우…….”

네 사람이 동시에 안도의 한숨을 쉬었다. 남궁명진은 부드럽게 웃으며 말을 이었다.

“하지만 백수룡 강사님이 제 정체를 알아채시는 바람에, 계획이 조금 틀어지고 말았군요.”

“저 때문에 보고서 내용이 부실해진 겁니까?”

백수룡의 질문에 남궁명진이 고개를 저었다.

“그렇지는 않습니다. 저희의 접근을 알아내시는 것 또한 예측 범위 안에 있습니다. 오히려 보고서가 풍부해질 것 같군요.”

“천이당의 접근을 눈치챈 사람이 제가 처음은 아니란 소리로 들리는군요.”

“맞습니다. 먼저 오신 강사님들 중, 적지 않은 분들이 저희의 접근을 눈치채셨습니다.”

남궁명진은 백수룡이 자신의 정체를 눈치챈 것이 별일 아닌 것처럼 말했지만, 사실 천이당의 접근을 눈치챈 신입 강사는 몇 명 되지 않았다.

‘정체가 발각된 수하들을 그렇게 타박했는데, 설마 내가 들킬 줄

이야…….'

역용과 연기에 전부 자신이 있었는데, 백수룡은 그를 한눈에 꿰뚫어 보았다.

더구나 구체적으로 천이당을 콕 집어 말한 사람은 백수룡이 유일했다.

천이당의 부당주로서 조금은 자존심이 상하는 일.

하지만 남궁명진은 기분이 나쁘기는커녕, 오히려 백수룡이라는 인물에게 더 흥미가 생겼다.

'청룡신협. 요주의 인물이라더니…….'

백수룡의 무공이 소문, 어쩌면 그 이상일지도 모른다는 사실은 이미 눈으로 직접 확인했다.

게다가 그와 함께 온 신입 강사들도 하나같이 수준이 얕아 보이지 않았다.

'청룡학관이 정말 이번의 주인공이 될지도 모르겠군.'

물론 아직은 섣불리 재단할 일은 아니다.

청룡신협만큼 명성을 떨친 자는 없지만, 올해 오대학관 신입 강사들 중엔 뛰어난 자들이 유독 많았으니까.

그때였다.

"본가의 인물이었을 줄은 몰랐군."

남궁명진은 짧은 상념에서 깨어나 자리에서 일어났다.

그리고 자신을 물끄러미 바라보는 남궁수에게 정중하게 포권을 취했다.

"삼 공자님을 뵙습니다. 임무 때문에 미리 예를 갖추지 못한 것을 용서해 주십시오."

"괜찮소. 피치 못할 일이었으니."

남궁수는 대수롭지 않게 고개를 끄덕이더니 찻잔을 홀짝였다.

그의 표정에 미동도 없는 것을 보아하니, 남궁수도 자신의 정체를 이미 눈치채고 있었던 듯했다.

'혹시…….'

남궁명진은 불쑥 어떤 의심이 들었다.

청룡학관의 평판을 올리기 위해, 남궁수가 백수룡에게 자신이 알아낸 정보를 귀띔해 준 것은 아닐까?

젊은 나이에 무공이 강한 경우야 종종 있지만, 변장한 자신을 알아볼 정도의 눈썰미는 경험과 연륜의 영역이기 때문이다.

'이번 연수도 삼 공자가 고집을 부려 청룡학관을 참가시켰다고 들었는데.'

남궁명진은 궁금한 것은 못 참는 성격이었다.

그는 곧바로 남궁수에게 전음을 보내 반응을 살폈다.

[혹시 삼 공자님께서 백수룡 강사에게 뭔가 언질을 주셨습니까?]

남궁세가의 직계에게 하기엔 불손한 질문이었다.

하지만 남궁명진은 남궁세가의 정보 단체인 천이당의 부당주였고, 방계이긴 하지만 남궁세가의 혈족이기도 했다.

직계라고는 해도 후계자가 될 확률이 없는 서출인 남궁수에게, 이 정도 질문은 충분히 할 수 있는 위치에 있는 사람이었다.

[……지금 나를 모욕하는 거요?]

[솔직하게 말씀해 주시면 감사하겠습니다. 본가의 신입 강사 연수는 무척 중요한 행사입니다.]

남궁수는 어처구니가 없다는 듯 혀를 차더니 대답했다.

[아마 백수룡이 나보다 먼저 당신의 정체를 알았을 거요.]

[……예?]

[눈치 하나는 기가 막히게 빠른 녀석이거든. 그러니 어설프게 녀석을 건드리지 마시오. 본가의 혈족이 망신당하는 꼴은 보고 싶지 않으니까.]

"!"

남궁명진은 그 대답에 깜짝 놀랐다.

자존심 강하기로는 두 형 못지않은 남궁수였다.

그런 남궁수가, 방금 백수룡의 눈썰미가 자신보다 낫다고 인정한 것이다.

[나는 인솔교사로 함께 왔을 뿐, 청룡학관 신입 강사들에게 어떤 혜택도 주지 않을 것이오.]

[……명심하겠습니다.]

두 사람이 전음을 나누는 동안, 신입 강사들은 조용히 그들의 눈치를 보고 있었다.

전음을 끝낸 남궁명진이 태연하게 웃으며 남궁수에게 말했다.

"헌데 늦으셨군요."

"날짜에 딱 맞춰 도착하도록 왔소만."

"보통은 며칠 먼저 옵니다. 오는 길에 무슨 일이 있을지 모르니까요. 다른 신입 강사들은 벌써 다 본가에 도착했습니다. 여러분이 마지막이지요."

마지막이라는 말에, 제갈소영이 고개를 갸웃하며 물었다.

"아까 그 주작학관 강사들은……."

"그들은 낙오될 겁니다. 많은 구경꾼들 앞에서 주작학관의 명예를 실추시켰으니까요. 그리고 주작학관에는 그들을 대체할 신입 강사가 많습니다. 다들 먼저 도착해 있지요.”

“…….”

신입 강사들이 침묵하는 가운데, 남궁명진이 자리에서 일어났다.

“시간이 늦었군요. 오늘은 편히 주무십시오. 내일부터는 제가 여러분을 본가까지 편안히 모시겠습니다.”

“원래 이렇게 해 주시는 겁니까?”

백수룡이 물었다. 남궁명진이 씩 웃으며 대답했다.

“저희의 정체를 알아채신 분들에게만 드리는 특별 혜택입니다. 그럼 이만.”

남궁명진은 공손히 포권을 취한 후 밖으로 나왔다.

자신의 방으로 돌아가며, 그는 청룡학관 강사들을 직접 보고 겪으며 얻은 정보를 정리했다.

‘청룡신협만 요주의 인물인 줄 알았더니…….’

악연호와 제갈소영은 오대학관 중 어느 곳에 가더라도 학생들을 가르칠 만한 수준으로 보였고, 명일오와 곽두용도 썩 나쁘지 않았다.

오대학관 중 가장 떨어진다는 청룡학관의 수준이 이 정도일 줄이야.

‘물론, 가장 신경 써야 할 인물은 청룡신협이지만.’

무위가 어느 정도인지 전혀 파악하지 못했다.

뿐만 아니라 눈썰미는 일타강사인 남궁수 이상이고, 여론을 자신의 편으로 만들 줄도 안다.

남궁명진은 백수룡이 주작학관 강사들을 상대로 언쟁을 벌일 때 스치듯 보였던 미소를 떠올렸다.

‘정리를 해 보면. 내가 천이당 소속인 걸 알고 있었고, 주작학관 강사들이 내게 시비를 걸 때까지 기다렸다가 나섰다. 즉, 불의를 못 참고 나선 것은 아니란 말인데. 음? 잠깐…….’

여기까지 생각한 순간, 남궁명진의 머릿속에 어떤 소름 끼치는 가정이 떠올랐다.

‘설마…….’

주작학관 신입 강사들이 시비를 붙일 명분을 만들기 위해 자신을 이용한 것인가?

‘구경꾼들 앞에서 주작학관을 쓰러뜨리는 상황을 연출하기 위해?’

팔뚝에 닭살이 돋았다. 남궁명진은 팔뚝을 쓸어내리며 방금 자신이 나온 방을 돌아봤다.

‘백수룡. 무공이 깊은데 심계마저 깊은 자로구나. 태상가주께서 잘 살펴보라고 하신 이유가 있었어.’

사실 남궁명진은 청룡신협을 따로 자세히 살피라는 은밀한 명령을 받았다.

그 명령을 내린 사람은 남궁세가의 전대 가주, 창천검왕 남궁제학.

─네가 직접 백수룡 그 아이를 살펴보고 내게 따로 보고를 올리거라.

─존명!

정확한 이유는 모르지만, 남궁제학은 백수룡에게 상당한 관심을 보이고 있었다.

눈으로 직접 그 비범함을 보니 이해 못 하는 바는 아니었다.

‘본가까지 함께하는 동안 일거수일투족을 지켜봐 주지.’

남궁명진의 눈이 차갑게 가라앉았다.

다음 날, 일행은 꿍꿍이를 숨긴 남궁명진과 함께 길을 떠났다.

　남궁명진은 좋은 길잡이였다.

　남궁세가로 향하는 이틀 동안, 일행은 그에게 많은 이야기를 들을 수 있었다.

　정보단체의 일원답게 남궁명진은 아는 것이 많고 말도 조리 있게 잘했다.

　덕분에 가는 길이 전혀 지루하지 않았다.

　"칠주야(일주일) 동안 진행되는 신입 강사 연수 교육은 크게 이론과 실기로 나뉘어 있습니다."

　"이론 교육은 주로 교육법을 배우게 될 것입니다. 강의가 여럿 열리니, 각자 원하는 것을 들으시면 됩니다."

　"실기 교육은 다 같이 모여 논검, 대련, 모의 전투 등을 하게 될 겁니다. 아마 꽤 재미있으실 겁니다. 오대학관 강사들이 다 모이는 행사는 천무제외에는 이번 연수밖에 없으니까요."

　원래 붙임성이 좋은 것인지, 아니면 백수룡에게 정체를 들켰기 때문인지 남궁명진은 어떤 질문에도 대답해 주었다.

　"연수 기간 동안의 성적은 어떻게 매깁니까?"

　악연호의 질문에, 남궁명진은 자부심 가득한 미소를 지으며 말했다.

　"오대학관에서 십 년 이상 강사로 일하신 본가의 고수들이 채점합니다. 그 기준을 투명하게 공개하니, 불이익에 대해서는 조금도 걱정하실 필요가 없습니다."

　"오호……."

　"올해에는 특별히, 연수 기간 가장 좋은 성적을 거둔 강사에게 대단한 상품을 줄 거라고 들었습니다."

　"상품이요?"

대단한 상품이란 말에 신입 강사들의 눈이 하나같이 반짝였다.

잠시 그들의 시선을 즐긴 남궁명진이 씩 웃으며 말을 이었다.

"바로, 남궁세가의 무공 중 원하는 것 하나를 배울 수 있다는 겁니다. 뿐만 아니라 태상가주이신 창천검왕께서 직접 가르침을 베푸실 거라고 들었습니다."

상상을 초월하는 보상에 다들 눈을 휘둥그레 떴다.

"예에?"

"남궁세가의 무공을요?"

"차, 창천검왕께서 직접 지도해 주신단 말입니까?"

창천검왕 남궁제학은 현 무림의 십대고수 중에서도 수위에 꼽히는 고수였다.

남궁세가의 무공 중 하나를 배우고, 창천검왕에게 직접 지도를 받는다.

무인들에겐 그야말로 천고의 기연이나 다름이 없었다.

"물론 창궁무애검법과 제왕검형은 제외입니다. 남궁세가의 직계만 익힐 수 있는 무공이니까요."

"그 둘은 언감생심 꿈도 안 꿉니다."

"남궁세가에는 그것 말고도 신공절학이 여럿 있잖아요?"

"세상에. 그중 하나를 골라서 익힐 수 있다니……."

"창천검왕님의 지도까지 받아가면서 말이야!"

신입 강사들은 하나같이 잔뜩 들떠서 말을 쏟아냈다.

남궁명진은 그들의 반응을 뿌듯한 미소로 지켜보다가, 혼자서 별 감흥이 없는 백수룡을 보곤 미간을 살짝 찌푸렸다.

'설마 상품이 마음에 안 드는 건가?'

상품이라는 말을 들었을 때만 해도 백수룡의 눈이 반짝였는데, 그것이 무공과 무공 지도라는 말을 듣는 순간 바로 시큰둥하게 변했다.

남궁명진이 백수룡 옆으로 말을 몰아가며 물었다.

"백수룡은 강사님은 상품에 별로 관심이 없으십니까?"

"익힌 무공이 이미 많아서요. 저는 차라리 돈으로 주면 더 좋을 것 같습니다."

"그, 그렇습니까? 하하하…….."

겉으로는 웃고 있었지만, 남궁명진은 속으로 열불이 솟구쳤다.

'이런 건방진!'

남궁세가의 신공절학을 고작 돈에 비교하다니!

하지만 정보 조직에서 일하며 표정 관리에는 도가 튼 남궁명진이었다. 속내를 숨긴 그가 웃으며 말했다.

"본가에는 천하일절로 불리는 무공이 두 손으로 다 세지 못할 만큼 많습니다. 그중에는 분명 강사님께서 원하시는 무공도 있을 겁니다."

"글쎄요. 정말 딱히 배우고 싶은 게 없는데…….."

백수룡은 말을 흐리며 잠시 생각에 잠겼다. 그의 시선이 앞에서 묵묵히 말을 몰고 가는 남궁수를 슬쩍 향했다.

"……생각해 보니, 남궁세가의 무공 중에 비급을 읽어 보고 싶은 것이 하나 있긴 하네요."

"하하. 역시 그렇지요? 백수룡 선생님의 실력이라면 충분히 상품을 노리실 수 있을 겁니다."

띄워 주기 위한 칭찬이었으나, 백수룡은 선선히 고개를 끄덕일 뿐이었다.

"예. 보상이 없었어도 수석을 할 생각이었으니까요. 겸사겸사 상품도 챙겨야겠습니다."

"하하. 그렇습니까…….."

이틀 동안 남궁명진이 백수룡과 같이 다니면서 알게 된 것 중 하나는, 그가 얄미울 정도로 자신감이 넘치는 인간이라는 것이었다.

‘거 참. 그만한 실력이 있으니 뭐라고 할 수도 없고.’

주위를 둘러보니, 다른 신입 강사들은 이미 익숙한 듯 별다른 반응도 없었다.

그때, 앞서가던 남궁수가 나직이 말했다.

“곧 도착하겠군.”

잠시 후, 목적지에 도착한 일행은 말을 멈춰 세웠다.

명일오와 곽두용이 거대한 현판을 올려보며 감격에 겨운 표정으로 외쳤다.

“여기가…….”

“천하제일세가!”

마침내, 그들은 천하제일세가라 불리는 남궁세가에 도착했다.

남궁세가의 위용은 굉장했다.

정문은 마차 다섯 대가 동시에 드나들 수 있을 만큼 넓었는데, 상당한 기도를 내뿜는 위사들 십여 명이 삼엄하게 경계를 서고 있었다.

하나의 가문이라기보다는 성이라고 불려야 될 법한 규모.

“……엄청 크네, 진짜.”

“예전에 왔을 때보다 더 커진 것 같아요.”

명문가 출신인 악연호와 제갈소영도 남궁세가의 위용 앞에서는 질린 눈치였다.

명일오와 곽두용은 말할 것도 없었다.

그들은 도시에 갓 상경한 촌놈들처럼 어깨를 움츠리고 눈만 끔뻑였다.

하지만 이번에도 백수룡 하나만은 태연했다.

‘혈교보다 한참 작네.’

과거 혈교는 단일 세력으로 정파 전체와 맞서던 단체였다. 그 규모로도 감히 비교할 곳이 없었는데, 고작(?) 남궁세가를 보고 백수룡이 놀랄 이유가 없었다.

하지만 그걸 알 리 없는 남궁명진은 멋대로 오해했다.

'본가를 처음 방문하고도 동요하지 않을 리가 없다. 대체 심계가 얼마나 깊으면, 저토록 완벽하게 감정을 숨길 수 있단 말인가……. 역시 속을 알 수가 없는 자야. 건방진 겉모습에 속으면 안 돼.'

남궁명진은 절대 방심하지 않으리라 다짐하며 앞으로 나섰다.

"삼 공자님과 청룡학관에서 오신 손님들이시다!"

남궁세가의 혈족이 둘이나 포함된 일행은 별다른 검문 없이 정문을 통과했다.

하지만 신입 강사 연수를 위해 마련된 숙소까지는 정문을 지나서도 한참을 더 걸어가야 했다.

"여기서부터는 말에서 내리셔야 합니다. 제가 숙소까지 안내하겠습니다."

정문을 통과한 일행은 남궁명진을 따라 숙소로 향했다. 오대학관의 강사들 모두가 같은 전각에 머무른다 했다.

"이곳입니다. 먼저 오신 타 학관 강사님들께서 계실 테니, 인사 나누시고 편히 쉬시면 됩니다. 본격적인 연수는 내일부터……."

그때였다.

"죽여 버린다!"

안에서 거친 욕설이 터져 나오더니, 곧이어 맹렬한 기파와 함께 싸우는 소리가 들려오기 시작했다.

213화

몸 둘 바를 모르겠군요

문을 열고 안으로 들어가자, 마당 한가운데서 한 쌍의 남녀가 맞붙어 싸우는 모습이 보였다.

그리고 마당의 좌우로 각각 열 명이 넘는 강사들이 편을 나눠 대치하고 있었다.

"한눈에 봐도 어디 소속인지 알겠군."

백수룡의 중얼거림에 다들 고개를 끄덕였다.

왼편에 있는 강사들은 선명한 주홍색 무복을, 오른편에 있는 강사들은 어깨에 검은 줄무늬가 들어간 하얀 무복을 입었다.

주작학관과 백호학관 강사들 사이에 시비가 붙은 모양이었다.

"주둥이를 찢어 주마!"

목소리가 걸걸한 쪽은 백호학관 소속의 사내였다.

구릿빛 피부에 잘 단련된 신체. 소매가 없는 짧은 무복을 입고 있었는데, 드러난 팔의 근육이 선명하게 꿈틀거렸다.

퍼엉! 펑펑펑!

주먹이 공기를 터트리는 소리가 사납게 울렸다.

백호학관 강사의 보법은 기교가 거의 없는 대신 직선적이고, 무척 빨랐다. 호쾌한 움직임에서 힘이 넘쳤다.

"무식하기 짝이 없군."

반면, 그를 상대하는 주작학관 소속 강사는 보법이 깃털처럼 가벼웠다.

고양이상의 대단한 미인이었는데, 한 손에 든 쥘부채로 백호학관 강사의 주먹을 빈틈없이 막아 냈다.

까가가각!

맨주먹과 대나무로 만든 쥘부채가 부딪치는데 쇳소리가 났다. 기를 다루는 솜씨가 둘 다 수준급이라는 의미였다.

싸움은 어느 한쪽이 쉽게 밀리지 않고 팽팽했다.

직선적이고 공격적인 움직임을 보여 주는 백호학관 강사와 화려하고 신묘한 보법으로 마당을 넓게 활용하며 싸우는 주작학관 강사.

두 사람의 움직임을 따라 마당에 돌개바람이 일어났고, 흙먼지가 피어올랐다.

"사마 선생님! 예의를 모르는 살쾡이에게 예의를 가르쳐 주십시오!"

"당 선생! 저 싸가지 없는 병아리의 주둥이를 뭉개 버려!"

흥분한 두 학관의 강사들이 목청을 높여 제 학관을 응원했다.

청룡학관 강사들이 들어왔는데도 신경조차 쓰지 않을 정도였다.

몇몇이 힐긋 돌아보긴 했지만 그뿐이었다.

백수룡이 남궁명진에게 물었다.

"부당주님. 지금 싸우고 있는 자들이 누군지 아십니까?"

"물론이지요."

두 사람의 얼굴을 슥 살핀 남궁명진의 입에서 자세한 설명이 흘러나왔다.

"주작학관 쪽의 여인은 사마영 신입 강사입니다. 올해 주작학관에 입사한 강사들 중에서 군계일학으로, 주작학관의 관주이신 염왕님의 손녀이기도 하지요.”

“예? 그 염왕(炎王)의 손녀란 말입니까?”

악연호가 깜짝 놀라서 되물었다.

염왕은 지금은 은퇴한 전대의 절세고수로, 그 무위는 현 십대고수에 버금가는 것으로 알려져 있었다.

‘그러고 보니, 쥘부채에 불꽃이 슬쩍슬쩍 맺히는 것이 보이는군.’

화기를 다루는 열양공에 있어서는 천하제일을 자처했다는 염왕의 손녀답게, 사마영도 화기를 다루는 듯했다.

“백호학관 쪽 사내는 당백호 강사입니다. 당가의 핏줄인데, 독공과 암기가 아닌 외공을 수준급으로 익힌 것이 특징입니다.”

“사천당가라고요?”

이번에는 제갈소영이 놀라 되물었다.

사천당가는 독과 암기로 유명한 가문이었다.

그들은 직접 몸을 부딪쳐 싸우는 것을 싫어한다고 알려져 있는데…….
당백호라는 사내가 별종인 것은 틀림없었다.

‘둘 다 실력이 상당하군.’

백수룡은 두 사람의 움직임을 유심히 지켜보았다.

그들은 이곳에 모인 강사 중에서도 유독 특출나 보였다.

“건방진 병아리!”

“예의 없는 살쾡이.”

게다가 서로에게 독설을 쏟아내며 적의를 불태우는 모습이라니.

백수룡의 입꼬리가 슬그머니 올라갔다.

‘오대학관의 경쟁의식이 상상 이상이군.’

연수라기에 학당처럼 얌전히 모여서 공부만 하는 분위기면 어쩌나 했는데, 다행히 그럴 일은 없을 것 같았다.

자신이 나서지 않았는데도 이미 난장판이지 않은가.

"아주 마음에 들어."

백수룡이 의미심장한 미소를 지으며 중얼거리자, 곽두용을 제외한 신입 강사 삼인방이 몸을 부르르 떨었다.

그때, 남궁수가 미간을 찌푸리며 말했다.

"인솔 강사들은 뭘 하는 거지? 이만한 소란에 나와 보는 자가 한 명도 없다니."

남궁명진이 허허 웃으며 말했다.

"나설 정도는 아니라고 판단한 것 같습니다. 원래 젊은 친구들이 모이면 혈기를 주체하기 힘든 법이잖습니까."

알고 보니, 며칠 전에 먼저 도착한 두 학관은 벌써 몇 차례나 맞붙었다고 했다.

"감정이 격해져서 사고라도 나면?"

"그 정도 사리 분별도 못 하는 자가 오대학관에서 학생들을 가르칠 수 있겠습니까."

당장 사마영과 당백호도 전력을 다해 싸우는 것처럼 보이지는 않았다.

이를테면, 연수가 시작되기 전에 벌이는 기싸움 겸 탐색전이랄까.

"세가의 무사들이 살피고 있으니, 공자님께서는 너무 걱정하지 않으셔도 됩니다."

"흐음……."

그런가, 하고 마지못해 고개를 끄덕인 남궁수가 신입 강사들을 돌아보며 말했다.

"나는 가주님을 뵈러 가겠다. 숙소에 짐을 풀고 쉬도록."

"예."

"알겠습니다."

남궁수는 남궁세가의 직계였다. 세가에 돌아왔으니 가장 먼저 가주께

인사를 드리는 것이 마땅했다.

밖으로 나가기 전, 남궁수가 백수룡에게 전음을 보냈다.

[첫날이니 적당히 해라.]

남궁수가 나가자, 남궁명진도 신입 강사들에게 인사를 하고 그를 따라 나갔다.

"저도 이만 가 보겠습니다. 혹시 궁금하신 것이 있으시면 하인을 통해 물어보시면 됩니다."

남궁명진까지 떠나자 자리에는 청룡학관 신입 강사들만 남았다.

명일오가 주위를 둘러보더니 헛기침을 했다.

"크흠. 그나저나, 저희가 왔는데 쳐다도 안 보네요. 우리가 누군지 모르진 않을 텐데."

명일오는 일부러 목소리를 높여 말했다.

하지만 그가 하는 말을 분명 들었을 텐데도, 주작학관과 백호학관의 강사들은 여전히 싸움 구경만 할 뿐이었다.

이쯤 되면 일부러 보고도 무시하는 것이 확실했다.

"며칠 먼저 왔다고 텃세야 뭐야?"

"어떡하죠? 바로 숙소로 들어갈까요?"

"거참. 같은 오대학관끼리 너무하는구먼."

악연호와 제갈소영, 곽두용도 못마땅한 표정으로 투덜거렸다.

견제받을 거라고 예상은 했지만, 설마 아는 체도 안 할 줄은 몰랐던 것이다.

"작정하고 우릴 아예 없는 사람 취급하시겠다?"

백수룡이 피식 웃으며 앞으로 걸어 나가자, 몇몇이 움찔하는 모습을 보였다.

하지만 여전히 돌아보는 사람은 없었다.

아니 단 한 명, 멀리 그늘에 자리한 음침한 분위기의 여자만은 백수룡을 빤히 바라보고 있었다.

수수한 군청색 무복을 입은 것을 보니 주작학관이나 백호학관 소속은 아닌 것 같았다.

'누구지? 현무학관 소속인가?'

백수룡의 시선을 느낀 여자는 그림자 속으로 스르륵 모습을 감췄다. 상당한 수준의 은신술을 익힌 듯했다.

"……어째 여기에도 정상은 별로 없는 것 같은데."

작게 한숨을 내쉰 백수룡은 고개를 돌려 여전히 싸우고 있는 사마영과 당백호를 바라봤다.

모두의 시선이 저들을 향하고 있으니, 시선을 이쪽으로 가져오려면 방법은 하나뿐이었다.

"우선 인사부터 하지."

백수룡은 말을 마침과 동시에 발을 굴렀다.

쿠웅!

진각의 충격파가 직선으로 뻗어 나가며, 대련 중인 두 강사가 디디고 있던 바닥을 흔들었다.

둘의 호흡을 절묘하게 방해한 한 수였다.

"흡!"

"허억!"

깜짝 놀란 두 사람이 중심을 잡기 위해 멈춰 섰다.

동시에 백수룡을 돌아보는 그들의 눈에 경악이 어렸다.

'그 찰나의 순간에 진각을 밟아 우리의 호흡을 흔들었다고?'

'이런 미친…….'

완벽하게 상대의 호흡과 움직임을 읽어야 가능한 수법이었다.

만약 진각을 밟은 직후 백수룡이 공격을 시작했다면, 두 사람은 순식간에 곤경에 처했을 것이다.

청룡신협이 강하다고는 들었지만, 설마 이 정도일 줄이야.

백수룡은 무슨 괴물 보듯 자신을 돌아보는 두 강사에게 싱긋 웃어 주었다.

"안녕들 하십니까?"

"!"

순식간에 스물다섯이나 되는 놀람의 시선이 백수룡에게 꽂혔다.

이제 더 이상 누구도 백수룡을 모른 척할 수 없었다.

백수룡이 과장된 자세로 포권을 취하며 말했다.

"청룡학관 신입 강사 백수룡, 그리고 그 외 네 명이오. 연수 기간 동안 잘 지내 봅시다."

백수룡의 좌우로 청룡학관 신입 강사들이 와서 섰다.

"그 외 네 명은 뭐예요? 우리는 덤이에요?"

"형님. 저희 소개는 저희가 하겠습니다."

"바, 반갑습니다…….."

"커흠! 반갑소. 곽두용이오. 본인은 현재 청룡학관에 몸담고 있으나, 주작학관 졸업생으로…….."

청룡학관 신입 강사들은 타 학관 강사들에게 얕보이지 않으려 눈을 부라리고 몸에 힘을 주었다.

하지만 백수룡은 조금도 긴장하지 않았다.

오대학관의 강사들이라고 해 봤자, 여기 있는 강사들은 전부 신입에 불과했다.

'오대학관의 일타강사들도 아니고, 이런 애송이들에게 긴장할 리가.'

애초에 백수룡은 이들과 경쟁할 생각으로 남궁세가에 온 것이 아니었다.

경쟁이 되어야 경쟁을 하지.

'첫날이니 적당히 하라고? 시작부터 우리를 없는 사람 취급하고 따돌리려는 놈들한테?'

문득 그런 생각이 들었다.

이 녀석들은 청룡학관이 도착하는 시간에 맞춰 가장 강한 강사들을 내보내, 보란 듯이 대련을 한 것이 아닐까.

일종의 무력시위 겸 청룡학관의 반응을 떠보려고 말이다.

'같잖은 녀석들이.'

백수룡이 하얗게 웃으며 말했다.

"저희가 오는 시간에 맞춰 나와 주실 줄이야. 여러분의 환대에 몸 둘 바를 모르겠군요."

"뭐, 뭐라고?"

"이런 어처구니없는……."

졸지에 주작학관과 백호학관이 청룡학관을 기다린 꼴이 되었다.

하지만 누구도 함부로 나서서 받아치지 못했다.

"그럼 아닙니까? 설마 사람이 여섯이나 들어왔는데 다 같이 모여서 모른 척하고 계셨던 것은 아닐 텐데요. 오대학관에서 후기지수들을 가르친다는 선생님들이 그런 유치한 짓을 할 리가 없는데……."

"……."

방금 백수룡이 보여 준 놀라운 한 수, 그리고 먹이를 노리는 맹수 같은 눈빛 때문이었다.

마치 시비를 걸어오길 바라는 듯한 눈빛에, 담이 작은 강사들은 시선을 슬쩍 피할 정도였다.

"……돌아갑시다."

백수룡을 죽일 듯이 노려보던 당백호가 먼저 몸을 돌렸다. 그는 백호학관 강사들을 이끌고 먼저 숙소로 돌아갔다.

‘다혈질처럼 보였는데 마냥 그렇지도 않은가 보군.’

백수룡은 그의 뒷모습을 보며 입맛을 다셨다. 도발이 먹히지 않아 아쉬웠다.

반면, 사마영은 쥘부채를 접고 백수룡을 향해 걸어와 포권을 취했다.

“주작학관의 사마영이에요.”

걸음걸이가 무척 가벼운 것이, 그녀는 무언가 특수한 보법을 익힌 듯했다.

“백수룡 강사님. 제가 예상했던 것보다 더 뛰어난 고수셨군요.”

당백호와 찰지게 욕설을 주고받던 모습과 달리, 백수룡에게 어느 정도 예의를 갖춘 말투였다.

사마영의 눈에 백수룡에 대한 호기심이 일렁였다.

“오시는 길에 저희 학관의 머저리들이 신세를 졌다고 들었어요.”

“머저리들이라면…….”

순간, 백수룡의 머릿속에 떠오른 두 사람이 있었다.

천주객잔에 만났던 주작학관의 두 신입 강사.

사마영이 싱긋 웃으며 말했다.

“강소치. 양자기. 가장 늦게 도착한 것도 모자라 구경꾼들 앞에서 주작학관의 명예를 실추시켰으니, 머저리들이라 할 만하지요.”

“그러고 보니 그 두 사람은 보이지 않는군요. 아직 도착하지 않았습니까? 한 명은 부상이 심할 텐데…….”

백수룡은 그 부상을 자신이 입혀 놓았으면서 뻔뻔하게 물었다.

명백한 도발이었다.

하지만 사마영은 도리어 환하게 웃으며 대답했다.

“그들은 두 시진 전에 도착했습니다. 밤낮을 아껴서 말을 타고 달려왔다며 제게 자초지종을 설명하더군요. 그들에게 천주객잔에서 있었던 일을 모두 들었습니다.”

"그럼 내게 할 말이 많으시겠군."

백수룡이 한쪽 입꼬리를 올리며 비웃자, 사마영 역시 웃으며 고개를 끄덕였다.

"그래서 그 자리에서 둘 다 해고했습니다."

"……."

이번에는 백수룡도 조금 놀랐다.

남궁명진에게 그 둘은 연수에서 낙오할 거라고 듣긴 했지만, 설마 해고까지 했을 줄이야.

사마영은 눈썹 하나 까딱하지 않고 말을 이었다.

"어차피 일 년을 채우지 못하고 잘렸을 자들이에요. 백수룡 선생님 덕분에 빨리 걸러내게 되었으니, 감사 인사를 드려야겠군요."

그리고 한 걸음 물러나 정중하게 포권을 취하는데, 다른 신입 강사들은 질린다는 표정으로 그녀를 바라봤다.

'만만치 않은 여자로군.'

무공의 문제가 아니라, 기질의 문제였다.

백수룡은 놀랍다는 표정으로 사마영에게 물었다.

"주작학관 관주님의 손녀라더니. 이미 그런 권한까지 가지고 계십니까?"

"네. 이십 년 후엔 제가 주작학관의 관주가 될 테니까요."

사마영은 야망이 넘치고, 그 야망을 실현하기 위해 항상 적극적으로 움직이는 사람이었다.

즉, 가지고 싶은 것이 있으면 반드시 가지고야 마는 성격이었다.

"주작학관으로 오세요."

"……음?"

백수룡보다 더 격렬하게 반응한 것은 그의 입사 동기들이었다.

"무슨!"

"어림없는 소리!"

"안 돼요!"

사마영은 그들의 반응에 아랑곳하지 않았다.

그녀는 말없이 자신을 응시하는 백수룡의 눈을 뚫어지게 바라봤다.

"월봉은 지금 받는 것의 다섯 배, 아니 열 배를 드리죠."

"글쎄. 워낙에 갑작스러운 제안이라."

백수룡은 팔짱을 끼고 미간을 찌푸렸다. 고민하는 듯한 모습이었다.

사마영이 그에게 한 걸음 더 가까이 다가가며 말했다.

순간 그녀의 몸에서 좋은 향기가 확 풍겼다.

"선생님께선 천무제에서 우승하겠다고 선언하셨다면서요? 그게 꼭 청룡학관이어야 할 이유가 있나요?"

"……."

사마영이 한 걸음 더 다가갔다.

둘 사이의 거리는 이제 조금만 손을 뻗어도 닿을 만큼 가까웠다.

"그게 아니라면, 주작학관에서 그 목표를 이루시는 건 어떤가요? 저와 함께."

214화

내기를 합시다

주작학관으로 오라는 제안을 한 후, 사마영은 말없이 백수룡은 얼굴을 뚫어져라 쳐다봤다.

그녀의 시선이 어찌나 강렬한지, 백수룡 옆에 있던 청룡학관 동기들이 흠칫 놀랄 정도였다.

'무슨 눈빛이…….'

'잡아먹을 것 같군.'

'대체 어떻게 돌아가는 거야?'

청룡학관 강사들은 불안한 표정으로 백수룡과 사마영을 번갈아 바라봤다.

그들은 백수룡이 저 제안을 받아들일 리 없다고 믿으면서도, 한편으론 불안한 마음이 드는 걸 막을 수 없었다.

열 배의 월봉.

자신들이라면 쉽게 거절할 수 있을까?

설상가상 백수룡은 바로 거절하지 않고 팔짱을 낀 채 흥미롭다는 표정을 지었다. 한번 들어는 보겠다는 투였다.

"열 배라……. 돈이면 다 된다고 생각하는 겁니까?"

묘한 미소를 짓는 백수룡의 반문에, 사마영이 싱긋 웃으며 고개를 저었다.

"물론 월봉만 올려드리겠다는 건 아니에요. 그만한 대우를 해 드리죠. 입사 첫해에 세 개의 전공 수업을 맡기고, 천무제에 참가할 학생을 선출할 권리도 드리겠어요. 신입 강사가 해야 하는 잡무에서도 제외시켜 드리고, 학생들의 역량 발전에 집중하실 수 있도록 지원하겠어요."

누구라도 혹할 만한 파격적인 대우였다.

과연 실현이 가능할까 싶을 정도로.

백수룡이 고개를 갸웃하며 물었다.

"당신이 아무리 염왕의 손녀라고 해도 그게 가능한 조건이오? 입사 첫해인 신입 강사에게 그만한 돈과 권력을 준다니? 기존 강사들이 크게 반발할 텐데."

"주작학관은 경력과 상관없이 능력에 따른 대우를 받는 곳이랍니다. 백 강사님이 능력만 증명하신다면 잡음은 제가 다 없애 드릴 수 있어요. 월봉은 제 사비를 털어서라도 채워 드릴 거고요."

"내게 왜 이런 제안을 하는 겁니까?"

사마영은 불꽃처럼 이글거리는 눈동자로 백수룡을 올려보며 말했다.

"당신이 마음에 들었거든요."

"……."

"!"

"!"

정작 백수룡은 별다른 반응이 없었지만, 청룡학관과 주작학관의 강사들이 깜짝 놀란 얼굴이 되었다.

특히 사마영 뒤편에 서 있는 주작학관 신입 강사들의 표정이 분노로 일그러졌다.

‘이런 어리석은 여자를 보았나!’

‘염왕의 손녀라고 떠받들어 줬더니, 안하무인이 따로 없구나.’

‘남자에게 홀려서 부끄러운 줄도 모르는군.’

그들 중 일부는 사마영이 백수룡의 잘생긴 얼굴에 반해 경솔한 제안을 한다고 생각했다.

하지만 정작 백수룡은 전혀 그렇게 생각하지 않았다.

사마영의 눈빛에서 느껴지는 것은 수줍은 연심이 아니라, 들끓는 야망이었으니까.

사마영이 다시 입을 열었다.

“저는 십 년을 생각하고 있어요.”

“무엇을 말이오?”

“십 년 안에 주작학관을 천하제일학관으로 만드는 것. 그게 내 목표예요. 천무제 우승은 그 전에 해야겠죠. 한 오 년 안에?”

사마영의 당돌한 발언에 모두가 눈을 동그랗게 떴다.

천하제일학관.

무림에 수많은 학관이 있지만, 오로지 천무학관만이 그렇게 불릴 수 있었다.

그런데 사마영은 십 년 안에 그 자리를 뺏어오겠다며 자신 있게 말하고 있었다.

백수룡의 입가에도 희미한 미소가 맺혔다.

그는 자신감 넘치는 사람을 싫어하지 않았다.

“그래서 날 영입하시겠다?”

“학생들의 잠재력을 끌어내 줄 뛰어난 강사가 필요해요. 저는 백수룡 강사님이 그런 사람이라고 확신하고요.”

“나에 대해 얼마나 알고?”

“충분히 알아봤죠.”

사마영이 싱긋 웃자 주변이 화사해진 듯한 착각이 들었다.

그녀는 열다섯 살 때부터 주작학관을 천하제일학관으로 만들겠다는 목표를 세웠다.

할아버지가 설립한 주작학관을 자신의 대에서 천하제일학관으로 만드는 것.

"그 꿈을 이루기 위해 일부러 주작학관이 아닌 천무학관에 입관했죠. 적을 알아야 상대할 방법을 찾을 테니까."

천무학관을 졸업한 후에는 몇 년간 할아버지 밑에서 따로 무공을 배우며 강사가 되기 위한 준비를 했다.

그리고 올해, 충분히 준비되었다고 판단한 사마영은 주작학관 입사 시험을 치러 수석으로 통과했다.

주작학관 역사상 가장 뛰어난 성적이었다.

그리고 조부와 만나 저녁을 먹던 날 밤…….

"할아버지께서 청룡학관에 나타난 괴짜 강사에 대한 이야기를 해 주시더군요."

―올해 청룡학관에 입사한 천둥벌거숭이 같은 녀석이 천무제에서 우승하겠다고 선언했다더라. 네가 생각나서 한참을 웃었다.

강호에서는 염왕이라 불리는 그녀의 할아버지지만, 손녀 앞에서는 넉살 좋게 웃으며 강호의 소문을 이야기했다.

처음에는 어이가 없었다.

자신은 모든 가능성과 변수를 면밀하게 검토해 십 년에 이르는 계획을 세웠다.

그런데 올해 바로 천무제에서 우승시키겠다고?

그야말로 천둥벌거숭이라는 생각밖에 들지 않았다.

─할아버지. 저와 그자를 똑같이 취급하시는 건가요?

─재밌지 않느냐. 군중들 앞에서 말을 하는 것 자체가 쉬운 일이 아니다. 미치광이거나, 아주 난놈이겠지.

"그때부터 백수룡 선생님. 당신에게 흥미를 가지기 시작했어요. 그래서 이것저것 알아보기 시작했죠."

"……."

가벼운 흥미로 백수룡에 대해 알아보기 시작했지만, 시간이 지날수록 사마영은 감탄을 금치 못했다.

"학관 최고의 문제아를 갱생시키고, 개인 과외로 수석입학생, 그리고 역대 최고령 입학생을 배출한 것도 모자라, 일타강사와 내기를 해서 입사 첫해에 수업까지 따냈더군요."

"다른 사람 입으로 들으니 새삼 제가 대단하긴 하군요."

"뿐인가요. 악인곡에서 혈수귀옹을 베고 돌아와 온 강호에 청룡학관의 명성을 떨치셨죠."

"아무렴."

얼굴에 금칠을 해 주는 사람이나 받는 사람이나 모두 태연했다. 둘 다 어지간히 자기애가 강한 사람들이라 가능한 일이었다.

'넘쳐흐르는 저 자신감도 마음에 들어.'

사마영이 입가에 부드러운 호선을 그리며 말했다. 둘 사이에 흐르는 분위기가 퍽 좋았다.

"하지만 제가 가장 놀란 건 당신이 혈수귀옹을 베었다는 사실이 아니에요. 함께 돌아온 제자들 중 한 명도 죽거나 크게 다치지 않았다는 사실이죠."

"사실 원강이 놈이 많이 다치긴 했는데……."

"악인곡에서 실전을 경험하고 돌아온 학생들이 얼마나 큰 성취를 이루었을지, 쉽게 상상이 되지 않아요. 게다가 그중 한 명은 노군상 관주님께 파천도라는 별호를 받았다면서요?"

최근에 있었던 일까지 상세히 언급되자, 백수룡이 놀라서 혀를 찼다.

"청룡학관의 일에 대해서 상당히 많이 알고 계시는군. 소문만 들은 정도가 아닌데."

"믿을 수 없는 일을 몇 번이나 해내셨으니까요. 당신에 대해 알면 알수록 놀라웠어요."

별것 아닌 말이었지만, 백수룡의 입가에 흐뭇한 미소가 맺혔다.

세상에 칭찬 싫어하는 사람은 없는 법.

그것도 사마영 같은 미녀가 동경의 눈빛을 보내면서 칭찬을 한다면, 어느 사내든 마음이 흔들릴 수밖에 없었다.

사마영이 달뜬 표정으로 백수룡을 바라봤다. 열기가 오른 두 뺨이 붉게 상기됐다.

"백수룡 선생님은 머지않아 분명 일타강사가 될 거예요."

"칭찬 고맙소."

"하지만, 일타강사라고 해서 다 같은 일타강사는 아니랍니다."

"……?"

"청룡학관에선 한계가 있어요. 백수룡 선생님이 있기에 그곳은 너무 좁아요. 결국 후회하게 되겠죠."

사마영이 안타깝다는 듯 말했다. 백수룡의 앞날을 걱정하는 듯 길게 한숨을 쉬었다.

"선생님을 위해 진심으로 드리는 말씀이에요. 주작학관으로 오세요. 저라면 당신이 마음껏 역량을 펼칠 수 있도록 지원해 드릴 수 있어요."

백수룡의 바라보는 사마영의 눈빛이 용암처럼 뜨거웠다. 자칫 눈이 맞은 남녀 간의 감정이라고도 오해할 수준이었다.

'내가 할 수 있는 건 다 했어.'

그녀는 자신이 백수룡에게 얼마나 많은 관심을 가지고 지켜봤으며, 어떤 지원을 해 줄 수 있는지, 얼마나 원하는지를 진심을 다해 설득했다.

조금 더 공을 들여 천천히 접촉할 수도 있었지만, 그녀가 알아낸 백수룡이라는 사람에게는 솔직하게 부딪치는 것이 정답이라고 생각했다.

다행히 백수룡의 반응도 나쁘지 않았다.

"흐음……."

그의 눈빛에 담긴 감정은 분명 호기심, 호감, 기대감 등이었다.

그때, 백수룡이 천천히 입을 열었다.

"대단히 흥미로운 제안이긴 하지만……."

"하지만?"

"거절하겠소."

"……어째서죠? 설마 청룡학관에 대한 정이나 의리 때문인가요? 아니면 학생들에게 미안해서?"

사마영이 굳은 표정으로 백수룡에게 물었다.

그녀의 눈빛에 실망한 기색이 역력했다.

'당신이 가진 야망이 그것밖에 안 되는 건가요?'

만약 그렇다고 대답한다면, 사마영은 이 자리에서 백수룡을 깨끗이 포기할 생각이었다.

하지만 씩 웃어 보인 백수룡은 그녀가 전혀 예상치 못한 대답을 했다.

"조건이 영 별로라서 말이야."

"……뭐라고요?"

"내가 지금 청룡학관에서 누리는 게 그거보다 훨씬 많은데 왜 주작학관에 가야 하지?"

"무슨 소리를……."

"아, 거기까진 모르나 보군."

사마영에게서 시선을 뗀 백수룡은 불안한 눈빛으로 자신을 바라보는 청룡학관 동기들을 죽 둘러보며 말했다.

"실력 있는 동료들, 재능 있는 제자들. 월봉은 얼마 안 되지만 돈은 별로 궁하지도 않거든."

뿐만 아니었다.

청룡학관에서 일하며 생긴 인맥, 권력, 그리고 그곳에서 쌓은 실적들이 있었다.

백수룡은 청룡학관을 떠날 생각이 티끌만큼도 없었다.

"청룡학관에서 충분히 다 이룰 수 있는데, 주작학관으로 갈 이유가 없지."

백수룡이 씩 웃으며 말하자, 긴장해 있던 동기들이 안도의 한숨을 내쉬며 그에게 다가왔다.

"형님!"

"다행이다……."

"오라버니!"

"크흑! 자네 진짜 사내로군! 이 곽모는 감동했네!"

"……곽두용 넌 왜 울어?"

"오늘부터 나도 자네들과 함께하겠네!"

"이게 며칠 전부터 은근슬쩍 끼려고 하네."

어느새 백수룡에게 달라붙은 동기들이 그의 옷깃을 잡아당기고 어깨를 주물러대는 등 요란을 떨었다.

백수룡은 귀찮다며 그들을 밀어냈지만, 피식피식 웃는 모습은 꽤 유쾌해 보였다.

"……."

사마영은 말없이 그들의 모습을 바라보다가 한숨을 내쉬었다. 들떠 있던 목소리가 거짓말처럼 차갑게 식었다.

"……그게 당신의 선택인가요. 실망이군요."

“아, 나도 소저에게 제안하고 싶은 게 있는데…….”

“제안?”

“차라리 소저가 청룡학관으로 오는 건 어떻소?”

“……뭐라고요?”

사마영의 눈에 살기가 맺혔다.

그녀의 쥘부채에서 화르륵! 하고 불꽃이 피어올랐다가 사그라졌다.

“지금 날 모욕하는 건가요?”

백수룡이 객잔에서 망신을 준 신입 강사들에 대해 이야기했을 때도 침착했던 그녀였지만, 지금은 간신히 화를 억누르는 기색이었다.

백수룡이 고개를 갸웃하며 물었다.

“이상하군. 어째서 당신은 되고, 나는 왜 안 되지?”

“청룡학관과 주작학관을 비교하는 것 자체가 모욕이란 걸 굳이 설명해야 하나요?”

주작학관은 천무제에서 오 년 동안 준우승을 했고,

청룡학관은 천무제에서 십 년 동안 꼴찌를 했다.

주작학관이 오대학관 중 두 번째 위치에 있다면, 청룡학관은 맨 끝에서도 떨어지기 직전이었다.

사마영이 화를 참으며 말했다.

“청룡학관에서 경력을 쌓아 주작학관으로 이직하는 경우는 있어도, 그 반대의 경우는 없어요. 그건 좌천이나 마찬가지니까.”

심지어 사마영은 주작학관의 관주인 염왕의 손녀였다.

설마 이걸 다 설명해야 알아듣는 건가?

간신히 화를 가라앉힌 사마영이 말했다.

“방금 얘기는 못 들은 거로 하죠.”

“아쉽군. 진심이었는데.”

“……제 제안은 아직 유효하니 천천히 생각해 보세요. 시간은 아직 많으니까.”

“이쪽도 진심이니까 청룡학관으로의 이직을 잘 생각해 보시오. 내년만 되어도 경쟁률이 심하게 오를 거라 지금이 적기거든.”

사마영은 대답 대신 몸을 홱 돌렸다.

주작학관 강사들이 백수룡을 노려본 후 그녀를 따라갔다.

그때, 백수룡이 그들의 등 뒤에 대고 외쳤다.

“나한테 좋은 생각이 있는데. 이렇게 하면 어떻소?”

사마영은 걸음을 멈추지 않았다. 백수룡이 자신을 놀린다고 생각한 것이다.

하지만 잠시 후, 그녀는 스스로 멈춰 설 수밖에 없었다.

“이번 신입 강사 연수에서의 성적으로 내기를 합시다.”

“……내기?”

휙 돌아보는 사마영에게 백수룡이 씩 웃으며 말했다.

“우리 둘 중에 성적이 더 낮은 쪽이, 상대 학관으로 이직을 하는 거요.”

215화

고민해 봐야지

"내기라니! 모욕을 참는 것에도 한계가 있소!"

사마영보다 먼저 반응한 건 그녀를 뒤따르던 강사들 중 한 명이었다.

완고한 인상의 사내였다. 사내가 백수룡을 향해 성큼성큼 걸어왔다. 검파에 살짝 손을 올린 채였다.

백수룡의 고개를 갸웃하며 물었다.

"내기를 제안한 것이 어째서 모욕이지?"

"소속을 옮기는 것이 얼마나 중대한 결정인지 모를 리 없을 터. 그걸 한낱 내기로 결정하자는 게 모욕이 아니고 무엇인가?"

백수룡이 황당하다는 표정으로 되물었다.

"주작학관에서 이직 제안을 하는 것은 호의고, 청룡학관에서 이직 제안을 하는 건 모욕인가?"

"두 학관의 처지가 다름을 당신도 모르지 않을 텐데."

"조만간 바뀌게 될 테니 지금 기회를 주는 건데."

"백수룡 선생. 당신 무공이 강하다고 내가 겁먹을 줄 아시오?"

"그쪽은 무공도 약하면서 뭘 믿고 덤비는 거요?"

“이자가……!”

무공은 물론이고, 말로도 이길 수 없었다.

얼굴이 시뻘게진 사내가 검을 뽑으려는 순간, 사마영이 다가와 그의 손목을 붙잡았다.

“소검동 선생님. 그만 하세요.”

“…….”

소검동이라 불린 사내가 이를 악물더니 고개를 끄덕였다.

뒤로 물러나는 소검동을 보며 백수룡은 아쉬움에 입맛을 다셨다.

한 번만 더 긁어 볼까?

“아주 충신 나셨군.”

“!”

그 말에 소검동이 어깨를 움찔했지만, 사마영이 눈짓으로 경고하자 얌전히 뒤로 물러났다.

사마영이 다시 백수룡과 마주 서며 말했다.

“방금 내기라고 했나요?”

“그렇소.”

“좋아요. 수락하죠.”

이렇게 쉽게?

백수룡이 눈을 동그랗게 떴다.

상대를 도발하기 위해 꺼내 본 말이었지, 사마영이 진짜로 내기를 수락할 줄은 몰랐던 것이다.

만약 사마영이 내기에서 진다면, 염왕의 손녀가 청룡학관 강사가 되는 초유의 사태가 벌어진다.

‘그만한 위험부담을 감수하겠다고?’

주작학관 강사들이 깜짝 놀라서 만류하고 들었다.

“사마영 선생님!”

"왜 그런 내기를 수락하십니까!"

"취소하십시오!"

그들 중에는 속으로 사마영을 싫어하는 사람들도 있었지만, 그와 별개로 이건 주작학관의 명예가 달린 문제였다.

"제 일은 제가 알아서 합니다."

하지만 사마영은 싸늘한 눈빛과 손짓 한 번으로 그들을 침묵시켰다.

새삼 그녀가 지닌 권위가 얼마나 강한지 보여 주는 광경이었다.

그녀는 도전적인 눈빛으로 백수룡을 노려보며 말했다.

"대신 백수룡 선생님이 내기에서 질 경우, 아까 지원하기로 한 것들은 전부 취소하겠어요. 평범한 신입 강사 월봉에, 바닥에서 잡무부터 시작하게 될 거예요. 제 밑에서 처음부터 일을 배우는 거죠. 계약 기간은 삼 년으로 하죠."

사마영의 눈이 활활 타올랐다. 승부욕이 어마어마하게 강한 듯했다.

백수룡이 씩 웃었다.

비록 경쟁 학관의 강사이긴 하지만, 꽤나 마음에 드는 녀석이었다.

능력도 출중해 보이니 후배로 뽑아서 실컷 부려먹으면 좋을 듯했다.

"그럼 이쪽도 똑같은 조건을 걸면 되겠군. 내용을 문서로 남기겠소?"

"그보다 더 확실한 방법이 있어요. 남궁세가에 공증을 맡기는 거죠."

장원 곳곳에 남궁세가의 눈과 귀가 있다는 건 모두가 알고 있었다.

이 내기에 관한 내용도 남궁세가의 수뇌부에게 곧바로 전해질 것이다.

약속을 어긴다면 온 강호가 비웃을 거란 이야기였다.

사마영이 자신만만하게 웃으며 말했다.

"그거 아세요? 뛰어난 선생이 꼭 뛰어난 학생이진 않아요. 오히려 본인이 뛰어나다는 걸 알아서 문제가 생기는 경우도 있죠."

"걱정해 줘서 고맙소. 그럼 조금 덜 뛰어나 보이도록 노력해 보지. 유일하게 자신 없는 일이긴 한데."

"……역시 마음에 들어. 내일 뵙죠."

피식 웃은 사마영은 미련 없이 몸을 돌렸다.

주작학관 강사들이 불안한 표정으로 그 뒤를 따라갔다.

백수룡이 동기들을 돌아보며 말했다.

"우리도 숙소로 들어가자."

숙소로 돌아가는 길에, 제갈소영이 갑자기 손뼉을 치며 외쳤다.

"염화나찰 선배!"

"뭐?"

"어디서 들어 봤다 했는데, 이제야 기억났어요. 저보다 다섯 학년 위의 천무학관 선배님이에요. 실제로 뵌 적은 없지만, 졸업생들 중에서 꽤 유명했던 거로 기억해요."

"염화나찰? 무슨 별호가 그렇게 살벌해?"

악연호가 황당하다는 듯이 묻자, 제갈소영이 난감한 표정으로 백수룡을 보며 말했다.

"적으로 돌리면 나찰처럼 돌변한다고 해서 염화나찰이에요. 천무학관에서 사마영 선배가 자퇴시킨 사람만 셋이라고 들었어요."

"……."

"……."

"크, 크흠!"

다들 그 살벌한 일화에 식은땀을 흘리거나 헛기침을 했다.

제갈소영이 어두운 표정으로 말을 이었다.

"게다가 졸업 당시 성적도 다섯 명 안에 들었던 수재였어요. 열양공에 한해서는 교수님들도 가르칠 게 없다고 말씀하셨대요."

"제법이긴 하더라."

백수룡도 느꼈다.

사마영이 당백호와 싸우면서 보여 준 모습은 결코 전력이 아니었다.

물론 그건 당백호도 마찬가지였지만.

'제대로 무공을 펼치면 어느 정도 수준일지 궁금하군.'

아마 조만간 볼 수 있을 것이다.

꽤 자존심이 강하고 고집이 세 보였으니까.

백수룡이 피식 웃으며 말했다.

"애송이들만 있는 줄 알았더니……. 생각보다 재미있을지도 모르겠어."

확실한 건, 연수를 시작하기도 전에 주작학관과 전쟁에 돌입했다는 것이다.

백수룡이 딱 원하던 그림이었다.

숙소로 돌아온 사마영은 주작학관 강사들을 연무장 앞에 집결시켰다.

신입 강사들이 연수 기간 동안 머무르게 될 건물은 사방에 자리해 학관마다 숙소가 분리되어 있었고, 각각 작은 연무장 또한 제공되었다.

"제가 할아버지의 위세를 빌려 멋대로 군다고 생각하나요?"

"……."

"……."

다들 말이 없었다. 하지만 불편한 침묵과 표정만으로도 생각을 충분히 전달할 수 있었다.

사마영은 그들이 보는 앞에서 청룡학관 강사에게 파격적인 조건을 제안했다.

그것만으로도 박탈감을 느꼈는데, 상대에게 거절당하면서 주작학관 전체가 망신을 당했다.

어디 그뿐인가.

"내기를 수락하신 것은 실수입니다."

소검동이 한숨을 내쉬며 말했다.

사마영의 오른팔이나 다름없는 그가 불만을 표시했다. 다른 강사들의 생각은 물어볼 것도 없었다.

만약 그녀가 염왕의 손녀가 아니었다면, 이 자리에서 온갖 비난이 쏟아졌을 것이다.

'부모 잘 만나서 출세한 년.'

'내기에서 지기라도 하면 대체 어쩌려고?'

'청룡신협의 반반한 얼굴에 넘어간 게 틀림없어.'

사마영도 속으로 저들이 자신을 못마땅해한다는 사실을 알았다.

하지만 상관없었다.

오히려 그녀는 너희들의 생각이 뻔히 보인다는 듯 입꼬리를 올리며 말했다.

"좋아요. 그럼 여러분에게도 동등한 기회를 드리죠."

"……예?"

"무슨 말씀이신지……?"

강사들이 의아한 표정으로 물었다.

동등한 기회라니?

사마영의 입가에 만개한 꽃처럼 화사한 미소가 맺혔다.

"이번 연수 기간 동안, 단 한 과목이라도 백수룡 강사보다 좋은 성적을 거두는 분은 월봉을 세 배로 올려드리겠어요. 뿐만 아니라 내년부터 정규 수업을 배정받게 해 드리죠."

"!"

주작학관 신입 강사들이 눈을 부릅떴다.

월봉 세 배 인상과 정규 수업 배정.

오대학관 중 어느 곳보다 경쟁이 치열한 주작학관에서, 이것은 엄청난 혜택이었다.

강사들 중 한 명이 손을 들고 물었다.

“이론 수업이라도 상관없습니까?”

“물론이죠. 무공을 겨뤄서 이기라는 말이 아니에요. 아까 보았다시피, 청룡신협의 무공은 우리 중 누구보다도 뛰어날 테니까.”

단순히 무공을 겨룬다면 백수룡을 이길 수 있는 신입 강사는 없을 것이다.

하지만 그들이 참가한 것은 무공대회가 아니라 강사 연수다.

연수에서는 여러 가지 교육을 통해 평가받는다. 그 성적은 단순히 무공이 강하다고 보장받는 것이 아니다.

‘이론이라면……’

‘우리가 충분히 이길 수 있다!’

주작학관 강사들의 눈이 의욕으로 불타오르기 시작했다.

그 모습을 본 사마영이 살포시 웃었다.

평범한 자들을 다루는 건 이렇게 쉽다.

“수단과 방법을 가리지 말고 청룡신협을 이겨 보세요. 주작학관의 강사들이 이곳에서 가장 뛰어나다는 걸 보여 주는 겁니다.”

“예!”

“이만 해산하세요.”

그 말과 동시에 주작학관의 강사들이 흩어져 각자 방으로 들어가거나, 연무장에 남아 수련을 하거나, 끼리끼리 모여 대화를 나눴다.

사마영은 잠시 그 모습을 지켜보다가 방으로 들어갔다. 그러곤 평소처럼 편한 옷으로 갈아입고, 운기조식을 위해 가부좌를 틀었다.

하지만, 좀처럼 운기에 집중할 수가 없었다.

얄밉도록 자신만만한 얼굴이 떠올라서였다.

‘백수룡.’

감히 자신의 제안을 거절한 것도 모자라, 역으로 청룡학관으로 오라는 제안을 하다니.

처음에는 화가 났다.

하지만 그것도 잠시.

오히려 백수룡을 주작학관으로 데려오고 싶다는 마음이 더 강해졌다.

'평생 내 옆에 두고 종처럼 부려 주겠어.'

사마영의 두 눈에서 불꽃이 이글거렸다. 입술을 질끈 깨문 그녀는 눈을 감고 차분하게 운기조식을 시작했다.

"주군. 이쪽 방향이 맞는 것 같습니다."

곱사등이 노인이 지도에 묻은 피를 손으로 툭툭 털어냈다. 눈이 많이 침침한지 지도를 얼굴에 바짝 붙인 모습이었다.

"확실해? 이쪽으로 가면 남궁세가가 나오는 것 맞아?"

나른한 인상의 청년이 못 미덥다는 표정으로 노인을 바라봤다.

청년은 인세에 보기 드문 미공자였다.

젊은 나이에 어울리지 않게 머리가 절반은 흑발이고 절반은 백발이었는데, 그것마저 묘하게 잘 어우러졌다.

"맞습니다. 이쪽으로 쭉 가면 남궁세가가 나옵니다. 넓게 보면 여기도 남궁세가의 영역입니다."

노인이 뼈에 거죽만 남은 손가락을 들어 한쪽 방향을 가리켰다. 커다란 산봉우리가 보였다.

"일단 저 산을 넘어야 합니다."

"가는 길에 산적들이 또 있을까? 이놈들은 너무 시시한데."

청년은 발에 걸리적대는 시체들을 툭툭 차며 말했다.

두 사람의 발아래에는 수백에 달하는 산적의 찢긴 시체가 널브러져 있었다.

시체들의 표정에서 끔찍한 고통과 공포가 생생히 느껴졌다.

바닥은 그들이 흘린 피로 웅덩이가 생긴 지 오래였다.

목불인견의 참상을 만들었음에도 불구하고, 청년과 노인은 아무렇지도 않게 대화를 나눴다.

"있어도 이렇게 큰 산채는 없을 겁니다."

"녹림에 외공의 고수들이 있다던 말도 다 옛날 얘기로군."

"수십 년도 더 된 얘기지요. 옛날에 녹림투왕이라는 전설적인 고수가 있었는데……."

"지겨운 옛날 얘기는 집어치워."

손을 휘휘 저은 청년은 몸을 돌렸다. 곱사등이 노인이 지도를 주머니에 챙겨 넣으며 청년의 옆에 따라붙었다.

산채에서 내려가는 길에 청년이 물었다.

"그런데 여기가 남궁세가의 영역이면, 창천검왕 그 늙은이는 앞마당의 쓰레기들도 안 치우고 뭘 하는 거야?"

"앞마당이라고 하기엔 너무 넓지요. 아마 신경도 쓰지 않을 겁니다."

"쯧쯧. 정파 놈들 하는 일이 항상 그런 식이지. 그래 놓고 대협이니 협객이니 하면서 위선을 떤다니까."

"끌끌. 그 말씀이 맞지요. 그런 의미로 보면 저희야말로 협객이 아니겠습니까?"

두 사람은 시답잖은 대화를 나누며 산채를 내려갔다.

"끄흐윽……."

산채 아래에서 한 사내가 부상당한 몸을 이끌고 기어가고 있었다. 핏자국이 그가 기어온 길을 따라 선명하게 남아 있었다.

청년이 사내에게 다가가 반갑게 아는 체를 했다.

"아직 여기까지밖에 못 왔어?"

"히이익!"

사내는 맨 처음 청년과 노인을 잡아 세운 산적이었다.

청년은 그의 다리를 불구로 만든 후, 산채를 멸하고 돌아올 때까지 도 망치면 살려 준다고 약속했다.

산적이 눈물을 줄줄 흘리며 빌었다.

"제, 제발 살려…….

"약속은 약속이잖아."

창백하게 질려 목숨을 구걸하는 산적의 머리 위로, 청년의 발이 무심하게 떨어졌다.

콰직!

바닥에 쏟아진 핏물과 뇌수를 슥슥 비빈 후, 청년은 아무렇지도 않다는 듯 길을 내려갔다.

곱사등이 노인이 그 옆을 따르며 물었다.

수십 년 전, 무림은 이 노인을 수라마검이라 부르며 두려워했다.

"그런데 주군. 이번에 창천검왕의 목을 베실 겁니까?"

그리고 현재.

"글쎄. 일단 족쳐 본 다음에 고민해 봐야지."

무림은 노인의 옆에서 걷는 청년을 사파제일고수, 흑야마제(黑夜魔帝)라 부르며 경원시했다.

216화

평지풍파를 일으키는 녀석

남궁세가의 가주전.

남궁세가의 대소사가 대부분 결정되는 그곳에, 남궁세가의 두 거인이 마주 앉았다.

"첫날부터 주작과 청룡이 한판 붙었다고?"

"들었습니다. 다행히 무력 충돌로는 번지지 않았다고 합니다."

"아쉽구나. 사실 연수보다는 싸움박질을 구경하는 것이 묘미인데."

"분위기는 이미 전쟁이나 다름없다고 하더군요. 청룡신협과 염화나찰이 이직을 걸고 내기했다던데……."

"껄껄껄! 올해는 제대로 치고받으려는 모양이구나!"

고개를 절레절레 젓는 쪽은 중년의 사내였고, 껄껄 웃는 쪽은 이십 대 초반으로 보이는 젊은 청년이었다.

그런데 놀랍게도, 중년인이 청년에게 말을 높이고 있었다.

"아버님. 연수는 아직 시작도 되지 않았습니다. 벌써부터 싸움이 벌어지면 본가도 체면이 구겨집니다."

중년인에게 '아버지'라 불린 청년은 피식 웃더니 술잔을 들었다.

"남의 시선 따위를 두려워해서야 대남궁세가의 가주라고 할 수 있겠느냐?"

"아버님이야 가주직에서 물러나셨으니 편히 하시는 말씀이지요."

한숨을 내쉰 중년의 사내는 바로 남궁세가의 가주, 철혈검(鐵血劍) 남궁천이었다.

그리고 그 앞의 청년은 남궁세가의 태상가주이자, 무림십존의 일원인 창천검왕 남궁제학이었다.

그야말로 남궁세가를 떠받치는 두 기둥.

두 사람은 내일이면 시작될 신입 강사 연수에 대해 이야기를 나누는 중이었다.

남궁제학이 물었다.

"그래서, 될성부른 떡잎은 좀 보아 두었느냐?"

"주작학관에서는 사마영, 백호학관에서는 당백호가 단연 출중합니다."

"염왕이 손녀를 잘 키웠나 보군. 당가의 아이도 제법 괴짜라고 들었다."

"현무학관은 올해 한 명만 보냈습니다. 무공보다는 술법에 특출한 모양인데, 듣기로는 벙어리라고 합니다."

"녀석들이야 항상 소수만 보냈지. 그래도 한 명은 심하군."

남궁제학이 미간을 찌푸렸다.

오대학관 신입 강사 연수는 남궁세가의 큰 연례행사 중 하나였다.

헌데 올해는 천무학관이 참석하지 않았고, 현무학관에서도 고작 한 명만을 보냈다.

그 사실이 영 못마땅한 표정이었다.

"현무학관주에게는 내가 서찰을 보내마. 그 늙은이가 노망이 난 게 아니라면 내년부터는 그렇게 굴지 못할 것이다."

"천무학관은 어떻습니까?"

남궁제학은 남궁세가의 태상가주이자, 천무학관의 일타강사이기도 했다.

요즘은 일 년에 몇 번 특강을 할 뿐이지만, 그때마다 창천검왕의 강의를 듣기 위해 학생들이 구름처럼 몰려들었다.

그 말인즉슨, 그가 천무학관에 미치는 영향력이 막강하다는 의미였다.

그런데도 천무학관은 이번 신입 강사 연수에 참석하지 않았다.

"……천무학관이 불참한 것은 관주의 뜻이 아니다."

"그렇다는 말씀은……?"

"올해 뽑힌 신입 강사. 그 녀석이 거부했다."

천무학관에선 매년 최대 세 명까지만 신입 강사를 뽑는다.

천하에서 모여든 뛰어난 강사들이 치열한 경쟁을 벌이는데, 개중에는 다른 오대학관에서 몇 년씩 경력을 쌓은 강사들도 있었다.

그래서 천무학관의 신입 강사가 되는 건 낙타가 바늘구멍을 통과하는 것보다 어렵다고들 했다.

심지어 올해 뽑힌 신입 강사는 단 한 명에 불과했다.

남궁천이 미간을 찌푸리며 물었다.

"천무결이라는 이름이었지요? 경쟁자들을 모두 탈락시키고 혼자서 시험에 통과했다는."

"맞다. 대단한 능력을 가진 사내지."

무림십존의 일원인 창천검왕에게서 '대단하다'라는 말이 나왔다. 범인은 상상하기 힘든 괴물이라는 이야기였다.

"그렇다고 해도 건방지군요. 감히 본가의 행사를 거부하다니."

"천무결은……."

잠시 생각에 잠겨 있던 남궁제학이 말을 이었다.

"차라리 이곳에 오지 않은 것이 다행일 수도 있다. 다른 오대학관에는

그를 감당할 자가 없을 테니까. 본인에게는 이곳에 오는 의미가 없을 것
이고, 다른 강사들은 절망만 하게 될 것이다."

"……그 정도란 말입니까?"

"그 정도다."

그 순간, 남궁제학의 머릿속에 떠오르는 다른 이름이 하나 있었지만,
굳이 입 밖으로 내뱉지는 않았다.

"아무튼. 천무학관으로 돌아가면 따로 만나 볼 생각이다. 너무 신경
쓰지 말거라."

"알겠습니다."

고개를 끄덕인 남궁천이 이번에는 지나가듯 물었다.

"청룡학관 쪽은 어떻습니까?"

"그걸 왜 내게 묻느냐?"

"천이당 부당주에게 따로 청룡신협을 살펴보라 이르시지 않았습니까."

"……알고 있었느냐?"

남궁제학이 겸연쩍게 웃자, 남궁천이 아버지를 똑바로 바라보며 단호
하게 말했다.

"남궁세가에 제가 모르는 비밀이 있어서는 안 됩니다. 그것이 설령 아
버님께서 내리신 명이라도 말이지요. 이럴 거면 가주직을 도로 가져가
십시오. 미련 없이 반납하겠습니다."

"거참. 너무 타박하지 말거라. 개인적으로 알아보고 싶은 것이 있어
그랬다."

천하의 창천검왕이 아들에게 아쉬운 소리를 했다.

그만큼 가주의 권위를 존중한다는 의미이기도 했다.

남궁천도 그 이상은 따져 묻지 않았다. 작게 한숨을 내쉰 그가 물었다.

"그래서 궁금증은 푸셨습니까?"

"도통 모르겠구나. 청룡신협 그 녀석. 뭔가 미심쩍은 구석이 있는

데…… 이번 기회에 자세히 살펴봐야겠다.”

남궁제학의 입에서 백수룡에 관한 이야기가 나왔다.

그런데 그의 표정이 다소 복잡했다. 단순한 호기심이라기엔 꽤나 진지했다.

천무결과는 조금 다른 의미로, 그는 백수룡에게 지대한 관심을 가지고 있었다.

“너는 그 녀석을 어떻게 생각하느냐? 몇 달을 지켜보았으니 우리보다는 잘 알 것 아니냐.”

두 사람의 시선이 동시에 같은 방향으로 돌아갔다.

그들에게서 조금 떨어진 곳에, 남궁수가 공손히 앉아 있었다.

남궁수가 무표정한 얼굴로 대답했다.

“백수룡은 뛰어난 강사입니다. 일신의 무공이 뛰어나고, 교육법은 파격적이지만 성과를 증명했으며, 진심으로 따르는 학생들이 점점 늘고 있습니다.”

“호오. 그리고?”

“학관 내 주요 인물들을 포섭할 정도로 정치력도 뛰어납니다. 인성에는 다소 문제가 있습니다만…… 큰 문제는 아니라고 생각됩니다.”

남궁수는 처음부터 끝까지 냉정한 표정으로 말했다.

하지만 그 내용은 온통 칭찬일색이었다.

남궁세가주가 놀랍다는 표정으로 말했다.

“네 입에서 그 정도로 극찬이 나오는 것은 처음 보는구나. 오대학관의 일타강사들에게서도 단점을 잘만 찾아내던 녀석이.”

“……말씀드렸다시피 인성에는 다소 문제가 있습니다.”

“내 눈에는 그것도 억지로 흠을 잡은 것처럼 보인다만?”

“…….”

남궁수가 고개를 살짝 숙였다.

그 모습을 본 남궁제학이 껄껄 웃더니 장난스럽게 물었다.

"해서, 그 녀석이 장담한 대로 올해 청룡학관이 천무제에서 우승할 것 같으냐?"

"……어렵다고 생각합니다."

"어렵다? 불가능한 것이 아니라 어렵다?"

"진심이더냐?"

"솔직히 말씀드리면……."

조부와 부친의 흥미롭다는 반응에, 잠시 침묵하던 남궁수가 고개를 들고 당당하게 말했다.

"충분히 해 볼 만하다고 생각합니다."

"!"

남궁세가의 두 거인이 놀란 표정으로 남궁수를 바라봤다.

특히 남궁천은 제 아들의 변화를 느끼고 묘한 기분이 들었다.

남궁수는 어려서부터 냉정하고 현실적인 성격이었다.

서출로 태어난 자신의 처지를 알기에, 다들 가기 싫어하던 청룡학관에 자청해서 간 녀석이지 않은가.

즉, 스스로 후계자 경쟁에서 발을 뺀 것이기도 했다.

남궁천은 그 사실이 내내 마음에 걸렸었다.

'그런 녀석이, 이젠 청룡학관을 천무제에서 우승시키겠다고? 그게 무슨 뜻인지는 알고 하는 말이더냐?'

다시 남궁세가의 후계자 경쟁에 뛰어들겠다는 말이나 다름이 없었다.

남궁수가 비록 서출이라 해도, '청룡학관의 천무제 우승'이란 기적을 일궈낸다면 불가능한 일은 아니었다.

불쑥 아들을 시험해 보고 싶은 생각이 든 남궁천이 일부러 차갑게 말했다.

"청룡학관의 천무제 우승은 어불성설이다. 청룡학관은 내년부터 천무제에 참가하지 못하게 될 것이고, 다시는 그 자리로 돌아가지 못할 것이다.”

“…….”

“너는 지금부터 이직을 준비하거라. 내 다른 학관에 자리를 알아봐 주마.”

“…….”

“아비의 말이 들리지 않더냐?”

“죄송하지만 따르기 어렵습니다.”

“뭐라?!”

일순간 남궁천의 몸에서 가공할 기세가 피어올랐다.

창천검왕의 그늘에 가려져 있다고 하지만, 남궁천은 대남궁세가의 가주이자 초절정의 경지에 이른 고수였다.

현 무림을 움직이는, 시대의 거인.

그의 기세를 정면에서 받은 남궁수의 얼굴이 창백하게 질렸다.

“큭…….”

“다시 말해 보거라!”

남궁수는 이를 악물었다.

다행히 천뢰검법을 익히며 고통과 압박을 견디는 것에 익숙했기에, 그는 아버지의 눈을 똑바로 보며 말할 수 있었다.

“지금은 천무제를 준비할 시간도 부족합니다.”

“그래서, 가주의 명을 따르지 않겠다?”

“설령 올해 천무제에서 좋은 성과를 거두지 못한다고 해도, 청룡학관을 떠날 마음은 없습니다.”

“이놈이 감히!”

푸화아악!

남궁천이 일으킨 기세에 방 안에 돌풍이 몰아쳤다. 방안의 집기가 사방으로 날아다녔다.

부서진 찻잔이 남궁수의 뺨을 스쳐 핏물이 흘러내렸다.

그때였다.

"그만!"

남궁제학이 손을 휘저어 사나운 기세를 단숨에 일소시켰다.

웃어른으로서 아들과 손자의 다툼에 끼어든 그가 엄중한 목소리로 말했다.

"가주는 감정을 가라앉히시게. 너는 이만 물러가 보거라."

창백해진 인상의 남궁수가 공손히 읍을 하고 가주전을 빠져나갔다.

그 뒷모습을 바라보던 남궁천이 허탈한 목소리로 중얼거렸다.

"저 녀석이 저에게 대든 것은 처음입니다."

"나도 놀랍구나. 무표정한 얼굴 뒤에 주눅 든 속마음을 숨기던 아이였는데…… 언제 저렇게 변한 것인지."

방금까지 가주에게 맞서던 남궁수는 놀랍도록 당당했다.

평생 자신의 감정을 내보이지 않던 아이였는데.

무엇이 남궁수가 저렇게 변하도록 만들었을까?

'설마 이것도 청룡신협의 영향인가?'

남궁제학은 손자가 백수룡에 대해 말할 때 짓던 표정을 떠올렸다.

언제나처럼 냉정하고 차분한 신색을 유지하고 있었지만, 그 눈에서는 상대에 대한 굳건한 신뢰가 느껴졌다.

남궁세가에 있을 때는 본 적 없던 눈빛.

"허어……."

실로 복잡한 심경이었다.

천하제일세가인 남궁세가의 직계가, 본가의 어른들도 아닌 다른 강사에게 영향을 받아 변화를 겪다니.

남궁천도 비슷한 생각을 했는지 씁쓸한 표정이었다.

"청룡신협이라……. 아버님도 그렇고 요즘 모두가 그에 대해 이야기하니, 정말 용과 같은 사내인 모양입니다."

"나도 아직 녀석에 대해 잘 모르겠구나. 용인지 이무기인지는 이번 연수를 통해 알게 되겠지."

"저도 유심히 지켜보겠습니다."

"적어도 지켜보는 재미는 있을 것이다. 어딜 가나 평지풍파를 일으키는 녀석이니."

남궁제학이 자리에서 일어났다. 그는 따라서 일어서려는 가주에게 손을 저었다.

"따라오지 말거라. 혼자 걷고 싶구나."

"……알겠습니다."

가주전을 나선 남궁제학은 뒷짐을 진 채 긴 복도를 휘적휘적 걸었다.

세상은 그를 무림십존의 일원이라며 경외시하지만, 달빛 아래를 걷는 청년의 얼굴에는 평범한 사람들과 마찬가지로 근심이 서려 있었다.

사실, 남궁제학은 백수룡에게서 반드시 알아내고 싶은 것이 있었다.

'그 녀석이 내가 찾는 녀석이 맞다면…….'

밤하늘을 올려보는 창천검왕의 눈동자 깊은 곳에서, 붉은 혈기가 일렁였다.

217화

아니었나 보군요

이른 아침.

남궁세가의 대연무장.

평소 남궁세가의 무인들이 내지르는 기합으로 가득한 이곳에, 오늘은 사대학관의 신입 강사들이 학관별로 도열했다.

꿀꺽.

꿀꺽.

잔뜩 긴장한 신입 강사들이 마른침을 삼켰다.

그들 대부분이 좋은 가문 출신의 내로라하는 고수였지만, 천하제일세가의 위용 앞에서 긴장하지 않는 이는 극히 드물었다.

"남궁세가주님 앞에서 예의에 어긋나지 않도록 각별히 주의하시게."

"어깨를 펴라! 백호학관의 일원으로서 당당한 모습을 보여 줘라!"

"……백수룡. 하품하지 마라."

신입 강사들의 정면에는 각 학관에서 함께 온 인솔 강사들이 똑바로 행동하도록 주의를 시켰다.

그리고 뒤쪽으로는 남궁세가를 대표하는 창천검대가 서릿발 같은 위엄을 뽐내며 도열해 있었다.

　신입 강사 연수에 전설처럼 전해져 내려오는 이야기가 하나 있다.

연수 교육을 수석으로 수료한 강사는 모두 일타강사가 되었다.

　어찌 보면 당연한 것일 수도 있지만, 당사자들 입장에서는 신경이 쓰일 수밖에 없는 이야기였다.

　최소한 이번 신입 강사 연수의 결과로, 학관으로 돌아갈 때 그들에 대한 평가가 바뀌어 있을 것은 확실했다.

　"가주님께서 나오십니다!"

　그때 창천검대의 대주가 내공을 담아 외치자, 창천검대의 무인들이 동시에 발을 굴렀다.

　쿠웅!

　한 치의 오차도 없는 발 구름에 연무장이 무겁게 진동했다.

　다소 어수선하던 분위기가 삽시간에 고요해지며, 모두의 시선이 단상 위로 향했다.

　저벅저벅.

　남궁세가의 가주 남궁천이 단상 위로 모습을 드러냈다.

　그의 양옆 한 걸음 뒤로 헌앙한 청년과 노인이 따라왔는데, 신입 강사 중에서는 남궁세가주보다 그들을 보고 더 놀란 이들도 적지 않았다.

　'창천검왕!'

　'만박자!'

　남궁세가주의 왼쪽의 헌앙한 청년은 그 유명한 창천검왕이었고.

　오른편에 선 키가 크고 마른, 그리고 머리가 비정상적으로 큰 노인은 무공 이론에 관해서는 모르는 것이 없다는 만박자였다.

　"대남궁세가의 가주님을 뵙습니다!"

"무림의 대선배님이신 창천검왕 님을 뵙습니다!"

"무림의 대선배님이신 만박자 님을 뵙습니다!"

사대학관의 인솔 강사들이 먼저 포권을 취하며 예의를 갖추자, 신입 강사들이 똑같이 따라 했다.

신입 강사들을 죽 둘러본 남궁천이 무뚝뚝한 표정으로 입을 열었다.

"반갑네. 나는 이번 신입 강사 연수를 총괄하게 될 남궁천이라 하네."

철혈검 남궁천.

남궁세가의 현 가주로, 부친인 창천검왕의 그늘에 가려져 있을 뿐, 그 역시 초절정의 고수였다.

세간에는 남궁천의 무공이 십존의 말석에는 충분히 들 수 있을 거라 말하는 자들도 있었다.

"내 이야기가 길어져 봤자 좋을 것도 없으니 본론만 말하겠네."

별다른 기세를 일으키지 않았는데도 불구하고, 신입 강사들 중 남궁천의 시선을 똑바로 받아내는 자는 극히 드물었다.

"여러분은 남궁세가에서 이레(칠 일) 동안 신입 강사 연수 교육을 받게 될 것이네. 교육은 크게 이론과 실기로 나뉘어 있고, 내 옆에 계신 두 분의 대사부께서 각각 총괄해 주실 것이네."

가주보다 한 걸음씩 뒤에 서 있던 창천검왕과 만박자가 동시에 앞으로 나섰다.

"창천검왕이다. 몇몇은 구면이군."

"클클. 반갑다 애송이들아. 노부가 만박자다."

그 순간, 신입 강사 전원이 포권을 취하며 예를 취했다.

"대사부님을 뵙습니다!"

두 사람은 가볍게 고개를 끄덕인 후 다시 한 걸음 뒤로 물러났다.

남궁세가주가 다시 입을 열었다.

"또한 오대학관에서 최소 십 년 이상 강의를 하고 은퇴하신 선배들이,

두 분을 도와 조교로서 교육을 진행해 주실 것이네.”

척척척.

단상 아래로 십여 명의 조교가 앞으로 나섰다. 하나같이 풍기는 기도가 강렬했다.

“저분은……!”

“유운검 대협!”

“빙월선자!”

조교들의 면면을 확인한 신입 강사들이 경악을 금치 못했다.

‘절정고수 이하가 없군.’

백수룡도 조교들의 수준에 작게 감탄했다.

가볍게 생각하고 왔는데, 어쩌면 이곳에서 무언가를 얻어갈 수 있을지도 모른다는 생각이 들었다.

“더 이상 길게 이야기해 봤자 귀한 교육 시간을 빼앗을 뿐이겠지. 부디 연수에서 많은 것을 얻고 돌아가길 바라겠네.”

짧게 할 말을 마친 남궁천이 단상 아래로 내려갔다.

단상에서 내려가기 직전, 남궁천의 시선은 백수룡에게 잠시 머물렀다.

“…….”

하지만 워낙 찰나였던 터라 그 사실을 눈치챈 사람은 없었다.

당사자들 외에는.

그렇게 남궁세가주가 내려가고, 단상 위에는 창천검왕과 만박자만 남았다.

창천검왕이 한 걸음 물러나며 만박자에게 말했다.

“먼저 하시오. 오전은 이론 교육이니.”

“알겠습니다.”

창천검왕의 양보로 만박자가 앞으로 나섰다.

그가 신입 강사들을 둘러보며 갈라진 목소리로 말했다.

"앞서 소개했지만, 노부는 만박자라 한다. 무공 이론에 관해서는 천하제일이라 자부하지."

십존의 일원인 창천검왕을 옆에 두고도 천하제일을 논하다니.

무공 이론에 대한 만박자의 자부심이 얼마나 강한지 보여 주는 말이었다.

"본격적인 강의를 시작하기에 앞서, 우선 너희의 수준이 어느 정도인지 알아야겠다."

수준을 알아야겠다는 말에 신입 강사 중 일부가 불만스러운 표정을 지었다.

그들은 오대학관 입사 시험을 통과한 뛰어난 인재들이었다.

아무리 만박자가 이론으로는 천하제일이라지만, 수준 운운하는 것이 고까울 수밖에 없었다.

그 반응을 지켜본 만박자가 코웃음을 쳤다.

"시건방진 애송이들. 각자 적당한 거리를 벌리고 자리에 앉도록 해라."

신입 강사들은 불만을 속으로 삭이며 만박자가 시키는 대로 했다.

잠시 후, 조교들이 붓과 벼루, 먹, 그리고 서책을 하나씩 가져다주었다.

마치 향시를 치르는 서생들이 된 모양새였다.

"지금 나누어 준 것은 무공 비급이다."

만박자가 단상 아래로 내려왔다. 그가 강사들 사이로 걸어 다니며 말을 이었다.

"정확히는 마공 비급이지."

"!"

"이 마공에 적힌 구결을 그대로 익히면 주화입마에 걸려 광증에 걸리거나, 몸의 모든 구멍이란 구멍에서 피를 쏟으며 죽는다."

신입 강사들은 긴장한 표정으로 자신들의 앞에 놓인 서책을 바라봤다. 서책의 겉면에는 아무것도 쓰여 있지 않았다.

“비급을 읽고 주화입마와 직접적으로 연관된 구결을 찾아내라. 총 여섯 개다.”

“무슨……!”

“이 자리에서 말입니까?”

“마공을 읽는 것만으로도 주화입마에 빠질 수 있다는 것을 모르십니까!”

만박자의 요구가 얼마나 황당한지 깨달은 신입 강사들이, 예의가 아닌 줄 알면서도 항의를 하고 나섰다.

만박자는 그들의 불만을 간단히 묵살했다.

“하기 싫다면 돌아가라. 이런 저급한 마공에 홀릴 정도라면, 학관에서 학생들을 가르칠 자격도 없다.”

“……”

“두 시진 주마. 그 안에 찾지 못한 녀석은 앞으로 내 강의를 들을 자격이 없는 것으로 간주하고 쫓아내겠다.”

만박자가 누런 이를 드러내며 클클클 웃었다.

그 뒤에 서 있던 창천검왕은 못 말린다며 고개를 절레절레 저었다.

반면, 신입 강사들은 공황에 빠졌다.

‘겨우 두 시진?’

‘비급을 제대로 해석하는 데도 모자란 시간인데……’

‘마공이라니! 이런 미친 시험이 어딨어!’

만박자는 신입 강사들에게 더 이상 생각할 시간을 주지 않았다.

“시작해라.”

풀지 못하면 쫓겨난다!

신입 강사들 전원이 마공 비급에 고개를 파묻었다.

"클클클."

만박자는 마공 비급을 읽으며 끙끙대는 신입 강사들 사이를 걸으며 괴소를 흘렸다.

'이놈들아. 지금까지는 인생이 참 쉬웠지?'

기초라고는 했지만, 사실 초장부터 신입 강사들의 기를 죽이려고 낸 시험이었다.

단언컨대, 두 시진 안에 이 문제를 풀 수 있는 강사는 단 한 명도 없으리라.

'풀 수 있다면 이미 일타강사라 불려도 되는 수준이지.'

이런 햇병아리들에게 그런 수준을 기대하지는 않는다.

단지 콧대를 한번 눌러서, 앞으로 얌전하게 교육을 따라오게 하려는 목적이 컸다.

만박자의 시선은 신입 강사들 중에서도 유독 눈에 띄는 몇 명을 향했다.

'사마영. 당백호. 백수룡.'

오대학관에서 올해 가장 기대하는 신입들이라 했다.

과연 셋 다 무재가 뛰어나 보였지만, 이론은 전혀 다른 문제였다.

만박자는 코웃음을 쳤다.

'이론이 부족한 강사는 빈껍데기에 불과하다.'

천재들은 이론이 아닌 직관으로 무공을 익힌다.

남들은 설명을 듣고 몇 번이나 연습해야 할 수 있는 것을, 한 번 보고 슥 따라 한다.

쉽게 말해 재능이라는 것이다.

'망할 놈의 재능.'

만박자도 천하제일인이 되고 싶었다.

하지만 그는 뛰어난 무재를 타고나지 못했고, 천하의 그 많은 무공을 섭렵하고도 절정고수에 머물렀다.

때문에, 그는 재능만 믿고 이론이 부족한 강사들을 경멸했다.

'배우는 입장이라면 자신의 재능을 믿고 강해지면 된다. 하지만 가르치는 자들이 그래선 안 돼.'

세상에는 재능을 가진 자들보다, 재능을 가지지 못한 자들이 훨씬 더 많다.

만박자 자신이 그랬던 것처럼.

그런 학생들에겐 재능이 빛나는 스승보다, 단단한 이론을 통해 길을 제시해 줄 스승이 필요하다.

'너희가 평소 재능만 믿고 이론 공부를 게을리했다면, 이 자리에서 톡톡히 개망신을 당할 것이다.'

만박자는 특히 요주의 인물 세 명을 자세히 살폈다.

"끄으응……."

백호학관의 당백호는 머리를 벅벅 긁고 있었다. 비급을 해석하는 초반부터 막힌 듯했다.

'저 녀석은 글렀군.'

반면, 주작학관의 사마영은 시험을 시작한 지 반 시진도 안 되었는데 벌써 비급의 절반 이상을 독파했다.

'호오. 저 여아는 기대해 봐도 좋겠군.'

책을 펴는 자세만 봐도 안다.

평소에 얼마나 공부를 열심히 했고, 또 얼마나 진심으로 했는지.

천무학관에서도 수재 소리를 듣던 아이라더니, 과연 문무가 모두 출중한 듯했다.

고개를 끄덕인 만박자는 마지막으로 청룡학관의 백수룡 쪽을 향해 고개를 돌렸다.

'으응? 저리 대충대충 본다고?'

백수룡은 비급을 펼쳐 놓고 대충 훑고 있었다. 그리고 중간중간 붓으로 비급에 첨삭을 했다.

만박자는 불쾌감이 치밀어 올랐다.

'감히……!'

저 비급은 저렇게 본다고 알 수 있는 무공이 아니다.

신입 강사들에겐 알려 주지 않았지만, 비급에 적힌 건 지금은 사라진 혈교의 무공.

그 어느 문파의 무공과도 연성 방법이 다르고, 심지어 마공이기에 상리를 벗어난 구절이 여러 곳이었다.

단순히 무공 비급을 많이 봤다고 해서 알 수 있는 종류가 아니란 의미다.

'건방진 놈. 내 본보기로 너에게 본때를 보여 주리라!'

그때였다.

백수룡이 고개를 들더니, 마침 자신을 보고 있는 만박자와 눈이 마주쳤다.

"다 풀었으면 제출해도 됩니까?"

"건방진 놈……."

"예?"

쳐다봤다고 저러는 건가?

백수룡이 이유를 알 수 없어 고개를 갸웃거리자, 만박자가 겨우 화를 삭이며 말했다.

"어디 제출해 보거라. 이 자리에서 바로 평가해 주마."

"예."

백수룡이 자리에서 일어나더니 비급을 가져와 건넸다.

만박자는 그 자리에서 비급을 휘리릭 넘겨 가며 읽었다.

"한번 보자. 얼마나 잘났는지……."

사실 볼 것도 없었다.

반 시진 만에 여섯 구절을 모두 찾는다는 것이 말이 되나. 보나 마나 대충 감으로 찍었을…….

"으음?"

"……."

"호오."

"……."

"제법이군."

"……."

"대, 대체 어떻게?"

"……."

"이럴 수가……."

"……."

"허억!"

"왜 그러시오?"

만박자가 숨넘어가는 소리를 내자 창천검왕이 빠르게 다가왔다.

"이걸 어떻게……!"

비급을 바라보는 만박자의 턱이 빠지지 않나 싶을 정도로 입이 쩍 벌어져 있었다.

처음 한두 개는 운이 좋아서 맞출 수 있다고 치자.

하지만 세 개, 네 개를 넘어간 순간부터 운으로는 설명이 안 되는 일이었다.

심지어…….

"어떻게 전부 찾아낸 것이냐?"

그 말에 창천검왕과 조교들은 물론이고, 시험을 풀던 신입 강사들마저 전부 고개를 들고 백수룡을 바라봤다.

"벌써 다 해석했다고?"

"어떻게?"

"괴물인가……."

다들 괴물이라도 보는 눈으로 백수룡을 바라봤다.

그중 사마영만 이를 악물고 다시 문제 풀이에 집중했다.

하지만 이어진 백수룡의 한마디에, 그녀는 그만 붓을 놓치고 말았다.

"여섯이 아니라 일곱입니다."

"뭐라?"

자신을 이해할 수 없다는 바라보는 만박자에게, 백수룡은 그가 아직 펼쳐보지 않은 비급의 뒷장을 펼치며 말했다.

"잘못된 구절 말입니다. 하나가 더 있더라고요."

"뭣!"

"이런, 숨겨진 문제가 아니었나 보군요."

"!"

218화

밑천을 다 드러내야 할 것이다

만박자는 백수룡은 알려 준 일곱 번째 구절을 확인하며 손을 바르르 떨었다.

"이, 이걸 어떻게⋯⋯."

귀신이라도 본 듯한 만박자의 반응에, 백수룡은 난감한 기색으로 머리를 긁적였다.

'다 알면서 일부러 여섯 개만 말한 줄 알았더니, 아니었어?'

충격받은 만박자의 얼굴을 보니, 일곱 번째 주화입마 구절은 정말 그도 모르고 있었던 모양이다.

백수룡은 만박자에게 다소 실망했다.

'그것도 놓쳤으면서 무슨 천하제일이야?'

하지만 놀란 것은 만박자뿐만이 아니었다.

창천검왕과 조교들, 다른 신입 강사들도 모두 입을 떡 벌리고 있었다.

백수룡은 겸손하게 포권을 취하며 말했다.

"운이 좋았을 뿐입니다."

"운으로 만박자도 못 찾은 것을 찾아냈다는 말인가? 허허. 납득하기 어렵군.”

창천검왕은 묘한 표정으로 백수룡을 바라봤다.

호기심을 넘어 무언가를 의심하는 듯한 날카로운 눈빛.

제대로 된 대답을 하지 못하면, 추궁이라도 당할 분위기였다.

다행히 백수룡은 적당한 변명을 미리 떠올려 놓았다.

“예전에 무림맹의 의뢰로 마공을 조사한 바 있습니다. 그때 쫓았던 마공의 흔적과 흡사한 부분이 있어서 쉽게 풀 수 있었습니다.”

악연호가 손을 들고 그 사실을 증언했다.

“저도 그때 함께 있었습니다!”

두 사람이 청룡학관에 온 지 얼마 안 되었을 때, 고리대금업자였던 허 노인이 마공에 당해 사망한 사건을 무림맹의 의뢰로 함께 수사한 적이 있었다.

“그런데 넌 왜 그것밖에 못 풀었어?”

명일오가 아직 반도 읽지 못한 악연호의 비급을 눈짓으로 가리키며 묻자, 악연호가 입 모양으로 ‘닥쳐요.’라고 말했다.

백수룡이 덧붙여 말했다.

“그때 수사를 위해 마공에 대해 조사한 것이 이번 시험에 큰 도움이 되었습니다. 청룡학관에서 제 담당 과목이 ‘사파 무공의 이해’이기도 하고요.”

“흐음. 그런가…….”

백수룡이 준비한 변명이 어느 정도 먹힌 모양이었다.

아직 의문이 다 풀린 것은 아니었으나, 창천검왕은 마지못해 고개를 끄덕였다.

“그렇다고 해도 대단하군. 만박자. 그렇지 않소?”

“흠흠. 사실 나는 대충 한 번만 읽고 풀었다. 꼼꼼히 보았다면 충분히 알 수 있었는데, 그때 일이 많아서 마지막 부분을 놓친 모양이군.”

뒤늦게 정신을 차린 만박자가 주절주절 떠들면서 고개를 끄덕였다.

구차한 변명처럼 들렸지만, 다들 아무 말도 않고 고개를 끄덕였다.

얼굴이 조금 붉어진 만박자가 백수룡에게 말했다.

"어쨌든 만점이다. 포상으로 다음 이론 교육 때, 내게 두 번 질문할 수 있는 권한을 주겠다."

백수룡은 속으로 '포상이면 돈이나 영약으로 주지.'라고 투덜거렸지만, 겉으로는 포권을 취하며 겸손을 떨었다.

연수에서 치고받는 것은 타 학관 강사들과 할 일이지, 자신을 평가할 창천검왕과 만박자, 그리고 조교들 앞에서는 평판을 관리할 필요가 있었다.

"감사합니다."

가증스럽게 바라보는 동기들의 시선을 무시하며, 백수룡은 얼굴 가득 가식적인 미소를 지었다.

만박자가 뚱한 표정으로 물었다.

"다 풀었으니 어쩌겠느냐? 오후 실기 교육 시간까지는 네 마음대로 해도 된다."

"자리에 돌아가서 기다려도 되겠습니까?"

"마음대로 해라. 행여나 전음으로 다른 사람에게 답을 알려 주려고 했다간 경을 치를 줄만 알고."

"그럴 리가요."

백수룡은 자기 자리로 돌아가 앉았다.

"갈! 여유가 넘치는 걸 보니 다들 문제가 쉽나 보구나!"

신입 강사들은 오만 가지 표정으로 백수룡을 바라보다가, 만박자가 호통을 치자 다시 비급 풀이에 집중했다.

다들 비급에 얼굴을 박고 끙끙거릴 때, 백수룡은 혼자 느긋하게 주위를 둘러보았다.

이를 악물고 비급을 해석하는 사마영이 보였고, 비급에 거의 코를 박고 있는 제갈소영의 모습도 보였다.

악연호와 명일오도 나름 열심히 풀고 있었다. 곽두용은 식은땀을 흘리며 쩔쩔매고 있었다.

동기들을 둘러본 백수룡은 조용히 생각에 잠겼다.

'설마 혈교의 마공을 시험 문제로 낼 줄이야.'

운이 좋았던 것은 사실이다.

혈교 교관 출신에게 혈교 무공을 해석하라고 던져 줬으니 말이다.

사실 해석과 첨삭에 일 각도 안 걸렸지만, 일부러 반 시진이나 기다렸다가 제출했다.

그렇게 첫 시험부터 가뿐하게 실력을 보여 줬지만, 한 가지 마음에 걸리는 게 있었다.

'만박자가 어떻게 혈교 무공을 알고 있는 거지?'

만박자가 천하에 모르는 무공이 없을 정도로 박식하다고는 하지만, 오십 년 전 멸망한 혈교의 마공까지 알고 있다는 것은 쉽게 납득되지 않았다.

'직접 물어볼 수도 없고……'

만박자가 이 무공의 출처가 혈교인 걸 먼저 밝히지 않았으니, 이쪽에서 먼저 물어볼 수도 없는 노릇.

생각이 꼬리에 꼬리를 물고 이어졌다.

듣기로는, 만박자는 남궁세가의 식객으로 꽤 오래 머물고 있다고 했다.

그럼 남궁세가도 이 사실을 알고 있을 확률이 높다는 것인데…….

그 순간, 백수룡의 머릿속에 한동안 잊고 있던 이름 하나가 떠올랐다.

'조막생!'

남궁수가 올해 청룡학관에 입학시키려 했던 소년.

공손수와의 비무에서 패배했으나, 결과를 납득하지 못하고 공손수를 해치려 했고, 결국 위지천에게 팔이 잘려 쫓겨났던 녀석.

알고 보니 아주 어려서 강제로 탈혼대법이라는 극악한 사술로 뇌에 마공을 이식받아, 자기도 모르는 새 마공을 익히고 있었다.

―몰라! 정말 모른다고! 혈교라니! 애초에 난 고아야…… . 커헉! 무공은, 고아원에서, 그 후에는 남궁세가에서 배웠어…… .

조막생은 남궁세가에서 후원하는 고아원에서 자랐고, 그곳에서 무공의 기초를 배워 결국 남궁수의 눈에 들었다고 했다.

백수룡의 미간이 가늘게 좁혀졌다.

'그때는 남궁수를 의심했지만, 남궁수는 혈교와는 아무 상관도 없어. 그건 확신할 수 있다.'

백수룡은 자신의 사람 보는 눈을 믿었다.

적어도 남궁수는 혈교와 아무런 상관도 없었다.

하지만…… .

백수룡은 고개를 들어 자신을 둘러싼 거대한 남궁세가의 풍경을 바라봤다.

'남궁세가 전체로 본다면? 세가의 수뇌부는 혈교와 아무 상관도 없을까?'

백수룡의 시선이 자연스럽게 창천검왕을 향했다.

지금의 남궁세가를 오대세가 중 하나에서, 독보적인 천하제일세가로 일으켜 세운 인물.

공교롭게도 그 순간, 창천검왕도 고개를 돌려 백수룡을 보았다.

“…….”

“…….”

두 사람의 눈빛이 부딪치며 묘한 분위기가 만들어졌을 때였다.

"다 풀었습니다!"

"저도 다 풀었어요!"

그들의 시야 사이에서 두 사람이 동시에 벌떡 일어나 시야를 가렸다.

사마영과 제갈소영이었다.

둘은 잠시 눈을 마주쳤지만, 후배인 제갈소영이 먼저 고개를 살짝 숙였다.

"이리 가져오너라."

잠시 후, 두 사람의 답안을 확인한 만박자의 표정이 묘하게 변했다.

"……올해 신입들은 제법이군. 둘 다 합격이다."

"……감사합니다."

백수룡에 이어 두 번째로 합격을 했는데도 불구하고, 사마영의 표정은 못마땅한 듯 구겨졌다.

만박자는 그녀에게 합격이라고만 했지, 백수룡처럼 만점이라고 말하지 않았기 때문이었다.

스르륵.

현무학관에서 유일하게 연수에 참가한 음침한 인상의 여인도 자리에서 일어나 답을 제출했다.

그녀 역시 합격이었다.

한 시진도 되지 않아 세 명이 연달아 합격했다. 그 이후로는 합격자가 나오는 데 시간이 꽤 걸렸다.

"올해 기수 녀석들은…… 끄응……. 제법이군……."

만박자가 못마땅한 신음을 흘리는 가운데, 창천검왕은 그 모습이 우스운지 웃음을 터트렸다.

"하하하! 오늘 천하의 만박자가 망신을 당하는군!"

"망신은 무슨."

그 모습을 지켜보던 백수룡은 팔짱을 끼고 조용히 눈을 감았다.

'남궁세가라. 지켜보면 알 일이지.'

신입 강사 연수는 오늘을 제외해도 엿새나 남았다.

이곳에 혈교와 관련된 무언가가 있다면, 충분히 알아볼 수 있는 시간이었다.

◈

두 시진에 걸친 이론 시험이 끝났다.

기준 미달의 시험지를 제출한 강사들에게 만박자의 불호령이 떨어졌지만, 다행히 그들을 쫓아내지는 않았다.

"휴. 십년감수했네……."

청룡학관에서는 유일하게 시험에서 떨어진 곽두용이 가슴을 쓸어내렸다.

"흥. 내일 보자, 애송이들아."

기분이 좋은 건지 나쁜 건지 알기 힘든 표정으로 만박자가 시험지를 모두 걷어간 후, 창천검왕이 앞으로 나섰다.

"다들 고생했네."

그는 진이 다 빠진 신입 강사들에게 부드러운 어조로 말했다.

"점심을 먹은 후에 다시 모이도록 하지. 오후에는 실기 기초평가가 있을 테니, 점심을 든든히 먹어 두도록 하게."

"예!"

힘차게 대답한 강사들이 학관별로 삼삼오오 모였다. 그들은 차라리 실기가 낫겠다느니, 오후에는 숨 좀 쉴 수 있겠다느니, 따위의 대화를 나눴다.

"휴우. 머리에 쥐 나는 줄 알았네."

"오후에는 그래도 실기니까 좀 낫겠지."

"몸을 좀 움직여야 할 것 같아."

그 말이 심기를 거슬렸던 걸까. 창천검왕이 다시 말했다.

"잠깐. 정정하겠네. 다들 점심은 되도록 가볍게 먹는 게 좋겠군."

"예?"

"어째서⋯⋯."

일부 눈치 빠른 신입 강사들이 불안한 표정을 짓는 가운데, 창천검왕이 허리춤의 검파를 툭툭 치며 말했다.

"다 토하게 될지도 모르니 말일세."

"⋯⋯."

입을 함부로 놀린 신입 강사들의 표정이 핼쑥하게 변했다.

점심 식사 후, 가벼운 무복으로 갈아입은 신입 강사들이 대연무장에 다시 모였다.

학관별로 모여 정렬해 보니, 총 서른한 명이었다.

주작학관 열다섯.

백호학관 열.

청룡학관 다섯.

현무학관 하나.

각자의 학관을 상징하는 무복으로 갈아입은 강사들 앞에, 새하얀 무복을 차려입은 창천검왕이 가벼운 걸음으로 나타났다.

"다 모였군."

창천검왕의 실제 나이는 팔십 세가 넘었다는데, 반로환동으로 인해 겉모습은 이십 대 중반의 청년으로 보였다.

천하제일에 가까운 고수의 가르침을 받을 생각에, 강사이기 이전에 한 명의 무인으로서 다들 가슴이 설렐 수밖에 없었다.

하지만 창천검왕이 강사들에게 처음 꺼낸 이야기는 무공에 관한 것이 아니었다.

"오대학관을 졸업한 무인들이, 최근에 어떤 비판을 받고 있는 줄 아나?"

뜬구름 잡는 질문이었지만, 곧바로 손 하나가 위로 올라왔다.

사마영이었다. 그녀가 자신감 있는 목소리로 대답했다.

"나이에 비해 무공은 고강하지만, 실전에서의 대처 능력이 떨어진다는 비판을 받고 있습니다."

창천검왕이 고개를 끄덕였다.

"맞네. 오대학관을 졸업한 학생들의 절반은 대형 상단, 표국, 황궁 등에서 제 능력을 발휘하지. 헌데 그들 중 대부분이 제대로 된 실전을 겪지 못한 탓에, 정작 강호에 나가서 곤란을 겪는 경우가 있다네."

"때문에, 주작학관은 올해부터 외부 실습 비중을 늘리기로 결정했습니다."

"훌륭한 자세라고 생각하네. 허나."

모범생다운 사마영의 대답에 창천검왕은 고개를 끄덕였다. 그러나 이어진 질문에는 그녀도 제대로 대답하지 못했다.

"내가 보기엔, 그 실전이라 하는 것도 부실하기 짝이 없네. 기껏해야 뒷골목 파락호들과 싸우고, 산적들을 토벌하겠다며 나서는 것이 전부 아닌가?"

"그건……."

사마영은 무언가 반박하고 싶은 눈치였지만, 그 전에 창천검왕이 말을 이었다.

"지금은 혈교와 같은 사파 세력이 준동하는 시기가 아니야. 무림은 평화롭고, 사파 세력들은 대부분 몸을 웅크리고 있지. 때문에 제대로 된 실전을 경험하기가 어려운 형편이다. 여기 있는 강사들 중에 강호행을 해 본 이가 몇이나 되겠나? 사람을 열 명 이상 베어 본 경험은?"

아무도 손을 들지 않았다. 그러한 분위기가 아니었던 탓이다.

창천검왕이 진지한 목소리로 말을 이었다.

"제대로 된 실전을 겪어 본 강사들이 부족하니, 학생들을 가르치는 것에도 한계가 있단 말이네."

"제대로 된 실전이란, 구체적으로 어떤 걸 말씀하시는 겁니까?"

백호학관의 당백호가 손을 들고 물었다. 다소 반항적인 눈빛을 담아서였다.

창천검왕이 너털웃음을 터트리며 대답했다.

"예를 들면, 실전에서는 일대일 비무는 거의 일어나지 않네. 대부분이 난전이지. 항상 함정이 있는지 살펴야 하고, 독을 경계해야 하며, 등 뒤에서 언제 암기가 날아올지 모르는 것이 실전이네."

"……."

겉모습만 청년일 뿐, 창천검왕은 팔십 세의 노고수였다.

그리고 그는, 오십 년 전 혈교와의 전쟁에도 참여했을 만큼 많은 실전 경험을 가지고 있었다.

"길게 말했지만, 결국 실전을 겪어 봐야 실전을 가르칠 수 있다는 것이 내 말의 요지네. 그렇다고 서로 죽일 순 없는 노릇이니, 최대한 실전과 같은 환경을 만들었지."

꿀꺽.

상황을 인지한 신입 강사들이 마른침을 꿀꺽 삼켰다.

괴팍한 만박자의 이론 교육보다 차라리 실기가 나을 거라고 생각했던 이들은, 그 생각이 얼마나 잘못된 것인지 지금 깨닫고 있었다.

"한 번만 설명할 테니 잘들 들어라."

창천검왕의 말투가 바뀌더니, 몸에서 서릿발 같은 기세가 뿜어졌다.

"오늘부터 이레 동안, 너희는 저기 천주산을 무대로 실전과 같은 교육을 받을 것이다."

그는 검을 들어 연무장 뒤편으로 보이는 산을 가리켰다.

"여러 상황이 주어질 것이다. 너희들은 때론 산적이 되고, 표사가 되고, 살수가 되어 싸울 것이다. 오늘의 적이 내일의 동료가 되는 경우도 생길 것이다. 살아남고 싶다면…… 그리해야 할 것이다."

고오오오……!

절세고수가 내뿜는 가공할 기세에 주변의 공기가 무거워진 듯했다. 전신을 내리누르는 압박감에 강사들이 이를 악물었다.

"간단히 말하면 생존 교육이다. 나와 창천검대가 매일 너희를 죽이려 들 것이다. 너희는 살아남아라."

"!"

창천검왕의 형형한 안광이 한 명, 한 명을 쏘아봤다.

"큭……."

"허억……."

안색이 창백해지고 무릎이 후들거리는 것은 예사였다. 다들 간신히 쓰러지지 않고 버틸 따름이었다.

"연수 기간 동안 가장 적게 죽는 강사에겐 가산점, 그리고 마땅한 포상이 있을 것이다."

강사들 중 몇몇은 이를 악물고 창천검왕을 노려봤다.

창천검왕은 그들의 투기가 마음에 든다는 듯 씩 웃었다.

"쉽지 않을 것이야. 나도 제법 진심으로 임할 터."

강사들을 죽 둘러본 창천검왕의 시선은, 마지막에 백수룡에게서 멈췄다.

"가진 밑천을 다 드러내야 할 것이다."

"......"

219화

따라와 보거라

"오늘은 첫날이니, 기초체력을 점검하는 차원에서 가볍게 산을 오를 것이다."

창천검왕의 말투가 완전히 명령조로 바뀌었다.

뿐만 아니라 부드러웠던 눈빛도 잘 벼린 칼날처럼 변했다.

때문에 신입 강사들 중 누구도, 창천검왕과 함께하는 첫 산행이 가벼울 거라고 생각하지 않았다.

"따라와 보거라."

어디로 간다는 말조차 없었다.

가볍게 뒷짐을 진 창천검왕이 한 걸음을 내딛자, 그의 신형이 쭉 늘어나며 순식간에 십여 장을 이동했다.

"낙오하는 자들은 실기 교육 평가에서 감점할 것이다."

"!"

어느덧 멀어진 목소리.

강사들은 작아지는 창천검왕의 모습을 뒤쫓아 서둘러 경공을 펼치기 시작했다.

휘익! 휘익! 휘익!

서른한 명에 이르는 강사들이 동시에 경공을 펼치는 진풍경이 펼쳐졌다. 그들의 무복이 바람에 나부끼며 미친 듯이 펄럭였다.

[일오야. 지금부터 내 말 잘 들어. 일단……]

백수룡은 명일오에게 짧게 전음을 전한 후, 곧장 앞으로 달려나갔다.

처음부터 압도적인 선두를 굳힐 생각이었다.

굳이 뒤에서 상황을 지켜보다가 역전극 따위를 노릴 생각은 없었다.

'나 혼자 움직이는 쪽이 동기들도 편할 거야.'

앞으로 모든 견제가 백수룡에게 집중될 것이다.

괜히 함께 있다간, 애꿎은 동기들만 날벼락을 맞을 확률이 높았다.

주변 풍경이 휙휙 바뀌었다.

잠시 후 앞서가던 창천검왕의 뒷모습이 가까워졌다.

그때, 창천검왕이 몸을 홱 돌렸다. 여전히 뒷짐을 진 채였다.

"백수룡. 네가 가장 먼저 따라올 줄 알았다."

뒤로 돌아서 경공을 펼치면서도 창천검왕의 속도는 전혀 줄지 않았다. 오히려 점점 빨라지고 있었다.

창천검왕은 백수룡의 몸을 위아래로 살피더니 작게 감탄했다.

"청룡학관 입관 시험 이후로 처음인가? 그날 이후로 무공이 크게 발전한 것 같군."

"기연이 좀 있었습니다."

"기연만으로 설명될 수준이 아니야. 처음부터 무공을 숨겼던 건 아니고?"

"숨겼다고 해도 그게 잘못은 아니지 않습니까?"

백수룡의 당당한 대답에, 창천검왕의 입가에 웃음이 맺혔다.

"네 무공이 이곳에선 군계일학이라지만, 끝까지 선두를 지키는 게 쉽지는 않을 것이다. 뒤를 한번 보거라."

"?"

백수룡이 뒤를 돌아보자, 주홍색 무복을 맞춰 입은 주작학관 강사들과 백의 무복을 맞춰 입은 백호학관이 오와 열을 맞춰 경공을 펼쳐 따라오는 것이 보였다.

앞선 사람이 바람을 맞으며 뒷사람에게 향할 공기의 저항을 줄여 주고, 바닥을 단단하게 디뎌서 경공을 펼치기 쉽도록 만들어 주고 있었다.

그 대형을 유지하며, 반 각에 한 번씩 선두를 교대하면서 모두가 체력을 아꼈다.

창천검왕이 그들의 모습을 살피며 말했다.

"함께 있다는 유대감은 심리적인 안정감을 주지. 저들은 목적지에 도착할 때까지 체력과 내공, 심력을 크게 아낄 것이다. 반면, 자네는 혼자야."

"혼자서 할 수 있는 일을 같이하는 것도 체력 낭비 아니겠습니까."

"목적지가 어딘지도 모르면서 자신만만하구나."

껄껄 웃은 창천검왕이 몸을 돌리며 말했다.

"속도를 높일 테니 어디 한번 잘 따라와 보거라."

창천검왕이 발을 박차자, 그의 신형이 쭈욱 늘어나듯이 멀어졌다.

'망할 영감탱이. 빠르기도 하네.'

무림십존의 일원이라더니, 명불허전이었다.

백수룡은 내심 혀를 차며 속도를 더 높였다.

"속도를 더 높인다!"

백수룡이 속도를 높이자, 뒤에서 당백호의 외침이 들려왔다.

주작학관과 나란히 달리던 백호학관이 앞으로 쭉 치고 나왔다.

선두에서 백호학관을 이끄는 당백호가 백수룡의 등 뒤에 바짝 따라붙으며 으르렁거렸다.

"이론은 모르겠지만, 실기에서까지 당신한테 질 생각은 없어."

백수룡이 슬쩍 돌아보니, 당백호의 두 눈이 승부욕으로 불타오르고 있었다.

백수룡이 피식 웃으며 말했다.

"벌써 숨이 차 보이는데?"

"웃기는 소리! 멀었거든!"

"열 내지 마라. 그러다 힘 빠진다."

"이 자식이 누굴 가르치려고……."

뒤에서 사마영의 외침도 들려왔다.

"속도를 높이겠습니다!"

주작학관도 일제히 속도를 높였다. 사대학관 중 가장 숫자가 많은 그들이 일렬로 움직이자, 마치 불꽃이 맹렬하게 타오르며 번지는 것 같았다.

그리고 그들의 경쟁을 부추기듯, 멀리서 창천검왕의 목소리가 메아리처럼 울려 퍼졌다.

"제일 먼저 도착하는 사람에겐, 보상으로 내게 무엇이든 질문할 수 있도록 허락하지. 무공에 관한 질문도 좋고, 강사로서, 혹은 개인적으로 궁금한 것도 모두 상관없다."

"!"

만박자와 같은 보상이었지만, 똑같다고 생각하는 사람은 없었다.

곧바로 선두 경쟁에 불이 붙었다.

"속도를 높인다!"

"속도를 높이겠습니다!"

백수룡이 여전히 홀로 선두를 유지하는 가운데, 주작학관과 백호학관이 그 뒤를 바짝 따라붙었다.

그리고 그들로부터 꽤 거리를 두고, 청룡학관 강사들의 모습이 보였다.

'다들 단순하기는.'

백수룡은 이를 악물고 쫓아오는 신입 강사들을 보며 혀를 찼다.

다들 창천검왕의 등만 바라보고 있었지만, 백수룡의 눈은 주변을 훑고 있었다.

'슬슬 시작될 거 같은데…….'

아니나 다를까.

천주산의 초입에 들어선 순간, 공격이 시작됐다.

"암기다!"

가장 먼저 외친 것은 당백호였다.

사천당문 출신이기 때문일까. 수풀 사이에서 날아온 암기를 빠르게 눈치챈 그가 장력을 내뿜으며 외쳤다.

"수풀 속에서 암기가 쏟아질 거야! 조심해!"

곧 암기와 화살이 비처럼 쏟아지기 시작했다. 강사들은 각자 무기를 휘두르거나 장력을 뿜어내 암기를 쳐 냈다.

다행히 암기에 당한 사람은 없었지만, 지금껏 잘 유지되던 대열이 흐트러졌다.

"창천검대입니다! 우릴 방해하려고 온 거예요!"

눈치가 빠른 사마영이 소리쳤다. 그녀는 주작학관 강사들을 지휘해 암기들을 막아 내는 한편, 눈으로는 빠르게 멀어지는 창천검왕의 등을 쫓았다.

창천검왕은 속도를 교묘하게 조정했다.

아직 충분히 쫓을 수 있지만, 여기서 적의 공격에 발이 묶인다면 곧 놓칠 터였다.

어디로 가는지 목적지도 알려 주지 않은 상황.

'여기서 놓치면 창천검왕이 남긴 흔적을 쫓으며 쫓아가야 한다. 그러면 너무 늦어.'

선택의 순간이었다.

빠르게 결정을 내린 사마영이 입술을 살짝 깨물며 말했다.

"지금부터는 각자도생하세요."

냉정한 판단이었다.

주작학관 강사들이 사방으로 흩어지자, 한곳을 향해 쏟아지던 암기들도 흩어졌다.

그들은 강사 개개인의 능력으로 목적지에 도착하는 것을 선택한 것이다.

주작학관이 각자도생을 선택하자, 백호학관 강사들이 크게 술렁였다.

"신경 쓰지 마! 우린 다 함께 간다!"

백호학관의 선택은 주작학관과는 달랐다.

사천당문의 혈족인 당백호를 필두로, 그들은 등을 맞대고 암기를 막아 내면서 함께 가는 방법을 택했다.

창천검왕은 돌아서서 두 학관의 움직임을 살폈다.

'누구의 선택이 정답일지는 두고 보면 알 터.'

고개를 끄덕인 창천검왕은 여전히 선두에서 자신을 쫓는 백수룡을 바라봤다.

"제법 잘 따라오는구나."

"떨쳐 내기 쉽지 않으실 겁니다."

"지금 내가 전력으로 경공을 펼치고 있다고 생각하는 거냐?"

"설마요. 신입 애송이들 교육하는 데 그렇게까지 하실 리가 없으니까

드리는 말씀입니다.”

창천검왕이 피식 웃었다.

“그렇게 말하면 내가 이 이상 속도를 내지 않을 거라고 생각하는 게냐? 난 그런 뻔한 수작에 넘어가지 않는다.”

창천검왕이 발바닥으로 땅을 크게 찍었다.

“자신 있으면 어디 한번 따라와 보거라.”

터엉!

그의 신형이 한줄기 벼락처럼 쏘아지자, 이번에는 백수룡도 황당하다는 듯 헛웃음을 터트렸다.

“정말 더럽게 빠르네.”

두 학관의 움직임이 창천검대의 방해로 지체된 사이, 가장 뒤처져 있던 청룡학관 강사들이 빠르게 따라붙었다.

넷 중에 안법이 가장 뛰어난 제갈소영이 외쳤다.

“앞쪽에서 암기가 쏟아지고 있어요!”

“가장 면적이 넓은 곽두용이 선두로! 그 좌우를 연호와 내가 맡고, 소영이는 뒤를 지켜 줘!”

일행의 머리는 명일오였다. 그의 지시에 따라 다들 일사불란하게 움직였다.

“젠장! 누가 면적이 가장 넓다는 건데!”

곽두용은 투덜거리면서도 도를 뽑아 비스듬히 세워 정면을 막았고,

“투정 부리지 마! 전력으로 돌파하자고!”

악연호가 창을 풍차처럼 돌리며 힘차게 기합을 넣었다.

인원이 열 명이 넘는 주작학관, 백호학관에 비해 청룡학관의 인원은

넷뿐이었다.

하지만 그래서 그들에게 향하는 관심도, 쏟아지는 암기의 숫자도 제일 적었다.

또한 앞에서 주작학관, 백호학관을 향해 이미 암기가 꽤 많이 쏟아진 상황.

조용히 상황을 살피던 명일오가 소리쳤다.

"지금!"

마치 기다려 왔다는 듯, 청룡학관 강사들은 암기가 쏟아지는 구간에 도착하자마자 폭발적으로 속력을 올렸다.

휘이이이익!

덕분에 그들은 다른 학관들보다 훨씬 수월하게 암기가 쏟아지는 구간을 돌파했다.

순식간에 백호학관을 추월했고, 흩어진 주작학관 강사들 몇몇이 앞에서 달리는 것이 보였다.

명일오가 호흡을 고르며 말했다.

"잠시 속도를 줄이자. 한동안 다른 함정은 없을 거야."

명일오의 지시에 일행이 속도를 낮췄다.

주위를 둘러본 악연호가 감탄사를 터트리며 말했다.

"하, 진짜 수룡 형님 예측이 맞았네. 하여튼 눈치는 귀신이라니까. 안 그래요?"

창천검왕이 출발하기 전, 백수룡은 명일오에게 전음으로 짧은 조언을 남겼다.

─일오야. 지금부터 내 말 잘 들어. 일단 다른 학관 놈들이 먼저 가게 보내 줘. 산에 들어갈 때부터 방해가 시작될 거야. 그때까지 체력을 아꼈다가 단숨에 역전해.

경쟁이 시작되자마자 백수룡은 혼자 선두로 치고 나갔지만, 청룡학관 동기들을 그냥 내버려 두고 가지 않았다.

청룡학관에 대한 세간의 인식이 바뀌려면, 자신뿐만이 아니라 청룡학관 강사들 전원이 좋은 성적을 거둬야 하기 때문이었다.

그렇게 백수룡이 남기고 간 조언을 새겨들은 덕분에, 청룡학관 강사들은 아무런 피해 없이 첫 번째 난관을 돌파했다.

"후우, 후우……. 그런데 백수룡은 어디 있어?"

곽두용이 숨을 헐떡이며 물었다. 선두에서 달리며 온갖 암기를 쳐 낸 탓에 그의 전신은 땀으로 범벅이 되어 있었다.

"저기 앞쪽이에요."

제갈소영이 손가락을 들어 멀리 위쪽을 가리켰다.

저 멀리 아주 작은 점으로 보이는 창천검왕과, 그 뒤를 찰거머리처럼 따라붙어 가고 있는 백수룡의 모습이 보였다.

곽두용이 입을 떡 벌리고 중얼거렸다.

"암기가 백수룡만 피해 간 거 아니야? 어떻게 혼자 저렇게 쫓아간 거야?"

물론 그럴 리 없다는 건 곽두용도 잘 알고 있었다.

오히려 백수룡은 선두에서 가장 많은 암기세례를 받았을 것이다.

악연호가 킥킥 웃으며 말했다.

"지금쯤 천하의 창천검왕도 당황하고 있을걸? 뭐 이런 진드기 같은 놈이 다 있나, 하고 말이야."

"잡담들 그만하고."

짝!

박수를 쳐서 주의를 환기시킨 명일오가 일행에게 말했다.

"수룡 형님은 수룡 형님이고, 우린 우리야. 다들 정신 바짝 차려. 목적지까지 가려면 아직 먼 것 같으니까. 주변 경계 늦추지 말고."

청룡학관 강사들이 진지한 표정으로 고개를 끄덕였다.

하지만 그들 중 누구 하나 겁먹은 사람은 없었다.

오히려 다들 얼굴에 자신만만한 미소가 맺혀 있었다.

잠시 후, 그 이유가 밝혀졌다.

"젠장. 어디로 간 거야……."

"추종술로 쫓을 수 없어?"

"흔적이 거의 안 남았어. 정말 귀신같은 경공이야."

"난감하군. 벌써 해가 지고 있는데."

앞서 달려간 주작학관 강사들이 멈춰 서서 주위를 두리번거리고 있었다.

창천검왕의 흔적을 완전히 놓친 것이다.

"……결국 놓쳤군."

흔적을 놓치긴 청룡학관 일행도 마찬가지였다.

하지만 그들은 제자리에 멈춰 서거나 망설이지 않았다.

ㅡ표식을 남길 테니까, 거리가 벌어지면 그걸 보고 쫓아와.

백수룡이 남긴 두 번째 안배.

일행은 백수룡이 남긴 표식을 찾으며, 빠르게 길을 찾기 시작했다.

"오른쪽."

"왼쪽 바위."

"정면에 나무."

어느새 해가 저물면서 산속에도 어둠이 찾아오고 있었다.

하지만 목적지를 향해 가는 청룡학관 신입 강사들의 발걸음에는 일말의 망설임도 없었다.

'벌써 한 시진이 넘었거늘.'

창천검왕은 여전히 아득바득 자신을 쫓아오는 백수룡을 지켜보며 여러 번 감탄하는 중이었다.

따다다다당!

자신을 따라오는 와중에도, 백수룡은 사방에서 쉴새 없이 쏟아지는 암기들을 모조리 쳐 냈다.

암기뿐만이 아니었다.

교묘하게 설치된 함정을 미리 발견해 무용지물로 만들고, 은밀히 살포된 독을 귀신같이 알아채곤 소매를 휘저어 바람에 날려 보냈다.

'홀로 혈수귀옹을 베었다는 말을 들었을 때는 반신반의했건만, 정말 초절정의 초입에 이르렀구나.'

창천검왕이 백수룡을 면밀히 관찰하며 낸 결론이었다.

실력을 숨기려 하고 있었지만, 이 거리에서 무공을 펼친다면 자신의 눈을 속일 수 없었다.

창천검왕의 눈이 가늘어졌다.

‘저 나이에 초절정의 경지에 든 것도 대단하지만, 더 대단한 것은 상황 판단력과 임기응변이다.’

선두에서 창천검왕을 쫓는 백수룡에게 당연히 가장 많은 공격이 집중되었다.

하지만 백수룡에겐 서로 등을 맞대고 싸우거나, 의견을 나눌 동료가 없었다.

그는 모든 것을 혼자서 판단하고, 결정하고, 실행에 옮겨야 했다.

‘무조건 힘으로 밀어붙이는 것도 아니고…….’

피할 것은 피하고, 건너뛸 것은 건너뛸 줄 알았다.

그 판단과 실행이 놀라울 정도로 빨랐기에, 창천검왕을 뒤쫓는 속도가 거의 느려지지 않았다.

“그 와중에 뒤따라오는 청룡학관 강사들을 위해 표식까지 남기고 있군.”

“……역시 알고 계셨군요.”

“모를 거라 생각했다면 날 너무 무시하는 게지.”

무공과 상황 판단력, 그 어떤 외부 요인에도 흔들리지 않는 단단한 정신력까지.

백수룡을 알면 알수록, 그저 감탄밖에 나오지 않을 따름이었다.

마음 같아서는 속력을 더 높여서 백수룡의 한계를 시험해 보고 싶었지만, 그랬다간 뒤따라오는 강사들이 전부 낙오될 터였다.

‘정체가 의심스러운 녀석만 아니었다면…….’

제자로 들이고 싶을 만큼 욕심이 나는 인재였다.

하지만 한 시진이 넘는 강행군은 백수룡에게도 쉽지 않았던 것일까.

“후우…….”

숨이 제법 거칠어진 백수룡은 피곤함이 묻어나는 표정으로 창천검왕에게 말을 걸었다.

"한 가지만 여쭤봐도 되겠습니까?"

"질문은 목적지에 가장 먼저 도착한 이에게 허락했는데."

"그런 질문이 아니라……."

채앵!

기습적으로 날아온 화살을 쳐 낸 백수룡이 눈살을 찌푸리며 말했다.

"출발하기 전에, 저희에게 실전처럼 임하라고 하셨잖습니까?"

"그랬지."

"이게 실전이라면, 수풀 속에 적들이 숨어서 절 공격하는 상황이고요."

"그런데?"

"정말 실전처럼 하려면, 적을 죽이면서 움직여도 되는 거 아닙니까?"

"뭐라?"

그 순간, 곳곳에서 농도 짙은 살기가 피어오르는 것이 느껴졌다.

수풀 속에 숨어서 암기를 던지는 자들은 남궁세가가 자랑하는 창천검대였다.

한 명, 한 명이 오대학관 강사들보다 강한 고수들.

백수룡은 방금 그들의 드높은 자존심에 상처를 낸 것이나 다름없었다.

'우릴 죽이겠다고?'

'건방진 녀석. 적당히 봐주고 있는 줄도 모르고…….'

자신을 향한 창천검대의 적개심이 높아지는 걸 아는지 모르는지, 백수룡이 씩 웃으며 말했다.

"슬슬 힘에 부쳐서요. 다신 못 덤비게 적들을 무력화시키면서 움직이면, 앞으로의 산행도 좀 편해질 것 같습니다."

창천검왕은 고민할 것도 없이 고개를 끄덕였다.

사실 그는 백수룡의 무공을 조금 더 자세히 보고 싶었다.

"할 수 있으면 해 보게. 하지만 반격을 시작하는 순간, 자네를 노리는 공격이 더 지독해질 수 있다는 걸 명심하게."

"허락해 주셔서 감사합니다."

백수룡이 씩 웃으며 대답했다.

그 여유만만한 미소에 조금 꽤씸한 마음이 든 창천검왕은 자신을 따르는 창천검대에 전음을 보냈다.

[녀석이 저리 자신만만하니, 너희가 조금 더 실력 발휘를 해도 될 것 같구나. 검을 사용하는 것까지 허락하마.]

[존명!]

그때부터 창천검대의 공격이 더욱 맹렬해졌다.

쏟아지는 암기의 속도가 배로 빨라지고, 사각에서 급소를 노리고 날아왔다.

피잇!

비검 하나가 백수룡의 뺨을 스쳤다. 얕은 상처에서 핏방울이 희미하게 맺혔다. 무복도 여러 곳이 찢어져 혈흔이 맺혔다.

하지만 백수룡도 더 이상 피하고만 있지 않았다. 그는 날아온 암기들을 손으로 잡아 주인에게 돌려줬다.

까앙! 까앙!

어둠을 꿰뚫고 날아간 암기는 창천검대에게도 위협적이었다. 수풀 속에서 암기를 쳐 내는 소리가 들렸다.

백수룡이 입꼬리를 말아 올리며 중얼거렸다.

"창천검대도 별것 아니군. 기껏해야 쥐새끼처럼 숨어서 암기나 던지는 게 전부 아닌가."

"!"

그 도발이 결정적이었다.

창천검대는 백수룡을 향해 거리를 좁혔다.

무수히 많은 암기, 동전, 심지어 돌멩이와 날카롭게 만든 나뭇조각까지 날아왔다.

촤촤촤촤촤!

사천당문 최고의 비기라는 만천화우(滿天花雨)가 펼쳐진다면 이런 광경이 펼쳐질까.

암기의 태풍이 몰아치는 것 같았다.

수백 개가 넘는 암기가 자신에게 쏟아지는 순간, 백수룡은 하늘로 도약하며 몸을 회전시켰다.

파라라락!

회전하며 일으킨 경파에 휘말린 암기들이 백수룡의 몸을 따라 휘돌다가 폭발하듯 사방으로 튕겨났다.

그렇게 한차례 태풍은 견뎌 냈지만, 하늘로 몸을 띄운 터라 이후의 움직임이 자유롭지 못했다.

약이 바짝 오른 창천검대가 그 빈틈을 놓치지 않았다.

'혼쭐을 내주마!'

'놈! 잘난 척도 여기서 끝이다!'

흑의를 입은 창천검대원 네 명이 양옆 수풀에서 튀어나와 백수룡을 덮쳤다.

그들의 뒤편에서 창천검대주가 소리쳤다.

"방심의 대가를 치르게 해 줘라!"

그야말로 절묘한 순간을 노린 기습이었다. 백수룡의 얼굴에도 당황스러움이 어렸다.

'녀석. 이번에는 곤란을 면치 못하겠구나.'

창천검왕은 이번 공격으로 백수룡이 부상을 입거나, 최소한 자신을 놓치리라 생각했다.

백수룡을 바라보는 그의 눈이 차갑게 가라앉았다.

조금 전 행동이 다소 실망스러웠기 때문이었다.

'자신감이 넘치는 것은 좋으나, 상대의 실력을 살피지 않고 무모한 도발을 했구나. 이번 기회에 정신을 차리지 않는다면 교육 내내 고생할 것이다.'

그런데 그 순간, 백수룡의 입가에 의미심장한 미소가 번졌다.

창천검왕은 즉시 무언가 잘못되었다는 사실을 깨닫고 창천검대에게 경고했다.

"조심해라!"

그러나 이미, 한발 늦었다.

창천검대원 네 명이 거리를 좁힌 순간, 백수룡이 품 안에 숨겨 뒀던 암기를 꺼내 던졌다.

푹! 푹! 푹! 푹!

암기는 정확히 창천검대원 네 명의 팔다리에 박혔다.

"큭!"

"커헉!"

순식간에 벌어진 일이었다. 네 명의 창천검대원 전원이 암기에 당했다.

하지만 그들 역시 노련한 고수.

공격에 실패한 즉시 뒤로 물러나려고 했다.

하지만 그 순간, 그들은 몸이 제대로 말을 듣지 않은 것을 느끼고 경악했다.

"독!"

"대체 언제?"

치명적인 독은 아니었으나, 일시적으로 몸을 마비시키는 종류의 독이 암기에 묻어 있었다.

아까 창천검대가 백수룡을 중독시키려고 풀어댄 독이었다.

"방심한 건 내가 아니라 당신들 같은데?"

낭패한 표정으로 비틀거리는 그들을 향해, 백수룡이 경공을 펼쳐 날듯이 다가왔다.

휘익!

이어서 그의 손이 벼락처럼 뻗어졌다.

푹푹푹푹!

그야말로 전광석화 같은 움직임.

백수룡은 네 명 전원의 마혈을 짚어 쓰러뜨리고, 그중 가장 체격이 작은 무인을 인질로 잡았다.

"다가오지 마."

인질의 목에 비도를 갖다 댄 백수룡이 주변을 둘러보며 사납게 말했다.

사방에서 쏟아진 창천검대원 수십 명이 그를 죽일 듯 노려보고 있었다.

하지만 그들의 살기를 받아내는 백수룡의 입가에는 여유로운 미소가 맺혔다.

"다들 물러서지? 동료가 죽는 꼴 보기 싫으면 말이야."

"이런 미친……."

"감히 인질을 잡겠다는 거냐!"

창천검대는 보기 드물게 당황했다.

신입 강사 연수를 준비하며 온갖 상황을 대비했지만, 설마 자신들 중 누군가가 인질로 잡히는 일이 벌어질 거라곤 상상도 못 했으니까.

그때, 거구의 사내가 앞으로 나섰다.

"인질극이라니. 장난은 그만두고 내려놓아라."

창천검대주가 무시무시한 표정으로 백수룡을 노려봤다. 살기를 간신히 억누른 모습이었다.

그러나 백수룡은 피식 웃을 뿐이었다.

"내가 장난하는 것처럼 보여? 나한테 암기를 던져 댈 땐 언제고, 그쪽이 당하니까 약이 오르나 보지?"

"이노옴……!"

창천검대주가 노성을 터트리며 검을 뽑아 들었다.

그러나 함부로 공격명령을 내리지는 못했다.

수하의 목에 칼을 갖다 댄 백수룡의 눈빛이, 무서울 정도로 착 가라앉아 있어서였다.

그때였다.

"하하하하!"

웃음을 터트린 사람은 창천검왕이었다.

그는 계속 달리는 것도 잊고, 멈춰 서서 웃고 있었다.

겨우 웃음을 진정시킨 후, 그는 진심으로 감탄했다는 얼굴로 백수룡을 바라봤다.

"처음부터 인질을 잡을 생각으로 창천검대를 도발한 것이었구나. 아니지, 아까 내게 적을 죽여도 되냐고 허락을 구한 것부터 함정이었더냐?"

이미 몇 번이나 감탄했지만, 이번에는 그 종류가 달랐다.

백수룡이 진지한 표정으로 고개를 끄덕였다.

"맞습니다."

"이거 참, 곤란하게 되었군."

창천검왕은 한숨을 푹 내쉬었다.

이 영악한 녀석에게 완전히 속았다.

설마하니 자신에게 적을 죽여도 되냐는 허락을 받은 후, 창천검대를 인질로 삼을 줄이야.

백수룡이 씩 웃으며 말했다.

“이러면 인질을 죽여도 제 책임이 아니니까요.”

“감히! 네놈이 남궁세가의 무인을 해치고도 살아서 돌아갈 수 있을 것 같으냐!”

창천검대주가 무시무시한 살기를 피워올리자, 창천검왕이 그를 제지했다.

“백수룡 강사의 말이 맞네.”

“태상가주님!”

“허면, 나보고 한 입으로 두말을 하라는 것인가?”

창천검왕은 무림십존의 일원이자, 남궁세가의 태상가주였다.

말 한마디를 가볍게 할 수 없는 위치였다.

결국 자신의 말에 스스로 얽매인 셈이었다.

창천검대주도 뒤늦게 그 사실을 깨닫고 이를 악물었다.

“크윽…….”

창천검왕은 물끄러미 백수룡을 바라봤다.

문득, 그는 백수룡의 담력을 시험해 보고 싶었다.

“만약 여기서 창천검대가 인질을 무시하고 자네를 공격하면 어찌할 텐가?”

백수룡은 잠시도 고민하지 않고 대답했다.

“우선 인질의 왼팔을 자를 생각입니다. 그래도 덤벼들면 오른팔을. 그 다음에는 목을 긋고 미련 없이 도망쳐야죠. 이건 실전이니까.”

꿀꺽.

백수룡의 손에 인질로 잡힌 무인이 마른침을 삼켰다.

‘설마 그렇게까지 할까’라는 생각과 동시에, ‘정말 그렇게 되면 어쩌나’ 하는 두려움에 자기도 모르게 몸이 덜덜 떨렸다.

백수룡이 말을 덧붙였다.

“실전처럼 하라고 말씀하신 건 창천검왕이십니다. 그에 따른 사고도 본인이 책임지실 거라고 생각합니다. 설마 강사들만 다칠 위험을 감수하라는 건 아니겠지요?”

“허허…… 그래. 내가 그랬지.”

난감한 표정으로 웃던 창천검왕이 창천검대를 둘러보며 말했다.

“일단 물러나거라. 너희가 인질을 구할 방법을 찾지 못하는 이상, 더이상 저 아이를 괴롭히진 못할 것 같구나.”

“……태상가주님. 명하신다면 계속 임무를 수행하겠습니다.”

창천검대주가 백수룡을 노려보며 비장하게 말했다. 이 일로 자존심이 크게 상한 듯했다.

하지만 창천검왕은 고개를 저었다.

“되었다. 이런 일로 창천검대를 잃고 싶지는 않구나. 너희는 인질을 구할 방법부터 찾아라.”

“……존명.”

대주는 잠시 백수룡을 노려보다 수하들에게 물러나라는 명령을 내렸다. 창천검대가 수풀 사이로 다시 흩어졌다.

창천검왕은 인질을 어깨에 둘러메는 백수룡에게 물었다.

“인질을 데리고 경공을 펼치면 두 배로 힘이 들 텐데?”

마혈을 점혈당한 무인은 나무토막이나 다름이 없었다. 반항하진 않는다지만, 사람 하나를 어깨에 둘러메고 경공을 펼친다는 것 어지간한 고수에게도 힘든 일이었다.

“괜찮습니다. 목적지까지 안전의 대가로 그 정도는 감수해야지요.”

백수룡은 태연하게 대답하며 인질을 수혈을 짚었다. 정신을 잃은 인질이 축 늘어졌다.

“끝까지 방심하지 마라. 당장은 네가 이긴 것 같지만, 창천검대주는 집요한 구석이 있는 사내다.”

“명심하겠습니다.”

　말을 마친 창천검왕은 다시 경공을 펼쳤고, 백수룡은 인질을 어깨에 둘러메고 그 뒤를 쫓았다.

　그리고 목적지에 도착할 때까지, 백수룡은 창천검대의 방해를 받지 않았다.

<h1 style="text-align:center">221화</h1>
<h1 style="text-align:center">앞으로도 계속 저럴 겁니다</h1>

휘이이잉…….

스산한 바람이 불어오는 천주산 정상.

그곳에 선 사대학관의 인솔 강사들은 산 아래를 살피고 있었다.

어느덧 밤이 되어 사위가 어둠에 잠겨 있었지만, 안법을 수련한 무인들은 수풀의 흔들림이나 드물게 비치는 불빛 따위로 신입 강사들의 움직임을 추측할 수 있었다.

"일 각 정도만 지나면 하나둘 도착하겠구나."

말을 꺼낸 이는 남궁세가주의 장남 남궁학이었다.

부드러운 인상에 단정한 용모의 청년으로, 허리춤에 패용한 검만 아니라면 무인이 아닌 학자로 착각할 정도였다.

"잘난 척은. 누구나 알 수 있는 걸 혼자만 아는 것처럼 말하지 마시오."

남궁학에게 딴지를 거는 청년은 남궁세가의 차남, 남궁혁이었다. 그는 형과 달리 눈이 부리부리하고 덩치가 컸다.

"……방금 뭐라 했느냐?"

“내가 뭐 못할 말이라도 했소?”

남궁학과 남궁혁.

두 사람은 각각 주작학관과 백호학관의 일타강사로, 남궁세가의 차기 가주가 되기 위해 경쟁하는 사이이기도 했다.

“아이 참! 오라버니들은 왜 만나기만 하면 싸워요!”

기 싸움을 벌이는 두 사람을 쏘아붙이는 귀여운 소녀의 이름은 남궁미.

올해 열 살인 남궁세가의 막내로, 철혈검이라 불리는 남궁세가주가 아끼는 금지옥엽이었다.

“자꾸 싸우시면 아버지한테 다 이를 거예요.”

아직 젖살도 빠지지 않은 막내가 통통한 볼을 부풀리며 투덜거리자, 기 싸움을 벌이던 두 사내가 당황했다.

딸 사랑이 지극한 아버지의 성정을 아는 탓이었다.

막내의 기분을 상하게 했다간 불호령이 떨어질 터였다.

“막내야. 우린 싸운 것이 아니라…….”

“흠흠. 그냥 대화한 것이다. 오라비들 말투가 원래 이러니 이해 좀 해 다오. 응?”

작은 소녀에게 쩔쩔매는 두 사내.

남궁미는 두 손을 허리에 척 올리고 새침하게 말했다.

“가족끼리 자주 보는 것도 아닌데. 사이좋게 지내세요. 아셨죠?”

“알았다.”

“그래. 그래.”

남궁세가의 정식 후계자가 되기 전까진 남궁미의 눈치를 볼 수밖에 없는 것이 현실.

작게 한숨을 내쉰 남궁학은 고개를 돌려 남궁수를 바라봤다.

“셋째야. 너는 왜 아까부터 아무런 말이 없느냐?”

“산 아래를 살펴보고 있습니다.”

남궁수는 무뚝뚝하게 대답했다.

그때, 남궁미가 그의 옆으로 다가가 기웃거렸다.

“셋째 오라버니. 셋째 오라버니.”

“일하는 중이다. 귀찮게 굴지 마라.”

“저 배고파요오.”

어릴 때부터 남궁미는 이상할 정도로 남궁수를 따라다녔다.

반면, 남궁수는 무슨 강아지 대하듯 막내를 대했다.

한숨을 내쉰 남궁수는 주머니에서 무언가를 꺼내 남궁미의 입에 물려 주었다.

길거리에서 파는 흔한 당과였다.

“먹어라.”

“히히. 고마워요, 오라버니.”

남궁미는 남궁수가 준 당과를 입에 물고 냠냠 먹었다.

막내의 세상 행복한 표정을 본 남궁학과 남궁혁은 황당했다.

‘이 녀석. 비싼 장신구를 선물로 줬을 때는 시큰둥하더니…….’

‘고작 당과 하나에 저리 좋아한다고?’

심지어 남궁수는 그들과 달리 막내를 대하는 태도도 쌀쌀맞았다.

막내딸 앞에서는 철혈검이 아니라 흐물흐물한 검이 되는 아버지가 보았다면 경을 칠 일.

“시간이 늦었으니 너는 이만 본가로 돌아가거라.”

“저도 무공 익혔거든요?”

“어린애는 잘 시간이다.”

“미아 이제 어린애 아니에요. 무공도 익혔다구요.”

“귀찮군…….”

남궁수가 미간을 모은 채 한숨을 내쉴 때였다.

“백수룡이었나? 올해 청룡학관 신입 강사 중 한 녀석이 제법 뛰어나다며?”

남궁혁이 다가와 남궁수의 어깨에 손을 척 둘렀다.

일견 친하게 구는 것처럼 보이지만, 그 손길에 웬만한 사람은 비명을 지를 만한 힘이 실려 있었다.

하지만 남궁수의 표정에는 미동도 없었다.

“예.”

“하긴, 오죽 뛰어났으면 말이야. 네가 경력까지 걸고 이번 교육에 참여시켰다며? 잘해야 할 텐데.”

“예.”

연이은 단답에 남궁혁의 미간에 힘줄이 돋았다.

하지만 이내 씩 웃으며 말했다.

“그래. 너도 초조하겠지. 백수룡이란 녀석이 변변치 않은 모습을 보이면, 다들 네가 사람 보는 눈이 그것밖에 안 된다고 여길 테니 말이다.”

남궁수는 어깨에 올려진 형의 손을 털어내며 말했다.

“걱정해 주셔서 감사합니다만, 그럴 일은 없을 겁니다.”

“하!”

무시를 당했다고 생각한 남궁혁은 동생의 귓가에 대고 속삭였다.

“네가 아버님에게 청룡학관을 천무제에서 우승시키겠다고 호언장담했다며?”

“…….”

남궁세가에는 수많은 눈과 귀가 있었다.

그리고 그들 대부분은 차기 가주가 될 확률이 높은 남궁학이나 남궁혁, 둘 중 한 명에게 줄을 대고 있었다.

“무슨 생각이냐? 나이가 드니 너도 후계자 자리에 욕심이 생기더냐?”

“…….”

“셋째야. 행여나 못 오를 나무에 욕심을 내고 있다면 빨리 포기하는 게 좋을 거다. 네 주제를 파악해야지.”

남궁혁의 눈이 맹수처럼 빛났다.

그는 벌써 십 년 이상 남궁세가의 후계자 자리를 놓고 형과 경쟁하고 있었다.

여기에 서출인 셋째까지 끼어드는 것은 결코 바라지 않는 일이었다.

“만약 주제도 모르고 판에 끼어든다면…….”

남궁혁의 눈동자에 진득한 살기가 맺힌 순간.

“그만해라.”

둘 사이에 끼어든 남궁학이 엄한 표정으로 남궁혁을 나무랐다.

“비록 셋째가 서출이라고 하나, 우리와 같은 남궁세가의 핏줄이다. 어찌 동생을 핍박한단 말이냐.”

“흥. 내 눈엔 편들어 주는 척하면서 서출 운운하는 형님이 더 위선자처럼 보이는데.”

“뭣이라? 네가 오늘 선을 넘는구나!”

남궁세가의 장남과 차남이 서로를 노려봤다. 둘 사이에 사나운 기류가 흘렀다.

“오라버니들! 싸우지 말라니까요!”

남궁미가 싸움을 말리려고 외쳤지만 두 사내는 듣지 않았다.

대남궁세가의 가주가 되기 위한 경쟁.

지금도 남궁세가의 무인들이 그들을 지켜보고 있었다. 이 일도 결국 가주의 귀에까지 들어갈 터.

명분 없이는 결코 먼저 물러설 수 없었다.

남궁학이 스산한 목소리로 물었다.

“둘째야. 오랜만에 대련이나 한번 할까?”

“바라던 바요. 형님의 창궁무애검법이 얼마나 나아졌는지 한번 보고 싶네요."

"오늘 뼈에 사무치도록 견식시켜 주마."

두 사람이 마주보며 똑같은 기수식을 취할 때였다.

차가운 목소리가 달아오른 분위기에 찬물을 끼얹었다.

"저는 후계자 자리에 관심이 없습니다."

두 사람의 고개가 동시에 돌아갔다.

남궁수였다.

그는 형들을 경멸하는 눈으로 바라보고 있었다.

"청룡학관을 천무제에서 우승시키고 싶은 것은, 남궁세가의 가주가 되기 위해서가 아닙니다."

진심이었다.

남궁수는 남궁세가의 가주가 되고 싶다는 생각을 해 본 적도 없었고, 지금도 마찬가지였다.

"저는 학생을 가르치는 일에 자부심을 가지고 있습니다. 형님들처럼 가주가 되기 위한 발판으로 이 일을 하는 것이 아닙니다."

"뭐라?"

"건방진 놈!"

두 사람이 쏟아내는 맹렬한 기파가 남궁수를 향했다.

하지만 남궁수는 눈 하나 깜빡하지 않았다.

오히려 가소롭다는 듯, 그의 입꼬리에 가느다란 비웃음이 맺혔다.

"하지만 형님들이 이토록 못난 모습을 보인다면, 저라고 후계자가 되지 못할 것이 없어 보이는군요."

"방금 뭐라 했느냐?"

"흥. 드디어 본색을 드러내는군."

못난 형들의 다툼을 보고 있자니, 속이 배배 꼬여서 내뱉은 말이었다.

남궁수의 독설에 두 형은 화가 나면서도 당황한 듯했다.

어렸을 적의 남궁수는 있는 듯 없는 조용한 아이였고, 커서도 그 성정은 크게 바뀌지 않았으니까.

하지만 지금.

남궁수의 입은 독설을 멈추지 않았다.

"뭐가 중요한지 생각하십시오. 신입 강사 연수가 진행 중입니다. 후계자 경쟁은 부디 다른 곳에서 해 주시길 바랍니다."

"허. 네놈이 실로 오만방자해졌구나."

"네놈이 일타강사라 불린다고는 하지만, 고작해야 청룡학관이다. 우리와 같은 줄 아느냐?"

저들은 언제나 그랬다.

겉으로는 아닌 척하면서 서출인 자신을 무시하고, 깔보고, 배척했다.

'이제 보니 닮았군.'

남궁수는 생각했다.

자신의 처지와 오대학관 사이에서 외면받는 청룡학관의 처지는 닮아 있다고.

어쩌면 청룡학관을 선택하고, 이토록 애착을 두게 된 건 그래서인지도 몰랐다.

그렇기에, 남궁수는 더 이상 참지 않기로 했다.

"그렇게 자신들 있으시면 저와 내기하시겠습니까?"

"내기?"

"진심이냐?"

"이번 연수에서 어느 학관이 가장 좋은 성적을 거두는지로 내기하시지요. 저는 청룡학관에 걸겠습니다."

남궁수는 '누구'라고 말하지 않고, '어느 학관'이라고 말했다.

즉, 청룡학관의 평균 성적이 사대학관 중에 가장 뛰어날 거란 의미였다.

남궁학이 피식 웃으며 물었다.

"내기라면 뭘 걸 테냐?"

"이긴 사람이 나머지 둘의 뺨을 한 대씩 치는 건 어떻습니까?"

"……뭐라고?"

"하! 이런 미친놈이! 좋다! 하자!"

황당해하던 두 사람은 곧 고개를 끄덕였다.

진 사람은 이긴 사람에게 따귀를 맞는다.

무인에게 이만한 모욕도 없었지만, 둘은 자신들이 질 거라고 생각하지 않았다.

오히려 후계 경쟁을 하는 다른 형제에게 망신을 줄 기회라고 생각했다.

'백수룡이라는 녀석이 아무리 잘났다고 해도…….'

'신입 강사의 평균적인 수준은 우리가 훨씬 높다.'

그렇게 남궁세가의 형제들 사이에 내기가 성립되었다.

남궁미가 울 것 같은 얼굴로 남궁수를 올려보며 말했다.

"오라버니이…….”

"당과 하나 더 줄 테니 아버님에겐 이르지 말거라."

"……넵."

막내의 입에 당과를 물려준 남궁수는 산 아래를 내려보며 작게 한숨을 쉬었다.

순간 욱했다고는 하나 그런 내기를 제안하다니.

백수룡에게서 나쁜 물이 든 게 틀림없었다.

"……그래도 속은 시원하군.”

그때, 한 줄기 빛이 어둠을 뚫고 나오더니, 산 정상 바위에 가볍게 내려섰다.

창천검왕이었다.

여유롭게 뒷짐을 진 모습은 남궁세가에서 출발하기 전과 다를 것이 없었다.

남궁가의 형제들이 그에게 달려가 예를 취했다.

"할아버님."

"할아버님."

"할아버님."

"할아버지!"

손주들을 둘러본 남궁제학이 부드러운 미소를 지었다.

"기다렸느냐. 곧 강사들도 도착할 것이니 함께 지켜보자꾸나."

"예!"

잠시 후, 가장 먼저 모습을 드러낸 사람은 모두의 예상대로 백수룡이었다.

"음? 녀석이 어깨에 둘러멘 건 누굽니까? 청룡학관의 부상자입니까?"

남궁혁의 질문에 창천검왕은 대답 없이 웃기만 했다.

백수룡보다 수십 장 뒤로 거지꼴을 한 사마영이 보였다. 그 뒤로 주작학관, 백호학관 강사들이 한 명씩 달려오고 있었다.

그리고 멀지 않은 곳에, 청룡학관 강사들이 모여서 함께 달려오는 모습이 보였다.

"……으음."

"흥. 제법이군."

남궁학과 남궁혁이 불쾌하다는 듯 미간을 찌푸렸다. 생각보다 청룡학관이 선두에 있었던 것이다.

그런데 그때, 선두에서 달려오던 백수룡이 결승선을 얼마 남겨 두지 않고 자리에 멈춰 섰다.

남궁학과 남궁혁이 고개를 갸웃거렸다.

"저 녀석. 뭘 하는 거지?"

“갑자기 왜…….”

백수룡은 둘러메고 있던 사람을 바닥에 내려놓았다.

그 순간, 남궁학와 남궁혁의 머릿속에 불안한 생각이 스멀스멀 피어올랐다.

“설마…….”

“저 녀석…….”

스르릉.

검을 뽑아 든 백수룡이 돌아서서 사마영을 겨눈 순간, 두 사람은 참지 못하고 고함을 질렀다.

“무슨 짓인가!”

“저 간악한 놈이!”

특히 주작학관의 인솔 강사인 남궁학은 당장이라도 뛰쳐나갈 기세였다.

그가 창천검왕을 돌아보며 물었다.

“할아버님. 저건 부정행위가 아닙니까!”

창천검왕은 허탈하게 웃으며 고개를 저었다.

“허허허. 부정행위라고 할 수는 없겠구나. 저러면 안 된다고 한 적도 없으니.”

“그런…….”

그 순간, 백수룡과 사마영이 충돌했다.

까가가강!

백수룡에게 가로막힌 사마영이 욕설을 내뱉고 있었다.

“이런…… 같으니!”

거리가 멀어서 잘 들리진 않았지만, 중간중간 부모님 안부와 억양이 강한 된소리가 섞여 있었다.

남궁혁이 황당하다는 표정으로 혼잣말을 중얼거렸다.

“창천검대는 대체 뭘 하는 거야? 저런 짓을 하도록 내버려 둔다고?”

“……백수룡의 발아래를 보거라.”

창천검왕의 말에 모두의 시선이 백수룡의 발아래를 향했다.

그의 오른발에 밟혀 있는 사내의 옷이 무척이나 눈에 익었다.

곧 그들의 눈이 부릅떠졌다.

“설마…….”

“창천검대를 인질로 잡은 겁니까?”

남궁학과 남궁혁.

두 사람은 이제 완전히 미친놈을 보는 눈으로 백수룡을 보고 있었다.

“허허허허.”

창천검왕은 허탈한 웃음만 터트릴 뿐이었다.

백수룡이 아득바득 선두로 나선 이유를 이제야 알 것 같았다.

처음부터 결승선 앞에 멈춰 서서, 청룡학관이 우승할 수 있도록 경쟁자들을 가로막을 계획이었던 것이다.

백수룡이 동기들에게 소리쳤다.

“뛰어!”

그 순간, 청룡학관 강사들이 아껴 왔던 내공을 단숨에 폭발시키며 속도를 높였다.

휘이이익!

앞쪽에 있는 경쟁자들을 모조리 추월한 그들이 사마영 곁을 지나는 순간, 백수룡도 사마영을 떨쳐내고 몸을 돌렸다.

“또 보자고.”

“야 이 개자식아!”

결국, 청룡학관 강사들이 가장 먼저 다 함께 결승선을 통과했다.

“일등이다아!”

“으하하하!”

“이겼다! 우리가 이겼다고!”

얼싸안고 좋아하는 청룡학관 강사들.

그리고 망연자실하게 그 모습을 지켜보는 남궁학과 남궁혁.

“……”

“……”

막내의 귀를 막고 있던 남궁수가 그들에게 무덤덤한 어조로 말했다.

하지만 입꼬리에 맺힌 미소는 감출 수 없었다.

“저 녀석. 앞으로도 계속 저럴 겁니다.”

“!”

그 순간, 남궁세가의 장남과 차남은 자기도 모르게 뺨을 만지작거렸다.

222화

내게 맡겨라

신입 강사 연수 첫날, 창천검왕의 첫 번째 실기 교육이 끝났다.

결과는 놀랍게도 청룡학관 신입 강사들의 공동 수석.

누구도 예상치 못한 이 결과에, 인솔 강사들은 물론 조교들까지 얼이 빠진 표정이었다.

"……저래도 되는 건가?"

"길을 막다니. 저건 부정행위라고 봐야……."

"허. 허허. 허허허."

적지 않은 시선이 납득할 수 없다는 표정으로 백수룡을 바라보는 가운데, 신입 강사들 중 한 명이 앞으로 나섰다.

"저는 납득할 수 없습니다!"

원래대로라면 백수룡에 이어 두 번째로 결승선을 통과해야 했을 사마영이었다.

지금 그녀의 꼴은 말이 아니었다.

긴 시간 산속을 달리느라 주작학관의 자랑인 주홍색 무복이 땀과 흙으로 더러워졌고, 단정하게 묶었던 머리는 머리끈이 끊어지면서 산발이 되었다.

한마디로 거지꼴이 따로 없었다.

사마영은 잡아먹을 듯한 눈으로 백수룡을 쏘아보며 말했다.

"결승선 앞에서 다른 사람의 길을 막다니요? 백수룡 강사의 행위는 공정한 경쟁을 가르쳐야 할 선생으로서 자격 미달입니다! 이걸 제대로 된 경쟁이라고 할 수 있습니까?"

"저도 같은 생각입니다."

주작학관 인솔 강사인 남궁학이 그녀의 발언에 힘을 실어 주었다.

"백수룡 강사의 무공이 뛰어난 것은 인정합니다. 하지만 자신의 강한 무공을 악용해 비열한 행동으로 동기들의 순위를 끌어올리는 건, 교육자 정신에 어긋납니다. 대체 학생들이 저런 행동을 보고 무엇을 배우겠습니까?"

남궁학의 말이 맞다고 생각하는지, 여기저기서 고개를 끄덕였다.

여론에 힘입어 남궁학이 청룡학관 강사들을 슥 둘러보며 말을 이었다.

"또한 이런 행동은 청룡학관 신입 강사들에게도 도움이 되지 않습니다. 과제는 자신의 능력으로 해결해야지, 어찌 남에게 얹혀서 좋은 성적을 거두려 한단 말입니까."

졸지에 모자란 능력으로 백수룡에게 얹혀 가는 취급을 당한 청룡학관 강사들의 표정이 무참히 일그러졌다.

악연호가 앞으로 나서며 말했다.

"말씀이 심하신 것 아닙니까? 수룡 형님의 도움을 받기는 했지만, 저희도 최선을 다했습니다. 경주 동안 계속 선두권이었고요."

그러자 남궁학의 입가에 차가운 조소가 맺혔다.

"제가 알기로 여러분은 백수룡 강사가 남긴 표식을 쫓아서 왔다던데, 그것도 본인들의 실력입니까?"

"그건……."

순간, 악연호는 말문이 막혔다.

남궁학이 그 사실을 어떻게 아는지 모르겠지만, 그의 말대로 백수룡이 남긴 표식을 보고 쫓아온 덕분에 경주가 훨씬 수월했던 것은 사실이었다.

그러나 악연호도 할 말이 없는 것은 아니었다.

"중간부터는 표식 없이……."

"변명은 듣지 않겠습니다."

단호하게 악연호의 말을 끊은 남궁학은 주변을 둘러보았다.

힘겹게 결승선을 통과한 신입 강사들, 대기하고 있던 조교들, 그리고 백수룡에게 잔뜩 화가 난 창천검대까지.

이중 청룡학관 강사들에게 호의적인 사람은 없다고 해도 무방했다.

'이번 연수에서 청룡학관이 좋은 성적을 거두는 꼴은 볼 수 없다.'

동생에게 따귀를 맞는 굴욕도 문제지만, 더 큰 문제는 따로 있었다.

만약 청룡학관이 좋은 성적을 거둔다면, 가주 경쟁에 또 다른 경쟁자가 생길 수 있다는 것.

'셋째야. 네가 먼저 시작한 일이다. 이 자리에서 밟아 주마.'

남궁수를 일별한 남궁학은 목소리에 내공을 담아 모두에게 말했다.

"저는 오늘 시험에서 청룡학관 강사 전원을 탈락시켜야 한다고 생각합니다. 의(義)와 협(俠). 우리가 학생들에게 가르쳐야 하는 무인의 정신입니다. 이를 지키지 않는 자들에겐 강사로서의 자격이 없습니다."

"뭐, 뭐라구요!"

"대체 무슨 말씀을 하시는 겁니까!"

강하게 반발하는 청룡학관 강사들을 제외하고, 남궁학의 강한 주장에 많은 이들이 공감한 듯 고개를 끄덕였다.

주작학관 일타강사이자 남궁세가주의 장남.

남궁학의 발언권은 이곳에 있는 사람들 중에서도 손에 꼽을 만큼 강력했다.

“듣자 듣자 하니까…….”

백수룡은 황당하다는 표정을 지었다.

이것들이 실력으로 안 되니 여론전으로 청룡학관을 밟으려는 게 눈에 훤히 보였다.

‘창천검왕은 말리기는커녕 팔짱 끼고 구경이나 하고 있고.’

자신이 어떻게 나올지 반응을 관찰하려는 것이다.

백수룡은 창천검왕이 자신을 유심히 관찰하고 있다는 사실을 알고 있었다.

‘날 의심하고 있어.’

나서기가 좀 찝찝하지만, 그렇다고 저런 말을 가만히 듣고 있을 생각은 없었다.

“저도 몇 마디 하겠습니다.”

백수룡이 남궁학에게 반박할 말을 떠올리며 앞으로 나설 때였다.

누군가가 백수룡의 어깨를 홱 잡아챘다.

남궁수였다.

“이건 내게 맡겨라.”

“뭐?”

백수룡은 아니꼬운 표정으로 남궁수에게 한마디 하려다가, 그의 눈빛이 지금껏 본 적 없을 정도로 진지해졌기에 조용히 물었다.

“어떻게 하려고?”

“출발하기 전에 약속했지. 뒷수습은 내가 해 주겠다고.”

“…….”

“내게 맡겨라.”

백수룡 대신 앞으로 나선 남궁수가 자신의 배다른 형과 마주 섰다.

“논리도 근거도 없는 주장. 잘 들었습니다.”

"……뭐라?"

남궁학의 미려한 눈썹이 크게 꿈틀거렸다. 불쾌감을 여지없이 드러낸 것이다.

하지만 남궁수 특유의 차가운 표정에는 아무런 변화도 없었다.

그가 주변을 죽 둘러보며 말했다.

"이 시험의 본질을 파악하지 못한 분들이 계신 것 같아, 같은 강사로서 안타깝습니다."

"본질이라니?"

"우리에게 하는 말입니까?"

사대학관의 신입 강사들, 조교로 참석한 선배 강사들, 백수룡에게 혼쭐이 난 창천검대의 무인들, 그리고 창천검왕과 남궁수의 형제들.

남궁수는 사방에서 쏟아지는 시선들을 감당하면서도 눈썹 하나 까딱하지 않았다.

"대사부이신 창천검왕께서 직접, 이번 실기 교육은 실전처럼 생각하며 임하라고 모든 신입 강사에게 강조하셨습니다. 불과 몇 시진 전의 일입니다."

남궁세가의 존재감 없는 셋째.

서출로 태어나 후계자 경쟁을 일찌감치 포기하고, 좌천이나 다름없는 청룡학관행을 스스로 선택한 패배자.

남궁수에 대한 가신들의 평가이자 솔직한 속내였다.

하지만 그런 평가들이 무색하게, 이 순간 남궁수는 자신의 존재감을 강하게 드러내고 있었다.

남궁수가 남궁학을 똑바로 보며 물었다.

"교육자 정신을 입에 담으셨습니까? 대관절 이번 교육에서 교육자 정신이 왜 필요합니까? 이것은 인성을 함양하기 위한 정신교육이 아닌, 실전에 대비한 생존교육입니다."

“그건…….”

이 순간, 남궁세가의 가신들은 남궁수의 존재감이 그의 맏형에 비해 작지 않음을 느끼며 놀라고 있었다.

대부분은 당황스러운 감정을 내비쳤고, 일부는 감탄했으며, 그의 두 형제는 커다란 위협을 느꼈다.

모두의 시선을 느낀 남궁학이 눈을 부릅뜨며 반박했다.

“백수룡 강사는 창천검대의 무인을 인질로 삼았다. 무인으로서 넘어선 안 될 선을 넘었다는 것이다. 아무리 실전 교육이라고 해도…….”

“먼저 신입 강사들을 공격한 것은 창천검대입니다. 반격한 것이 어째서 잘못이 됩니까? 저는 오히려 칭찬을 해 줘도 모자라다고 생각합니다.”

세상 진지한 남궁수의 뒤쪽에서 백수룡이 깐족거리는 태도로 외쳤다.

“잘한다, 우리 일타강사!”

“쉿! 형님은 가만히 좀 있어요!”

그때, 조용히 듣고 있던 창천검대주가 끼어들었다.

“말씀 중에 죄송하지만, 저희는 신입 강사들을 죽일 마음이 없었습니다. 반면 백수룡 강사는 협박을…….”

“창천검대주는 입을 다물라.”

남궁수의 몸에서 파지직, 하고 뇌기가 흘렀다. 창천검대주를 돌아보는 두 눈에 새하얀 뇌기가 맺혔다.

“나는 너에게 발언권을 준 적이 없다.”

“…….”

그 사납고 맹렬한 기세에, 지켜보고 있던 사람들 대부분이 깜짝 놀랐다.

‘셋째 도련님의 무공이 저 정도였나?’

‘형들에 비해 한참 모자란다고 들었거늘…….’

'지금까지 실력을 숨기고 있었구나!'

놀란 것은 창천검대주 역시 마찬가지였다.

남궁수의 무공도 무공이었지만, 그는 남궁수에게서 거스를 수 없는 권위와 위엄을 느꼈다.

마치 그가 수십 년간 모셔온 태상가주와 가주에게서나 느낀 감정이었다.

"……죄송합니다."

자존심 강하기로 유명한 창천검대주가 고개를 숙이고 물러났다.

그 장면은 그 자리에 있던 모두의 머릿속에 인상 깊게 남았다.

갑자기 분위기가 이상하게 흘러가자, 남궁학은 다시 주도권을 잡기 위해 목소리를 높였다.

"그래도 정도라는 게 있는 법이다! 생존교육을 위해 수단과 방법을 가리지 않는다면, 마공을 익히거나 인육을 씹어도 된다는 말이냐?"

"얼마나 말이 안 되는 예시를 들고 있으신지는 본인이 더 잘 아시겠지요."

순간 어디선가 "풋!" 하고 웃음이 터져 나왔다.

남궁학이 홱 돌아보니, 백수룡이 손으로 입을 막고 있었다.

입술을 짓씹은 남궁학이 다시 고개를 돌려 남궁수를 노려봤다.

"……네가 뭐라고 해도 나는 백수룡 강사가 학생들을 가르치는 자가 해선 안 될 짓을 했다고 생각한다. 청룡학관 강사들 역시 자신들의 능력이 아닌 남의 도움으로 좋은 성적을 냈다. 내 말이 틀렸느냐?"

남궁수는 한심하다는 듯 혀를 찼다.

"그거 아십니까? 요즘 학생들은 형님처럼 꽉 막힌 어른을 꼰대라고 부릅니다."

"이 자식이!"

"꼰대들은 말문이 막히면 일단 소리부터 지른다더군요."

“……큭!”

남궁학은 차마 소리를 지르지 못하고 얼굴만 붉혔다. 꽉 악문 이에서 피가 배어 나올 것 같았다.

말싸움에서 완전히 졌다.

‘저 자식. 마무리까지 완벽하잖아.’

백수룡은 남궁수에게 휘파람을 불고 박수라도 쳐 주고 싶은 심정이었다.

그런데 그걸 어떻게 알았는지, 양옆에서 악연호와 명일오가 팔을 붙잡고, 제갈소영이 손으로 입을 틀어막았다.

“읍? 으읍?”

“형님. 제발 가만히 있어요.”

“남궁수 선생님이 알아서 할 때까지 얌전히 있는 겁니다.”

“입 여는 것도 금지.”

“으으읍!”

그렇게 백수룡이 동기들에게 억류된 와중에, 남궁학과 남궁수의 갈등은 절정으로 치달았다.

“……네가 정말 나와 해 보자 이거냐?”

“무엇을 말입니까? 저는 제가 인솔한 신입 강사들을 변호하고 있을 뿐입니다.”

두 사람의 눈빛이 허공에서 사납게 부딪쳤다.

다툼은 말로만 끝나지 않을 것 같았다.

두 사람의 손이 검파로 향하고, 남궁세가의 가신들이 조마조마한 심정으로 그들을 지켜보는 가운데.

“둘 다 그만하거라.”

그때까지 흥미롭게 상황을 지켜보고 있던 창천검왕이 어수선한 분위기를 정리하기 위해 앞으로 나섰다.

두 손자, 특히 남궁수를 바라보는 창천검왕의 표정이 묘했다.

기쁜 것 같기도 하고, 안타까운 것 같기도 한 표정.

하지만, 찰나였다.

창천검왕은 가만히 두면 끝나지 않을 논쟁에 직접 결론을 내렸다.

"이번 경주의 공동 일등은 청룡학관이다."

"!"

"……."

희비가 교차했다.

남궁학의 얼굴이 무참히 일그러졌지만, 남궁수는 여전히 무표정이었다.

창천검왕이 말을 이었다.

"백수룡 선생의 방식이 과격했다고 하지만, 내 기준에서는 선을 넘지 않았다. 오히려 틀을 깨는 사고는 칭찬을 받아 마땅하다. 그는 누구보다 가장 실전처럼 이번 교육에 임했다."

"……."

창천검왕의 말은 하나의 기준이 되었다.

이후의 실기 교육에서, 다른 학관도 같은 방식을 사용할 수 있다는 뜻이었다.

"그리고 내가 알기로, 청룡학관 강사들은 중간부터 표식 없이 이곳을 찾아왔다. 내 말이 맞느냐?"

"맞습니다."

창천검대주가 고개를 끄덕였다.

백수룡이 남긴 표식은 중간부터 창천검대가 모두 지웠다.

청룡학관 강사들은 초반에는 분명 백수룡의 도움을 받았지만, 중간부터는 네 사람이 합심해 꾸준히 선두권을 유지했다.

"그러니 청룡학관 신입 강사들은 결과에 당당해도 된다."

"감사합니다!"

청룡학관 신입 강사 일동이 기쁜 얼굴로 우렁차게 대답했다.

창천검왕은 다른 강사들에게도 일일이 노고를 치하했다.

"주작학관의 사마영도 좋은 모습을 보였다. 뛰어난 무공, 과감한 판단과 실행력, 많은 강사에게 귀감이 될 만하다."

"……감사합니다."

사마영은 입술을 꽉 깨물며 포권을 취했다.

아직 분한 모습이었지만, 결론이 난 일에 더 이상 왈가왈부하지 않았다.

"그다음은 현무학관의 종리연. 술법이 가미된 은신술이 일절이었다. 아마 대부분이 눈치채지 못했을 테지."

"누구?"

"으음?"

다들 주위를 두리번거리는 가운데, 어둠 속에서 군청색 무복을 입은 여인이 걸어 나왔다.

"대체 언제 온 거지?"

"저 여자가 세 번째로 들어왔다고?"

워낙에 존재감이 없었던 터라, 대부분의 강사들이 현무학관의 한 명뿐인 참가자 이름이 종리연이라는 이름을 알게 된 것도 그때였다.

"……."

벙어리인 것처럼, 종리연은 아무 말 없이 포권을 취하곤 다시 어둠 속으로 스르륵 사라졌다.

그녀를 일별한 창천검왕이 다소 늦게 도착한 백호학관 강사들을 바라봤다.

"백호학관도 인상적이었다. 도착하는 데 늦기는 했으나 한 명의 낙오도 없었고, 가장 안정적이었다. 하지만 다음 교육부터는 사고를 조금 더 유연하게 가지는 것이 좋을 것이다. 모든 것을 함께한다고 능사가 아니다.”

“가르침에 감사합니다! 내일은 더 나아진 모습을 보이겠습니다!”

당백호가 절도 있게 포권을 취했다.

성적에서는 아쉬움을 남겼지만, 단순한 성격인 만큼 결과에 크게 신경 쓰지 않는 듯했다.

모두에게 조언을 해 준 창천검왕이 다시 백수룡을 바라봤다.

“청룡학관이 공동 일등이라지만, 내게 무엇이든 질문할 수 있는 권한은 백수룡 강사에게만 주겠다. 여기에 불만이 있나?”

“없습니다.”

백수룡을 제외한 청룡학관 강사들이 동시에 대답했다.

창천검왕이 백수룡을 물끄러미 바라보며 물었다.

“허면, 지금 질문을 사용하겠느냐?”

백수룡은 고개를 저었다.

창천검왕에게 묻고 싶은 것이 무척 많았지만, 지금은 때가 아니었다.

“아니요. 질문은 아껴 두겠습니다.”

“기한은 교육이 끝날 때까지니 잘 사용하도록 하게.”

“예.”

짧은 순간, 두 사람은 의미심장한 눈빛을 주고받았다.

직접적으로 대화를 나누지는 않았지만, 서로가 서로를 의심하는 상황.

“…….”

“…….”

약간의 침묵이 흐른 후, 창천검왕이 먼저 몸을 돌렸다. 그가 모두에게 말했다.

“이만 해산하거라. 내일 교육은 이곳에서 시작할 것이다.”

“감사합니다!”

신입 강사 연수의 첫날이 지났다.

사대학관 강사들은 하나같이 녹초가 된 채로 숙소로 돌아갔다.

그리고 그 시각,

천주산 정상에서 멀지 않은 곳에 있는 산봉우리 하나가, 짙은 어둠에 잡아먹혔다.

223화

남궁세가의 비밀 (1)

그날 밤.

청룡학관 강사들의 숙소에서 작은 축하연이 열렸다.

"푸하하하! 아까 다른 학관 자식들 표정 봤어요?"

"남궁 선생님 말입니다. 정말 다시 봤습니다. '내게 맡겨라'라고 말할 때 피부에 소름이 쫙 돋았지 뭡니까."

"……꿀꺽. 이게 남궁세가에서 직접 빚은 백주라고요? 빨리 마셔 보면 안 될까요?"

"정말 격세지감이 느껴지는군. 내가 주작학관에 있을 때만 해도 말이지……."

악연호, 명일오, 제갈소영, 곽두용이 저마다 들뜬 표정으로 이야기를 쏟아냈다.

첫날 교육을 가장 뛰어난 성적으로 통과한 청룡학관 강사들에게, 포상으로 진미(珍味)와 귀한 백주 세 병이 전달됐다.

덕분에, 일행은 포상을 즐기며 고단했던 하루의 피로를 푸는 중이었다.

너 나 할 것 없이 오늘의 무용담이 흘러나왔다.

"표식이 갑자기 없어졌을 때 얼마나 놀랐는지 모른다니까요."

"하하. 그때부터 이 명일오의 추종술이 빛을 발했지."

"이봐. 선두에서 수많은 암기를 몸으로 막아 낸 곽두용의 활약도 잊지 말라고."

"근데, 솔직히 나였으면 암기 하나도 안 맞았다."

"뭐 인마?!"

"……소영아. 너 이 독한 걸 혼자 몇 잔이나 마신 거야?"

"딸꾹! 딸꾹! 네에에? 뭐라꼬요?"

"아이고. 애 벌써 취했네."

"헤헤. 이거 맛이써어……."

몇 시진 동안 함께 험난한 산길을 달린 덕분일까.

초반에는 혼자 겉돌던 곽두용도 다른 강사들과 많이 가까워진 모습이었다. 이제는 네 사람과 어색함 없이 섞여들었다.

하지만 동기들이 모두 즐거워하는 동안, 백수룡은 혼자 심각한 표정으로 술잔을 기울이고 있었다.

"……."

"수룡 형님. 무슨 고민이라도 있어요?"

동기들과 정신없이 떠들던 악연호가 아까부터 조용히 생각에 잠겨 있는 백수룡에게 물었다.

"음? 별거 아니야."

피식 웃은 백수룡은 남은 술을 입안에 털어 넣으려다가 멈칫했다.

왠지 자신이 한마디 해야 할 분위기였다.

백수룡은 자신을 빤히 바라보는 동기들을 향해 입을 열었다.

"다들 고생했다. 하지만 내일부터는 더 힘들어질 거야. 주작학관이랑 백호학관 놈들, 해산할 때 보니까 눈에 독기가 가득하더라."

백수룡의 말에 다들 고개를 끄덕였다.

교육 첫날 청룡학관이 압도적인 성적을 거둘 수 있었던 이유.

청룡학관 강사들이 열심히 한 덕분이기도 했지만, 애초에 타 학관 강사들이 백수룡을 제외한 청룡학관 강사들을 무시하고 있었기 때문이기도 했다.

그들은 백수룡만 신경 쓰고 있다가 뒤통수에 불의의 일격을 맞은 셈이었다.

"하지만 오늘 이후로, 누구도 청룡학관 강사들을 깔보지 못하겠죠."

악연호가 낄낄 웃으며 말했다.

명일오, 제갈소영, 곽두용도 모두 눈을 빛내며 고개를 끄덕였다.

"이미 각오하고 있습니다."

"흥. 견제받는 게 없는 사람 취급당하던 것보단 훨씬 낫다구요~"

"형제들이여! 내일도 주작학관 강사들과 명승부를 펼쳐 보세나!"

"이게 자꾸 은근슬쩍 끼어드네. 언제부터 우리가 네 형제야?"

청룡학관 강사들은 이번 연수에 대해 더 이상 걱정하거나 긴장하지 않았다.

그들이 실제로 경쟁해 본 주작학관, 백호학관의 강사들은 그렇게 뛰어나지 않았다.

아니, 그들도 뛰어난 강사들이긴 했다.

하지만…….

네 사람은 같은 생각을 하며 백수룡을 바라봤다.

'우리한텐 백수룡이 있어!'

적이 되었을 땐 세상 또라이 같은 놈이지만, 같은 편일 땐 누구보다 든든한 존재.

백수룡이 다른 학관 강사들의 코를 납작하게 만들어 준 덕분에, 또 선두에서 잘 이끌어 준 덕분에 주작학관이든 백호학관이든 충분히 해 볼 만하다는 자신감이 생겼다.

명일오가 진지한 표정으로 말했다.

"그렇다고 형님에게만 의지하겠다는 말은 아닙니다. 형님은 반드시 수석을 따내십시오. 저희도 열심히 해서 좋은 성적을 거두겠습니다."

명일오뿐만이 아니었다. 악연호, 제갈소영, 곽두용도 진지한 얼굴로 그를 바라보고 있었다.

이 순간, 그들은 청룡학관 소속이라는 사실에 커다란 자부심을 느끼고 있었다.

"자식들. 당연한 말을 하고 있어."

피식.

개인적인 고민 때문에 굳어 있던 백수룡의 표정도 부드럽게 풀렸다.

백수룡이 술잔을 들어 올리며 선창했다.

"좋아! 이번 신입 강사 연수. 우리가 주인공이 되는 거다. 청룡학관을 위하여!"

"청룡학관을 위하여!"

다섯 강사는 술잔을 부딪치며 의기투합했다.

백수룡까지 합류해서 본격적으로 왁자지껄한 술판이 벌어지려는 찰나,

"그런데 술은 다 어디 갔어?"

"아까 소영이가 다 먹어서 없는데요."

"……난 두 잔밖에 못 마셨는데?"

"헤헤헤헤……."

"야! 제갈소영! 드러눕지 마! 잘 거면 네 방 가서 자라고!"

"안 되겠다. 사람 불러서 술 더 가져오라고 해!"

"예에? 저희 더 마셨다간 내일 교육에 지장이……."

"아, 몰라. 오늘 진탕 마시고 일어나도 내가 일등이야."

"와, 재수 없어……."

그렇게, 남궁세가에서의 다사다난했던 첫날이 지났다.

다음 날 새벽.

드르릉~ 피유우~

이불 위에 벌러덩 드러누운 곽두용이 배를 훤히 드러낸 채 우렁차게 코를 골았다.

"이 정도면 거의 음공인데."

흑의로 갈아입은 백수룡은 그런 곽두용을 보며 혀를 찼다.

애초에 안 잘 생각으로 곽두용과 한방을 쓰겠다고 하긴 했지만, 만약 자려고 했다면 이 녀석 코부터 틀어막거나 걷어차서 내쫓았을 것이다.

하지만 지금은 오히려 곽두용의 코골이가 도움이 되는 상황.

'네 코골이 덕분에 바깥의 감시가 줄어들었다.'

기감이 예리한 남궁세가의 무인들이 번을 돌며 숙소를 감시하고 있었다.

하지만 곽두용이 시끄럽게 코를 골아대는 덕분에, 남궁세가의 무인들은 이쪽으로는 의도적으로 신경을 덜 썼다.

백수룡이 곽두용을 만취시켜 같은 방에 재운 이유이기도 했다.

스르륵.

백수룡은 은신술을 펼쳐 조용히 방에서 빠져나왔다.

지금쯤이면 청룡학관 강사들이 밤늦게까지 떠들썩하게 축하연을 벌이다가 잠들었다는 사실이 남궁세가 전체에 알려졌을 것이다.

'즉, 슬쩍 빠져나가기에 딱 좋은 상황이지.'

사실 떠들썩한 축하연을 연 것도, 남궁세가의 시종을 불러 술을 더 가져오게 한 것도 이 순간을 위한 밑밥이었다.

휘익!

백수룡은 단숨에 숙소의 담벼락을 뛰어넘었다.

좌우를 살핀 그는 그림자 속으로 숨어들어 움직이며 힐긋 하늘을 올려 봤다.

새파란 초승달이 구름 뒤에 숨어 은은히 빛났다. 어둠이 짙은 밤이었다.

'양상군자(梁上君子)가 활동하기에 딱 좋은 날씨로군.'

만약 이런 짓을 하는 것이 발각된다면, 그 자리에서 베여도 할 말이 없었다.

하지만 백수룡은 위험을 감수하고 흑의를 입었다.

그의 눈이 서늘하게 빛났다.

'남궁세가에 분명 뭔가가 있다. 이 기회에 알아봐야 해.'

백수룡은 오늘 있었던 일을 하나씩 복기했다.

혈교의 마공을 가져와서 과제로 풀어보라던 만박자.

자신을 유심히 살피던 창천검왕의 묘한 눈빛.

그리고, 과거에 있었던 조막생의 일까지.

백수룡은 이제 확신하고 있었다.

어떤 식으로든, 남궁세가는 혈교와 관련되어 있다는 것을.

'가장 의심스러운 건 창천검왕이야.'

팔십 세가 넘은 창천검왕은 오십 년 전 혈교와의 전쟁에도 참여했다고 들었다.

그 당시의 활약으로 강호에 이름을 날리기 시작했고, 이후 빠르게 초절정고수가 되어 지금의 창천검왕이 탄생한 것이다.

백수룡은 이제 그 사실도 미심쩍었다.

'무림십존의 무공과 천하제일가문의 권세. 과연 그걸 본인의 힘으로

이룩한 걸까?'

물론 아직은 전부 추측일 뿐이다.

확실한 증거를 찾지 못하는 한, 함부로 남궁세가를 건드릴 수는 없었다.

백수룡이 흑의를 입고 몰래 숙소를 나선 이유이기도 했다.

'어딘가에 혈교와 관련된 증거가 숨겨져 있을 거야. 하다못해 흔적이라도.'

하나의 성이라고 불러야 할 만큼 거대한 규모를 자랑하는 남궁세가.

크고 작은 전각이 수십 개가 넘으며, 4개의 당과 16개의 각에 있는 인원을 다 합하면 상주하는 무인의 숫자만 천 명이 넘는다.

여기에 무공을 모르는 가솔들까지 더하면 그 몇 배에 달하니, 과연 천하제일세가라는 이름이 부족하지 않았다.

'하지만 규모가 크면 그만큼 빈틈도 많기 마련이지.'

잠시 후, 백수룡은 목적지에 도착했다.

환하게 불이 켜진 전각 안에서 사람들이 바쁘게 오가는 발걸음 소리가 무수히 들려왔다.

[천이당]

용사비등한 필체로 쓰인 현판이 눈에 들어왔다.

남궁세가가 수집한 천하의 정보가 모여드는 곳.

많은 인원이 수시로 오가며 정보를 취합하고, 분석하고, 그 결과를 바탕으로 남궁세가의 수뇌부가 여러 가지 결정을 내린다.

정말 남궁세가와 혈교가 관련되어 있다면, 이곳에 어떤 식으로든 흔적이 남아 있을 수밖에 없었다.

백수룡은 천이당 내부로 은밀히 숨어들었다.

실력이 뛰어난 무인들이 눈을 부라리고 지키고 있었지만, 백수룡의 은 신을 꿰뚫어 볼 만한 고수는 없었다.

'역시 어수선하군.'

백수룡은 신입 강사 연수 첫날이 가장 어수선할 거라고 예상했다.

그 예상은 맞았다.

하루 동안 온갖 사건이 있었던 터라, 천이당 내부는 정신이 없었다.

안쪽으로 들어갈수록 천이당의 지낭들이 나누는 대화가 들렸다.

"허 참. 청룡학관 강사들이 그렇게 뛰어날 줄 누가 알았겠나."

"청룡신협의 무위가 초절정 초입이라고?"

"확실하네. 태상가주님과 창천검대가 확인한 내용이야."

"성정이 음험한 자라고 들었습니다. 실력을 더 숨기고 있을지도……."

"어허. 태상가주님 앞에서 그게 가능하겠나?"

자신에 관한 이야기가 곳곳에서 들려왔지만, 백수룡은 무시했다.

안쪽으로 더 들어가자, 조금 더 비밀스러운 이야기를 들을 수 있었다.

"……남궁수 도련님이 형들과 맞섰다니. 놀랍군."

"셋째 도련님이 본격적으로 후계자 경쟁에 뛰어들었다고 봐야 할 까요?"

"글쎄. 아직 섣부른 판단이 아닌가 싶은데……."

"욕심을 낸다고 될 일이 아니야. 셋째 도련님이 끼어들기엔 너무 늦 었어."

"또 모르지. 정말 청룡학관을 천무제에서 우승시킨다면 가주께서 달리 보실 테니."

"이보게. 그게 말이 되나?"

"여하튼 후계 경쟁으로 본가가 혼란에 빠질 수도 있겠습니다."

"……저희도 선택해야 할 때가 온 건지도 모릅니다."

"쉿! 이 사람아! 입조심하게!"

남궁세가의 후계자와 관련된 이야기도 심심찮게 들을 수 있었다.

'남궁수 그 녀석. 가주 자리에 관심이 있기는 한가?'

자기 얘기를 거의 하지 않는 녀석이니 알 길이 없었다.

하지만 남궁수가 남궁세가의 주인이 된다면, 훗날 청룡학관과 백수룡의 입장에서는 나쁠 게 전혀 없었다.

'뭐, 그런 건 나중에 생각하고……'

백수룡은 기감을 최대한 확장하며 안쪽으로 향했다.

안쪽으로 향할수록 경계가 삼엄해지고 있었다.

그러다, 한순간.

흠칫!

본능의 경고에 백수룡은 걸음을 멈춰 섰다.

대신 혈마안을 발동했다. 그의 눈동자가 어둠 속에서 붉게 물들었다.

번쩍!

혈마안은 모든 마(魔)와 사악한 기운을 제압하고, 뒤틀린 자연의 기운을 꿰뚫어 보는 공능을 지녔다.

백수룡의 눈에 주변 흐름과 달리 어그러진 자연의 기가 보였다.

등에 한 줄기 식은땀이 흘렀다.

'진법이 펼쳐져 있었군. 그것도 상당한 수준이야.'

모르고 몇 걸음만 더 내디뎠으면 알 수 없는 진법에 휘말릴 뻔했다.

어떤 종류인지도 모르는 진법 안으로 들어가는 것은 자살 행위.

'아쉽지만, 오늘은 여기까지.'

백수룡은 입맛을 다시며 돌아섰다.

대신 주변의 지형지물, 기의 흐름을 꼼꼼히 기억해 두었다.

아침이 되면 제갈소영한테 이 진법에 대한 조언을 얻은 후, 다음에 다시 올 생각이었다.

그때였다.

천이당 전체가 술렁이더니, 잠시 후 대문이 열리고 누군가가 안으로 들어왔다.

'남궁세가주?'

백수룡은 즉시 귀식대법을 펼치고 은신술을 극한까지 끌어올렸다.

남궁세가주 철혈검 남궁천이 자식들과 함께 천이당에 행차했다.

곧 천이당주가 버선발로 뛰쳐나와 가주를 맞이했다.

"가주님을 뵙습니다. 부르시면 제가 찾아뵐 것인데 어찌 바쁘신 걸음을……."

"당주께서도 무척 바쁜 걸로 아오. 잠시만 시간을 내어 주시오."

"여부가 있겠습니다. 안으로 드십시오."

남궁학, 남궁혁, 남궁수. 세 아들이 가주의 뒤를 따르고, 막내 딸 남궁미가 가주의 옆에서 손을 꼭 잡고 있었다.

가주가 막내딸을 걱정스레 바라보며 말했다.

"밤공기가 차구나."

"괜찮아요."

"안 된다. 일단 이거라도 덮거라."

남궁세가주는 외투를 벗어 남궁미의 어깨에 덮어 주었다.

이미 두툼하게 옷을 껴입고 온 소녀는, 껴입은 옷 위에 또 외투를 걸치자 불만스러운 듯 입술을 삐죽 내밀었다.

그 모습이 퍽 귀여운지 남궁천은 실소를 터트렸다.

"아버지. 저 더워요……."

"고뿔이라도 걸리면 어쩌려고. 차라리 땀을 흘리는 게 낫다."

"히잉……."

철혈검이 늦게 얻은 딸을 금지옥엽처럼 여긴다더니 진짜인 모양이었다. 딸을 바라보는 표정이 팔불출이 따로 없었다.

그때였다.

"음?"

가주가 걸음을 멈추더니, 고개를 돌려 백수룡이 숨어 있는 어둠 속을 응시했다.

가늘게 미간을 좁힌 그가 입을 열었다.

"누구냐?"

"예?"

"무슨 말씀이신지……?"

장남과 차남이 어리둥절한 표정을 짓는 가운데, 셋째 남궁수만이 검파에 조용히 손을 올리며 남궁미의 왼편에 섰다.

그런 아들들을 힐끗 본 가주가 다시 어둠 속을 응시하며 차분하게 말했다.

"지금 나온다면 우선 이야기를 들어 볼 것이다. 그다음 너의 처우를 결정하겠다."

"……침입자입니까?"

"가주님을 보호하라!"

뒤늦게 눈치를 챈 남궁학과 남궁혁이 검을 뽑아 들며 가주의 양옆을 보호하듯 섰다.

채채채챙!

수십 명의 무사가 동시에 검을 뽑는 가운데, 남궁세가주는 차분하게 말을 이었다.

"다섯을 세겠다. 그때까지 나오지 않으면 벨 것이다. 하나."

묵직한 목소리가 울려 퍼졌다. 동시에 가주의 몸에서 피어난 막강한 기운이 일대를 장악하기 시작했다.

'가주의 무공이 상상 이상이로군.'

백수룡은 낭패감에 입맛을 다셨다.

도망칠 자신은 있었지만, 이 상황에서 그것이 최선일까에 대한 고민이 잠시 들었다.

"둘."

가주가 숫자를 세며 검파에 손을 올렸다.

그의 몸에서 피어난 칼날 같은 기세에 아들들이 흠칫 놀라 몸을 떨었다.

'차라리 나가서 말로 설득해 볼까?'

머릿속으로 잠시 이곳에 숨어든 변명을 몇 가지 떠올려 보았다.

그럴듯한 몇 가지 이유가 떠올랐지만, 남궁세가의 가주를 설득할 만큼은 아니었다.

"셋……."

딸을 부드럽게 바라보던 얼굴이 차갑게 굳었다. '철혈(鐵血)'이라는 별호에 어울리는 모습이었다.

꿀꺽.

누군가가 침을 삼키는 소리가 들렸다. 남궁세가주의 오른발이 앞으로 향하며 자세가 살짝 낮아졌다.

백수룡이 눈을 부릅떴다.

'강하다! 천검과 동급. 어쩌면 그 이상.'

백수룡은 무림십존의 말석으로 알려진 천검과 잠시 검을 섞어 본 적이 있었다.

지금 남궁세가주에게서 느껴지는 기세는 결코 그에 밀리지 않았다.

"넷."

결정을 내려야 하는 순간, 백수룡은 갑자기 신비로운 힘이 자신의 몸을 휘감는 것을 느꼈다.

'이게 무슨?'

눈을 휘둥그레 뜬 백수룡이 신비로운 힘에 저항하려는 순간,

[저항하지 마라. 해치려는 것이 아니다.]

머릿속을 울리는 목소리에, 백수룡은 잠시 고민하다 저항하지 않고 몸에서 힘을 뺐다.

그 순간, 그의 모습이 그 자리에서 사라졌다.

동시에.

"다섯."

서걱!

남궁세가주가 휘두른 검이 백수룡이 있던 공간을 반으로 갈랐다.

224화

남궁세가의 비밀(2)

"……."

남궁세가주는 자신의 검기에 갈라진 벽을 살피며 미간을 찌푸렸다.

방금까지, 분명 이곳에 누군가가 숨어 있었다.

처음에는 상대의 기척이 워낙 희미해 착각일 수도 있으리라 생각했지만, 오히려 지금은 확신했다.

"도망쳤군."

초고수의 기감은 바닥과 벽, 그리고 공기 중에 남겨진 희미한 사람의 흔적을 놓치지 않았다.

조금 전까지 이곳에 누군가가 있었다.

그리고 지금은 거짓말처럼 사라졌다.

굳은 표정으로 뒤돌아선 남궁천이 천이당주에게 명령을 내렸다.

"멀리 가진 못했을 것이다. 반드시 찾아내도록."

"존명!"

곧바로 남궁세가의 무사들이 사방으로 흩어졌다.

일 각도 지나기 전에 수십 개가 넘는 전각에 불이 켜지고, 수백 명의 무사들이 동원되어 침입자를 추적하기 시작했다.

추종술을 전문적으로 훈련받은 무인들, 여기에 추적견도 수십 마리가 동원됐다.

크르르 컹컹컹컹!

남궁세가의 심처에 침입자가 숨어든 대사건.

침입자를 찾기 위해 수백 명의 무사들이 눈에 불을 켜고 뛰어다녔다.

"본가에 침입자가 발생했다!"

"반드시 찾아내야 한다!"

남궁천은 조용히 그 모습을 지켜보며 잠시 생각에 잠겼다.

"……."

그 무거운 분위기에 자식들은 말 한마디도 꺼내지 못했다.

그렇게 반 각쯤 지났을까.

"무슨 일이기에 이리 소란인 것이냐?"

위에서 들려온 목소리에 고개를 들자, 창천검왕이 담벼락 위에 서서 그들을 바라보고 있었다.

휘익!

단 한 번의 도약으로 남궁천 앞에 도달한 창천검왕에게, 모두가 공손하게 읍을 취했다.

남궁천이 굳은 표정으로 말했다.

"천이당에 침입자가 있었습니다."

"침입자라니? 누가 감히!"

남궁천이 심각한 표정으로 창천검왕에게 상황을 간략히 설명했다.

"……해서 결론은 제 착각이었거나, 세가의 숨어든 자의 무공이 저보다 훨씬 뛰어나다는 것입니다."

"허. 둘 다 말이 안 되는 소리로구나."

창천검왕 남궁제학은 가주의 무공이 얼마나 강한지 누구보다 잘 알고 있었다.

‘내가 아니었다면 능히 무림십존에 들었을 아이다.’

남궁천의 무공이 그만큼 고강하기에, 마음 놓고 가주의 자리를 물려주었다.

그런데, 그런 남궁천의 기척을 눈앞에서 속이고 감쪽같이 사라졌다니.

자신이라고 해도 불가능한 일이었다.

‘혹시…….’

순간, 남궁제학의 머릿속에 백수룡의 얼굴이 떠올랐다.

하지만 이내 고개를 저었다.

백수룡의 무공 수위는 이미 파악했다.

나이를 생각하면 놀라운 수준이지만, 또 영악한 녀석이니만큼 비장의 한 수를 숨겨 두었을 수도 있지만.

결코 남궁세가의 가주를 기만하고 사라질 수준은 아니었다.

‘하지만 혹시 모르는 일이다.’

창천검왕은 천이당주에게 명령했다.

“오대학관 강사들에게도 알리게. 침입자가 어떤 목적을 가지고 있는지 모르니.”

“알겠습니다.”

“아니, 아닐세. 내가 직접 가 보도록 하지.”

“태상가주님께서 직접 가실 필요는…….”

창천검왕은 이미 바닥을 박차고 있었다.

탓!

순식간에 하늘 높이 솟구친 창천검왕은 내공으로 안력을 돋워 아래를 살폈다.

수십 개가 넘는 전각에서 쏟아진 무사들이 침입자를 찾기 위해 횃불을 들고 돌아다니고 있었다.

하지만 침입자가 어디로 갔는지는 여전히 오리무중인 상태.

창천검왕은 기감을 넓게 확장했다.

화아아악!

단숨에 남궁세가 전체를 훑는 절세고수의 감각에, 이질적인 어떤 기운이 잡혔다.

그 기운은 공교롭게도 신입 강사들의 숙소가 있는 방향으로 이어지고 있었다.

으득!

이를 악문 창천검왕이 사자후를 터트렸다.

"감히 본가에 침입하고도 살아 돌아갈 성싶더냐!"

쩌렁쩌렁한 포효가 산천초목을 떨어 울렸다.

수십 년 만에 본 창천검왕의 거대한 분노에, 남궁세가의 무인들조차 오싹한 두려움을 느꼈다.

휘이익!

창천검왕의 신형이 질풍처럼 쏘아졌다.

그의 두 눈에 무시무시한 살기가 맺혔다.

'백수룡. 만약 네가 정말 범인이라면, 이번 기회에 붙잡아 너의 정체를 밝혀낼 것이다!'

감히 남궁세가의 비밀을 캐내려 한 자에게, 반드시 응분의 대가를 치르게 할 생각이었다.

[저항하지 마라. 해치려는 것이 아니다.]

목소리가 들려온 순간, 백수룡은 자신을 감싼 신비로운 힘에 몸을 맡졌다.

그리고 잠시 후, 백수룡은 자신의 방으로 돌아와 있었다.

"드르렁~ 피유우~"

여전히 우렁차게 코를 골아대는 곽두용의 모습이 보였다.

눈 깜빡할 사이에 바뀐 배경에 백수룡이 눈을 깜빡였다.

'축지법? 아니, 공간을 이동한 건가?'

그때 방 안 그림자 속에서, 한 여인이 모습을 드러냈다.

"너는…….."

백수룡은 상대의 정체를 확인하고 아연실색했다.

그녀는 이번 신입 강사 연수에 참가한 현무학관의 유일한 강사였다.

"종리연? 그런 이름이었던 것 같은데."

종리연이 고개를 끄덕였다. 헌데 그녀의 분위기가 심상치 않았다.

"너에게 전할 말이 있다."

"……벙어리가 아니었나?"

"시간이 많지 않구나. 궁금한 것이 많겠지만 일단은 내 말을 들어 다오."

그녀에게서 느껴지는 신령스러운 기운에 백수룡은 흠칫했다.

자세히 보니, 종리연의 두 눈동자가 진녹색으로 물들어 있었다.

무인이 아니라 술법사들에게서나 느낄 수 있는 독특한 기운.

순간, 무언가를 짐작한 백수룡이 미간을 좁혔다.

"당신. 종리연이 아니로군."

"과연 똑똑한 아이구나."

암녹색으로 빛나는 그녀의 눈동자 너머에서, 신묘한 존재가 부드럽게 웃었다.

"본녀는 현천신녀라 한다. 지금은 잠시 이 아이의 몸을 빌려 말하고 있지."

“현무학관 관주?”

현천신녀는 현무학관의 관주이자, 천하제일의 술법사로 이름 높은 여인이었다.

하지만 백수룡은 그녀가 자신을 구해 준 이유를 짐작조차 할 수 없었다.

“당신이 왜……”

현천신녀는 초점이 맞지 않는 눈으로 백수룡을 바라보며 말했다.

그 눈은 현재가 아닌, 아득한 과거나 미래를 보는 듯했다.

“머지않아 남궁세가에 큰 재앙이 닥칠 것이다.”

“……”

생각지도 못한 현천신녀의 예언에 백수룡은 당황스러운 표정을 지었다.

뜬금없이 재앙이 닥칠 거라니.

자신에게 갑자기 이런 이야기를 하는 이유가 뭐란 말인가?

마치 그 생각을 읽은 것처럼 현천신녀가 대답했다.

“이 재앙이 너의 운명과 무관하지 않기 때문이다.”

“운명이라니, 무슨 말입니까?”

“역천의 운명. 천기를 거스르고, 세상을 멸할 수도, 구할 수도 있는 운명.”

“……당신!”

그 순간, 백수룡은 하마터면 고함을 지를 뻔했다.

다행히 간신히 진정한 후, 고개를 돌려 여전히 팔자가 늘어지게 자고 있는 곽두용을 살폈다.

혹시라도 곽두용이 깨서 이 이야기를 들으면 큰일이기 때문이다.

현천신녀가 그 모습을 살피며 말했다.

“그 아이는 한동안 일어나지 않을 것이다. 그리고, 지금 내 목소리는 오직 너만 들을 수 있다.”

“당신…… 어디까지 알고 있는 거지?”

백수룡의 목소리가 착 가라앉았다.

천하에서 가장 뛰어난 술법사들은 천기를 읽고, 괴력난신을 마음대로 다루는 술법을 부린다고 들었다.

어쩌면 사람의 인생을 읽고, 미래에 대해 예언하는 것도 가능할지 모른다지만…….

‘설마 내 전생에 대해서도 알고 있는 걸까?’

꽉 쥔 주먹에 힘이 들어갔다.

상황에 따라서는 이 자리에서 종리연을 죽여 입을 막아야 할지도 모른다.

“본녀도 너에 대해 다 알지는 못한다. 말하지 않았느냐. 역천의 운명. 네 운명은 천기를 읽어도 살필 수가 없단다. 나는 다만 경고를 하러 왔을 뿐.”

현천신녀의 암녹색 눈동자가 더욱 짙게 물들었다.

백수룡은 여전히 경계를 풀지 않으며 물었다.

“경고라고 하셨습니까?”

“한 번 더 말하마. 남궁세가에 큰 재앙이 닥칠 것이다. 이 재앙 속에서, 너는 선택을 해야만 한다.”

알쏭달쏭한 이야기였다.

재앙은 뭐고 선택은 뭐란 말인가.

“너의 선택에 따라 이 재앙은 커다란 화가 될 수 있지만, 어쩌면 복이 될 수도 있다.”

“……그런 경고라면 내가 아니라 남궁세가에 알려야 하는 것 아닙니까? 남궁세가주라든가 창천검왕에게 알리면…….”

“그들에겐 자격이 없다.”

현천신녀가 단호한 목소리로 말했다.

백수룡이 고개를 갸웃하며 말했다.

"저에게는 자격이 있단 말입니까?"

"본래 천기를 누설하면 끔찍한 대가를 치러야 한다. 하지만 너는 천기에서 벗어난 존재인 탓에 이런 변칙이 허용되는구나."

즉, 백수룡에게만 이 사실을 알릴 수 있다는 말 같았다.

'설마…… 혈교와 관련된 건가?'

갑작스러운 이야기였지만, 백수룡은 그 안에서 몇 가지 단서로 추리해 보았다.

남궁세가에 닥칠 재앙.

그로 인해 자신이 해야 할 선택.

추상적이긴 하지만, 듣지 않은 것보다는 훨씬 나은 정보였다.

백수룡이 물었다.

"구체적으로 그 선택이 뭔지 말해 주실 수는 없습니까?"

"아쉽지만 이것이 내가 말해 줄 수 있는 전부다."

백수룡과 몇 마디 대화를 나눈 것만으로도 종리연의 얼굴은 무척 피곤해 보였다.

아니, 피곤한 수준이 아니라…….

'늙어가고 있잖아?'

이십 대 중반의 나이로 보였던 그녀의 얼굴에 주름이 지더니, 어느새 중년의 나이로 보였다.

백수룡의 놀란 표정을 본 현천신녀가 살포시 웃었다.

"놀랄 것 없다. 이 아이는 산 사람이 아니란다."

"……그 말이 더 놀랍습니다만, 강시입니까?"

현무학관은 온갖 술법과 사술, 강시를 연구한다고 들었던 것이 생각난 백수룡이 물었다.

하지만 현천신녀는 고개를 저었다.

"비슷하지만 다르다. 이 아이는 술법으로 만든 일종의 인형이다. 강시처럼 사람의 시체로 만든 것이 아니지."

"……제가 생각했던 것 이상으로 술법의 세계는 놀랍군요."

과거 혈교에서도 여러 가지 술법을 보긴 했지만, 그 대부분은 사술이라고 불려야 할 정도로 사악하고 기괴한 방식이었다.

'혈교주만 해도 당대에 천하제일을 다투는 술법사였지.'

하지만 현천신녀의 술법은 현묘하고 신비로웠다.

만약 술법을 배울 수 있다면 그녀에게 배우고 싶을 정도로.

백수룡은 현천신녀에게 정중하게 포권을 취했다.

"오늘 위기에서 벗어날 수 있도록 도와주셔서, 또 가르침을 주셔서 감사합니다."

현천신녀의 피부에서 살점이 툭툭 떨어져 나가고 있었다.

남은 시간이 많지 않다는 이야기였다.

현천신녀가 흐릿하게 웃으며 말했다.

"아직 안심하기엔 이르다. 곧 창천검왕이 이곳에 들이닥칠 것 같구나."

"예?"

그 순간, 쩌렁쩌렁한 목소리가 남궁세가 전체에 울려 퍼졌다.

"감히 본가에 침입하고도 살아 돌아갈 성싶더냐!"

콰콰콰콰!

그 가공할 기세에 온몸의 솜털이 쭈뼛 솟았다.

절세의 고수가 뿜어낸 살기가 남궁세가 전역을 짓눌렀다.

현천신녀가 고개를 돌려 문밖을 바라봤다.

"……실로 괴물이로구나. 희미하게 남겨진 술법의 흔적을 찾아내다니. 곧 이곳에 도착할 것이다."

"이런……."

백수룡의 표정이 굳었다.

술법의 흔적을 쫓아온 창천검왕이 이곳에 도착해 두 사람을 본다면, 빠져나갈 방법이 마땅치 않았다.

"일단 어디로든 숨으십시오. 제가 어떻게든 둘러댈……."

"그럴 것 없다."

고개를 저은 현천신녀가 자리에서 일어나며 말했다.

"오늘은 내가 너를 곤란에서 구해 주마. 다만, 너도 나중에 현무의 제자들을 만나면 외면하지 말아다오."

"예?"

"약속한 것이다."

자리에서 일어난 현천신녀가 문을 열고 밖으로 나갔다.

저편 하늘에서 유성과 같은 무언가가 무시무시한 속도로 날아오고 있었다.

창천검왕이었다. 날아오는 속도로 보아 순식간에 이곳에 도착할 듯했다.

"남궁세가의 선조들을 모신 사당. 그곳을 한편 살펴보거라. 아마도 그곳에 네가 찾는 것이 있을 것이다."

마지막으로 그 말을 남긴 현천신녀가 신형을 휙! 하고 뽑아 올렸다.

백수룡의 눈으로 좇기 힘들 정도로 엄청난 속도.

그녀는 곧장 북쪽으로 경공을 펼쳤다.

거의 동시에 창천검왕이 일갈을 터트렸다.

"갈! 거기 서지 못하겠느냐!"

이쪽으로 날아오던 창천검왕이 방향을 급격히 틀곤 현천신녀를 추적했다.

"……."

백수룡은 두 사람의 신형이 멀어지는 모습을 한동안 지켜보았다.

잠시 후, 그들이 사라진 방향에서 벼락이 내리치고 천둥이 쳤다.

우르르 콰콰콰쾅!

"드르렁…… 컥, 커헉! 무슨 일이야?"

그 굉음에, 늘어지게 코를 골며 자고 있던 곽두용이 깜짝 놀라 맨발로 뛰쳐나왔다.

남궁세가의 비밀(3)

다음 날.

신입 강사들은 이른 아침부터 불안한 표정으로 대연무장에 모였다.

새벽에 있었던 남궁세가의 침입자 소동 때문이었다.

"천이당에 침입자가 들어왔었다는 얘기 들으셨습니까?"

"대체 어떤 미친놈일까요. 남궁세가에 숨어들 생각을 하다니."

"……살수일까요?"

"제 생각엔 보물을 훔치러 온 도둑일 것 같습니다. 어쩌면…….."

오전 교육이 시작되기 전.

강사들은 삼삼오오 모여 수군수군 이야기꽃을 피웠다.

소동이 일어난 새벽부터 한숨도 못 잔 이들이 태반이었다.

"흐아암. 덕분에 잠을 다 설쳤지 뭡니까."

"창천검왕께서 직접 침입자를 뒤쫓으신 것 같던데…….."

"저도 들었습니다. 사자후가 어찌나 무시무시하던지, 오금이 다 저리더군요."

새벽에 울려 퍼진 창천검왕의 사자후를 떠올린 강사들이 몸을 부르르 떨었다.

오늘 새벽, 북쪽 하늘에서 난데없이 천둥과 벼락이 내리쳤었다.

그것이 자연적인 현상이 아니라는 것쯤은 다들 알고 있었다.

일 각쯤 지나서야 천둥벼락이 사라졌는데, 그 이후에 어찌 되었는지는 아무도 알지 못했다.

"범인은 잡혔을까요? 시비들은 모르는 눈치던데."

"아침에 개 짖는 소리가 멈춘 것으로 봐서는 잡은 것 같기도 하고……."

"이미 목이 베였을 겁니다. 창천검왕께서 직접 추격하셨으니, 도망칠 수 있을 리 없지요."

"누가 속 시원하게 좀 알려 줬으면……."

간밤의 사건으로 남궁세가는 벌집을 들쑤셔 놓은 듯 어수선했다.

이러다 행여나 신입 강사 연수가 취소되는 건 아닐까, 다들 얼굴에 걱정이 가득했다.

백수룡과 청룡학관 강사들이 대연무장에 나온 것은 그때였다.

"흐아암~"

늘어지게 하품을 하며 걸어오는 백수룡을 향해, 사마영의 날카로운 시선이 날아와 박혔다.

사마영뿐만이 아니었다.

전날 백수룡에게 지독하게 당한, 그리고 청룡학관 강사들에게 뒤통수를 제대로 맞은 타 학관 강사들이 전의를 불태웠다.

피부가 따끔할 정도로 쏟아지는 시선에도 불구하고, 백수룡이 여전히 졸린 표정이었다.

실제로 한숨도 자지 못했다.

"아침부터 기운들이 넘치네. 다들 푹 잤나 봐?"

"저 자식이……."

“아오 진짜!”

이제는 말 몇 마디로 상대를 열 받게 하는 데 경지에 오른 백수룡이었다.

청룡학관 강사들을 마지막으로 신입 강사들 전원이 대연무장에 모두 모였다.

사실 전원은 아니었다.

‘종리연에 대해서 아무도 의문을 품지 않는군.’

아직 현무학관의 종리연이 오지 않았지만, 백수룡 외에는 그 사실을 이상하게 여기는 강사가 없었다.

애초에 그녀의 존재감이 워낙에 적기도 했지만, 다들 마치 그녀를 잊은 것처럼 행동하고 있었다.

‘이것도 술법인가?’

마치 간밤에 꿈을 꾼 것 같은 기분이었다.

하지만 꿈이 아니었다.

백수룡은 현천신녀를 만나 여러 이야기를 들었고, 그중 하나는 곧 재앙이 닥칠 거라는 예언이었다.

‘일단은 상황을 지켜보자.’

백수룡도 더는 종리연에 대해 신경 쓰지 않고, 청룡학관 동기들과 잡담을 나누며 대사부들이 오기를 기다렸다.

예정된 시각보다 일 각이 더 지난 후, 만박자가 홀로 대연무장에 나타났다.

신입 강사들은 잡담을 멈추고 그를 빤히 바라봤다.

“클클. 다들 궁금한 게 많은 표정이구나.”

비정상적으로 큰 머리를 좌우로 흔들며 휘적휘적 걸어온 만박자가 누런 이를 드러내고 웃었다.

“알고 있겠지만, 지난 밤 남궁세가에 다소 불미스러운 사건이 있었다.

침입자가 있었지. 허나 창천검왕께서 직접 추살하셨다.”

창천검왕이 침입자를 추살했다는 말에 강사들 사이에서 “오오!” 하는 감탄사가 터져 나왔다.

강사들을 죽 둘러본 만박자가 말을 이었다.

“헌데 사안이 사안이다 보니, 남궁세가에서 급히 가주회의를 연 모양이다. 창천검왕께서도 회의에 참석하셨다. 꽤 길어질 거라고 하더군.”

강사들은 그래도 침입자를 잡아서 다행이라느니, 반드시 배후를 밝혀야 한다느니 계속 떠들어댔다.

“따라서 오늘 하루는 오후 실기 교육 없이, 종일 이론 교육만 실시하도록 하겠다.”

백호학관의 당백호, 청룡학관의 곽두용을 비롯한 이론에 약한 강사들의 표정이 창백하게 변했다.

그 모습을 즐겁게 감상한 만박자가 눈을 빛냈다.

“오늘은 외공 이론에 대해서 공부할 것이다.”

강사들을 주욱 훑은 그의 시선이 마지막에 백수룡에게 멈췄다.

‘얄미운 놈.’

그는 지난 강의에서 백수룡에게 당한 망신을 톡톡히 갚아 줄 생각이었다.

만박자가 일장연설을 시작했다.

“세월이 흐를수록 내공 만능주의가 심해지며, 외공을 등한시하는 풍토 또한 심해지고 있다. 내공은 영약이나 뛰어난 심법으로 빠르게 쌓을 수 있는 반면, 외공의 성취는 부단한 노력 외에는 방법이 없기 때문이지.”

만박자는 백수룡의 조각 같은 얼굴과 다소 헐렁한 무복을 못마땅하게 바라봤다.

“게다가 사내놈들도 외모를 가꾸는 데 관심을 가지기 시작하면서, 언제부턴가 우락부락한 근육 대신 매끈하고 작은 근육을 선호하게 되었지.”

만박자는 백수룡이 젊은 나이에 기연을 얻어 엄청난 내공을 얻어 고수가 됐으리라고 추측했다.

그러니, 내공에 비해 외공의 수준은 낮을 것이란 판단으로까지 이어졌다.

“나무가 잘 자라려면 토양이 비옥하고 단단해야 한다. 무인에게 있어 외공은 토양이다. 토양이 좋지 않으면 뿌리가 제대로 자리 잡지 못하고, 언젠가 시들게 된다.”

만박자는 조교들을 시켜 강사들에게 교재를 하나씩 나눠 주었다.

“나는 평생 무인의 시체를 수십 구 이상 해부하며 그들의 근육과 신체를 살폈다. 해서, 깨달은 바를 담아 이 책을 저술했다. 이건 올해 나온 개정판이다.”

『외공의 정석』

책을 받아든 신입 강사들은 보물이라도 얻은 것처럼 기뻐했다.

“이게 그 말로만 들었던…….”

“외공의 정석!”

“구하기가 하늘의 별 따기라고 들었는데…….”

다들 감격한 표정으로 책과 만박자를 번갈아 바라봤다.

만박자는 흐뭇하게 그 광경을 지켜보다가, 백수룡이 시큰둥한 표정으로 슥슥 책을 넘기는 모습을 보고 표정을 구겼다.

‘저, 저 괘씸한 놈!’

하나부터 열까지 마음에 안 드는 놈이었다.

뛰어난 무공에 잘난 얼굴까지.

이번 강의에서야말로 반드시 망신을 줄 생각이었다.

“이 책을 교재로, 외공 수련을 이론적인 측면에서 설명할 것이다.”

만박자의 설명이 장황하게 이어졌다.

“지금부터 한 시진을 줄 테니, 첫 번째 장까지 읽고 예습하도록. 이후 간단히 시험을 보고 강의를 진행할 것이다. 시험에 통과하지 못한 녀석들은 감점이다.”

말을 마친 만박자는 백수룡을 뚫어지게 바라봤다. 어디 해 볼 테면 해 보라는 눈빛이었다.

‘나 참……’

그 도발적인 눈빛에 백수룡은 어이가 없어서 웃었다.

녹림투왕의 외공을 익힌 자신에게 외공을 가르치겠다니.

지난 강의도 그렇고, 이쯤 되면 일부러 자신에게 쉬운 강의를 하는 게 아닌가 싶을 정도였다.

백수룡은 반 시진도 걸리지 않아 만박자가 저술한 책을 독파했다.

그리고 손을 번쩍 들었다.

“다 읽었는데 먼저 시험 봐도 됩니까?”

“끄응!”

만박자는 백수룡이 제출한 시험지를 보고 할 말을 잃었다.

“…….”

“…….”

문제에 대한 해답은 물론이고, 거기에 덧붙인 자신의 해석과 첨삭까지.

당장 이 답안지를 참고해서 개정판을 내도 될 수준이었다.

결국, 만박자는 이번에도 인정할 수밖에 없었다.

“……외공에 관한 지식이 제법이구나.”

“청룡학관에 처음 지원할 때 외공 강사로 지원했습니다.”

만박자는 '뭐 이런 녀석이 다 있나' 하는 표정으로 백수룡을 바라보다가 퉁명스레 말했다.

"젠장. 만점이다."

백수룡은 그 말을 기다렸다는 듯 물었다.

"죄송한데 시험이 끝날 때까지 잠시 숙소에서 쉬고 와도 되겠습니까? 간밤에 잠을 전혀 못 자서요."

"뭐?"

순간 황당하다는 표정으로 백수룡을 바라보던 만박자가 이내 혀를 찼다.

"마음대로 해라."

"감사합니다."

만박자의 허락이 떨어졌다. 포권을 취한 백수룡은 몸을 돌려 숙소로 향했다.

하지만 정말로 숙소에서 쉴 생각은 아니었다.

'반 시진 정도는 벌었어. 잠깐 둘러보고 올 시간은 충분해.'

백수룡의 걸음이 빨라졌다.

최대한 빨리 확인해 봐야 할 장소가 있었다.

그때였다. 갑자기 만박자가 뒤에서 백수룡을 불렀다.

"백수룡 선생."

"예?"

설마 갑자기 말을 바꿔서 못 가게 하려는 건가?

만박자가 못마땅한 표정으로 말했다.

"자네는 오늘 수업에 더 이상 참가할 필요 없다. 숙소에 가서 그냥 쉬도록."

"돌아와 봤자 수업 분위기에 방해만 돼"라고 중얼거린 만박자가 손을 휘휘 저었다.

"감사합니다!"

씩 웃은 백수룡은 만박자에게 가벼운 걸음으로 자리를 떠났다.

많은 강사들이 부럽다는 표정으로 그의 뒷모습을 바라봤다.

남궁가묘(南宮家廟).

이곳은 남궁세가가 조상들의 위패를 모셔 놓고 제사를 지내는 사당이었다.

명문가일수록 가묘의 규모로 그 권세를 대변하기 마련인데, 남궁세가의 가묘는 왕실의 종묘라고 해도 믿을 정도로 그 규모가 거대했다.

'다행히 경계는 심하지 않군.'

백수룡은 우선 멀리서 남궁가묘를 살폈다.

전날의 소동으로 남궁세가는 여전히 어수선한 상황.

하지만 이곳의 경계는 크게 늘지 않았다.

침입자가 노릴 만한 보물과 정보, 무공 비급이 있는 쪽으로 경계가 강화된 탓이었다.

'충분히 들어갈 수 있겠어.'

스르륵.

남궁가묘로 숨어든 백수룡은 기감을 확장하고 혈마안을 발동했다.

이곳에는 역대 남궁세가의 가주들, 무림에 이름을 드높인 고수들의 위패가 모셔져 있었다.

백수룡은 현천신녀의 말을 떠올렸다.

─머지않아 남궁세가에 큰 재앙이 닥칠 것이다.

─너의 선택에 따라 이 재앙은 커다란 화가 될 수 있지만, 어쩌면 복이

될 수도 있다.

남궁세가에 재앙이 닥칠 것이고, 자신이 어떤 선택을 해야 한다고
했다.

하지만 그것만으로는 정보가 너무 부족했다.

현천신녀는 그 이상은 말해 주지 않았지만, 다행히 백수룡이 직접 찾
아볼 수 있도록 단서를 남겼다.

－남궁세가의 선조들을 모신 사당. 그곳을 한편 살펴보거라. 그곳에
네가 찾는 것이 있을 것이다.

백수룡은 남궁가묘를 샅샅이 훑으며 점점 안으로 들어갔다.

그리고 거의 맨 끝에 이르렀을 때,

'마기!'

혈마안을 발동하지 않았다면 모르고 지나쳤을 만큼, 아주 희미한 마기
의 흔적을 발견했다.

백수룡은 즉시 마기가 흘러나오는 곳으로 향했다.

버려진 우물이었다.

크고 납작한 돌로 위를 덮어 놓았는데, 물이 완전히 말랐는지 한참 동
안 사용하지 않은 듯 보였다.

쿠구궁……!

백수룡은 우물을 덮고 있던 돌을 사람이 들어갈 수 있을 만큼만 옆으
로 치웠다.

우물 아래를 내려다보자 시커먼 어둠뿐이었다.

"이 안이군."

잠시 그 안을 들여다본 백수룡은 우물 벽을 타고 천천히 내려갔다.

그리고 안쪽에서 돌을 들어 움직여 원래대로 움직여 놓은 후, 어둠에 눈이 익숙해질 때까지 기다렸다가 아래로 뛰어내렸다.

쿠웅!

바닥이 깊었다. 최소 십 장은 되는 듯했다. 백수룡은 어둠 속에서 벽을 더듬어가며 기관진식을 찾았다.

오래 걸리진 않았다. 기관진식에 대한 지식에 백수룡의 눈썰미가 더해지자 금방 찾을 수 있었다.

문제는 다른 곳에서 발생했다.

"이거…… 고장 났잖아?"

황당함이 깃든 혼잣말이 어둠 속에서 메아리쳤다.

비밀통로 안으로 들어가는 기관진식이 망가져 있었다.

잠시 고민한 백수룡은 기관진식을 부수고 들어가기로 마음먹었다.

'바깥으로 소리가 새어나가면 안 돼.'

백수룡은 손바닥을 돌벽에 대고 집중해서 내공을 주입했다.

돌벽이 부르르 진동하더니, 낡은 돌벽이 하나둘 뒤쪽으로 밀려서 빠져나갔다.

잠시 후, 사람 한 명이 드나들 법한 공간이 만들어졌다.

"후우."

잠시 호흡을 고른 백수룡은 안으로 들어갔다.

좁고 어두운 통로에 이끼가 껴있고 벌레들이 가득했다.

야명주가 박혀 있었을 것으로 예상되는 천장에는 구멍만 뚫려 있었다.

"콜록! 관리를 전혀 안 했나 보군."

좁고 긴 통로는 지하로 이어져 있었다. 백수룡은 혹시나 모를 기관진식을 조심하며 점점 안으로 들어갔다.

얼마나 내려갔을까?

일 각? 이 각?

시간 감각이 살짝 흐릿해졌을 때쯤, 좁은 통로가 끝나고 드넓은 공간이 나타났다.

백수룡은 참았던 숨을 내쉬었다.

"후우. 여긴……."

잠시 주위를 둘러보던 백수룡의 시선이 한 곳에 멎었다.

낡은 현판을 발견한 것이다.

그 순간, 백수룡은 그 자리에 못 박힌 듯 멈춰 섰다.

〈혈마신교 안휘지부〉

피로 적은 듯 불길한 붉은 필체의 현판이, 먼지가 쌓인 채로 잠들어 있었다.

226화

남궁세가의 비밀(4)사자전언

현판에 적힌 글씨를 본 백수룡의 목소리가 잘게 떨려나왔다.

"여기가…… 혈교의 지부였다고?"

현판 아래, 안으로 들어가는 입구는 커다란 바위로 막혀 있었다. 누군가가 밖에서 막아 놓은 듯했다.

백수룡은 앞으로 걸어가며 검을 뽑아 벼락처럼 휘둘렀다.

촤촤촤촤촤!

수십 조각으로 변한 돌 더미가 무너져 내렸다. 백수룡은 장력을 내뿜어 돌 더미를 옆으로 치웠다.

그러자 드러난 건 반쯤 우그러진 거대한 철문.

혈교가 숭배하는, 피 흘리는 마귀의 형상이 기괴하게 일그러져 있었다.

사아아아아

"무슨 한기가…….”

백수룡의 입에서 새하얀 입김이 새어나왔다.

우그러진 철문 틈으로, 피부가 오싹해질 정도의 한기가 흘러나오는 탓이었다.

백수룡은 내공을 끌어올려 한기에 저항하면서 양손으로 문을 밀었다.

끼이익…….

불쾌한 소리를 내며 천천히 문이 열렸다.

안에 인기척이 없다는 것은 이미 확인한 상태였지만, 백수룡은 긴장을 풀지 않고 안으로 들어갔다.

"……."

백수룡은 앞에 펼쳐진 풍경을 눈에 담았다.

악인곡에서 보았던, 마뇌가 후대의 혈마를 위해 안배해 놓았던 보물창고와는 느낌이 전혀 달랐다.

이곳은 혈교의 교도들이 실제로 살던 곳이었다.

교도들이 사용했던 것으로 보이는 물건, 옷가지, 싸움의 흔적이 보였다.

그리고.

새하얗게 얼어붙은 수백 구의 시체가 있었다.

공동 안의 기이한 추위에 반쯤 얼어붙은 시체들이, 제대로 썩지도 못한 모습으로 여기저기 널브러져 있었다.

"……."

오랜만에 본 검붉은 의복 차림 교도들의 모습이 묘한 감흥을 주었다.

저벅저벅.

고요한 공동 안에 발걸음 소리만 울려 퍼졌다.

백수룡은 천천히 공동을 가로지르며 시체들을 살폈다.

망자들은 피부 위에 하얀 서리가 내린 모습으로 수십 년 만의 방문객을 맞이했다.

분노에 일그러져 있거나, 고통에 몸부림치거나, 죽는 순간에도 영문을 모른 것인지 편안한 표정의 시체도 보였다.

시체는 대부분 어른이었지만, 열 살도 안 된 어린아이들도 있었다.

그리고 그들의 사인은 전부 한 가지였다.

'전부 검상에 의해 죽었어. 단 한 명이 한 짓이야.'

백수룡의 눈에도 감탄이 어릴 만한 고절한 검법의 흔적이 곳곳에 보였다.

정황상, 절세 고수 혼자서 수백 명의 혈교도를 몰살시킨 것으로 보였다.

무림을 다 뒤져도 이런 수준의 검객은 몇 없다.

그리고 지금, 백수룡의 머릿속에 떠오르는 검객은 단 한 명이었다.

"창천검왕……."

백수룡은 혼잣말을 중얼거리며 공동의 안쪽을 향해 걸어갔다.

죽은 자들이 불쌍하다는 생각은 들지 않았다.

만약 살아 있었다면, 결국 혈교의 부활에 일조해 무림에 혈겁을 일으켰을 자들이니까.

'남궁세가의 사당 지하에 왜 혈교의 지부가 있는 거지?'

남궁세가의 용인 없이는 이곳에 혈교의 지부가 설립되는 것은 불가능하다.

그렇다면 언제부터 남궁세가 지하에 혈교의 지부가 있었던 걸까.

혈교가 망하기 전?

아니면 망한 후?

설마 아주 오래전부터 남궁세가는 혈교에 장악당했던 걸까?

그렇다면 여기 있는 시체들은 뭐지?

창천검왕은 이들을 왜 죽였을까?

의문이 꼬리에 꼬리를 물고 이어졌다.

머릿속에 떠오르는 몇 가지 가정이 있었지만, 아직은 섣부른 추측에 불과했다. 조금 더 단서가 필요했다.

백수룡은 공동 안을 둘러보며 점점 안쪽을 향해 걸었다.

'이곳이 정말 혈교의 지부로 사용됐다면…….'

제물을 바치는 제단이 있을 것이다.

그리고 그 제단은 공동의 안쪽에 있을 확률이 높았다.

잠시 후, 백수룡은 높게 세워진 제단을 발견했다.

더 가까이 다가가자 제단 꼭대기에 힘없이 기대어 앉은 시체 한 구가 보였다.

그런데 이 시체는, 왠지 낯이 익었다.

백수룡의 눈이 점점 커졌다.

"설마……."

오른팔이 잘려나가고, 얼굴은 반쯤 뭉개져 있었기에 처음에는 누군지 알아보기 어려웠다.

하지만 흑과 백이 좌우에 절반씩 섞인 특유의 의복을 통해, 백수룡은 전생의 기억 속에서 상대의 정체를 기억해냈다.

백수룡이 눈썹을 찌푸리며 중얼거렸다.

"음양마존?"

음양마존(陰陽魔尊).

오십 년 전 혈교의 오장로였던 자로, 음양지체라는 특수한 체질로 극양의 무공과 극음의 무공을 동시에 연성한 초고수였다.

음양마존은 죽는 순간까지 억울함에 눈을 감지 못했는지, 눈을 부릅뜬 채로 천장을 올려보고 있었다.

"……유언을 남겼군."

백수룡은 음양마존의 시체 주변에 피로 어지럽게 휘갈긴 낙서를 보았다.

모르는 사람이 보면 의미 없이 휘갈긴 낙서처럼 보이겠지만, 사실은 혈교의 암어였다.

배신자에게 죽음을!

마지막 글자의 끝에, 음양마존의 왼손 검지가 부러진 붓처럼 놓여 있었다.

자신의 이빨로 손가락을 끊어낸 후, 상처에서 흐르는 피로 바닥에 사자전언(死者傳言)을 남긴 것이다.

백수룡은 음양마존이 제단 주변에 빼곡하게 남긴 혈교의 암어들을 해석하기 시작했다.

마지막 글자에서부터 거슬러 올라가 첫 문장을 찾아냈다.

남궁제학. 처음부터 그놈을 믿는 것이 아니었다.

남궁제학은 창천검왕의 이름이었다.

놈은 무림맹에 쫓기던 나를 찾아와 제안했다.

천하에 숨겨 놓은 본교 재물의 위치와 교의 무공을 건네준다면, 본좌가 데리고 있는 일백 교도들이 머물 안식처를 마련해 주겠다고.

백수룡의 눈동자가 커졌다.

음양마존의 유언을 통해, 남궁세가와 혈교에 얽힌 비밀이 하나씩 풀리고 있었다.

처음 십 년 동안 놈은 약속을 지켰다.

남궁세가의 사당 지하에 우리의 은신처를 만들어 주고, 무림맹의 추격대에 쫓기는 교도들을 찾아서 데려오기도 했다.

나는 그 대가로 본교의 무공과 재물이 숨겨진 장소를 알려 주었다.

달리 방도가 없었다…….

백수룡은 과거에 보았던 음양마존의 모습을 떠올렸다.

혈교의 장로치고는 인정이 많은 사내였다.

특히 무공에 대해 가르침을 베푸는 것을 좋아했는데, 가끔 교관들이 찾아가 조언을 구하면 귀찮아하긴커녕 이런저런 조언을 아끼지 않았다.

그 탓에 혈교의 교관들 중에서 따르는 자들이 많았다.

……십 년이 지나자 놈은 변하기 시작했다.

지원이 줄어들었으며, 본교의 비전(秘典)을 요구하기 시작했다.

그때라도 이곳에서 탈출했어야 했거늘…….

본좌가 어리석어 알지 못했다.

이곳은 안식처가 아니라, 짐승을 가두는 우리였음을!

음양마존이 남긴 전언에서 분노와 후회의 감정이 절절히 느껴졌다.

놈은 본교의 무공 교관들도 탐냈다.

본교가 무인들을 양성하는 데 천하에서 가장 뛰어난 기술을 가지고 있었기 때문이다.

"……뭐?"

전생의 자신과도 무관하지 않은 이야기에, 백수룡이 표정이 딱딱하게 굳었다.

남궁제학은 본좌에게 약속했다.

때가 되면 지상에 은신처를 마련해 줄 것이라고, 그때까지만 기다려 달라고 결국 본좌를 따라온 교관들이 그동안 쌓은 교육기술을 남궁세가에 전수했다.

하지만 약속은 차일피일 미뤄졌고…….

그 세월이 삼십 년이 지났다.

그리고 며칠 전, 놈은 검을 들고 우리를 찾아왔다.

잠시 손가락이 멈췄는지, 그 부분에서 핏물이 짙게 고여 있었다.

아무것도 모르는 아이들만은 살려 달라고 빌었으나, 비밀이 새나갈 것을 두려워한 놈은 태어난 지 얼마 안 된 아이들까지 참살했다.

백수룡은 잠시 유언을 읽는 것을 멈추고 눈을 감았다.

음양마존의 절절한 분노와 한이 고스란히 전달되어, 잠시 냉정함을 되찾을 필요가 있었다.

"……."

머릿속에서 장면이 펼쳐졌다.

무릎을 꿇은 채 도륙당한 교도들을 바라보며 절규하는 음양마존, 그 앞에 무표정하게 검을 들고 서 있는 창천검왕의 모습.

정파의 가면을 쓴 위선자의 진짜 모습이었다.

"쓰레기 자식."

다시 눈을 뜬 백수룡은 한결 차분해진 눈으로 음양마존이 남긴 유언을 마저 읽어 내려갔다.

헌데 놈에게도 한 줄기 양심은 남아 있었던 모양이다.

놈에게 마지막 소원이 본교의 제단에 올라가 기도를 올리고 죽는 것이라고 말하자, 순순히 물러나서 입구를 폐쇄하곤 떠났다.

전쟁의 후유증으로 무공을 잃은 본좌가 아무것도 못 할 거라 생각했던 것이겠지.

……그 말이 맞다.

본좌는 놈이 막아 놓은 문을 뚫고 나갈 힘은커녕, 이 자리에서 죽어가고 있다.

아마 일 각을 버티기 힘들 것이다.

유언으로 남긴 글씨가 점점 흐릿해지고 있었다. 손가락에서 힘이 빠지고 있다는 뜻이었다.

"그러니까 정리하면……."

뒷부분이 조금 더 남아 있었지만, 백수룡은 잠시 읽기를 멈추고 생각을 정리했다.

"창천검왕이 무림맹에서 추격 중이던 혈교의 생존자 중 일부를 먼저 찾아내서, 그들이 가지고 있던 무공과 재물, 무인 육성법을 대가로 안식처를 제공했다. 그리고 골수까지 빨아먹은 후에 토사구팽했다는 건가."

달리 말하면, 혈교의 재물과 무공, 그리고 무사들을 교육시키던 비법이 천하제일세가라 불리는 지금의 남궁세가의 기반이 되었다는 이야기였다.

"밖에 알려지면 난리가 나겠군."

만약 이 사실이 무림에 알려진다면, 후폭풍이 어마어마할 것이다.

혈교를 멸하는 데 큰 공을 세웠던 남궁세가가, 혈교의 잔당들을 자신들의 집안에 수십 년 동안 가둬 두고 이용한 후 몰살시켰다니!

의와 협을 논하는 명문정파로는 결코 해서는 안 될 짓이었다.

만약 이 사실이 알려진다면, 남궁세가의 명예는 바닥으로 추락할 것이다.

"창천검왕. 당신은 정말 미친 짓을 저질렀어."

고개를 절레절레 저은 백수룡은 얼마 남지 않은 음양마존의 유언을 마저 읽었다.

호호…… 하지만 놈은 모른다.

본좌도 삼십 년 동안 그냥 당하고만 있지는 않았다는 것을.

우리는 남궁세가의 미래에 파멸의 씨앗을 심어 두었다.

그것이 언제 발아할지는 모르지만…….

"파멸의 씨앗?"

글씨는 점점 옅어졌지만, 대신 진득한 살기가 느껴졌다.

다행히 놈이 우리를 토사구팽하기 전, 몇 명을 간신히 밖으로 내보내는 데 성공했다.

그 아이들이 본교의 본단을 찾아갈 수만 있다면, 십 년이 걸리든 백 년이 걸리든 돌아와 본좌의 복수를 하리라!

배신자에게 죽음을!

음양마존이 남긴 전언은 그것으로 끝이었다.

흐릿했던 글씨가 마지막에 다시 진해졌다. 죽기 전에 잠시 기력을 되찾는 회광반조인 듯했다.

"……."

백수룡은 음양마존의 시체를 잠시 바라보다가, 혈교의 제단 위에 반듯하게 올렸다.

비록 증오스러운 혈교의 장로이기는 했지만, 드물게 교도들을 아끼던 사내였다.

혈교의 무공 교관이던 시절, 백수룡도 그에게 조언을 몇 번 구한 적이 있었다.

백수룡이 작게 한숨을 쉬었다.

"오장로. 화장을 치러 주겠소."

작은 인연이었지만, 그것도 인연이었다.

백수룡은 혈교의 장례법대로 그를 화장해 주기로 했다.

혈교도로서가 아닌, 한때 존경했던 한 명의 무인에 대한 예의였다.

주변에서 태울 만한 것들을 가져와 시체 주변에 둘러놓고, 내공을 일으켜 주변의 냉기를 몰아냈다.

옷은 전부 벗겼다.

태어났을 때 모습 그대로 시신을 태우는 것이 혈교의 방식이었다.

"잘 가시오."

백수룡은 종이에 불을 붙여 장작에 던졌다.

화르륵!

장작에 불꽃이 번져 나가고, 따뜻한 온기가 퍼지기 시작했다.

그런데 그 순간, 음양마존의 몸에 숨겨져 있던 마지막 전언이 드러났다.

그대는 본교의 사람이구나.

무림맹 놈들이 본교의 암어는 해석할 수 있을지 몰라도, 내 옷을 벗겨 장례를 치러 줄 생각은 하지 못했을 터.

"이건……."

생각지도 못했던 마지막 전언에 백수룡이 눈을 동그랗게 떴다.

가슴에서 시작된 음양마존의 마지막 전언은 배 쪽으로 내려갔다.

내 배를 갈라 보거라.

이 안에 남궁세가를 파멸시킬 암해를 숨겨 놓았다.

227화

다시 찾아오지 않을 기연

"뭐?"

백수룡은 급히 손을 휘저어 제단의 불을 껐다. 그리고 전언을 자세히 보기 위해 시체에 한 발 더 다가갔다.

"남궁세가를 파멸시킬 안배라고?"

그 순간, 머릿속에 어떤 생각이 스쳤다.

백수룡은 하얗게 얼어붙은 공동을 둘러보며 중얼거렸다.

"……자신의 뱃속에 안배를 숨겨 두려고 이곳 전체를 얼려 버린 거 였나."

이 안의 기이할 정도의 추위는 아무리 봐도 인위적인 것이었다.

그 원인은 아마도 음양마존.

생전에 극양의 무공과 극음의 무공을 동시에 익혔던 그는, 숨이 다하기 직전 진원진기를 쥐어짜서 이곳을 얼음동굴로 만든 것 같았다.

자신의 몸 안에 남궁세가를 파멸시킬 안배를 숨겨 놓기 위해.

또한 훗날 찾아올지도 모를 혈교의 후예들에게, 창천검왕이 저지른 살육의 현장을 고스란히 보여 주기 위해서 말이다.

백수룡은 죽어서도 눈을 감지 못한 음양마존을 바라보며 생각했다.

'당신의 가슴에 맺힌 원한이 처절하고도 지독하구려.'

하지만 결국 음양마존의 전언을 수습한 사람은 혈교의 후예가 아니라 백수룡이었으니, 정말 알 수 없는 것이 인연이고 운명이었다.

"오장로가 기다렸던 사람이 나는 아니겠지만, 당신이 해 둔 안배는 내가 챙겨가겠소."

백수룡은 망설이지 않고 음양마존의 배를 갈랐다.

촤악

불룩한 위를 반으로 가르자, 손바닥 정도 길이의 길쭉한 목함이 눈에 들어왔다.

"삼키기도 쉽지 않았을 텐데……."

아마도 이것이 음양마존이 말한 '남궁세가를 파멸시킬 안배'이리라.

백수룡은 조심스럽게 목함을 꺼낸 후, 덮개를 열어 내용물을 확인했다.

"……피리?"

상아로 만든 듯한 작은 피리가 비단에 곱게 싸여 있었다.

길이는 손바닥보다 조금 긴 정도에 불과했는데, 입김을 불어 넣는 취구에서부터 아래로 '마령소혼적(魔靈召魂笛)'이라 새겨져 있었다.

"마귀의 영혼을 소환하는 피리라……."

그 의미가 심상치 않았다.

백수룡은 마령소혼적을 유심히 관찰했다.

들고 있는 것만으로도 몸 안에 음산한 귀기가 흘러들어오는 것을 보니, 예사 귀물이 아닌 것은 확실했다.

"이것이 남궁세가를 파멸시킬 안배라고?"

음양마존이 남긴 최후의 전언에는 분명 그렇게 쓰여 있었다.

그리고 그전에 읽은 전언에도 비슷한 구절이 있었다. 백수룡은 다시 한번 그 부분을 확인했다.

하지만 놈은 모른다.

본좌도 삼십 년 동안 그냥 당하고만 있지는 않았다는 것을.

남궁세가의 미래에 파멸의 씨앗을 심어 두었다.

그것이 언제 발아할지는 모르지만…….

삼십 년 전에 심어 둔 파멸의 씨앗.

마령소혼적은 그것과 관련되어 있을 확률이 매우 높았다.

'피리를 불면 확실하게 알 수 있겠지만…….'

함부로 사용했다가는 어떤 일이 벌어질지 알 수 없었다.

백수룡은 마령소혼적을 다시 목함에 집어넣고 품 안에 챙겼다.

당장은 용도를 알 수 없으니, 돌아가서 천천히 살펴볼 생각이었다.

백수룡은 고개를 돌려 다시 음양마존을 바라봤다.

"이걸 사용하게 될지는 잘 모르겠군. 고민해 보겠소."

제사는 마저 치러 줄 생각이었다. 백수룡은 제단에 다시 불을 붙였다.

화르륵!

장작의 불이 시신으로 천천히 옮겨붙었다.

오랫동안 얼어붙어 있었던 탓에 시체가 다 타려면 시간이 조금 걸릴 듯했다.

백수룡은 음양마존의 부릅뜬 눈을 감겨 주며 말했다.

"부디 다음 생엔 좋은 곳에서 태어나시오."

음양마존은 정파에서 태어났다면 협객이 되었을 사내다.

혈룡대주와 함께, 전생의 백수룡이 존경했던 몇 안 되는 무인이었다.

화르르륵!

불꽃과 연기가 피어올라 음양마존을 집어삼켰다.

"난 이만 가 보겠소."

백수룡이 오래전에 고인이 된 음양마존에게 명복을 빌어준 후 돌아섰다.

제단 위에서 보니, 동굴 안에 널브러진 교도들의 처참한 시신이 한눈에 들어왔다.

잠시 그들을 모아 화장해 줄까도 생각해 보았지만, 백수룡은 이내 고개를 저었다.

음양마존을 혈교의 장례법대로 화장시켜 준 것은 과거에 그와 작은 인연이 있어서였다.

'저들의 시신까지 수습하는 건 지나친 오지랖이야. 누군가 해야 한다면 내가 아니라⋯⋯.'

생각에 잠긴 백수룡이 품 안의 목함을 만지작거리며 제단에서 내려갈 때였다.

키야아아아!

동굴 안을 울리는 기괴한 괴성과 함께, 무언가가 천장에서 뚝 떨어져 백수룡을 덮쳤다.

콰앙!

바닥에서 깨진 얼음 조각이 먼지처럼 피어올랐다.

하지만 백수룡은 이미 그 자리에 없었다.

천장에서 상대가 떨어지기 한참 전부터 이미 기척을 느끼고 있었던 것이다.

하지만 그 정체는 백수룡도 지금 알았다.

"인면지주(人面蜘蛛)?"

거의 송아지만 한 크기의 잿빛 거미였는데, 그 머리가 마치 흉측하게 일그러진 사람의 얼굴과 비슷하게 생겼다.

그러고 보니 예전에 음양마존이 애완용으로 인면지주를 키운다는 이야기를 들었던 기억이 났다.

"강아지만 하다고 들었는데……. 그새 엄청나게 컸구나."

키야아아아!

괴성을 내지른 인면지주가 백수룡을 향해 달려들었다.

아마도 동굴 어딘가에 숨어 있다가, 백수룡이 주인의 시신을 불태우자 참지 못하고 뛰쳐나온 듯했다.

송아지만 한 거미가 여덟 개의 다리로 달려오는 것 자체로 공포였다. 게다가 그 속도도 절정고수 못지않게 빨랐다.

하지만 백수룡에게는 아무런 위협이 되지 않았다.

휘익!

가볍게 인면지주의 공격을 피한 백수룡은 신기한 동물을 살피듯 인면지주를 살폈다.

영물들이 다 특별하긴 하지만, 이 인면지주로부터는 독특한 기운이 느껴졌다.

"인면지주가 원래 냉기를 품는 영물이었나?"

마치 빙정을 품은 북해의 영물처럼, 인면지주는 몸에서 냉기를 내뿜고 있었다.

녀석이 바닥에 뾰족한 다리를 내디딜 때마다, 그 자리가 쩌적 얼어붙을 정도였다.

얼음 동굴의 온도가 유지되는 이유가 저 녀석 때문인 듯했다.

순간, 백수룡은 그럴듯한 가설 하나를 떠올렸다.

"음양마존에게 빙공을 배웠을 리는 없고……. 너도 뱃속에 뭔가를 품고 있는 거냐?"

키야아아아!

인면지주는 대답 대신 기이한 소리를 내지르며 달려들었다. 쩍 벌린 입에서 독액이 뚝뚝 떨어졌다.

백수룡도 이번에는 피하지 않았다.

배 속에 뭐가 있는지는 직접 확인해 보면 될 터였다.

그의 검이 벼락처럼 뽑혀 나왔다.

촤아아악!

일검에 인면지주의 머리가 잘려나갔다.

수십 년 넘게 살아온 영물이라 해도, 초절정의 경지에 이른 고수를 상대하기에는 무리였다.

백수룡은 힘없이 널브러진 인면지주에게 다가가 거침없이 배를 갈랐다.

예상대로 그 안에는 냉기를 품은 기물이 들어 있었다.

"팔찌?"

투명한 수정을 깎아 만든 듯한 얇은 팔찌가 스스로 차가운 기운을 내뿜고 있었다.

"이거 혹시⋯⋯."

잠시 후, 이 팔찌가 무엇인지 깨달은 백수룡이 탄성을 터트렸다.

"빙백환(氷白環)!"

전생의 네 사부 중 한 명이었던 빙월신녀 은예린의 신물.

본래는 북해빙궁의 보물로, 빙공을 익힌 무인에게는 절세의 기연이나 다름없는 물건이었다.

"허! 빙백환이 이런 곳에 있었다니⋯⋯."

백수룡의 얼굴에 환한 미소가 맺혔다.

전생에 빙월신녀가 빙백환에 대해 전해 준 이야기가 떠올랐다.

─빙공을 수련할 때 빙백환을 착용하면 성취가 배 이상 빨라지지. 그것만으로도 천고의 보물이지만, 빙백환의 진정한 가치는 빙공을 펼칠 때 나타난다.

빙월신녀는 쇠사슬에 묶인 두 손을 백수룡이 볼 수 있도록 정면에 펼쳐 보이며 설명했다.

─왼손에는 빙백환을 꼈다고 치고, 오른손에는 끼지 않았다고 친다면…….

쩌저적!
쩌저저적…….
왼손은 순식간에 새하얗게 냉기가 맺힌 반면, 오른손에는 냉기가 맺히기까지 시간이 꽤 걸렸다.
원래 뇌옥에 갇힌 네 사부는 혈교의 대법에 의해 내공을 사용할 수 없었지만, 당시에는 백수룡이 그들의 무공 시범을 직접 봐야 한다는 이유를 들어 대법을 약하게 한 상태였다.

─빙백환을 착용한 것과 착용하지 않았을 때의 차이가 대략 이 정도다. 빙공의 성취가 낮을수록 그 격차가 더 큰데, 이류고수가 착용하면 일류고수와 비슷한 속도로 냉기를 뿌릴 수 있지.

당시에 그 설명을 들은 백수룡은 경악을 금치 못했다.

─엄청난 기물이군. 검객으로 치면 검기나 검강을 남들보다 몇 배는 빨리 펼칠 수 있단 말 아니오?
─하지만 내 수준쯤 되면 착용하나 안 하나 거의 차이가 없다.
─그거야, 은 사부가 너무 강해서 그런 거고. 웬만한 빙공을 익힌 무인들한테는 신병이기보다 더한 보물일 텐데. 그래서 지금 빙백환은 어딨소?

-모르겠다. 혈교에 잡히자마자 빼앗겼으니.

-이런…….

그 이후 혈교에서 탈출할 때까지도 빙백환의 행방을 알지 못했는데, 이제 보니 장로들 중 극음의 무공을 익힌 음양마존이 가지고 있었던 모양이었다.

"이런 곳에 있었을 줄이야."

백수룡은 빙월신녀의 신물이었던 빙백환을 바라보며 피식 웃었다.

단순히 보물을 얻은 것이 기뻐서가 아니라, 빙백환에 얽힌 그녀와의 추억이 떠올라서였다.

빙백환은 본래 두 개의 팔찌가 한 쌍으로 이루어져 있는데, 하나는 빙월신녀가 가지고 있다가 혈교에 빼앗겼다.

그래서 다른 하나는 어디에 있냐고 백수룡이 물어보았는데, 돌아온 대답이 상상도 못 했던 것이었다.

-……하나는 정인에게 징표로 주었다.

빙월신녀가 그 말을 하는 순간, 뇌옥에 갇혀 있던 세 명의 사내가 동시에 그녀를 바라봤다.

-정인이 있었나?

-그 사나운 성깔머리를 맞춰 주는 사내놈이 있었단 말이야?

-혼례는 올렸는가?

차례대로 광마, 녹림투왕, 검존이 한 말이었다.

갑자기 쏟아지는 주변의 관심에 은예린은 부끄러운지 입을 꾹 다물었다.

그러자 건수를 잡았다고 생각한 녹림투왕이 낄낄거렸다.

당시에 그는 빙월신녀의 별호를 멋대로 줄여서 '빙신'이라고 불렀다.

─우리 빙신의 눈에 찰 정도면 그 사내도 엄청난 고수였겠군. 우리가 알 만한 놈이냐? 응? 말해 봐라. 내가 옛날에 쥐어팬 놈 중 하나여도 모른 척해 줄 테니까.

녹림투왕의 도발에 빙신, 아니 빙월신녀가 눈을 날카롭게 치켜뜨며 말했다.

─닥쳐라. 내 정인은 너처럼 무식한 무림인이 아니었다.

─응? 무인이 아니었다고? 진짜?

─신녀. 당신을 알게 된 이후로 가장 놀랐소.

─그래서 혼례는 올렸는가?

빙월신녀의 정인이 무림인이 아니라는 말에 다들 깜짝 놀랐다.

뇌옥에서는 무공을 배우고 가르치는 것 말고는 별달리 할 일이 없었다.

세 사부는 끈질기게 빙월신녀를 추궁했고, 결국 체념한 빙월신녀는 자신의 정인에 대해 이야기했다.

─평범한 사람이었다. 아니, 오히려 사내치고 허약한 편이었지. 종일 서책만 읽는…… 그런 남자였어.

한번 이야기를 시작하자, 봇물이 터지듯 쏟아지기 시작했다.

-그 사람이 일하던 서점에서 처음 만났지. 귀찮은 날파리들 때문에 면사에 흑립까지 쓰고 나간 날이었는데, 허약해 보이는 사내가 다가와 호롱불을 비춰 주더군. 어두운 곳에서 책을 읽으면 자기처럼 눈이 나빠진다면서 말이야.

평소에는 표정이 얼음처럼 차가운 빙월신녀였지만, 정인에 대해 말할 때의 표정만은 만개한 봄꽃처럼 화사했다.

-……어느새 좋아하게 되었어. 근육 하나 없는 팔도, 어눌하고 겸손한 말투도, 서책을 너무 많이 읽어서 애체(안경)가 없으면 석 장 밖에 있는 내 얼굴도 구분 못 했는데. 그런 주제에 자존심은 강해서, 왈패들 앞에서 날 지켜 주겠다고 나서던 뒷모습까지. 전부 좋아하게 되었어.

처음 듣게 된 빙월신녀의 이야기를, 다들 흐뭇한 표정으로 들었다.
녹림투왕이 껄껄 웃으며 말했다.

-우리 빙신이가 연정도 품을 줄 아는 여인이었다니. 이 오라버니가 다 기분이 좋구나!
-닥쳐. 누가 내 오라버니야?
-십 년을 넘게 함께 지냈는데 오라비나 다름없지. 안 그러냐, 광마 동생?
-미친놈.
-강호 공식 미친놈은 너잖아.

네 사람은 뇌옥에서 아주 오랜 시간을 함께 보냈다.
서로에 대해서 알게 되고, 애틋한 감정이 생기기에는 충분한 시간이었다.

　－그래서 혼례는 올렸는가?
　－……아까부터 그건 왜 자꾸 묻는 거예요?

　검존은 집요하게 혼례를 올렸냐고 물었고, 빙월신녀가 아직 올리지 못했다고 대답했다.
　그러자 검존이 부드럽게 웃으며 말했다.

　－이곳에서 탈출하면 혼례부터 올리게. 내 아들과 함께 참석할 터이니.
　－이 오라비도 빠질 수 없지!
　－나도 참석하지.

　그 이후로 아이는 몇이나 낳을 거냐느니, 비실비실한 서생이 사내구실은 제대로 하겠냐느니, 정력에는 뭐가 좋다느니, 세 사내는 빙월신녀가 학을 뗄 때까지 짓궂게 놀려댔다.
　그날, 네 사부는 혈교를 탈출한 이후의 미래를 상상하며 현실의 고통을 잠시 잊은 듯했다.
　“……그랬었지.”
　백수룡은 씁쓸한 전생의 기억 속에서 빠져나왔다.
　그가 손바닥에 위에 올려 둔 빙백환을 물끄러미 바라봤다.
　“은 사부. 일단 하나는 찾았소. 기회가 되면 남은 하나도 어디 있는지 찾아보겠소.”
　빙월신녀에게 약속한 백수룡은 빙백환을 자신의 왼쪽 손목에 채웠다.
　오른손으로는 검을 휘둘러야 하니, 왼손에 착용해서 싸울 때 빙공으로 장법이나 지법을 펼칠 생각이었다.

촤르륵.

빙백환을 손목에 끼운 순간, 빙백환이 스스로 움직여 수룡의 손목에 딱 맞게 감겨들었다.

그런데 그 순간, 백수룡도 예상치 못한 일이 발생했다.

"음?"

악인곡의 구음마녀로부터 건네받은 빙정의 기운이, 빙백환의 기운과 강하게 공명하기 시작한 것이다.

쩌저저적……!

백수룡의 피부 위로 새하얀 서리가 맺혔다.

그가 서 있는 곳을 중심으로 바닥이 얼어붙으며 사방으로 뻗어 나가기 시작했다. 온몸이 오한으로 부들부들 떨렸다.

"큽!"

백수룡은 즉시 바닥에 가부좌를 틀고 앉았다.

그는 본능적으로 알 수 있었다.

날뛰는 빙정의 기운을 진정시키지 않으면, 이대로 얼음 동상이 되어 버릴 수도 있다는 것을.

하지만 반대로 이 기운을 진정시킬 수 있다면?

그동안 시간이 없어 제대로 수련하지 못한 빙공의 성취를 단숨에 끌어 올릴 수 있을 것이다.

'이건 다시 찾아오지 않을 기연이다.'

백수룡은 눈을 감고 운기조식에 집중했다.

빙백신공(氷白神功).

본래 북해빙궁의 직계 혈족에게만 내려오는 절세신공으로, 천하에서 가장 뛰어난 빙공으로 꼽힌다.

'빙월신녀는 그런 빙백신공을 한 단계 더 발전시켰지.'

백수룡은 눈을 감고, 몸 안에서 멋대로 날뛰는 빙정의 기운에 집중했다.

마치 물 만난 고기 같았다.

빙백환의 기운과 공명한 빙정이 그의 몸속을 헤집고 다니는 중이었다.

으드득…….

전신 세맥과 혈도에서 느껴지는 통증에 백수룡은 지그시 이를 악물었다.

악인곡에서 구음마녀에게 빙정을 넘겨받은 후로 시간이 꽤 흘렀지만, 아직 그 기운을 다 소화시키지 못한 상태.

계속 바빴던 탓도 있지만 빙공의 수련을 미뤄 둔 가장 큰 이유는, 지금껏 역천신공만으로도 내공의 아쉬움을 크게 느끼지 못했다는 것 때문이었다.

'하지만 더 이상은 미룰 수 없어.'

백수룡은 현천신녀의 경고를 잊지 않았다.

―머지않아 남궁세가에 큰 재앙이 닥칠 것이다.

창천검왕과 철혈검이라는 절세고수가 둘이나 있고.

또한, 천하제일세가라 불릴 만큼 거대한 세력과 강한 무력을 보유한 곳이 남궁세가다.

이곳에 닥칠 만한 '재앙'이란 게 대체 뭘까?

막연히 혈교와 관련되었으리라는 것만 짐작할 뿐이었다.

'재앙이 시작되기 전에, 이 기회에 조금이라도 더 강해져야 해.'

때마침 빙백환이란 기연을 얻었다.

게다가 이곳은 빙공을 익히기엔 천혜의 환경을 갖추고 있었다.

다가올 재앙에 대비해서라도, 백수룡은 빙공의 성취를 높여야 할 필요성을 느꼈다.

하지만…….

점점 강해지는 통증에 백수룡의 표정이 일그러졌다.

'이건 너무 갑작스럽잖아! 예고라도 해 주든가!'

콰콰콰콰콰! 가부좌를 튼 백수룡을 중심으로 냉기가 소용돌이를 이루며 사방에 퍼져 나갔다.

빙정의 기운이 전신 세맥과 혈도를 멋대로 질주하다 못해, 몸 밖으로까지 그 기운이 흘러나오기 시작한 것이다.

"큭……."

악문 잇새로 새어 나오는 희미한 신음.

백수룡의 목에 선명한 핏줄이 섰다.

처음엔 단전 부근만 난자하던 날카로운 칼이, 이젠 머리부터 발끝까지 헤집는 것만 같았다.

'버텨야 한다!'

여기서 버티지 못하고 정신을 잃으면 그대로 끝이다.

버티면 기연(奇緣)이고, 견디지 못하면 객사(客死)다.

"스으읍. 후우우우……."

백수룡은 숨을 깊게 들이마셨다가 내쉬었다.

빙월신녀가 남긴, 천하에서 가장 뛰어난 극음지공의 구결을 떠올리며, 빙정의 기운을 뜻대로 제어하기 위해 노력했다.

그는 이를 악물며 스스로에게 자신감을 불어넣었다.

'역천신공도 익힌 몸이야. 빙백신공이라고 다를 것 없어.'

역천신공이 천하에서 가장 패도적인 성질을 지녔다면, 빙백신공은 천하에서 가장 차가운 성질을 지녔다.

둘 다 천하제일을 다투는 심법이기에 일맥상통하는 부분도 있지만, 빙백신공은 성질이 음(陰)에 극단적으로 치우쳐 있기 때문이다.

그 특성 때문에 전생에서는 입문조차 못 해 본 무공이었다.

하지만 백수룡에겐 자신이 있었다.

'이론은 완벽하게 숙지하고 있어. 내 몸에 체화만 시키면 돼.'

전생에는 이론만 가지고도 빙공의 고수를 키워 냈었다.

하지만 그의 몸 안에 있는 빙정과 빙백환이 만나 생긴 상승효과는, 백수룡이 이론으로 알고 있던 몇 단계를 가볍게 뛰어넘었다.

콰콰콰콰콰콰!

냉기의 광풍이 휘몰아치며, 잘게 부서진 얼음 조각이 사방으로 새하얗게 날렸다. 백수룡의 모습은 그 안에 가려져 더 이상 보이지 않을 지경이었다.

쩌적! 쩌저적! 하늘이 치솟은 백수룡의 머리카락이 새하얗게 얼어붙었다.

눈썹 위로 하얀 서리가 어리고, 피부가 차갑게 식어 갔다.

산 채로 얼음이 되어 가는 듯했다.

덜덜덜…….

온몸이 사시나무 떨리듯 떨렸다.

백수룡은 웬만한 추위와 더위엔 영향받지 않는 고수였지만, 외부가 아닌 몸 내부에서 몰아치는 북풍한설에는 당해낼 도리가 없었다.

주르륵.

백수룡의 꾹 다문 입가에서 핏물이 흘러내렸다.

흐릿해지려는 의식을 붙잡기 위해, 스스로 혀를 깨문 것이다.

목구멍으로 피를 삼키자 의식이 조금 돌아왔다.

'뜨거워…….'

너무 차가우면 오히려 뜨겁게 느껴진다더니, 지금 백수룡이 느끼는 감각이 그러했다.

모든 것을 불태울 듯한 냉기가 몸 안을 온통 휘젓고 다녔다.

눈을 떠 보려고 했지만, 눈꺼풀이 얼어붙어서 잘 움직이지 않았다.

그 순간, 백수룡은 죽음이 가까이 다가와 있음을 느꼈다.

'죽는다고? 내가? 웃기지 마라.'

백수룡은 억지로 입매를 비틀어 웃었다.

그는 천둥벌거숭이처럼 날뛰는 빙정에게 경고했다.

'어디 더 날뛰어 봐라. 고작 이 정도 시련으로는 나를 죽이지 못할 테니까.'

몸이 얼어붙었다 녹아내리기를 반복했다.

그 주기가 점점 빨라지고 있었고, 녹아 있는 시간보다 얼어 있는 시간이 더 길어졌다.

백수룡은 그 시간을 묵묵히 견뎠다.

녹림십팔식으로 단련된 신체와 역천신공으로 단련된 내부를 믿었다.

우우웅! 왼쪽 손목에 착용한 빙백환이 하얀빛을 내며 진동했다.

빙정을 날뛰게 한 원흉.

백수룡은 빙백환에서 흘러나온 기운도 몸 안으로 완전히 받아들였다.

운기를 하며 깨달은 바가 있었기 때문이었다.

'억지로 통제하거나 밀어내려 해선 안 돼. 흐름에 맡기고, 빙백신공으로 기운을 더 북돋워야 해.'

콰콰콰콰콰콰콰!

빙정의 흐름을 가속화시키자, 몸 안에 휘몰아치는 거대한 북풍한설에 백수룡의 의식이 점점 흐릿해졌다.

"끅……."

그의 의식이 삶과 죽음의 경계에 걸친 순간, 빙월신녀의 음성이 꿈결처럼 들려왔다.

─내 무공은 우리 넷의 무공 중 가장 이질적이다. 너희가 새외(塞外)라고 부를 만큼 먼 곳에서 독자적으로 발전시켜 왔기 때문이지. 남에게 가르치기가 쉽지 않을 것이다.

─걱정 마십시오, 은 사부. 이론적으로는 완벽하게 통달했으니.

─……이론만으론 부족해. 몸으로 직접 느끼지 못하면 언젠가 문제가 생길 거다.

다행인지, 백수룡이 가르친 빙백신공의 전수자에겐 아무런 문제도 발생하지 않았다.

처음부터 혈교에서 빙공에 가장 적합한 극음지체를 구해 온 덕분이었다.

하지만, 백수룡은 극음지체가 아니다.

빙정을 얻었다고 해서 체질까지 바뀌지는 않는다.

백수룡의 체질은 천음절맥.

역천신공을 익히기에는 최고의 자질이었지만, 빙백신공을 익힐 때는 평범한 체질에 불과했다.

－북해빙궁의 신공은 통제와 지배가 아니라, 상생과 순응의 무공이다. 우리는 극한의 환경에서 자연을 거스르지 않고 함께하는 법을 배웠지.

왜 이제야 기억이 났을까.

오래된 기억 속에서 빙월신녀의 조언이 떠오른다.

－훗날 네가 빙백신공을 제대로 익히게 될 일이 있다면, 내 말을 명심하거라.

－아마 그럴 일은 없을 거요. 지금 배우고 있는 것만 해도 감당이 안 되는데.

－혹시 모르지. 너에게 어떤 기연이 닿을지…….

가볍게 미소 짓던 빙월신녀의 모습이 신기루처럼 흩어지고, 백수룡의 의식이 삶과 죽음의 경계에서 돌아왔다.

번쩍!

백수룡이 눈을 뜬 순간, 그의 두 눈에서 새하얀 백광이 폭발했다.

동시에 빙백신공이 소주천을 넘어, 기경팔맥과 12정경을 모두 아우르며 대주천을 이루기 시작했다.

대주천을 거듭할 때마다 냉기의 순환이 빨라졌다.

혈도가 넓어지고, 전신 세맥이 근육처럼 단련되면서 튼튼해졌다.

몸 안에 흐르는 냉기의 양이 점점 늘어나고, 가속화되는 것을 반복했다.

동시에 창백했던 백수룡의 피부에 혈색이 서서히 돌아왔다.

파스스스…….

피부 위에 맺혔던 얼음 조각이 전부 깨져 나갔다.

그리고 잠시 후, 백수룡은 천천히 눈을 뜨며 운기를 끝냈다.

"후우우……."

입에서 새하얀 냉기가 뿜어졌다.

백수룡의 몸 주변으로 휘몰아치던 냉기의 폭풍이 서서히 가라앉았고, 이내 완전히 사라졌다.

"……고맙소. 은 사부."

작게 중얼거린 백수룡은 자리에서 일어났다.

그리고 멋쩍게 주위를 둘러봤다.

"난리가 났군."

그가 가부좌를 틀고 앉은 곳은 제단의 바로 아래였는데, 그 주변으로 눈보라가 몰아친 흔적이 고스란히 남아 있었다.

백수룡은 왼손을 들어 손바닥을 벽에 겨눴다.

왼손바닥이 새하얀 냉기에 휘감겼다. 백수룡은 그대로 벽을 향해 일장을 날렸다.

퍼어엉! 쩌저저적!

돌벽이 깨져 나가고, 그 즉시 주변이 새하얗게 얼어붙었다.

빙백신공이 칠 성 이상에 이르러야만 사용할 수 있다는 빙백신장(氷白神掌)을 펼친 것이다.

"하하하……."

백수룡은 자신이 하고도 믿지 못하겠다는 듯 헛웃음을 터트렸다.

불과 몇 시진 전까지, 그의 빙백신공은 겨우 입문자 수준에 불과했다.

발경으로 가벼운 냉기를 몸 밖에 뿜을 수는 있지만, 유의미한 살상력을 가지기에는 어려운 정도.

하지만 지금은 달랐다.

퍼어엉! 쩌저저적!

퍼어엉! 쩌저저적!

몇 번 더 장력을 다 날려 봐도 결과는 같았다.

빙정이 몸 안에 전부 녹아들며, 성취가 단숨에 칠 성까지 올라간 것이다.

아무리 빙정과 빙백환의 도움이 있었다지만, 빙공의 고수들이 알면 놀라 까무러칠 일이었다.

'다른 무공에도 적용이 되려나?'

백수룡은 검에 냉기를 휘감아 휘둘러 보고, 지법과 권법, 각법에도 냉기를 실어서 사용해 보았다.

휘익! 쩌저저적!

콰직! 쩌저저적!

처음에는 조금 어색했지만, 사용하다 보니 모든 무공에 빙공을 접목시킬 수 있었다.

"하하하…… 하하하하!"

백수룡은 마음껏 웃음을 터트렸다.

무공의 경지 자체가 크게 높아졌다고 말하기는 어려웠다.

하지만 원래 가지고 있던 무공들에 다양하게 활용할 수 있는, 빙공이라는 새로운 무기를 얻었다.

실전에서 이것이 어떤 상승효과를 발휘하게 될지, 아직 백수룡 본인도 정확히 예측되질 않았다.

"틈틈이 이곳에 와서 수련해야겠군."

백수룡은 주위를 두리번거리며 중얼거렸다.

이곳 얼음 동굴은 빙공뿐만 아니라 다른 무공을 수련하기에 천혜의 환경이었다.

현천신녀가 경고한 재앙이 시작되기 전까지, 백수룡은 틈틈이 이곳에 와서 무공을 수련할 생각이었다.

"며칠만 더 시간이 있으면 좋겠는데……."

남궁세가의 가주전에는 밤늦은 시간까지 불이 켜져 있었다.

"가주 회의가 오래 걸리는군."

"그만큼 중대한 사안 아니겠나. 본교의 중심부에 침입자가 발생했으니……."

천풍대의 무사들이 가주전 주변을 철통같이 경계하고 있었다.

방금 대화를 나눈 두 사람은 맡은 각각 천풍대의 일 조와 이 조 조장으로, 나이가 사십 줄에 이른 중견 무사였다.

남궁세가의 무력대 조장이면 무림 어디에 가서도 대접받을 수 있는 위치였다. 실제로 그들이야말로 남궁세가를 떠받치는 힘이었다.

"저 봉우리 말일세. 주변보다 더 어두운 것 같지 않나?"

천풍일조장이 이조장에게 말했다. 둘은 어린 시절부터 오랜 친우이기도 했다.

"어딜 말하는 건가?"

"저기 말일세."

천풍이조장은 일조장의 손가락이 가리킨 곳에 시선을 두었다.

하지만 그는 별 차이를 느끼지 못하겠는지 고개를 갸웃거렸다.

"글쎄. 내가 보기에는 똑같은데?"

"자세히 좀 보게. 아무리 봐도 저 봉우리 주변의 어둠이 더 짙어. 날이 밝으면 대주께 한번 살펴보자고 말씀드려야겠어."

친우의 다소 신경질적인 말투에, 천풍이조장은 고개를 절레절레 저었다.

"내 눈엔 똑같다니까. 하여튼 자네는 걱정이 많아서 탈이로군."

"……어쩐지 요즘 불안하단 말이지. 침입자 일도 그렇고, 통 잠을 못 자겠어. 심장도 평소보다 빨리 뛰는 것 같고."

"의원이라도 가 봐야 하는 것 아닌가?"

친우의 걱정이 담긴 말에 천풍일조장은 한숨을 푹 내쉬었다.

의원을 가 보지 않은 것이 아니었다. 하지만 몸에는 이상이 없으니, 푹 쉬고 잘 먹으라는 말밖에 듣지 못했다.

그때였다.

천풍이조장이 깜짝 놀란 표정으로 일조장을 바라봤다.

"자, 자네! 피가!"

주르륵.

천풍일조장의 코에서 검은 피가 주르륵 흘러내렸다.

"어…… 왜?"

천풍일조장은 손등으로 급히 피를 막으며 중얼거렸다.

요즘 좀 피곤하긴 했지만 코피라니.

무공이 절정에 이른 고수에겐 좀처럼 없는 일이었다.

깜짝 놀란 수하들이 이쪽을 바라봤다. 몇몇은 다가오려고 했다.

천풍일조장이 손을 휘저으며 말했다.

"괜찮다. 별일 아니야. 최근에 좀 무리를 했더니……."

그 순간 천풍일조장은 크게 휘청거리더니, 그대로 무릎을 꿇고 주저앉았다.

털썩.

"어…… 왜 이러지……?"

힘없이 중얼거리는 그의 두 눈에 핏발이 섰다.

얼굴에 핏줄이 툭툭 불거지고, 속이 답답한 듯 가슴을 퍽퍽 쳤다.

그러다 갑자기 입에서 어마어마한 양의 피를 쏟아냈다.

“우웨에에엑!”

남궁세가 곳곳에서, 그와 비슷한 일이 벌어지기 시작했다.

229화

업보

실내에 엄숙한 분위기가 흘렀다.

긴 탁자에 귀한 다과와 차가 마련되어 있었지만 누구 하나 손대지 않았다.

상석에 앉은 남궁세가주, 철혈검 남궁천이 무겁게 입을 열었다.

"결국 침입자를 보지 못하셨다는 말씀입니까?"

태상가주인 창천검왕 남궁제학을 비롯한 장로들, 무력대의 수장들, 총관 등이 자리에 앉아 있었다.

남궁천의 세 아들도 참석했는데, 남궁세가의 기둥들이 한자리에 모인 것인지라 장남과 차남은 바짝 긴장한 표정으로 몸가짐을 바로 하고 있었다. 남궁수만이 평소와 다름없는 무표정한 얼굴이었다.

"얼굴을 확인하지 못했소. 벼락을 쏟아내며 도망치더니, 내게 따라잡히자 먼지로 변해 사라지더군."

남궁제학이 대답했다.

그는 남궁세가의 태상가주였지만, 공적인 자리에서는 가주를 존중하는 의미에서 존대를 했다.

"놈이 사술을 사용했단 말씀입니까?"

천풍대주의 질문에 남궁제학은 미간을 구겼다. 잠시 생각하던 그가 대답했다.

"사술인지는 모르겠으나, 술법인 건 확실하다. 그것도 매우 뛰어난 술법이었지."

"……."

십존의 일인인 창천검왕을 떨쳐내고 도망칠 정도였으니, 상대도 천하에 드물게 뛰어난 술법사임이 틀림없었다.

장로 중 한 명이 심각한 표정으로 말했다.

"천하에 그만한 술법사는 몇 안 됩니다. 모산파의 문주, 현무학관의 현천신녀, 몇 년 전 종적을 감춘 전진의 후예, 혹은……."

"혈교일지도 모르지요."

가주인 남궁천의 말에 장내가 일순간 침묵에 빠졌다.

혈교(血敎).

그 한마디가 주는 무게가 그만큼 무거웠다.

나이가 든 무인일수록 표정이 심각하게 굳었다.

그러나 남궁천은 분위기에 아랑곳하지 않고 제 할 말을 했다.

"요즘 혈교로 짐작되는 무리가 준동하고 있다는 사실은 다들 아실 겁니다. 어쩌면 이번 일과 무관하지 않을 수도 있습니다."

남궁천이 가주회의를 소집한 이유이기도 했다. 그는 이 사태를 매우 심각하게 보았다.

"혈교의 무리가 본가에 어떤 목적을 가지고 침입했단 말씀입니까?"

"그렇다면 보통 일이 아닙니다."

"대체 놈의 목적이 뭐였을까요?"

"혈교라니. 섣부른 추측이 아닌가 싶습니다만……."

장로들과 무력대의 수장들이 각자 의견을 내기 시작했다.

남궁제학은 차를 홀짝이며 혼자 조용히 생각에 잠겼다.

'정말 혈교란 말인가?'

그는 폐쇄된 우물 지하에 묻혀 있을 음양마존을 떠올렸다.

이십 년이나 지난 일이지만, 입에서 피를 울컥울컥 쏟아내며 자신을 저주하던 음양마존의 얼굴이 지금도 선연했다.

―검왕이여. 이대로 끝날 것 같은가. 언젠가 본교의 후예들이 남궁세가를 멸하러 찾아올 것이다.

―두렵지 않다. 그때쯤 본가는 천하제일세가가 되어 있을 테니.

―흐흐흐. 그래. 가장 높은 곳에서 추락하는 것도 재미있겠지. 내 너를 지옥에서 지켜볼 것이다…….

―마존이여. 나를 자꾸 자극하지 말게. 그간의 정을 생각해 자비를 베풀어 마지막 기도를 올리도록 해 주는 것이니.

―흐흐흐…….

내버려 둬도 곧 죽을 것을 알았기에, 남궁제학은 음양마존의 숨통을 끊지 않고 돌아섰다.

그리고 이십 년이 지난 지금.

남궁세가의 천하제일세가가 되었고, 혈교는 서서히 부활할 움직임을 보이고 있었다.

'설령 혈교가 부활한다 해도…… 본가를 무너뜨릴 수는 없다.'

그날, 남궁제학은 우물 지하에 있는 혈교의 잔당을 혼자서 몰살하고 기록을 모두 폐기했다.

그 사실을 아는 자들은 모두 단단히 입을 막았다.

아들에게 가주직을 물려준 것은 그 이후의 일이었다.

즉, 현 가주조차 이십 년 전의 일에 대해서는 모른다는 의미였다.

‘지저분한 과거는 나 혼자 무덤까지 안고 갈 것이다. 너희는 영광만을 누리거라.’

남궁제학은 현 가주인 아들과 장성한 손자들을 흐뭇한 표정으로 둘러보았다.

비밀을 지키기 위해 아무것도 모르는 어린아이들까지 죽였지만, 후회는 없었다.

전부 남궁세가를 천하제일세가로 만들기 위한 일이었으니까.

남궁제학이 모두를 둘러보며 단호한 음성으로 말했다.

“설령 혈교의 무리라고 해도 상관없다. 본가가 정파무림의 선두에서 놈들을 쓸어버리면 될 일.”

태상가주의 말에 장로들과 무력대의 대주들은 자부심 가득한 표정으로 고개를 끄덕였다.

그들은 대남궁세가의 일원이었다.

다시 혈교와 전쟁이 벌어진다면, 천하제일세가의 깃발을 세우고 가장 먼저 참전할 것이다.

창천검왕 남궁제학이 그들을 이끌고 저 간악한 혈교 수괴들의 목을 베어 버리리라.

“태상가주님의 말씀이 옳습니다!”

“이번에야말로 혈교의 뿌리를 뽑아야 합니다!”

“무림에 평화를 가져올 수 있다면, 피를 흘리는 것을 두려워해서는 안 되지요.”

다들 잔뜩 상기된 표정으로 혈교를 토벌해야 한다고 목소리를 높였다.

남궁세가의 드높은 의기에, 창천검왕은 만족스러운 표정으로 고개를 끄덕였다.

‘혈교여. 이번에야말로 흔적도 없이 멸해 주마.’

그러기 위해선, 어제의 첩자를 잡는 것이 우선이었다.

순간, 남궁제학의 머릿속에 떠오르는 이름이 있었다.

'백수룡. 아무래도 그 녀석이 수상해.'

처음에는 천이당에 침입한 괴한이 백수룡인 줄 알았다.

막상 추격해 보니 웬 술법사이긴 했지만, 백수룡에 대한 의심은 사라지지 않았다.

'회의가 끝나면 녀석을 찾아가서 추궁해 봐야겠어. 이번에는 다소 무력을 사용하더라도…….'

나이에 비해 지나치게 고강한 무공도 그렇고, 목적을 위해 수단과 방법을 가리지 않는 사고방식도 정파라기엔 너무 과감하다.

무엇보다 청룡학관 입관시험에서 스치듯 보았던 모습이 계속 신경 쓰였다.

당시 그는 백수룡에게서…….

"우선 침입자를 추적해야겠습니다."

가주의 목소리가 남궁제학을 상념에서 깨웠다.

"술법에는 흔적이 남는다고 알고 있습니다. 다행히 본가의 빈객인 만박자도 술법에 상당한 조예가 있으니, 그에게 조언을 구한 후에……."

우웨에에엑!

갑자기 가주전 밖에서 들려온 소리에, 남궁천이 말을 멈추고 문밖을 바라봤다.

"밖에 무슨 일이 있는가?"

방 안에 고수가 아닌 사람이 없었다.

다들 밖에서 누군가가 구토하는 듯한 소리를 들었다.

일부는 질책 어린 시선으로 천풍대주를 바라봤다.

"크흠! 무슨 일인데 이리 소란인 것이냐!"

얼굴이 다소 붉게 물든 천풍대주가 바깥을 향해 소리쳤다.

가주전 주변의 호위를 천풍대가 맡고 있었다.

이런 일이 벌어지는 것 자체가 그의 체면이 상하는 일이었다.

'어느 놈이 술 먹고 토하기라도 한 게야? 내 이놈들을 그냥⋯⋯!'

잠시 후, 문밖에서 겁먹은 기색이 역력한 목소리가 들려왔다.

"대, 대주님. 나와 보셔야 할 것 같습니다. 일조장이 갑자기⋯⋯."

"일조장이 왜?"

끄아아아악!

이번에는 찢어질 듯한 비명이었다.

다들 놀라서 흠칫하는 가운데, 남궁제학과 남궁천이 거의 동시에 신법을 펼쳐 바깥으로 나갔다.

콰앙!

문을 부술 듯이 열고 나간 그들은 순식간에 비명이 들려온 곳에 도착했다.

그리고, 두 사람은 눈 앞에 펼쳐진 참혹한 광경에 아연실색하고 말았다.

"이게 무슨⋯⋯ 무슨 짓이냐!"

"이노오옴!"

사방에 피가 낭자했다.

천풍이조장은 목이 잘린 시체가 되어 바닥에 쓰러져 있었고, 그 곁으로 팔다리에 상처를 입은 천풍대 무인들이 쓰러져 있었다.

"흐흐흐⋯⋯."

봉두난발에 피로 흠뻑 젖은 사내가 괴소를 흘렸다. 열 명이 넘는 무인들이 검을 빼 들고 그를 겨누고 있었다.

괴인의 정체는 천풍일조장이었다.

가족조차 알아볼 수 없을 정도로 변한 그가 짐승처럼 포효했다.

"크아아아악!"

마구잡이로 휘두르는 그의 검에서 검기가 줄기줄기 쏟아졌다. 천풍대의 무사들이 힘을 모아 힘겹게 막아 내는 중이었다.

가주와 태상가주를 뒤따라 나온 장로들, 무력대의 대주들도 그 모습을 보고 큰 충격을 받았다.

"이, 이게 뭡니까?"

"저자가 천풍일조장이라고?"

"이건 마공의 흔적인데……. 천풍일조장이 마공을 익혔단 말이오?"

"말도 안 됩니다. 명중아! 네가 왜 그런 꼴로 있단 말이냐!"

남궁세가는 혈족으로 이루어진 세력이었다.

무력대의 대주쯤 되면, 보통은 직계에 가까운 혈족인 경우가 많았다.

이곳에 있는 누군가의 아들이거나 형제, 친척이라는 말이었다.

때문에 함부로 죽일 수 없었다.

"……일단 저 아이를 제압하시오."

"존명!"

천풍대의 대주가 달려들어 천풍일조장을 제압했다. 수십 합을 겨룬 끝에 죽이지 않고 생포할 수 있었다.

"끄아아아악!"

마혈을 제압당한 상태에서도 짐승처럼 발버둥 치는 천풍일조장을 다들 참혹한 심정으로 바라봤다.

남궁제학은 망연자실한 표정으로 시신이 된 세가의 아이들을 바라봤다.

"어째서 이런 일이……."

하지만 남궁세가의 악몽은 이제 시작에 불과했다.

크아아아악!

으아아아악!

꺄아아아악!

남궁세가 곳곳에서 들려오는 비명과 괴성들.

그 순간, 남궁세가의 중진들의 표정이 모두 창백하게 변했다.

사태의 심각성을 깨달은 남궁제학이 사자후를 터트렸다.

"막아라! 막아야 한다!"

그는 천하를 질타하는 초고수였지만, 세가에 일어난 변고 앞에서는 평정심을 유지할 수 없었다.

불어오는 바람에 짙은 피 냄새가 묻어났다.

전각에서 불길이 치솟는 곳도 있었다.

곳곳에서 남궁세가의 혈족들이 피를 흘리고 있었다.

절세고수의 감각은 그 모든 것을 몸서리치도록 선명하게 느끼게 해 주었다.

"각 대주들은 무사들을 이끌고 상황을 수습하라! 장로들도 도우시오!"

"존명!"

파바밧!

자리에 있던 남궁세가의 중진들이 신법을 펼쳐 사방으로 흩어졌다.

세가에 갑작스러운 닥친 재앙을 수습하기 위해서였다.

"신입 강사들에겐 제가 가 보겠습니다."

남궁수였다. 형들이 어쩔 줄 몰라 하며 우왕좌왕하는 사이, 그는 신입 강사들의 숙소를 향해 몸을 날렸다.

자리에는 이제 남궁제학과 남궁천만 남았다.

"감히 어떤 놈들이! 내 반드시 잡아서 뼈를 갈아 마시리라!"

남궁제학이 불같이 분노하는 가운데, 남궁천이 굳은 표정으로 물었다.

"아버님. 혹 이 일에 대해 알고 계시는 게 있습니까?"

"뭐라? 그게 무슨 소리냐. 내가 알고 있었다면 가만히 있었겠느냐!"

"……제가 왜 침입자를 가장 먼저 혈교라고 의심했는지 아십니까?"

남궁천이 작정한 표정으로 어떤 이야기를 꺼내려 했으나, 부자간의 대화는 그 이상 이어지지 못했다.

쐐애애애액!

가공할 속도로 날아온 암기가 남궁제학의 심장을 노린 것이다.

무림십존의 일원인 창천검왕조차 경시할 수 없는 속도.

깜짝 놀란 남궁제학은 벼락처럼 검을 뽑아 날아온 암기를 베었다.

촤아아악!

헌데 베어 놓고 보니, 자신이 익히 아는 사람의 얼굴이었다.

"창천검대주!"

남궁제학을 향해 날아온 것은 창천검대주의 잘린 머리였다.

천주산 정상에서 다음날 있을 실습 수업을 준비하기 위해 남아 있던 창천검대주.

공포에 질린 그의 얼굴이, 반으로 잘린 채 바닥을 뒹굴었다.

그리고 하늘에 울려 퍼지는 장난기 어린 목소리.

"오랜만이야. 검왕 늙은이."

사아아아. 칠흑 같은 어둠이 밤하늘을 물들이며 번져 나갔다.

달과 별이 빛을 잃었고, 완벽한 어둠이 장막처럼 펼쳐졌다.

그 어둠 속에서 한 청년이 걸어왔다.

저벅저벅.

인세에 보기 드문 미공자였다. 대충 길러 묶은 머리카락의 절반은 흑발, 절반은 백발이었다. 그것이 청년의 존재감에 신비로운 느낌을 더했다.

"너는……!"

남궁제학은 갑자기 등장한 청년을 부릅뜬 눈으로 노려봤다. 동시에 검파에 손을 올리며 언제라도 출수할 수 있도록 만전의 자세를 취했다.

상대는 그만한 강적이었다.

십대악인의 수좌이자, 삼흉(三凶)의 첫째.

천흉(天凶), 또는 사파지존이라고도 불리는 자.

부친과 동시에 검을 빼 든 남궁천이 낮게 침음하며 중얼거렸다.

"흑야마제……."

퍼버버버벙!

흑야마제의 등 뒤에서, 남궁세가의 전각들이 있으리라 짐작되는 곳에서 거대한 폭발이 일어났다.

남궁제학이 분노에 치를 떨며 일갈했다.

"흑야마제! 네놈이 이 모든 짓을 꾸민 것이냐!"

"뭐, 나도 용무가 있어서 이 일에 끼기는 했지만……."

흑야마제는 피식 웃더니 손을 들어 올렸다.

그의 손짓을 따라 주변을 잠식한 어둠이 일렁였다. 마치 살아 있는 생물 같았다.

"결국 당신이 치러야 할 업보가 돌아온 것 아닐까?"

흑야마제가 이를 드러내며 웃는 순간, 창천검왕의 검이 그의 목젖을 노리고 날아들었다.

230화

비수

빛이 폭발했다.

창천검왕의 검이 쏘아진 순간을 표현할 말은 달리 없었다. 일대를 장악한 시커먼 어둠을 찢어발기며, 눈부신 빛이 혜성처럼 폭발했다.

"성격도 급하긴."

찰나의 순간이었지만, 흑야마제는 그 빛을 포착했다. 그가 하얗게 웃으며 손바닥을 마주 뻗었다. 어둠이 그를 호위하며 정면에 두꺼운 방어벽을 세웠다.

쩌어어어엉!

빛과 어둠이 충돌하며 막대한 충격파가 발생했다. 남궁세가의 튼튼한 담벼락이 무너질 것처럼 흔들렸다.

"적의 습격이다!"

"가주님과 태상가주님을 지켜라!"

두 절세고수의 충돌이 만들어 낸 굉음에 남궁세가의 무인들이 놀라 몰려왔다.

그러나 의미 없는 희생을 염려한 남궁세가주 남궁천이 내공을 담아 외쳤다.

"상대는 절세고수다! 삼십 장 밖으로 물러나 포위하라!"

남궁세가의 무인들은 멀찌감치 떨어져 흑야마제를 포위했다. 하지만 그것은 포위라기보다, 어찌할 방법을 찾지 못해 그저 거리를 둔 것처럼 보였다.

휘익!

흑야마제가 몸을 띄워 전각의 지붕 위에 올라섰다. 건들거리며 웃는 모습이 뒷골목에서 흔히 볼 수 있는 파락호 같았다.

"만나자마자 칼질이라니. 오랜만인데 인사 정도는 나누고 싸워도 되잖아?"

"……본좌를 아느냐?"

창천검왕은 미간을 좁히고 흑야마제를 바라봤다.

십여 년 전부터 흑야마제에 대한 이야기는 수없이 들었지만, 실제로 만난 것은 처음이었다.

과거에 만났다면 살려 두었을 리 없었다.

불과 십 년 동안 수많은 살겁을 저질러 천흉이라고까지 불리는 대마두를 말이다.

"크크큭……. 역시 못 알아보네. 하긴, 그때 나는 꼬맹이에 불과했으니."

"자꾸 못 알아들을 소리를 하는구나."

"이십 년 전의 당신이 저지른 업보 말이야. 위선자의 가면을 쓰고 한 역겨운 일들."

"……."

창천검왕의 표정이 무심하게 가라앉았다. 그 속에 비치는 가공할 살기.

흑야마제는 개의치 않고 말을 이었다.

"나는 그 속에서 태어난 재앙이거든."

화아아아악!

흑야마제의 몸에서 뿜어져 나온 어둠이 장막처럼 펼쳐져 하늘을 뒤덮었다. 절세고수가 내뿜는 가공할 존재감에 중력이 몇 배로 늘어난 듯했다. 멀리서 흑야마제를 포위한 남궁세가의 무사들이 파르르 몸을 떨었다.

"이래도 못 알아듣진 않겠지?"

그 순간, 창천검왕이 손에 쥔 검에서 새파란 검강이 치솟았다. 창궁무애검법의 극의가 펼쳐졌다.

촤아아악!

흑야마제가 딛고 있던 전각 지붕이 통째로 소멸했다.

"하하하하! 내가 너무 정곡을 찌른 모양이군!"

광소를 터트린 흑야마제가 하늘 높이 도약했다. 그는 지상을 향해 어둠을 채찍처럼 휘둘렀다.

오늘날 흑야마제를 사파지존이라 불리게 만든 성명절기인 흑암강기(黑暗罡氣)였다.

콰가가가각!

흑암강기가 스친 바닥에 사방팔방으로 깊은 고랑이 파였다. 희뿌연 먼지가 폭발해 시야를 가렸다.

그 속에서, 한 자루 검이 번뜩이며 솟구쳤다.

쐐애액!

흑암강기를 둘로 베어낸 검이 경로를 급격히 틀더니, 흑야마제마저 꿰뚫을 기세로 날아갔다.

민간에는 신선의 기술로 알려진 어검술(馭劍術)이었다.

그러나 흑야마제는 허공을 유영하듯 신묘한 보법을 밟았다. 창천검왕의 검이 아슬아슬하게 그의 옷자락을 스쳤다.

“이기어검!”

“허공답보!”

남궁세가의 무인들이 경악한 표정으로 허공을 날아다니는 검과 인간을 바라봤다.

전설로나 전해지는 무공의 기예들이 눈앞에서 실제로 펼쳐지고 있었다. 차원이 다른 경지였다.

“흑야마제가 사파제일인이라더니…….”

눈을 부릅뜬 남궁세가주가 두 절세고수의 싸움을 지켜보며 중얼거렸다.

창천검왕과 흑야마제를 제외하면, 그는 이곳에서 가장 경지가 높은 무인이었다.

남궁천은 언제든지 검을 출수할 수 있도록 준비하며 흑야마제의 움직임을 면밀히 살폈다.

‘강기를 마치 수족처럼 부린다더니, 소문 그 이상이로군.’

놀랍게도 흑야마제 주변에 펼쳐진 어둠 전부가 강기였다.

절세고수들 중에서도 저렇듯 유형화된 강기를 넓게 펼쳐서 자유자재로 사용하는 자는 흑야마제가 유일했다.

기의 통제력이 타의 추종을 불허한다는 이야기였다.

‘놈이 이름을 날린 건 불과 십 년밖에 되지 않았거늘…….’

그 십 년 동안 전대의 마두들을 격살하고, 문파 셋을 몰살했다. 정파와 사파를 가리지 않고 흑야마제의 손에 고혼이 된 고수만 일백을 넘었다.

독보강호를 시작한 지 불과 오 년 만에, 흑야마제는 사파제일인, 혹은 천흉이라 불렸다.

콰콰콰콰쾅!

두 절세고수가 충돌할 때마다 땅이 뒤집히고 지진이 일었다. 딛지도 않은 지반이 주저앉고, 담벼락에 맹수가 할퀸 듯한 상흔이 새겨졌다.

"갈!"

피해를 걱정한 창천검왕이 하늘로 날아올랐다. 두 절세고수가 허공을 디디며 맞붙었다.

그럼에도 싸움의 여파가 남궁세가를 황폐화시키기 시작했다.

보다 못한 남궁세가주가 두 초인의 영역으로 들어서며 외쳤다.

"아버님! 제가 돕겠습니다!"

허공에서 신화적인 싸움을 벌이고 있는 두 절세고수에 비하면 다소 부족하다곤 하나, 남궁천 역시 초절정의 경지에 들어선 고수였다.

창천검왕의 자존심을 생각할 때가 아니었다.

빨리 흑야마제를 죽여야 세가에 닥친 혼란을 수습할 수 있었다.

그러나 그때, 새로운 목소리가 그를 제지했다.

"쯧쯧. 남궁세가의 가주라는 자가 비겁하게 합공을 하려는 겐가?"

소름 돋는 기파와 함께 옆에서 한 줄기 바람이 불었다. 남궁천은 급히 검을 뽑아 휘둘렀다.

까가가강!

순식간에 십여 합을 겨룬 후에야 상대의 검이 뒤로 물러났다.

'고수다.'

남궁천은 갑자기 나타난 곱사등이 노인에게 경계심을 늦추지 않으며 검을 들었다. 노인의 주름진 눈매가 반달을 그렸다.

"주군께서 창천검왕과 일대일 대결을 원하시니, 그동안 가주는 이 늙은이와 어울리는 게 어떤가?"

"흑야마제에게 너처럼 늙은 종복이 있다는 이야기는 처음 듣는데."

"클클. 이제 보니 검보다 혀가 더 날카롭구나. 노부는 수라마검이라 한다."

수라마검.

수십 년 전 악명을 떨쳤던 전대의 대마두였다.

그 별호를 떠올린 남궁천의 표정이 딱딱하게 굳었다.

"죽은 줄 알았는데……."

"클클. 삼도천을 반쯤 건너다가 돌아왔지. 그 이후로 주군을 모시고 있다네."

할짝.

혀로 검을 핥은 수라마검의 몸에서 소름끼치는 기세가 피어났다.

"남궁세가의 검이 제법 맵다고 하던데. 오늘 견식 좀 시켜 주겠나?"

남궁세가주의 몸에서도 강대한 기의 파동이 번져 나왔다.

"한 수 지도해 주지. 수업료는 너의 목으로 받겠다."

"클클클! 검법도 그 혀만큼 현란해야 할 것이야!"

수라마검과 남궁세가주도 본격적으로 충돌했다. 검격을 나누자 굉음이 연달아 터졌다. 몰아치는 검기가 땅을 갈기갈기 찢어놓았다.

동시에 지상에도 난전이 펼쳐졌다.

"적의 습격이다!"

"전열을 갖춰라!"

"검진을 펼쳐 대응하라!"

흑의를 입은 자들이 나타나 남궁세가의 무인들을 공격하기 시작했다. 하나같이 풍기는 살기가 지독했다. 망설임 없이 급소를 노리는, 살인에 익숙한 살귀들이었다.

딸랑, 딸랑. 흑의인들 사이로 방울을 흔드는 술법사들도 간혹 눈에 띄었다.

"우웨에에엑!"

"커허억!"

방울 소리를 들은 남궁세가의 무인들 중 적지 않은 수가 입에서 피를 쏟았다. 이성을 잃고 동료들을 향해 마구잡이로 검을 휘두르는 자들도 있었다.

“자, 자네 왜 그러나!”

“정신 차리게!”

남궁세가는 극도의 혼란에 빠졌다.

차라리 사파의 정예가 들이닥쳤다면 상대의 안위 따위 신경 쓰지 않고 전력으로 맞서 싸웠을 것이다.

하지만 검을 휘두르는 자들은 남궁세가의 무인들이었다.

가족이자, 친구이고, 피로 맺어진 혈족이었다.

남궁세가의 무인들이 차마 그들을 베지 넘기지 못하고 머뭇거리는 상황에서, 흑의인들이 그 빈틈을 파고들어 살수를 펼쳤다.

촤아악! 푸화악!

남궁세가의 무인들의 비명이 울려 퍼졌다. 핏물이 허공에 비산하고, 바닥에 몸을 누인 싸늘한 시신이 점점 늘어났다.

설상가상 남궁세가의 최고수인 창천검왕과 철혈검의 발까지 묶인 상황.

흑야마제는 지옥도가 펼쳐진 남궁세가를 내려보며 창천검왕에게 물었다.

“재미있지 않나? 업보라는 게 이렇게 돌아오다니 말이야.”

“이노오오오옴!”

흉신악살처럼 변한 창천검왕이 흑야마제를 찢어죽일 기세로 덤벼들었다. 그러나 두 절세고수의 싸움은 쉽게 결판이 날 것 같지 않았다.

쿠르르릉……!

남궁세가의 하늘 위로, 거대한 먹구름이 점점 짙게 드리워졌다.

“대체 이게 무슨 일입니까?”

“사방에서 비명과 쇳소리가…….”

“혈향이 진동합니다. 무언가 사달이 난 게 분명합니다!”

사대학관 신입 강사들은 심각한 표정으로 한곳에 모여 있었다.

남궁세가 곳곳에서 화염이 치솟고 있었다.

뿐만 아니라 비명과 고성이 울리고, 병장기가 부딪치는 소리가 들렸다. 바람을 타고 밀려온 짙은 혈향은 불길한 상상을 불러일으키기에 충분했다.

“남궁세가가 적에게 습격당한 게 분명합니다!”

“제정신이 아니고서야 대체 어떤 미친놈들이…….”

“저희 이렇게 가만히 있어도 되는 겁니까? 이곳에서 탈출해야 합니다!”

“움직이는 것이 더 위험합니다. 괜히 오해라도 받으면…….”

“그러다 탈출할 시기를 놓쳐 버리면요? 적들이 이곳으로 오고 있을지도 모릅니다.”

“그, 금방 수습될 겁니다. 괜히 천하제일세가겠습니까?”

강사들은 상황을 좀 더 지켜보자는 쪽과 움직여야 한다는 의견으로 나뉘었다.

그들은 연배에 비해 뛰어난 무공을 지녔지만, 대부분 강호 경험이 일천했다.

다들 우왕좌왕하는 가운데, 사마영이 앞으로 나서며 말했다.

“주작학관은 이곳을 탈출하겠습니다.”

그녀는 천하제일세가라는 남궁세가의 저력을 믿었다.

하지만 그런 남궁세가를 습격할 정도의 적이라면, 그들도 엄청난 준비를 했으리라는 것이 그녀의 생각이었다.

“다행히 우리 숙소는 남궁세가 외곽에 있어요. 운이 따라준다면 충분히 탈출할 수 있을 겁니다.”

주작학관 강사들은 군말 없이 그녀의 뒤에 섰다.

사마영이 고개를 돌려 당백호를 바라봤다.

"백호학관은 어쩌실 거죠?"

잠시 고민하던 당백호도 같은 결정을 내렸다.

"백호학관도 탈출한다. 우리가 이곳에 남아 남궁세가를 돕는다고 해도, 큰 도움이 되진 않을 거야. 인질이나 안 되면 다행이지."

현실적인 이유였다. 백호학관도 남궁세가를 탈출하기로 결정했다.

"청룡학관은?"

사마영과 당백호의 시선이 청룡학관 강사들을 향했다.

그런데, 그 안에 백수룡의 모습이 보이지 않았다.

명일오가 굳은 표정으로 백수룡을 대신해서 대답했다.

"청룡학관은 남겠습니다."

백수룡이 이곳에 있는 누구보다 강하다지만, 그렇다고 혼자 두고 갈 수는 없었다.

"저희는 조금 더 기다려 보겠습니다. 먼저 가십시오."

사마영과 당백호도 그들의 사정을 이해했다. 오히려 아쉬운 표정이었다.

"그럼 저희 먼저 가겠습니다."

"아쉽군. 가장 필요한 녀석이 대체 어딜 간 건지……. 아무튼, 무운을 빈다."

주작학관과 백호학관 강사들이 숙소 대문을 열고 밖으로 나가려 할 때였다.

콰아앙!

문을 부서지고, 누군가가 안으로 성큼 들어왔다. 모두 소스라치게 놀라서 그에게 무기를 겨눴다.

"다들 괜찮나?"

남궁수였다.

평소 구김살 하나 용서하지 않던 그의 백의 곳곳에 피가 묻어 있었다. 험난한 싸움을 겪고 온 듯 숨도 거칠었다.

하지만 남궁수 특유의 표정만은 여전히 침착하고 냉정했다.

그가 청룡학관 강사들에게 물었다.

"죽거나 다친 사람은?"

"없습니다!"

"……백수룡은 어디 있지?"

"모르겠습니다. 숙소로 돌아왔을 때부터 안 보였습니다."

"하필 이런 때에……. 일단 알겠다."

청룡학관 강사들의 안위부터 확인한 남궁수가 타 학관 강사들을 돌아보며 말했다.

"신입 강사 연수는 취소다."

"예?"

"강사님! 무슨 일인지 설명해 주십시오!"

"다른 분들은 어디 계십니까?"

기다렸다는 듯 강사들이 온갖 질문을 쏟아냈다.

그러나 남궁수는 그들의 질문에 일일이 대답해 주지 않았다.

"자세히 설명할 시간은 없다. 본가에 변고가 생겼다. 지금부터 남궁세가의 영역에서 탈출한다."

남궁수의 판단도 사마영, 당백호와 같았다.

그는 신입 강사들을 남궁세가 밖으로 피신시킬 생각이었다.

"무림맹 지부로 가서 지원을 요청할 것이다. 모두 나를 따라오도록."

곧바로 몸을 돌린 남궁수는 선두에서 길을 안내했다.

산을 탈 생각이었다. 어릴 적부터 뛰어논 천주산으로만 들어간다면, 추격자들이 붙는다 해도 따돌릴 자신이 있었다.

"남궁수 선생님! 수룡 형님은……."

청룡학관 강사들이 바로 뒤에 따라붙으며 걱정스러운 목소리로 말했다.

남궁수는 뒤를 돌아보지 않으며 대답했다.

"그 녀석 혼자라면 지옥에 떨어져도 살아서 돌아올 거다. 지금은 너희 앞가림부터 생각하도록."

"……알겠습니다."

잠시 후, 남궁수는 길을 가로막은 흑의인 무리를 발견했다.

흑의인 중 술사로 보이는 자가 방울을 맹렬하게 흔들었지만, 남궁수는 미간을 가볍게 찌푸릴 뿐이었다.

"돌파한다."

남궁수는 검을 뽑아 들며 앞으로 치고 나갔다. 그의 신형이 백색의 뇌전이 되어 질주했다.

파지지직!

정면으로 뿜어낸 뇌전이 흑의인들을 감전시켰고, 뒤따른 검이 적들의 빈틈을 놓치지 않고 흑의인들의 급소를 베었다.

뒤따르던 신입 강사들이 존경 어린 시선으로 남궁수의 뒷모습을 바라봤다. 남궁수는 묵묵히 길을 열었다.

그때, 멀리서 익숙한 목소리가 들려왔다.

"기다리시게!"

남궁세가에 습격이 일어난 직후, 사태를 살펴보겠다며 한동안 자리를 비웠던 만박자였다.

만박자가 경공을 펼쳐 남궁수의 옆에 따라붙었다.

"삼 공자. 어째서 신입 강사들을 데리고 산길을 오르는 거요?"

"본가에 변고가 생겼습니다. 신입 강사들을 대피시킬 생각입니다."

"……나도 돕겠소. 이 앞 갈림길에서 왼쪽 길로 가는 게 더 빠르오."

"감사합니다."

만박자의 합류에 남궁수는 한숨을 돌렸다.

자신이 선두에 서고, 만박자가 옆에서 돕는다면 신입강사들을 무사히 대피시킬 수 있을 터였다.

남궁수는 잠시 생각에 잠겼다.

'만박자는 잡학과 술법에 능하다. 도움을 받으면 쉽게 산을 넘을 수 있겠지. 그 후에는…….'

아주 약간의 방심.

만박자는 그 순간을 놓치지 않았다.

푸욱!

예리한 비수가 남궁수의 몸을 파고들었다.

231화

방울 든 놈 잡아

서늘한 칼날이 몸 안으로 파고드는 순간, 남궁수는 몸을 옆으로 비틀며 검을 휘둘렀다.

휘익!

그러나 온전치 못한 상태에서 펼친 공격은 허공만 베고 지나갔다.

"호오?"

비수를 놓고 뒤로 훌쩍 물러난 만박자가 희미한 웃음을 지으며 입꼬리를 올렸다.

그의 시선이 비수가 반쯤 박힌 남궁수의 옆구리를 향했다. 여전히 입가에 가느다란 미소를 매단 채였다.

"심장을 노렸는데 그 거리에서 피하다니. 가주의 세 아들 중 무위가 가장 떨어진다는 건 헛소문이었구나."

"……당신, 배신자였나."

남궁수는 크게 놀란 기색도 없이 혈도를 막아 지혈한 후 비수를 뽑았다.

상처는 생각보다 깊지 않았지만 다른 것이 문제였다.

‘독을 발라 놨군.’

입술이 새파랗게 질리고 이마에서 식은땀이 흘렀다. 맹독이었다. 팔다리가 덜덜 떨렸다.

하지만 남궁수는 중독 증상을 겉으로 티를 내지 않았다. 천뢰심법으로 독기를 억누르고, 뇌기로 옆구리에 난 상처를 지졌다.

그 모습을 본 만박자가 진심으로 감탄했다.

“굉장한 인내력이군. 웬만한 무인은 그 자리에 서 있기도 힘들 만한 맹독일진데.”

“남궁수 선생님!”

뒤따르던 신입 강사들이 깜짝 놀라 비명을 질렀다.

청룡학관 강사들은 남궁수를 호위하는 것과 동시에 무기를 뽑아 만박자를 겨눴다.

“이게 무슨 짓입니까!”

“왜, 왜 이런 짓을!”

“설마 이것도 교육의 일환인……?”

“말이 되는 소리를 해! 딱 봐도 침입자들과 한패잖아!”

만박자가 큰 혼란에 빠진 신입 강사들을 죽 둘러보며 클클 웃었다.

“보았다시피 나는 남궁세가를 습격한 자들과 한패다. 더 자세히 알려 주랴? 이 몸은 혈교의 장로이니라.”

“혈교!”

‘혈교’라는 단어만으로도 강사들을 소스라치게 하기에 충분했다.

오래전에 잊힌 망령 같은 존재들이 다시 나타난 것이다.

남궁세가의 전각을 불태우고, 비명을 연주 삼아, 시신으로 언덕을 쌓으면서 말이다.

“클클클…….”

혈교가 남궁세가를 습격하는 것과 동시에, 만박자가 스스로에게 걸어

둔 기억의 금제도 풀렸다.

자신의 진짜 기억을 되찾은 만박자가 강사들을 향해 킬킬 웃었다.

"그리고 본좌의 정체를 알게 된 이상, 너희가 이곳에서 살아나갈 길은 없게 되었다."

품에서 무당들이 굿을 할 때 사용하는 무령(巫鈴)을 꺼낸 만박자가 그것을 허공에 대고 흔들었다.

딸랑, 딸랑, 딸랑, 딸랑. 방울이 요사스러운 소리를 내자, 만박자의 얼굴에서부터 생겨난 붉은 문신이 거미줄처럼 전신으로 뻗어 나갔다.

"크히히히……."

어느새 안구 전체가 검게 물든 만박자가 초점이 사라진 눈으로 신입 강사들을 노려봤다.

마귀를 방불케 하는 그 모습에, 신입 강사들이 오싹오싹 몸을 떨었다.

그것이 끝이 아니었다.

어둠 속에서 방울 소리를 들은 자들이 하나둘 나타났다.

크르르르……

크르르르……

그들은 인간의 형상을 하고 있으나 인간이 아니었다.

시뻘겋게 충혈된 눈에 뚝뚝 흘러내리는 침.

옷은 피투성이였고, 입에서 내는 소리는 짐승에 가까웠다.

그 숫자가 열이었는데, 강사들은 적들에게서 어딘가 익숙한 느낌을 받았다.

"차, 창천검대!"

"……뭐라고?"

"저 옷! 창천검대입니다!"

"하지만……."

그들을 더 이상 남궁세가가 자랑하는 창천검대라고 부를 수 있을까.

팔 하나가 없거나 다리를 절뚝이는 자들이 대부분이었다. 뼈가 기괴한 각도로 꺾여 있는 것은 예사였다.

그럼에도 불구하고, 하나같이 가공할 마기를 뿜어내고 있었다.

"마침 이 녀석들을 실험해 볼 상대가 필요했는데, 너희 정도면 딱 적당하겠구나."

딸랑, 딸랑, 딸랑. 만박자가 뒤로 물러나며 방울을 흔들자, 이지를 잃은 창천검대가 괴성을 지르며 신입 강사들을 공격하기 시작했다.

이를 악문 남궁수가 강사들에게 지시를 내렸다. 독이 점점 퍼지는지, 그의 안색이 창백했다.

"뭉쳐서 방진을 펼쳐라!"

마기에 잠식된 창천검대는 짐승 같은 포효를 터트리며 달려들었다. 이성을 잃고 불구가 되었을지언정 가진 무공은 그대로였다. 그들의 검에 사나운 검기가 맺혔다.

신입 강사들은 등을 맞대고 원형의 방진을 구축했다. 그들도 배수진을 펼쳤다. 이를 악물고 공력을 끌어올렸다. 눈에 독기들이 맺혔다.

"온다!"

선두로 나선 당백호가 소리쳤다. 사마영이 그 옆에 서며 화염을 일으켰다.

양측은 어둠에 잠긴 숲속에서 격렬하게 충돌했다.

불행 중 다행이라면, 만박자가 신입 강사들을 서둘러 몰살할 생각이 없다는 것이었다.

딸랑딸랑딸랑.

만박자는 무령을 흔들며 새로 손에 넣은 장난감들을 실험했다.

어떨 때는 무령을 짧게 흔들고, 어떨 때는 무령을 길게 흔들었다.

그에 따라 마인들의 움직임과 상태가 변했다.

크아아아!

캬아아아!

천하를 호령하던 남궁세가의 창천검대가 그의 노예로 전락했다.

만박자는 그 사실에 짜릿한 희열을 느꼈다.

"크히히히! 좋구나. 좋아. 아직 움직임이 매끄럽진 못하지만 차차 나아질 터. 과연 마뇌께서 만드신 탈혼대법이다."

탈혼대법.

과거 혈교가 무림을 정복하기 위해 만든 극악한 사술 중 하나로, 어린 아이의 머리를 갈라 강제로 마공을 주입하는 수법이었다.

탈혼대법에 당한 아이들은 그 사실을 기억조차 하지 못하고 자라게 되는데, 그런 고아들을 정파에 입문시켜 훗날 마인으로 깨어나게 한다는 것이 혈교의 계획이었다.

"엄밀히 따지면, 저 녀석들이 완전한 탈혼대법을 받은 것은 아니지만……."

만박자는 이십여 년 전 자신을 찾아온 음양마존의 제자들을 떠올리며 중얼거렸다.

─남궁세가에 본교의 교도들이 갇혀 있습니다. 그들의 복수를 해 주십시오.

─남궁세가라니? 자세히 말해 보거라.

당시의 혈교는 무림맹의 추격을 피해 그 세력이 뿔뿔이 흩어져 있었다.

장로들 또는 팔대가문의 가주들이 자신들을 따르는 교도들을 이끌고 무림 전역으로 숨어든 상황.

만박자는 당시 팔장로를 모시고 있었는데, 어느 날 오장로 음양마존의 제자라는 아이들이 찾아왔다.

그중에는 훗날 흑야마제가 된 녀석도 있었다.

-……그렇게 음양마존께서……. 결국 저희만 간신히 탈출했습니다.

모든 사연을 알게 된 팔장로와 만박자는 큰 충격에 빠졌다.
그러나 곧 교활한 두뇌로 계획을 세우기 시작했다.

-음양마존께서 그냥 당하고만 계셨을 리 없다. 무언가 언질은 없으셨
느냐?
-있습니다. 훗날 남궁세가를 파멸로 이끌 씨앗을 심어 두었다고 하셨
습니다.
-파멸로 이끌 씨앗?

오장로의 대제자가 내민 것은 무당들이 굿을 할 때나 사용하는 방울이
었다.
자루 하나에 방울이 여럿 달려 열매처럼 생긴 형태로, 무령이라고도
불렸다.

-본교의 교관들이 남궁세가에 교육기술을 넘겨주었을 때, 탈혼대법
의 구결 중 일부를 섞었다고 하셨습니다.
-설마……!
-창천검왕은 본교의 무공을 요구했습니다. 일부는 이름만 바꿔 남궁
세가의 무공으로 삼고, 일부는 남궁세가의 무공을 개량하는 데 쓰였지
요.

그 순간, 혈교의 장로이자 술법에도 조예가 깊었던 음양마존은 창천검

왕의 탐욕을 이용해서 남궁세가를 무너뜨릴 계획을 세웠다.

혈교의 무공에 탈혼대법의 구결을 섞어서 건네기로 한 것이다.

아주 은밀한 작업이었다.

남궁세가의 고수들도 눈치채지 못하도록 아주 조금씩, 적어도 십 년 이상의 세월 동안 익히며 천천히 잠식되도록 만들어야 했다.

동시에 혈교의 교관들을 통해, 남궁세가의 어린 제자들에게 조금씩 탈혼대법의 구결을 익히도록 했다.

-허어! 그게 정말이냐?

팔장로와 만박자는 음양마존의 치밀한 안배에 소름이 돋았다.

음양마존의 대제자는 그들에게 무령을 건네며 말했다. 그는 남궁세가를 탈출하면서 생긴 상처로 죽어가고 있었다.

-파멸의 씨앗이 자라 열매가 충분히 무르익었을 때, 이것으로 남궁세가의 마인들을 깨어나게 할 수 있을 거라고 하셨습니다.

-……내가 수습하겠네. 하지만 당장의 복수는 어려울 것이야.

당시에 남궁세가는 이미 천하제일세가로 명성을 떨치고 있었다.

뿔뿔이 흩어진 혈교의 잔당 중 하나, 심지어 팔장로의 제자일 뿐이었던 만박자에겐 복수할 힘이 없었다.

대제자가 죽어가는 얼굴로 히죽 웃으며 말했다.

-상관없습니다. 음양마존께서는 십 년이 걸리든 백 년이 걸리든, 남궁세가를 파멸시킬 수만 있다면 상관없다고 하셨습니다.

음양마존의 대제자는 그 말을 유언으로 남기고 숨을 거뒀다.

대제자와 함께 탈출한 다른 아이들을 팔장로가 거뒀고, 이십 년이 넘는 세월이 흘렀다.

그 세월 동안 만박자가 모시던 팔장로는 죽고, 만박자가 새로운 혈교의 팔장로가 되었다.

"이제 열매를 수확할 때가 되었다!"

딸랑, 딸랑, 딸랑!

크아아아아아! 마인들이 내지르는 괴성이 한층 커지고, 그들이 내뿜는 마기가 더욱 짙어졌다.

단전에서 과도한 공력을 이끌어낸 탓에, 그들의 눈과 코에서 피가 줄줄 쏟아졌다. 생명의 원천인 진원진기까지 끌어낸 여파였다.

"남궁세가여. 너희는 본교의 피로 쌓아 올린 영광을 누려 왔다. 이제 그 대가를 치러야 할 때가 왔다!"

만박자는 곳곳에 화염이 피어오르는 남궁세가를 바라보며 긴 웃음을 터트렸다.

음양마존이 오래전에 심어 둔 씨앗이 자랐다. 오늘은 드디어 그 열매를 수확하는 감격스러운 날이었다.

만박자의 시선이 마인들과 힘겹게 사투 중인 신입 강사들에게 향했다.

"너희는 한마디로, 재수가 없었다고 생각하거라. 흐흐흐."

한층 맹렬해진 마인들의 공격에 신입 강사들이 하나둘 쓰러졌다.

그러나 위기 속에서 눈에 띄게 활약하는 이들이 있었다.

청룡학관의 악연호.

주작학관의 사마영.

백호학관의 당백호.

절정의 경지에 완전히 접어든 세 명은 큰 활약을 펼쳤다.

아직까지 신입 강사들의 방진이 무너지지 않는 것에는, 저들의 역할이 무척 컸다.

화르르르릑!

사마영의 쥘부채에서 뿌려지는 화염을 보며 만박자는 감탄했다.

"염왕의 신공이 천하에서 가장 뛰어난 극양의 무공이라더니. 과연 일절이로구나."

그녀가 뿌려댄 화염으로 숲속에 불이 옮겨붙어, 주변이 활활 타오르고 있었다.

"당가의 아이도 제법이다. 암기술을 못 쓰는 줄 알았더니, 안 쓰는 거였군. 과연. 핏줄은 속이지 못해."

독과 암기를 멀리하고 권각을 집중적으로 연마했다고 알려진 당백호.

그는 바닥에 널린 돌을 진각으로 떠오르게 한 뒤, 비수처럼 던졌다.

휘익, 푹푹푹! 당백호가 적절한 순간마다 암기를 던져 준 덕분에 위기에서 벗어난 강사가 한둘이 아니었다.

"마지막으로 산동악가의 악연호. 무림에 이름이 알려지지 않은 것이 이상할 정도로구나."

장창을 풍차처럼 휘두르며 마인들을 물리치는 악연호의 모습은 일기당천의 장수를 연상케 했다.

그러나 만박자는 여유로운 웃음을 터트렸다.

"오랜만에 눈이 즐겁구나."

세 절정고수의 활약에도 불구하고 신입 강사들은 점점 궁지에 몰리고 있었다.

딸랑, 딸랑, 딸랑. 무령에 조종당하는 마인들은 고통을 느끼지 않았다.

게다가 만박자가 무령을 다루는 데 익숙해지면서 움직임도 점점 매끄러워지고 있었다.

만박자는 마인들에게 명령을 내렸다.

"남궁수. 사마영. 당백호. 악연호. 넷은 생포해라. 나머지는 죽여라."

크아아아아!

크아아아아!

마인들이 일제히 마기를 폭발시키며 달려드는 순간,

부상으로 뒤로 물러나 있던 남궁수가 창룡음(蒼龍音)을 터트렸다.

"멈춰라!"

남궁수는 만박자가 무령을 흔드는 소리를 유심히 들으며 명령에 반응하는 음을 찾아냈다.

그리고 만박자가 마인들에게 명령하는 순간, 자신의 성대로 최대한 비슷한 음을 뽑아내 혼란을 주었다.

"!"

"!"

명령 체계에 혼란이 일어난 마인들이 잠시 멈칫했다.

찰나의 순간이었지만, 그 찰나가 남궁수가 계획한 역전의 실마리였다.

푹!

동시에 남궁수는 검을 바닥에 꽂으며 극성으로 천뢰검법을 펼쳤다.

상처에서 피가 터져 나오고, 억눌렀던 독이 퍼졌지만, 상관없었다.

그의 몸에서 눈부신 뇌기가 터져 나왔다.

파지지지지지지직! 뇌전이 사방으로 질주하며 마인들을 감전시켰다.

마인들의 움직임이 완전히 정지한 순간, 웅크려 있던 강사들이 도약하며 마인들을 덮쳤다.

촤악! 촤아아악!

마인들이 머리가 몸에서 분리되어 떨어졌다. 순식간에 마인들의 숫자가 줄어들었다.

"무, 무슨……."

당황한 만박자가 눈을 부릅뜨며 뒷걸음질 쳤다.

그 순간 악연호, 사마영, 당백호가 동시에 만박자를 향해 쇄도했다.

미리 약속되어 있었던 듯, 그 공격에는 한 치의 망설임도 없었다.

푸욱!

질풍처럼 내달린 그들의 공격이 만박자의 몸을 꿰뚫었다.

"끝이다!"

만박자를 잡았다는 생각에 악연호가 소리쳤다. 동시에 남궁수가 바닥에 한쪽 무릎을 꿇었다.

"이, 이겼다!"

"우리가 혈교를……!"

모두가 승리의 함성을 터트리려는 순간,

"크흐흐흐. 본교의 장로가 우습게 보이더냐?"

푸스스스…….

창에 꿰뚫린 만박자의 모습이 먼지로 변해 사라지더니, 그들로부터 십여 장은 멀어진 거리에서 다시 나타났다.

"발악하는 모습이 제법 귀여웠다. 하지만 슬슬 지겨워지는구나."

딸랑딸랑딸랑딸랑.

만박자가 다시 무령을 흔들자, 어둠 속에서 새로운 마인들이 걸어 나왔다. 그 숫자가 전보다 두 배는 많았다.

"빌어먹을……."

"이젠 진짜 끝이야……."

남궁수는 쓰러졌고, 강사들은 전부 지치거나 다쳤다.

설상가상 더 많은 숫자의 마인들이 나타나 그들을 포위했다.

강사들의 눈에 깊은 절망이 어릴 때였다.

휘이이이잉. 갑자기 싸늘한 한기가 불어와 사방에 붙은 불을 꺼뜨리기 시작했다.

뿐만 아니었다.

강사들을 향해 달려들려던 마인들이 우뚝 멈춰서더니, 무언가를 찾는 것처럼 주위를 두리번거리기 시작했다.

"……뭐 하는 게냐? 움직여라! 움직여!"

딸랑딸랑딸랑딸랑.

당황한 만박자가 열심히 무령을 흔들어 봤지만 소용이 없었다.

곧 그 이유가 밝혀졌다.

삐이익. 피리 소리였다.

희미한 피리 소리가 들려오는 방향을 향해, 마인들이 천천히 고개를 돌렸다.

잠시 후, 그곳에 백수룡이 도착했다.

쓰러진 남궁수를 힐긋 본 백수룡이 마인들에게 명령을 내렸다.

"방울 든 놈 잡아."

"뭐, 뭣!"

잠시의 망설임도 없이, 마인들이 일제히 만박자에게 달려들었다.

232화

던진다?

"이놈들! 내가 너희의 주인이다! 주인도 알아보지 못한단 말이냐!"

딸랑딸랑딸랑딸랑!

만박자가 손에 든 무령을 부숴 버릴 듯 세차게 흔들어댔지만 아무런 소용이 없었다.

캬아아아!

크아아아!

백수룡의 명령을 들은 마인들이 일제히 만박자를 덮쳤다.

'죽여라'가 아니라 '잡아라'가 명령인 탓인지, 마인들의 공격은 전부 만박자의 팔다리를 노렸다.

정신없이 마인들의 공격을 피하던 만박자가 고개를 돌려 백수룡을 찾았다. 그의 두 눈에서 붉은 광망이 흘렀다.

"청룡신협 네 이노옴! 대체 무슨 짓을 한 게냐!"

그러나 만박자가 마인들과 드잡이질을 하는 동안, 백수룡은 남궁수에게 다가가 상태를 살피는 중이었다.

"이봐. 괜찮은……."

백수룡은 심각한 표정으로 뒷말을 삼켰다.

남궁수의 상태가 생각보다 훨씬 심각함을 확인한 것이다.

"으윽……."

숨은 금방이라도 끊어질 듯 가늘었고, 맥박이 불규칙했다. 고통에 찌푸린 얼굴은 시체처럼 창백했고, 이마에 식은땀이 가득했다. 기식이 엄엄하다는 표현 외에 달리 떠오르는 말이 없을 정도였다.

"형님!"

"오라버니!"

백수룡에게 다가가던 청룡학관 강사들이 흠칫 놀라서 멈춰 섰다.

싸아아아. 순간 두려운 마음이 들 만큼 백수룡이 풍기는 살기가 짙었던 것이다. 게다가 기도마저 싸늘하게 변한 듯했다.

'뭐, 뭐지. 이 오싹한 기분은?'

'다른 사람 같아. 겨우 반나절 만에 보는 건데…….'

그 순간, 싸늘했던 기운이 거짓말처럼 사라졌다.

백수룡이 억지로 굳은 표정을 풀며 동기들에게 물었다.

"미안하다. 아직 힘을 조절하는 게 어려워서. 지금 어떤 상황이야? 최대한 빠르게 설명해 봐."

"혈교가 남궁세가를 습격했습니다!"

"멀리서부터 비명이 터져 나오더니……."

"만박자가 배신자였습니다. 혀, 혈교의 장로였어요!"

"남궁 선생님은 기습에 당하셨어요. 위중한 와중에 저희를 도우려고 또 무리하시다가……."

정신없이 쏟아진 설명이었지만, '재앙'이 닥칠 거라는 걸 미리 알고 있었던지라 이해하는 데 큰 무리는 없었다.

"갑자기 혈교가 쳐들어왔고, 그래서 탈출하려 했는데 만박자가 혈교 장로였고, 남궁수는 놈의 기습에 당해 독에 중독됐다는 거지?"

“예!”

백수룡은 고개를 돌려 만박자를 바라봤다. 그의 눈이 차갑게 가라앉았다.

“그럼 해독제도 저놈한테 있겠네?”

만박자는 여전히 마인들에게 둘러싸여 싸우고 있다가, 백수룡과 눈이 마주치자 사자후를 터트렸다.

“갈!”

무령을 흔들어 마인들을 통제하는 것은 이제 포기했는지, 바닥에 방울을 내팽개친 만박자가 공력을 잔뜩 끌어올렸다.

“더 이상 본좌에게 자비를 바라지 말거라.”

꿈틀꿈틀.

만박자에 몸에 새겨진 문신이 살아 있는 것처럼 꿈틀대더니, 마른 노인의 몸이 거대하게 부풀어 올랐다.

순식간에 8척 거인으로 변한 만박자가 사방으로 막강한 장력을 뿜어냈다.

퍼버버버벙!

두꺼운 나무가 통째로 뽑혀 나가고 바위가 박살 났다.

무림에 알려진 만박자의 무공을 아득히 뛰어넘는 힘!

만박자를 공격하던 마인들이 순식간에 곤죽이 되거나 찢겨 죽었다.

방해물을 모두 처치한 만박자가 백수룡을 향해 누런 이를 드러내며 웃었다. 전신으로 뿜어내는 기파가 실로 무시무시했다.

“거기 얌전히 있거라. 도망치면 네 동기들부터 찢어 죽일 것이다.”

“……잠깐 기다려.”

백수룡은 남궁수를 동기들에게 맡기고 앞으로 나섰다.

상대가 강적임을 직감했다.

피부에 와닿는 기도만으로도 혈수귀옹과 구음마녀를 훨씬 웃돌았다.

‘혈교의 장로라고 자처할 만하군.’

혈교의 병력이 남궁세가에 모습을 드러냈다는 것도 놀라운 일인데, 장로 중 한 명이 나타났다.

정면으로 맞붙는다면 어려운 싸움이 될 것이다.

‘하지만 시간이 없어.’

남궁수는 독에 중독되어 생사를 오가는 중이었고, 남궁세가 전체가 혈교에 의해 공격받고 있었다.

혈교의 병력이 얼마나 더 와 있는지 모르는 상황에서, 만박자와 싸우다가 발이 묶일 수는 없었다.

‘최대한 빨리 싸움을 끝내야 하는데……’

백수룡은 생각을 정리하며 만박자를 향해 걸어갔다.

“네가 혈교의 장로라고?”

“건방진 놈. 본좌의 정체를 알고도 눈을 똑바로 뜨고 처다보다니. 네가 같잖은 명성에 취해 간이 커진 모양이구나.”

만박자가 손을 앞으로 뻗었다. 그 순간, 잿빛 강기가 그의 손날을 휘감았다. 만박자는 그대로 손을 옆으로 그었다.

콰콰콰쾅!

수십 개의 벽력탄을 동시에 터트린 듯한 굉음과 함께, 수십 그루의 나무가 강기에 쓸려나갔다.

“!”

그 가공할 파괴력에, 백수룡의 등장에 한숨 돌렸던 신입 강사들이 새파랗게 질렸다. 두 사람이 맞붙으면 도망칠 계획이었던 이들은 조용히 그 계획을 취소했다.

공포에 질린 강사들의 표정을 본 만박자가 클클 웃으며 백수룡에게 물었다.

“내 질문에 대답하면 너와 네 친구들을 편하게 죽여 주마. 술법사도 아닌 네가 어떻게 탈혼마인들을 조정한 것이냐?”

“이걸로.”

백수룡은 순순히 품에서 마령소혼적을 꺼냈다.

상아로 만든 고급스러운 피리에서 음산한 귀기가 흘러나왔다.

마령소혼적의 가치를 한눈에 알아본 만박자가 홀린 듯이 입을 벌렸다.

“……그, 그걸 어디서 찾았느냐!”

무인들에겐 그저 특이하게 생긴 피리에 불과할 테지만, 만박자처럼 술법을 익힌 자들에게 마령소혼적은 신병이기만큼이나 귀한 물건이었다.

‘이거 봐라? 반응이 생각 이상인데?’

만박자의 반응을 살핀 백수룡의 눈이 반짝였다.

그 순간, 머릿속에 한 가지 계획이 떠올랐다.

씨익 웃은 백수룡이 마령소혼적을 왼손으로 꽉 움켜쥐었다.

“얼마나 단단한지 한번 시험해 볼까?”

“미친 짓을! 그렇게 함부로 다룰 물건이 아니다!”

예상대로 만박자가 경기를 일으켰다. 그가 무시무시한 살기와 함께 협박을 쏟아냈다.

“실금 하나라도 내기만 해 봐라! 네놈의 사지를 찢은 후 죽지도 살지도 못하게 할 것이다! 네놈뿐만 아니라 이곳에 있는 놈들 모두를 그렇게 만들 것이야!”

푸화아악!

만박자가 광포한 기세를 드러내며 양손에 수강을 휘감았다.

하지만 백수룡은 겁먹지 않았다.

겁먹기는커녕, 약점을 잡았다는 듯 마령소혼적을 손가락 사이에서 휙휙 돌리며 말을 이었다.

“남궁수를 중독시킨 독의 해약. 가지고 있나?”

“……원하는 게 그것이냐?”

“내놔.”

“협상을 하면 되겠구나. 피리를 넘긴다면 나도 해약을 주겠다. 그러니…….”

“이거 조금 잘라도 부르는 데는 상관없지?”

백수룡은 왼손에 마령소혼적을 들고 오른손으로 검을 들었다.

시퍼런 검날을 피리에 갖다대자, 만박자가 기겁해 소리쳤다.

“당장 그만두지 못하겠느냐!”

“해약이 먼저야. 내놔.”

“여기 있다!”

휘익!

백수룡은 암기처럼 날아온 작은 호리병을 허공에서 낚아챘다. 마개를 뽑자 청량한 향이 퍼져 나왔다.

백수룡이 만박자를 똑바로 노려보며 스산하게 말했다.

“만약 해약이 가짜라면, 피리는 이 자리에서 둘로 쪼개지는 거야.”

“그 순간 네놈의 골통도 쪼개질 줄 알거라.”

으르렁거리는 만박자를 무시하고, 백수룡은 남궁수를 돌보고 있는 제갈소영에게 호리병을 던졌다.

“먹이고 상태가 호전되는지 확인해.”

제갈소영은 곧장 고개를 끄덕이곤, 남궁수의 입을 벌리고 호리병에 든 액체를 흘려 넣었다.

다행히 해약이 맞았는지, 잔뜩 찡그려져 있던 남궁수의 표정이 점점 편해졌다.

“해약이 맞아요!”

강사들 모두가 안도의 한숨을 짓는 가운데, 만박자가 한 걸음 더 백수룡에게 다가가며 말했다.

“해약을 주었으니 너도 약속대로 피리를 넘겨라. 네놈이 정파의 무인이라면 명예를 알 터. 뱉은 말은 지키리라 믿는다.”

만박자는 말을 하면서도 초조한 표정이었다.

백수룡이 얼마나 교활하고 영악한 녀석인지, 이틀간의 이론 수업으로 충분히 경험했기 때문이었다.

하지만 만박자도 더는 백수룡에게 휘둘리지 않을 생각이었다.

“본좌도 더 이상은 양보하지 않을 것이다. 또 허튼수작을 부린다면 강사들을 하나씩 쳐 죽이겠다.”

“참나. 누가 들으면 내가 맨날 사기만 치는 줄 알겠네.”

백수룡은 억울하다는 듯 어깨를 으쓱하더니, 피리를 줄 것처럼 만박자에게 던지는 시늉을 했다.

“던진다?”

움찔.

만박자가 어깨를 움찔했으나 피리는 그에게 똑바로 날아오지 않았다.

씨익.

불길한 미소를 지은 백수룡은 마령소혼적을 있는 힘껏 하늘 높이 던졌다. 동시에 검기를 날렸다.

“어이쿠. 잘못 던졌네?”

“이노오옴!”

콰아앙!

고함을 지른 만박자가 바닥을 박차고 뛰어올랐다. 검기가 피리에 닿기 전에 먼저 손에 넣기 위해서였다.

“높이도 올라갔네.”

백수룡은 위를 올려보며 잠시 기다렸다.

만박자가 허공에서 한 손으로 피리를 낚아채고, 중력의 법칙에 의해 몸이 아래로 떨어지기 시작하는 순간.

콰아앙!

단숨에 솟구쳐 오른 백수룡은 아래로 떨어지는 만박자를 향해 검을 휘둘렀다.

"같잖은 짓을!"

백수룡의 의도를 깨달은 만박자는 아래를 향해 수강을 휘둘렀다.

콰콰콰콰쾅!

검강과 수강이 격돌하며 연달아 굉음이 터졌다. 옷자락이 강풍에 거세게 펄럭이고, 바람에 얼굴이 쓸렸다.

만박자는 아래로 떨어지고 있었고, 백수룡이 위로 솟구치면서 공격하고 있었기에 둘의 거리는 빠르게 좁혀졌다.

그 순간, 만박자는 벼락처럼 금나수를 펼쳐 백수룡의 손목을 낚아채 자신 쪽으로 끌어당겼다.

만박자가 광소를 터트렸다.

"크하하하! 네 꾀에 네가 당했구나!"

백수룡은 낭패한 표정을 지으며 검을 버리고 권각으로 맞섰다. 그때부터 두 사람은 거의 몸을 붙이고 권각 대결을 펼쳤다.

퍼버버벅!

찰나에 수십 번 손속을 교환하면서, 두 사람의 위치가 허공에서 계속 바뀌었다.

'이놈. 검객이 아니었나?'

만박자는 권각으로 백수룡을 상대하며 내심 놀라고 있었다.

지금까지 청룡신협의 주 무기는 검이라고 알려져 있었다.

헌데 막상 간격을 바짝 좁히고 싸워 보니, 마치 평생 권각을 연마한 고수와 싸우는 기분이었다.

'설마 일부러……'

그 순간, 백수룡의 입가에 맺힌 의미심장한 미소를 보았다. 만박자의 뇌리에 스멀스멀 불안감이 피어났다.

파바바바박!

그 와중에도 두 사람의 장법과 권법, 각법과 조법이 맹렬하게 부딪쳤다.

그들은 한데 뒤엉킨 두 마리 뱀처럼 거의 달라붙은 채 지상으로 떨어졌다.

만박자는 점점 불안해졌다.

'슬슬 떨어지지 않으면……'

그는 허공답보와 능공허도를 흑야마제처럼 자유롭게 펼칠 수준은 되지 못했다.

내공을 집중하면 잠시 허공에 몸을 띄울 정도는 되지만, 백수룡이 그걸 보고만 있을 리 없었다.

"놈! 떨어져라!"

너무 높이 뛰어오른 탓에 점점 가속도가 붙는 상황.

이대로 지상에 추락하면 아무리 초절정고수라도 최소한 뼈 몇 군데는 부러질 터였다.

"왜? 무섭나?"

하지만 백수룡은 히죽 웃으며 만박자에게 더 달라붙었다.

창백하게 질린 만박자가 백수룡을 멀리 떨어뜨리기 위해 쌍장을 마구 휘둘렀다. 백수룡은 요리조리 피하며 계속 파고들었다.

그들은 무서운 속도로 떨어져 내리고 있었다.

"이대로 떨어지면 우리 둘 다 무사하지 못한다. 같이 죽자는 거냐?"

"나쁜 최후는 아닌데? 혈교의 장로와 동귀어진하면 죽으면 평생 영웅으로 추앙받을 테니까."

백수룡은 속삭이듯 말하며 더욱 찰거머리처럼 달라붙었다.

이제 거의 주먹을 뻗을 공간도 없을 정도였다.

"이런 미친놈이! 떨어져! 내게서 떨어지란 말이다!"

만박자는 몸을 비틀며 백수룡을 밀어내려고 애썼다.

아주 잠시만 놈을 떨어뜨리면, 발바닥에 있는 용천혈에 내공을 폭발시켜 몸을 띄울 수 있었다.

하지만 지상이 점점 가까워지고 있음에도 불구하고, 백수룡은 끝까지 전력으로 싸울 기세였다.

"이런 미친놈이……!"

"해 보자고. 누가 죽고 누가 사는지."

백수룡의 입가에 맺힌 미소. 광기 어린 눈빛이 만박자를 불안하고 초조하게 만들었다.

이런 식으로 죽으려고 수십 년 동안 인내의 세월을 견뎌 온 것은 아니었다.

'빌어먹을!'

결국, 만박자가 먼저 용천혈에 내공을 집중해 폭발시켰다. 바닥까지 얼마 남지 않은 순간이었다. 그의 몸이 순간 붕 떠올랐다.

백수룡은 그 순간을 놓치지 않았다.

"생각보다는 오래 버텼네."

아직 허공답보나 능공허도를 자유자재로 펼치지 못하는 것은 백수룡도 마찬가지였다.

하지만, 백수룡에겐 만박자가 알지 못하는 새로운 무기가 있었다. 그는 왼손을 아래로 뻗었다. 손목의 빙백환이 새하얗게 물들었다.

쩌저저적!

대기 중의 수분이 얼어붙으며 발밑으로 손바닥만 한 얼음 조각이 생겨났다. 백수룡은 그것을 발판 삼아 위로 솟구쳤다.

"빙공!"

단숨에 만박자의 머리 위까지 솟구친 백수룡은, 경악한 표정으로 자신을 올려보는 만박자를 내려다보며 씩 웃었다.

"지금부터 벌어질 일이 상상되지?"

"이런 비겁한—!"

몸을 띄우기 위해 용천혈에 내공을 집중하느라, 만박자는 공력의 운용이 평소보다 크게 느려져 있었다.

반면 백수룡은 마지막까지 숨겨 뒀던 빙공을 마음껏 쏟아냈다.

그 찰나의 차이가 승부를 갈랐다.

쩌저저저적!

쩌저저저적!

만박자의 팔다리가 얼어붙고, 전신에 새하얀 서리가 내렸다. 움직임이 둔해진 그의 얼굴에 백수룡은 왼손으로 일장을 내리꽂았다.

콰아아앙!

그대로 지상에 추락한 만박자가 바닥에 거칠게 처박혔다. 몸이 크게 튀어 오른 것으로 봐선 뼈 몇 개는 부러진 듯했다.

백수룡은 그 앞에 사뿐히 내려섰다.

"너랑 오래 싸워 줄 시간이 없었거든."

하늘 위로 솟구친 순간부터 지상에 다시 발을 디딜 때까지.

백수룡이 혈교의 장로를 쓰러뜨리는 데 걸린 시간은 반의 반 각도 되지 않았다.

233화

선택

"으음……."

남궁수가 힘겹게 눈을 떴다. 시야가 흐릿하고, 머리는 깨질 듯이 아팠다. 토할 것처럼 속이 울렁거렸다. 중독의 여파였다.

그러다 불현듯, 남궁수는 의식을 잃기 전의 상황을 떠올렸다.

"다른 강사들은……."

만박자에게 기습을 당하고, 만박자가 부리는 마인들과 싸우던 중이었다.

달려오는 마인들을 향해서 전력을 다해 뇌기를 내뿜은 것이 남궁수의 마지막 기억이었다.

독을 억누르고 있던 내공까지 모조리 쏟아낸 탓에, 그 직후 탈진하듯 쓰러졌다.

'그다음엔 어떻게 된 거지?'

남궁수는 고통을 참으며 억지로 몸을 일으키려 했다.

바로 그때, 옆에서 익숙한 목소리가 들려왔다.

"일어났냐?"

흐릿했던 시야에 서서히 초점이 돌아오며 상대의 얼굴이 보였다.

"백수룡……."

언제나처럼 시건방진 녀석의 얼굴을 본 순간, 남궁수는 자기도 모르게 안도의 한숨을 내쉬었다.

이 녀석이 왔다는 건, 어떻게든 일이 해결되었다는 뜻일 테지.

그 순간, 몸에서 힘이 쭉 빠졌다.

남궁수가 바람 빠진 웃음을 흘리며 말했다.

"혼자 지각이군. 벌점이다."

"농담도 하는 걸 보니까 멀쩡하네."

마찬가지로 피식 웃은 백수룡이 손을 뻗었다.

평소 같았으면 거절했겠지만, 남궁수도 이번에는 거절하지 않고 백수룡의 손을 잡아 상체를 일으켰다.

"선생님. 괜찮으세요?"

"걱정했습니다!"

"저희 때문에……."

여러 강사들이 염려 가득한 얼굴로 다가와 괜찮냐고 물었다.

일부는 마인들의 시체들을 한데 모으고 있었고, 일부는 주변을 경계하고 있었다.

주위를 둘러본 남궁수가 조금 갈라진 목소리로 물었다.

"만박자는?"

"잡아서 묶어 놨다. 얼마 안 됐어."

만박자는 피투성이가 된 모습으로 나무 아래에 포박당한 채, 고집스레 입을 꾹 다물고 있었다.

"웬만한 협박이나 고문으로는 입을 안 열 것 같아. 지금은 그럴 시간도 없고."

"그런가……."

남궁수는 고개를 돌려 남궁세가 쪽을 바라봤다.

크아아악!

아아아악!

여전히 남궁세가 곳곳에서 불길이 치솟고 있었다. 비명과 고성도 멈추지 않았다. 바람에 혈향이 섞여 있었다.

으드득…….

이를 악문 남궁수가 다시 고개를 돌려 백수룡을 바라봤다. 그는 애써 차분하게 말했다.

"지금 당장 이곳에서 탈출해야 한다. 무림맹 안휘 지부로 가서 도움을 요청하면…….

"그만해. 너도 알잖아."

"……뭘?"

백수룡은 평소답지 않게 멍한 표정을 짓는 남궁수를 물끄러미 바라보며 말했다.

"무림맹에서 지원이 올 때쯤엔, 어찌 됐든 이미 결과가 나와 있을 거라는 거."

"…….'

한동안 침묵하던 남궁수가 힘겹게 입을 열었다. 다른 강사들은 몰라도 역시 백수룡은 속일 수 없었다.

"……어쨌든 강사들은 탈출시켜야 한다. 본가와 상관없는 이들을 죽게 할 수는 없어."

순간, 분위기가 숙연해졌다.

백수룡의 말대로 남궁수는 이미 알고 있었다.

당장 무림맹에 달려가서 도움을 요청한들, 결과는 달라지지 않으리라는 것을.

그럼에도 무림맹 핑계를 댄 건, 의도치 않게 휘말린 강사들을 대피시키기 위한 핑계에 불과했다.

자신들만 이곳에서 도망친다는 사실에 강사들이 죄책감이나 부끄러움을 느끼지 않도록, 남궁수가 적당한 이유를 둘러댄 것이었다.

"남궁수 선생님……."

"저희도 함께 싸우겠습니다!"

"무림맹에는 한 명만 가도 충분합니다."

하지만 그 사실을 알게 되자, 강사들 대부분은 남아서 싸우겠다는 의지를 드러냈다.

더군다나 남궁세가를 습격한 적은 다름 아닌 '혈교'였다.

정파의 무인으로서 마땅히 멸해야 할 악.

창천검왕과 음양마존의 사연을 모르는 강사들로서는, 사악한 혈교의 무리가 남궁세가를 기습한 것으로밖에 보이지 않았다.

남궁수가 신입 강사들을 둘러보며 냉정하게 말했다.

"어차피 이 정도 전력은 별 도움이 되지 않는다. 너희는 이곳에서 탈출하도록."

그러곤 다시 백수룡을 돌아보며 말했다.

"마침 잘됐군. 백수룡. 지금부터는 네가 강사들을 데리고 이곳을 벗어나라."

"……너는 어쩌려고?"

남궁수가 힘겹게 몸을 일으키며 대답했다.

"나는 남궁세가의 아들이다. 가문을 지켜야 할 의무가 있다."

비록 서출이고, 어려서부터 보이지 않는 차별을 받았다고는 해도, 남궁수는 남궁세가라는 거대한 울타리 안에서 많은 것을 받으며 성장했다.

겉으로 잘 티를 내지 않을 뿐, 누구 못지않게 '남궁'이라는 성에 긍지를 가지고 있었다.

'미아도 걱정되는군. 세가의 고수들과 함께 있겠지만…….'

남궁수는 처음부터 강사들을 안전한 곳까지 데려다준 후 세가로 돌아올 생각이었다.

지금도 그 생각은 마찬가지였다. 남궁수는 백수룡을 똑바로 쳐다보며 말했다.

"덕분에 마음이 놓이는군. 뒷일은 믿고 맡기겠다."

그리고 남궁수는 미련 없이 몸을 돌렸다. 아직 중독의 여파가 남아 있을 텐데도, 꼿꼿하게 허리를 폈다.

백수룡은 그 고집스러운 등을 바라보며 한숨을 쉬었다.

"그 몸으로 싸울 수나 있겠어?"

"……그럭저럭 움직일 만하다."

방금까지만 해도 극독에 중독되어 있었던 몸이다.

지금 당장 의원에 가서 요양해도 모자란 상황이었지만, 남궁수는 정말 아무렇지도 않은 것처럼 대답했다.

저, 저, 고집불통. 그렇게 중얼거린 백수룡이 남궁수를 불러세웠다.

"잠깐만 기다려."

그의 머릿속에 현천신녀의 말이 다시금 떠오르고 있었다.

−남궁세가에 큰 재앙이 닥칠 것이다. 이 재앙 속에서, 너는 선택을 해야만 한다.

−너의 선택에 따라 이 재앙은 커다란 화가 될 수도 있고, 어쩌면 복이 될 수도 있다.

백수룡은 지금이 그 선택의 순간임을 깨달았다.

그는 남궁가묘의 지하에서, 창천검왕이 혈교의 생존자들을 동굴에 가둬 놓고 한 짓을 알게 되었다.

음양마존이 죽어가는 순간까지 얼마나 분노했는지도 잘 알고 있었다.

'남궁세가는 응당 죗값을 치러야 해. 하지만……'

동시에, 그는 제 발로 죽으러 가는 남궁수의 뒷모습을 바라보았다.

며칠 동안 남궁세가에서 연수를 받으며 이런저런 시중을 들어준 일꾼들의 얼굴이 생각났다.

남궁수의 어린 여동생이 천진난만하게 웃던 얼굴도 떠올랐다.

혈교의 복수에 그들 모두가 희생되어야 하나? 그것이 정당한가?

'죽을 놈만 죽으면 되지. 다 죽을 필요는 없어.'

백수룡은 어떤 선택이 최선일지, 어떤 게 '복'이고 어떤 게 '화'일지 고민하고, 또 고민했다.

그리고 그렇게 내린 자신의 결정을 후회하지 않았다.

"뭐지? 할 말이 있으면 빨리해라."

피곤한 얼굴로 묻는 남궁수에게, 백수룡이 씩 웃으며 말했다.

"나한테 남궁세가를 구할 방법이 있어."

"!"

조용히 두 사람의 대화를 듣고 있던 모두가 놀란 얼굴로 백수룡을 바라봤다. 강사들은 물론이고, 만박자도 눈을 부릅떴다.

남궁수가 믿을 수 없다는 표정으로 백수룡에게 다가왔다.

"정말…… 방법이 있단 말이냐? 어떻게?"

백수룡은 만박자에게서 다시 빼앗아온 마령소혼적의 취구를 입에 가져다 댔다.

"백 번 말로 하는 것보다 한 번 보여 주는 게 나을 거야."

삐이이익. 악기 연주에는 딱히 조예가 없었다. 백수룡은 그저 내공을 담아 길게 불었다.

그러자 잠시 후, 어둠 속에서 마인들이 하나둘 걸어왔다.

크르르르…….

크르르르…….

그들은 모두 이지를 상실한 남궁세가의 무인들이었다.

피리에서 입을 뗀 백수룡이 말했다.

"내공을 담아 불면 저들을 통제할 수 있어. 그때부터 내 목소리가 저들에게 명령으로 각인되는 거지."

"……만박자가 흔들던 방울 같은 건가?"

"그것보다 훨씬 강력한 귀물이야."

의식을 잃고 있었던 탓에, 남궁수는 백수룡이 마인들에게 명령을 내리는 모습을 보지 못했다.

백수룡이 마령소혼적을 남궁수에게 건네며 말했다.

"이걸로 혼란을 수습해. 날뛰는 남궁세가의 무인들만 진정시키면, 흑의인들 정도는 남궁세가의 저력으로 충분히 물리칠 수 있을 거다."

남궁수는 얼떨떨한 표정으로 마령소혼적을 건네받았다.

"이걸 어디서…… 아니, 그 전에. 너는 본가의 무인들이 마인으로 변한 이유를 알고 있는 건가?"

"자세한 건 나중에 얘기하지. 일단 닥친 문제부터 해결한 다음에."

"……그래. 알았다."

남궁수는 고개를 끄덕였다.

그러나 그는 백수룡에게 받아든 피리를 품에 넣으려다가 멈칫했다.

"네가 직접 할 수도 있는데, 왜 이걸 내게 맡기는 거지?"

만약 백수룡이 이 피리로 남궁세가를 위기에서 구하게 된다면, 그는 남궁세가의 큰 은인이 된다.

하지만 백수룡은 마령소혼적을 자신이 직접 사용하는 대신 남궁수에게 주었다. 이유가 있었다.

"나는 당장 가 봐야 할 곳이 있거든."

백수룡은 고개를 들어 하늘을 바라봤다. 시커먼 먹구름이 남궁세가 상공을 뒤덮고 있었다.

쿠르르릉……!

쿠르르릉……!

자연적인 현상이 아니었다.

천주산 정상 주변에 있는 한 봉우리에서 시작된 먹구름이, 점점 남궁세가로 밀려들고 있었다.

'유난히 어두운 저 봉우리. 저곳에 혈교와 관련된 뭔가가 있어.'

백수룡은 저 먹구름을 만든 현상이 이번 '재앙'과 무관하지 않으리라고 확신했다.

남궁세가 전체를 한 바퀴 돌면서 피리를 불고 다닐 시간은 없었다. 마령소혼적을 남궁수에게 건넨 이유였다.

사실 한 가지 이유가 더 있었다.

'내가 아무리 은혜를 입혀도, 남궁세가의 가주가 될 수는 없거든.'

물론 두 번째 이유는 입밖으로 꺼내지 않았다.

백수룡이 남궁수의 어깨를 툭 치며 말했다.

"그럼 일이 다 끝나고 보자고."

"무운을 빌지."

눈을 마주친 두 사내는 짧게 고개를 끄덕였다. 더 이상의 말은 필요 없었다.

"너희들도. 다들 살아서 다시 보자."

백수룡은 다른 강사들에게도 씩 웃어 준 후, 만박자에게 다가가 그를 어깨에 짐처럼 둘러멨다.

"넌 나랑 같이 간다. 가면서 이것저것 물어볼 테니까 협조하는 게 좋을 거야."

"클클클……. 어리석은 놈. 고작 너희만으로 상황을 바꿀 수 있을 것 같으냐?"

실성한 듯 웃는 만박자를 어깨에 둘러멘 백수룡은 곧바로 경공을 펼쳤다. 그의 모습이 순식간에 어둠 속으로 사라졌다.

"……빚은 반드시 갚지."

남궁수는 잠시 그 뒷모습을 바라보다가, 백수룡이 주고 간 마령소혼적을 조심스레 쥐었다.

남궁수가 돌아서자, 신입 강사들이 강한 열망을 담은 눈으로 그를 바라보고 있었다.

마치 남궁수가 무슨 말이든 해 주기를 기다리는 듯했다.

"크흠."

남궁수는 짧게 헛기침을 했다.

방금까지 필요 없다고 해 놓고 이런 말을 하려니 조금 민망했지만, 아까와는 상황이 달랐다.

"나는 지금부터 남궁세가로 돌아갈 생각이다. 하지만 몸 상태가 정상이 아니라…… 호위가 필요하다. 물론 강요는 아니다. 함께 가고자 하는 지원자만 받겠다."

그 말을 기다렸다는 듯 강사들이 활짝 웃었다.

사마영이 쾌활한 목소리로 말했다.

"주작학관은 지금부터 남궁수 선생님을 호위하겠습니다!"

이에 질세라, 당백호도 가슴을 탕탕 두드리며 외쳤다.

"백호학관도 마찬가지입니다. 이번에는 저희가 선생님을 도와드리겠습니다!"

그들은 남궁수가 극독에 중독되고도 자신들을 위해 몸을 아끼지 않는 모습을 보았다.

그런 모습을 보고도 울컥하지 않았다면, 정파의 무인이라고 할 수 없었다.

"고맙다. 청룡학관은……."

고개를 끄덕인 남궁수가 청룡학관 강사들을 바라봤다.

청룡학관이야, 이미 준비가 끝난 상황이었다.

"뭘 물어봐요?"

"빨리 가자고요!"

"안 데려가면 억지로라도 따라가려고 했습니다."

"저주받을 혈교 놈들아! 청룡학관이 간다!"

청룡학관이 선두에 서고, 주작학관과 백호학관이 양옆에서 남궁수를 호위했다.

남궁수는 언제든지 마령소혼적을 불 수 있도록 취구를 입 가까이 가져갔다.

여전히 창백한 얼굴이었지만, 어쩐지 입가에 미소가 맺힌 듯했다.

"……출발하지."

잠시 후, 남궁세가에 울려 퍼지는 피리 소리와 함께 전황이 조금씩 바뀌기 시작했다.

234화

불만 있으십니까?

쿠르르릉······!

남궁세가의 위로 몰려온 먹구름이 불길하게 꿈틀거렸다. 그 갈라진 틈새에서 빛이 몇 번 번쩍이더니, 벼락과 함께 빗방울이 떨어지기 시작했다.

툭, 투둑. 처음에는 하나둘씩 떨어지던 빗방울이 순식간에 거센 빗줄기로 변했다.

쏴아아아. 폭우는 세상을 쓸어내릴 듯 쏟아지며 남궁세가 전역에 피어오른 불길을 꺼뜨리기 시작했다.

하지만 거센 폭우도 건물에 붙은 불길만 겨우 잠재울 뿐이었다.

크아아아!

아아아악!

비를 맞은 마인들은 더욱 미쳐 날뛰었다. 그들은 벌게진 눈으로 짐승의 소리를 내며 사람의 피를 탐했다.

"자네가 왜! 대체 왜 그런 꼴이란 말인가!"

"중명아! 나다! 어찌 아비를 못 알아본단 말이냐!"

온몸이 흠뻑 젖은 채로 검을 휘두르는 남궁세가의 무인들도 악에 받쳤다.

그들은 마인으로 변한 가족, 친구, 동료들을 향해 울부짖었다.

남궁세가는 현세에 펼쳐진 한 편의 지옥도로 변한 지 오래였다.

격렬하게 싸우는 마인들과 무인들의 몸에서 뿌연 김이 모락모락 피어올랐다. 그들이 흘린 피는 빗물에 섞여 희석되기는커녕, 전 무림으로 천천히 번져 나가는 듯했다.

"……어쩔 수 없다. 모두 죽여라."

그때, 빗속에 차가운 목소리가 울려 퍼졌다.

남궁세가주의 장남, 남궁학이었다.

남궁세가의 사당(四堂) 중 자신을 지지하는 천풍당의 무인들을 이끌고 온 그는, 놀란 눈으로 자신을 바라보는 무인들에게 다시 명령했다.

"이 혼란을 빠르게 수습하려면 저 마인들을 죽이는 수밖에 없다. 점혈도 듣지 않고, 기절도 시킬 수 없으니…… 죽이는 수밖에."

남궁학의 냉정한 결정에 그를 곁에서 호위하던 장로가 반발했다.

"대공자. 지금은 이지를 잃었다곤 하나, 저들도 남궁세가의 무인들이오. 어찌 그토록 쉽게 죽이라는 말씀을 하는 게요. 일단 제압한 후 포박해서 가둬 두는 것이……."

"장로님. 저들은 마공을 익혔습니다. 저들이 앞으로 남궁세가의 무인으로 얼굴을 들고 다닐 수 있겠습니까?"

"마, 마공이라니. 본가의 아이들이 왜 마공 따위를 익힌단 말이오."

장로의 주름진 얼굴이 딱딱하게 굳었다.

무언가를 알고 있는 듯했으나, 남궁학은 주변 상황에 정신이 팔려 거기까지는 눈치채지 못했다.

"상황이 심각합니다. 빨리 수습하지 못하면 본가는 멸문의 위기에 처할지도 모릅니다."

“…….”

남궁세가는 이미 돌이킬 수 없을 만큼의 전력 손실을 입었다.

마인으로 변한 이들 대부분이 남궁세가의 실질적인 무력을 담당하는 중견 무사들이었다.

그 숫자가 적어도 이백은 넘었고, 그들에게 죽거나 다친 무인의 숫자는 그 두 배 이상이었다.

남궁학의 표정이 분노로 일그러졌다.

‘오늘 이후로 본가는 더 이상 천하제일세가라 불리지 못할 것이다. 어쩌면 오대세가의 자리마저 위태로워질지도…….’

남궁학은 고개를 들어 하늘을 올려다봤다.

하늘에 구멍이라도 뚫린 듯 쏟아붓는 폭우가 세상을 그대로 쓸어버릴 것 같았지만, 그조차 두 절세고수의 싸움을 방해하지는 못했다.

콰콰콰콰쾅!

창천검왕과 흑야마제.

두 절세고수가 하늘을 날아다니며 싸우고 있었다.

마치 신화 속의 용인 듯했다. 그들은 구름을 찢어발기고, 벼락을 사방으로 튕겨내며 가공할 신위를 떨쳤다.

‘조부님은 그렇다 치고, 흑야마제의 무공이 저토록 강하다니…….’

흑야마제의 연배가 자신과 크게 차이가 나지 않는다는 점이 더욱 큰 충격이었다.

남궁학은 치미는 열등감에 입술을 꽉 깨물었다.

‘조부님. 반드시 놈을 죽여 주십시오.’

남궁학은 고개를 돌려 가주전 쪽을 바라봤다.

하늘에서 느껴지는 기파보다는 못하지만, 가주전에서도 무시무시한 기파의 충돌이 느껴졌다.

남궁세가주와 수라마검이 맞붙은 영향이었다.

남궁학이 장로를 쏘아보며 말했다.

"문제는 마인들만이 아닙니다. 흑야마제와 수라마검이 흑의인들을 이끌고 쳐들어 왔습니다. 조부님과 아버님께서 놈들을 격살하시리라 믿지만, 그때까지 본가가 얼마나 큰 피해를 입게 될지 가늠조차 힘듭니다."

"허나……."

"인정에 매여 희생을 더 늘릴 수는 없습니다. 분명 아버님도 저와 같은 결정을 하셨을 겁니다."

결국 장로가 긴 한숨을 내쉬며 고개를 끄덕였다. 애초에 그는 차기 가주로 남궁학을 지지하는 파벌의 장로였다.

"……대공자의 결정에 따르겠소."

"더 이상 검에 자비를 담지 마라! 저들은 본가의 무인이 아닌, 사악한 마공에 이지를 상실한 마인일 뿐이다!"

남궁학은 선두로 나서며 직접 마인을 베었다.

촤아아악!

마인의 심장에서 검을 빼든 그가 단호한 목소리로 명령을 내렸다.

"빠르게 이곳을 정리하라! 가주전으로 향할 것이다!"

남궁학과 그를 따르는 천풍당의 무사들이 살수를 펼치기 시작했다.

바닥에 흐르는 핏물이 더욱 짙어졌다.

'둘째보다 빠르게 움직여야 한다.'

남궁학은 동생인 남궁혁의 성격을 잘 알았다.

분명 남궁혁도 자신과 같은 결정을 내릴 것이다.

어쩌면 지금 이미 제 지지세력인 창궁당의 무인들을 이끌고, 마인들을 처치하며 가주전으로 달려가고 있을지도 모른다.

'본가에 닥친 큰 위기지만, 이 위기를 내 손으로 수습한다면 차기 가주 자리를 차지하는 데 크게 앞설 수 있다.'

남궁세가주의 장남과 차남은 각각 다른 장소에 있었지만, 그 순간 같은 생각을 하고 있었다.

"포박할 시간이 없다! 전부 베어 넘겨라!"

남궁세가의 차기 가주를 노리는 두 형제의 명령에, 천풍당과 창궁당은 피로 된 길을 만들었다.

하지만 남궁세가의 무인들은 명령을 따르면서도 속으로는 울분을 삼키고 있었다.

'꼭 이들을 다 죽여야 하나?'

'이렇게까지 하는 건 너무…….'

'결국 우리는 소모품이란 말이지?'

남궁학과 남궁혁이 차기 가주가 되기 위해서 치열한 경쟁을 벌이고 있다는 건 모두가 알고 있었지만.

서로 먼저 혼란을 수습했다는 공적을 차지하기 위해, 필요 이상으로 많은 피를 흘렸다.

동료의 피가 퍼질수록, 무인들의 얼굴은 어두워져 갔다.

하지만 남궁세가와 장남과 차남은 그들을 신경조차 쓰지 않았다. 냉정한 눈으로 눈앞의 적들을 베어 넘길 뿐이었다.

"마공을 익힌 자들은 더 이상 남궁세가의 무인이 아니다! 손속에 자비를 두지 마라!"

쏴아아아아. 빗줄기가 점점 굵어졌다. 빗물이 무심하게 피를 씻어내고 또 씻어냈지만, 피 냄새는 오히려 점점 진해지는 듯했다.

정신없이 마인들을 베어내며 움직인 두 형제, 그리고 그들이 이끄는 천풍당과 창궁당은 결국 대연무장 앞에서 조우했다.

"……둘째구나."

"……형님."

두 형제는 비에 흠뻑 젖은 모습으로 서로를 마주 봤다.

마치 누가 더 많은 혈족의 피를 묻혔는지 경쟁이라도 하듯, 그들의 무복이 핏빛으로 물들어 있었다.

남궁천이 서늘한 표정으로 물었다.

"잠시 협력하겠느냐?"

"아무래도 그래야 할 것 같소."

짧은 대화를 나눈 그들은 같은 방향을 바라봤다.

크르르르…….

크르르르…….

대연무장에 일백이 넘는 마인들이 집결해 있었다.

딸랑, 딸랑, 딸랑. 그들 사이로 방울을 흔드는 흑의인들의 모습도 보였다.

그 모습을 본 남궁혁이 눈을 사납게 빛내며 말했다.

"저 빌어먹을 흑의인 놈들이 방울 소리로 마인들을 조종하고 있소."

"놈들부터 빠르게 죽여야 한다."

"술사를 죽여도 마인들은 제정신으로 돌아오지 않던데?"

"최소한 대열을 무너뜨릴 수 있겠지."

"결국 다 죽여야 한다는 말이군. 형님도 다른 방법은 찾지 못했나 보오."

"더 큰 희생을 막기 위해서는 어쩔 수 없는 일이지."

"동감이오. 그런데 셋째는 못 보셨소?"

"보지 못했다."

"흥. 잘난 척하더니 진작 도망쳤나 보군."

두 형제의 시선은 대연무장 너머에 있는 가주전을 향했다. 이곳을 돌파해야 가주전으로 갈 수 있었다.

남궁세가주와 수라마검.

두 초고수의 대결에 가주전은 거의 무너진 상태였다.

한 번씩 번뜩이는 빛과 가공할 기파에 오싹오싹 소름이 돋았다.

"아버님과 합류해서 수라마검을 죽여야 한다."

"서두릅시다."

합의를 끝낸 두 형제가 뒤를 돌아봤다. 따라온 무인들에게 총공격을 명하기 위해서였다.

그때였다.

"안 돼요!"

앳된 목소리와 함께 누군가가 그들을 향해 달려왔다.

남궁세가주의 막내딸, 남궁미였다.

호위무사들과 함께 나타난 소녀가 두 오라버니를 가로막았다.

"그만두세요, 오라버니들! 남궁세가의 무인들을 다 죽일 거예요?"

새하얀 우의를 입고 온 소녀의 눈에 눈물이 그렁그렁했다.

열 살 소녀는 이곳까지 오면서 수많은 시신을 보았다.

평소 자신을 보면 다정하게 웃으며 인사해 주던 남궁세가의 가족들이, 지금은 피를 흘리며 쓰러져 있었다.

"더 이상 가족들을 해치지 마세요……."

울먹이며 말하는 소녀의 모습에, 감정이 북받친 남궁세가의 무인들이 이를 악물었다. 빗물인지 눈물인지 모를 것이 그들의 얼굴을 타고 흘렀다.

하지만 정작 두 오라버니의 표정은 싸늘하기만 했다.

"떼를 쓴다고 될 상황이 아니다."

"오냐오냐해 줬더니 너무 버릇이 없구나. 그럼 적에게 죽으란 거냐?"

둘의 얼굴에 짜증이 담겼다.

평소에는 가주가 애지중지하는 막내에게 간이라도 빼 줄 듯 굴었지만, 지금은 거치적거리기만 할 뿐이었다.

둘은 어떻게든 가주에게 능력을 증명하고 인정받고 싶을 뿐이었다.

남궁미가 오라버니들의 옷자락을 붙잡고 애원했다.

"오라버니들은 고수니까 다치지 않게 제압할 수 있잖아요. 네?"

"비키거라."

"방해된다."

두 사내는 매몰차게 막내의 손을 뿌리쳤다.

남궁미가 엉덩방아를 찧으며 넘어졌으나 둘 다 눈길도 주지 않았다.

두 형제는 자신들이 이끌고 온 무인들을 향해서 냉정하게 공격 명령을 내렸다.

"마공이 정신을 좀먹은 자들이다. 손속에 자비를 두지 말고 참하라!"

"들었지? 전부 쓸어버려라!"

"……."

남궁세가의 무인들이 어두운 표정으로 마인들을 향해 검을 빼 들 때였다.

삐이이이익. 빗소리를 꿰뚫고 청아한 피리 소리가 울려 퍼졌다.

그리고 잠시 후, 낮고 덤덤한 목소리가 마인들에게 명령을 내렸다.

"방울 든 자들을 제압해라."

그 순간, 대연무장을 막고 있던 일백의 마인들이 자신들 사이에 있던 술사들을 덮쳤다.

"끄아아악!"

"뭐, 뭐냐!"

"이놈들! 그만두지 못해!"

혈교의 술사들이 맹렬히 방울을 흔들어댔으나 아무 소용이 없었다.

마인들이 술사들을 제압해 방울을 빼앗고, 팔다리를 부러뜨려 모두 제압하는 데 걸린 시간은 촌각에 불과했다.

"이게 무슨 일이야?"

"갑자기 왜……."

다들 어리둥절한 채로 서로는 바라보는 가운데, 피리 소리가 들려온 방향에서 일단의 무리가 나타났다.

무리의 선두를 알아본 남궁학이 눈을 부릅뜨며 중얼거렸다.

"······청룡학관?"

청룡학관 강사들이 누군가를 호위하는 대열을 유지하며 다가오고 있었다.

그리고 그들 뒤로 익숙한 한 사내의 모습이 보였다.

이번에는 남궁혁이 중얼거렸다.

"셋째?"

창백한 안색을 한 남궁수가 걸어오고, 옆에는 악연호가 우산을 받쳐 들어 비를 막아 주고 있었다.

주작학관과 백호학관의 강사들은 좌우에서 남궁수를 호위하고 있었다.

마지막으로 강사들의 뒤에는, 일백이 넘는 마인들이 얌전히 따라오고 있었다.

"네, 네가 여긴 어떻게?"

"방금 뭘 한 거냐? 뒤에 마인들은 또 뭐고?"

남궁세가의 장남과 차남이 크게 당황한 가운데, 넘어졌다가 벌떡 일어난 남궁미가 남궁수에게 달려갔다.

"오라버니!"

남궁수는 자신의 허리춤에 매달린 막내의 머리를 천천히 쓸어내렸다.

"이제 걱정할 것 없다."

"오라버니이······."

남궁미가 훌쩍거리며 눈물 콧물을 남궁수의 옷자락에 마구 비볐다. 가볍게 미간을 찌푸린 남궁수가 작은 한숨을 내쉬었다.

그사이, 남궁학과 남궁혁이 남궁수를 향해서 빠르게 다가왔다.

"방금 그 피리로 마인들을 조정한 것이냐?"

"이놈! 지금까지 어디 숨어 있다가 이제야 나타난 거냐!"

마령소혼적을 바라보는 두 형제의 눈이 탐욕으로 빛났다. 동시에 자신을 경계하는 것이 느껴졌다.

"……."

남궁수는 형제들의 무복이 피로 젖은 것을 보았다. 또한, 오면서 본 무수히 많은 시체를 떠올렸다.

무슨 일이 있었는지 뻔히 예상이 되었다.

저들은, 차기 가주가 되기 위한 경쟁에 눈이 멀어서 흘려도 되지 않을 피를 너무 많이 흘렸다.

"왜 말이 없느냐."

"피리는 하나뿐이냐? 더 있다면 우리에게도……."

그 순간, 남궁수가 벼락처럼 손을 뻗었다.

짜악!

짜악!

통렬한 소리가 빗속에 울려 퍼졌다. 남궁학과 남궁혁의 고개가 옆으로 홱 돌아갔다.

그 모습을 본 모든 사람들이 깜짝 놀라 눈을 부릅떴다.

"!"

워낙 예상치 못한 공격이라 둘은 피할 생각조차 하지 못했다.

뺨을 맞은 두 형제의 눈에 서서히 살기가 맺혔다. 분노와 수치심에 얼굴이 새빨갛게 달아올랐다.

"네놈이 실성을 했구나!"

"죽고 싶은 게냐!"

당장이라도 검을 뽑을 듯 살기를 내뿜은 둘에게, 남궁수는 특유의 덤덤한 어조로 말했다.

"내기는 제가 이겼습니다."

“뭐?”

동시에, 사마영과 당백호가 각각 제 학관의 인솔 강사인 남궁학과 남궁혁의 앞을 가로막았다.

그들은 이곳에 오면서 합의한 내용을 발표했다.

“이번 연수 교육. 청룡학관이 최종 승자입니다.”

“백호학관도 같은 의견입니다.”

순간, 두 사람은 꿀 먹은 벙어리가 되었다.

남궁수가 신입 강사들을 구하러 갔을 때, 두 사람은 세가의 일만 신경 쓰고 그들을 방치했다.

하다못해 숙소로 사람 하나 보내지 않았으니, 신입 강사들이 화가 날 만도 했다.

남궁수가 말을 이었다.

“내기에서 이긴 사람이 나머지 둘의 뺨을 치기로 했지요. 그래서 때렸습니다. 불만 있으십니까?”

“이 와중에 지금…….”

“내기 같은 걸…….”

두 형제가 뒤늦게 반박하려 했으나, 남궁수는 그들을 무시하고 지나쳤다.

남궁수는 두 형이 데려온 무인들 앞에 서서 정중하게 포권을 취했다.

“상황이 정리될 때까지만 제 지시에 따라 주십시오.”

장내에 기묘한 침묵이 감도는 가운데, 쏟아지던 빗줄기가 천천히 줄어들기 시작했다.

“그리해 주시면, 더 이상 남궁세가의 그 누구도 피를 흘리지 않게 하겠습니다.”

“…….”

남궁수를 바라보는 무인들의 시선이 단숨에 바뀌는 순간이었다.

235화

남궁세가의 삼공자

짧은 정적과 함께 바람이 불었다. 비에 젖은 남궁수의 머리카락이 아무렇게나 바람에 흩날렸다.

"상황이 정리될 때까지만 제 지시에 따라 주십시오."

남궁세가의 삼공자는 진지한 눈으로 세가의 무인들을 응시했다. 아직 부상과 독 기운이 남아 창백한 얼굴이었다.

하지만 이 순간, 그의 존재감은 누구보다 강렬했다.

"더 이상 남궁세가의 그 누구도 피를 흘리지 않게 하겠습니다."

건조하고 덤덤한 말투였지만, 간절한 진심이 담겨 있었다. 혈족의 피를 손에 묻힌 세가의 무인들을 향한 눈빛에 미안함과 안타까움이 비쳤다.

"……부탁드리겠습니다."

남궁세가의 삼공자가 세가의 무인들에게 고개를 숙였다.

마치 너희가 이런 일을 겪게 해서 미안하다고 사과하는 듯했다.

순간, 아무도 입을 열지 못했다.

감정이 북받친 무인들 중에는 이를 악물고 고개를 숙이는 이들도 있었다.

하지만 정적은 언젠가 깨지기 마련이었다.

“네 지시에 따르라고?”

“하! 네가 드디어 검은 속내를 드러내는구나!”

남궁학과 남궁혁이 동시에 코웃음을 쳤다.

두 사람은 최소 십 년 전부터 천풍당과 창궁당의 지지를 얻기 위해 많은 공을 들였다.

자신들이 가주 자리에 앉게 되었을 때 그들에게 어떤 미래를 약속할 것인지, 어떤 혜택을 줄 것인지.

당의 수뇌와 수십 차례나 따로 회동하면서 긴밀한 관계를 구축했고, 일반 무인들에게도 꾸준히 돈을 풀어 환심을 샀다.

두 사람이 비웃음을 짓는 이유였다.

“어림도 없는 소리를 하는구나.”

“건방진 놈. 누구에게 부탁을 하는 것이야?”

현재 천풍당과 창궁당은 두 사람의 사조직이나 마찬가지였다.

남궁세가주도 지금껏 그에 대해 별다른 말을 하지 않았다. 후계자 경쟁의 일환이라 여긴 것이다.

그런데 갑자기 나타난 놈이 고개 좀 숙인다고 해서, 두 당의 무인들이 남궁수의 명령을 들을 리 없지 않은가.

‘멍청한 녀석. 네가 고개를 숙여야 할 곳은 그쪽이 아니라 우리다.’

‘지휘권을 달라고? 가당치도 않은 소리.’

두 사람은 남궁수가 멍청한 짓을 한다고 생각했다.

하지만, 두 당의 반응은 두 사람의 예상과는 달랐다.

“한시적인 것이라면, 그렇게 하겠습니다.”

먼저 대답한 쪽은 천풍당의 당주였다.

그 즉시, 남궁학이 눈을 부릅뜨며 그를 노려봤다.

"당주! 그게 무슨 말이오!"

"혼란을 수습할 때까지는 지휘 체계를 통일하는 것이 좋을 듯합니다."

"그 지휘권을 어째서 셋째에게 준단 말이오? 마땅히 형님과 내가 결정해야 하거늘, 어찌 능력도 없는……."

그 순간, 천풍당의 당주는 실망스러운 표정으로 남궁학을 바라봤다.

지금껏 그가 남궁세가의 대공자에게 한 번도 보인 적 없던 표정이었다.

"삼공자님은 피 한 방울 흘리지 않고 이지를 상실한 본가의 무인들을 제압했습니다. 자격은 그것으로 충분하지 않습니까?"

"그것은 셋째의 능력이 아니라 저 피리 덕분이오. 저것만 있었다면 나도……."

"삼공자님이 저 피리를 찾으실 때, 대공자님께선 뭘 하셨습니까?"

공식적인 자리에서 천풍당주가 남궁세가의 대공자를 비난했다. 남궁학의 얼굴이 붉으락푸르락 변했다.

"내가…… 이 모욕을 참을 것 같소?"

하지만 남궁세가의 장남을 바라보는 천풍당주의 눈빛은 점점 더 싸늘해졌다.

"참지 않으면 어쩌실 겁니까?"

"뭐, 뭐라고?"

"천풍당은 대공자의 사조직이 아닙니다. 마찬가지로, 우리 당의 무인들은 함부로 써도 되는 소모품이 아닙니다."

"내가 언제 천풍당을 소모품 취급했단 말인가! 나는 대의를 위해……!"

"제 조카의 심장을 가르셨지요."

"!"

전혀 몰랐다. 자신이 죽인 자들 중에 천풍당주의 조카가 있었다니.

당황하는 남궁학에게, 천풍당주가 싸늘한 표정으로 말했다.

“처음에는 대의라는 말을 믿으려 했습니다. 그래서 죽은 조카의 눈도 감겨 주지 못하고 대공자의 뒤를 따라왔지요. 하지만 이곳까지 오면서 깨달았습니다. 지금 대공자의 눈에는 차기 가주 자리에 대한 욕심밖에 없다는 것을.”

“다, 당주. 조카의 일은 안타깝지만 그건 상황이…….”

“저뿐만이 아닙니다. 아마 다들 같은 생각일 것입니다.”

남궁학은 뒤늦게 천풍당의 무인들의 표정을 살폈다.

자신을 바라보는 이들의 눈빛에 분노와 실망, 경멸이 가득했다.

“어째서…….”

남궁학은 끝까지 이해하지 못한 모습이었다.

그 표정을 본 천풍당주가 쐐기를 박았다.

“이 시간부로 천풍당은 대공자를 향한 지지를 철회하겠습니다.”

“!”

공식적인 자리에서 지지를 철회한다는 말이 나왔다.

그것도 천풍당 당주의 입에서.

남궁학이 커다란 충격에 말을 잇지 못하는 가운데, 이번에는 창궁당의 당주가 침묵을 깨고 앞으로 나섰다.

“창궁당도 천풍당과 같은 생각입니다. 상황이 정리될 때까지, 지휘권은 삼공자님께서 가지시는 것이 좋을 듯합니다.”

“숙부…….”

남궁혁이 침음하며 창궁당주를 노려봤다.

하지만 앞서 본 것이 있는지라 따지지는 못하고 조용히 이만 갈았다.

창궁당주가 매몰차게 말했다.

“이공자는 우리에게 큰 실망을 안겼소. 나는 지지를 철회하지 않겠으나, 다른 무인들의 마음까지는 나도 어쩌지 못하겠군.”

남궁학보다 조금 나을 뿐, 남궁혁도 크게 다르지 않은 상황이었다.

‘이게 대체…….’

‘빌어먹을…….’

남궁세가의 두 공자는 뒤늦게 자신들의 실책을 깨닫고 새하얗게 질렸다.

그들은 경쟁자보다 먼저 위기를 수습해야 한다는 욕심에 뒤따르는 무인들을 살피지 않았다.

줄어든 빗줄기 속에서, 누군가가 혼잣말처럼 중얼거렸다.

“두 분은 저희가 가족, 친구, 동료를 베면서 느낄 감정을 헤아려 보셨습니까?”

“…….”

“…….”

남궁세가의 직계로 떠받들며 살아온 그들에겐, 세가의 무인들은 당연히 자신들의 명령을 지켜야 할 자들이었다.

뒤늦게 후회가 됐지만, 민심은 이미 등을 돌린 후였다.

그때, 잠시 상황을 살피던 남궁수가 입을 열었다.

“형님들에게 실수를 만회할 기회를 드리겠습니다.”

입장이 완전히 역전되었는데도 불구하고, 그의 얼굴에는 기뻐하는 기색은커녕 작은 동요조차 없었다.

“……기회라고?”

“우릴 얼마나 더 모욕할 셈이냐.”

이를 악물고 남궁수를 노려보는 두 사람.

그러거나 말거나, 남궁수는 제 할 말만을 했다.

“선두에서 흑의인들을 베십시오. 이지를 잃은 본가의 무인들을 구하십시오. 그게 두 분이 용서받을 수 있는 유일한 방법입니다.”

두 사람은 거절할 도리가 없었다.

수많은 무인들이 차가운 눈으로 그들을 지켜보고 있었다.

그들은 이를 악물며 고개를 끄덕였다.

“……알겠다.”

“……알았다.”

남궁세가의 차기 가주 자리를 놓고 경쟁하던 대공자와 이공자가, 평소 서출이라 무시했던 삼공자가 부리는 장기 말로 전락한 순간이었다.

◆ ❖ ◆

남궁수가 지휘권을 통일하면서 혼란스러웠던 상황은 빠르게 정리되었다.

“조를 크게 둘로 나누겠습니다. 이지를 상실한 본가의 무인들을 이곳으로 유인하는 유인조, 흑의인들을 척살하는 척살조입니다.”

남궁수는 각 당의 당주와 중진들을 모아 놓고 작전을 설명했다.

“당주님들은 경공이 빠른 무인들, 살수 훈련을 받은 무인들을 선별해 주십시오. 척살조에는 암기술이나 궁술을 연마한 자를 한 명 이상 포함시켜야 합니다.”

“알겠습니다.”

“알겠습니다.”

남궁수는 대연무장을 중심으로 삼아 세가 전체에 유인조와 척살조와 보냈다.

유인조가 마인들을 대연무장으로 유인하고, 척살조는 흑의인들을 찾아 암습하는 방식이었다.

동시에 세가 전체에 흩어져 싸우고 있는 무력대의 수장들과 장로들에게도 전령을 보냈다.

전령들이 바쁘게 뛰어다니며 남궁수의 말을 전했다.

“포박한 본가의 무인들을 데리고 대연무장으로 오십시오. 그들을 얌전하게 만들 방법을 찾았습니다.”

“뭐라? 그게 정말인가?”

“내 당장 가겠네!”

체계가 잡히자, 남궁세가는 점점 저력을 발휘했다.

오래지 않아 대연무장으로 사당 십육각(十六閣)의 무인들이 집결했다.

세가의 장로들과 무력대의 수장들도 하나둘 도착했는데, 그들은 삼공자의 지시를 받아 움직이는 무인들을 보고 깜짝 놀랐다.

‘삼공자가?’

‘이게 대체 어찌 된 일인가?’

대공자 남궁학과 이공자 남궁혁은 빗속을 개처럼 헥헥거리며 뛰어다니고 있었다.

반면, 삼공자 남궁수는 옆의 호위가 들어주는 우산으로 비를 피하며 한 폭의 그림처럼 피리를 부는 중이었다.

악기 연주에도 상당한 조예가 있는지, 피리 소리가 대연무장으로 감미롭게 퍼져 나갔다.

더 놀라운 일은 그다음에 벌어졌다.

크르르르…….

크르르르…….

유인조를 쫓아 달려온 마인들이, 그 소리를 듣자마자 바로 얌전해진 것이다. 얌전해진 마인들은 한쪽에 도열했다.

“삼공자!”

“그 피리는 무엇이오?”

“이게 어떻게 된…….”

세가의 어른들이 다가와 물을 때마다, 남궁수는 짧게 대답했다.

“자세한 사정은 나중에 설명드리겠습니다. 지금은 본가가 위기에서 벗어나는 것이 우선입니다.”

정론이었기에 다들 꿀 먹은 벙어리처럼 입을 다물 수밖에 없었다.

남궁수가 그들에게 말했다.

"손이 모자랍니다. 좀 도와주시겠습니까?"

어느새 장로들도 모두 남궁수의 지시를 따르고 있었다.

'허허. 가주께서도 우리를 이렇게 막 부리지 않거늘……'

'이 상황에서도 저토록 차분할 수 있단 말인가.'

'삼공자가 다시 보이는군.'

'난세에 영웅이 등장한다더니……'

일반 무사부터 세가의 장로들까지.

삼공자 남궁수에 대한 인식이 오늘 크게 바뀌고 있었다.

그때, 장로 중 한 명이 초조한 목소리로 남궁수에게 물었다.

"삼공자. 가주님을 도와드리러 가지는 않을 게요?"

그 순간, 모두의 시선이 가주전으로 향했다.

남궁세가주와 수라마검의 혈투가 한 시진이 넘도록 이어지고 있었다.

콰콰콰콰쾅!

경천동지할 싸움의 여파로 전각이 거의 무너지기 일보 직전이었다.

남궁수가 차분한 표정으로 그 모습을 살피며 말했다.

"저희가 가도 큰 도움이 되지 않습니다."

"그게 무슨 소리요?"

남궁학과 남궁혁은 대연무장을 가로질러 가주를 도우러 달려갈 계획이었다.

하지만 남궁수는 생각이 달랐다. 그가 차분한 어조로 말을 이었다.

"초고수들의 생사결입니다. 섣불리 끼어들었다가는 오히려 인질로 잡혀 가주님께 방해가 될 수도 있습니다. 지금은 그 외 산낭을 처리하는 게 우선입니다."

"……허면 끝날 때까지 구경만 하자는 말입니까?"

"저희는 이미 가주님께 도움을 드리고 있습니다."

"당최 무슨 말씀이오?"

남궁수는 어떤 상황에서도 냉정하고 차분했다.

그 성격이 이 순간 빛을 발하고 있었다.

"초고수의 기감으로 전황이 변했음을 느끼지 못할 리 없습니다. 지금 쯤 수라마검은 초조함이 커지고 있을 것입니다. 실제로, 수라마검의 기파가 점점 약해지고 있습니다."

그 말에 일부 고수들이 고개를 끄덕였다.

여전히 무지막지한 기파가 가주전 안쪽에서 충돌하고 있었지만, 얼마 전부터는 한쪽이 우세를 점하고 있었다.

"수라마검은 곧 가주님의 검에 쓰러지거나 도주를 시도할 겁니다. 그 때를 대비해 바깥에 검진을 대기시켜 주십시오."

"……존명!"

어느새 모든 남궁세가의 무인들이 남궁수의 명령을 따르고 있었다.

그 모습을 무덤덤한 얼굴로 일별한 남궁수는 하늘을 올려다보았다.

'진짜 문제는 흑야마제다.'

쿠르르릉!

먹구름이 가득한 하늘에서는 여전히 두 마리의 용이 뒤엉켜 싸우고 있 었다.

창천검왕과 흑야마제.

지금까지 어느 한쪽이 승기를 잡지 못하고 있었는데, 남궁수는 그 사 실이 어쩐지 불안했다.

만약 저것이 의도된 무승부라면, 누구의 의도인지는 분명하니까.

'과한 걱정이다. 내 힘으로 해결할 수 있는 일도 아니고.'

남궁수는 고개를 저어 불길한 상상을 털어냈다.

지금은 혈교의 잔당을 처리하는 것에 집중할 때였다. 그는 자신이 할 수 있는 일에 최선을 다하기로 했다.

“검진을 더 촘촘하게 짜십시오. 조만간 수라마검이 나올 가능성이…….”

쩌어어어엉!

귀청을 찢을 듯한 굉음과 함께, 가주전 한가운데서 강렬한 빛이 치솟았다.

거의 동시에, 가주전의 담벼락을 부수고 누군가가 엄청난 속도로 튕겨 나왔다.

검진을 유지하고 있던 무인들 중 몇몇이 소리쳤다.

“수라마검이다!”

“공격하라!”

순식간에 십여 줄기의 검기가 뻗어 나갔다.

하지만 수라마검은 예상이라도 했다는 듯 검기를 피하고, 포위망의 가장 약한 부분을 훌쩍 뛰어넘어 사라졌다.

도망치는 수라마검의 오른팔이 어깨에서부터 잘려나가고 없었다.

그 모습을 본 남궁수가 장로들에게 명령을 내렸다.

“장로들은 수라마검을 쫓아라!”

팔 하나가 잘린 수라마검이라면, 세가의 고수들로 충분히 추살할 수 있을 것이라는 판단에서 내린 명령이었다.

“존명!”

“놈! 이 사달을 내놓고 어딜 도망가느냐!”

“지옥 끝까지 쫓아가서 뼈를 갈아 마실 것이다!”

남궁세가의 장로들이 독기를 품고 수라마검을 쫓기 시작했다.

그사이, 남궁수는 형제들과 함께 가수전으로 향했나.

“아버님!”

“아버님!”

남궁학과 남궁혁이 순식간에 동생을 앞서 달려나갔다.

가주전 한복판에 우뚝 서 있는 남궁세가주, 철혈검 남궁천의 모습이 보였다.

“…….”

그런데, 그의 오른쪽 눈에서 피가 철철 흐르고 있었다.

수라마검의 팔을 잘라낸 대가로 한쪽 눈을 잃은 것이다. 창백한 안색을 보니 내상 또한 적지 않아 보였다.

남궁학과 남궁혁이 깜짝 놀라서 다가갔다.

“아버님! 눈은 괜찮으십니까?”

“의원! 당장 의원을 데려오라!”

“……호들갑 떨 것 없다.”

남궁천은 자신을 부축하려는 장남과 차남의 손을 뿌리쳤다.

비록 한쪽 눈을 잃었어도 그는 남궁세가의 가주이자 초절정에 이른 고수였다.

세가가 큰 위기를 겪고 있는 상황에서, 약한 모습을 보여 남궁세가의 무인들을 불안하게 할 수는 없었다.

저벅저벅.

남궁천은 당당한 모습으로 가주전에서 걸어 나왔다.

그리고 자신을 향해 걸어오던 남궁수의 앞에 멈춰 섰다.

부자가 마주 선 순간, 장내에 묘한 침묵이 감돌았다.

“안에서 네 목소리를 들었다.”

“…….”

“어떤 기특한 녀석이 내 일을 대신하고 있나 했더니……. 전혀 예상치 못했던 그림이구나.”

한쪽 눈을 잃고 큰 내상을 입었음에도 불구하고, 남궁세가주는 전혀 다친 사람처럼 보이지 않았다.

오히려 그의 입가에는 흐뭇한 미소마저 맺혔다.

“잘했다. 네 공이 실로 크다.”

“남궁세가의 아들로서 마땅히 해야 할 일을 했을 뿐입니다.”

남궁세가의 삼공자가 가주에게 공손히 대답했다.

그 순간, 가주가 눈썹을 꿈틀거렸다.

“가주의 아들로서 말이냐?”

의미심장하게 느껴지는 질문이었다.

장남과 차남으로 나뉘어 있던 후계자 경쟁에 커다란 파문을 던지는 질문.

꿀꺽.

남궁학과 남궁혁이 긴장한 표정으로 남궁수를 바라봤다.

뿐만 아니라 대연무장에 모여 있던 모두가 남궁수의 입을 주시하고 있었다.

“예.”

남궁세가의 삼공자가 가주 앞에 당당히 고개를 들며 대답했다.

236화

온몸에서 힘이 솟더라고

철혈검 남궁천.

전대 가주인 창천검왕이 남궁세가를 천하제일세가라는 반석 위에 올려놓았다면, 남궁천은 정파 무림의 온갖 견제와 암투 속에서 남궁세가를 지켜 온 거목과 같은 사내였다.

그리고 지금, 그 사내의 눈 밑이 파르르 떨리고 있었다.

'화무십일홍 권불십년(花無十日紅 權不十年)이라더니…….'

꽃은 열흘 이상 붉은 것이 없고, 권력은 십 년을 가지 못한다.

한 번 성한 것은 반드시 쇠함이 있고, 아무리 높은 권세도 오래가지 못한다는 의미였다.

가주가 된 이후로 두 가지 격언을 매일 가슴에 새기며 살았다.

천하제일세가라 불리는 남궁세가에도 언젠가 위기가 닥칠 수 있으니, 항상 미리 대비하고자 노력했다.

하지만.

눈 앞에 펼쳐진 지옥도는 그런 남궁천의 노력을 비웃는 듯했다.

"……많이 죽고 다쳤구나."

가주의 허망한 목소리에 남궁세가의 무인들이 고개를 푹 숙였다.

긴 악몽 같았던 밤이 지나고, 서서히 새벽이 밝아오고 있었다.

희미하게 밝아오는 여명 아래, 지난밤 남궁세가에 일어난 참상이 적나라하게 드러났다.

남궁세가주는 애써 단호한 목소리로 말했다.

"각 당은 피해 상황을 보고하라."

"천풍당 보고 올리겠습니다. 사망 스물셋, 부상 마흔여덟, 부상자 중 사경을 헤매는 중상자는……."

"창궁당 보고 올리겠습니다. 사망 스물여덟, 부상 서른아홉……."

"장로원의 피해는……."

하룻밤 만에 남궁세가는 전력의 절반 이상을 잃었다.

과거 혈교와의 전쟁에서도 이렇게 큰 피해를 입지는 않았다.

'오늘 이후로 본가는 천하제일이라는 이름을 쓸 수 없겠구나.'

남궁천은 거대한 분노와 비애를 느꼈다.

하지만 그는 흔들림 없는 표정으로 계속 보고를 받았다.

다만, 이를 꽉 악물 뿐이었다.

옆에서 가주를 지켜보던 총관이 걱정스레 물었다.

"……가주님. 괜찮으십니까? 안색이 좋지 않으십니다."

"괜찮네."

"잠시 운기요상이라도 하시는 것이……."

"보고가 끝난 후에 해도 늦지 않다."

가주의 고집스러운 말투에 총관이 한숨을 작게 쉬었다.

"알겠습니다."

자신을 걱정하는 총관의 마음을 이해하지만, 남궁천은 고집을 부릴 수밖에 없었다.

'아직 쉴 때가 아니다.'

남궁천 역시, 수라마검과의 생사결에서 생각 이상으로 심각한 내상을 입었다.

온몸의 기혈이 뒤틀리고 단전도 크게 상했다.

앞으로 몇 년을 정양에 힘써도 완전히 회복될지는 확신할 수 없었다.

그럼에도 남궁천은 의원의 진료를 미뤄 뒀다.

피해 상황을 확인하고 수습하는 것이 먼저이기 때문이었다.

그리고…….

문득 고개를 든 남궁천이 하늘을 올려다보았다.

"저 싸움이 끝나야 마음 편히 쉴 수 있을 것 같군."

"……."

쿠르르르릉!

하늘 위에서는 창천검왕과 흑야마제의 경천동지할 싸움이 계속되고 있었다.

시간이 흐르며 달라진 것이 있다면, 그들이 남궁세가에서 점점 멀어지고 있다는 것이었다.

함께 하늘을 보고 있던 자들이 말했다.

"방향을 보니 천주산 쪽으로 가는 것 같습니다."

"흑야마제가 도망가는 것이 분명합니다!"

"가주. 태상가주께 지원군을 보내야 하지 않겠습니까?"

남궁천은 조용히 고개를 저었다.

"우리가 끼어들 수 있는 영역이 아니오. 아버님께서도 원하지 않으실 것이고. 홀로 충분히 흑야마제를 격멸하실 것이오."

남궁세가는 창천검왕에 대한 절대적인 믿음이 있었다.

무림이 지금처럼 평화로운 시기가 아니었다면, 충분히 천하제일고수의 자리를 노려볼 수 있는 사람이 바로 창천검왕 남궁제학이었다.

무력대의 대주들은 불안해하는 수하들을 독려했다.

"곧 태상가주께서 흑야마제의 수급을 베고 돌아오실 것이다!"

"검왕께서 계신 한 남궁세가는 천하제일세가다!"

그야말로 절대적인 신뢰와 믿음.

하지만 그와 별개로.

점점 멀어지는 창천검왕의 뒷모습을 바라보는 남궁천의 표정은 흐릿했다.

"……우리의 업보라고 했지."

"예?"

"아무것도 아니네."

총관의 물음에 남궁천은 고개를 저었다.

흑야마제가 사납게 웃으며 창천검왕에게 했던 말이 머릿속에 자꾸만 떠올랐다.

―이십 년 전 당신이 저지른 업보 말이야. 위선자의 가면을 쓰고 한 역겨운 일들.

―나는 그 속에서 태어난 재앙이거든.

"……."

남궁세가주는 말없이 하늘을 바라봤다.

비록 눈이 하나밖에 남지 않았다고는 하나, 그는 초절정의 경지에 오른 무인이었다. 이곳에 있는 누구보다 싸움의 양상을 자세히 살필 수 있었다.

촤아아아악!

드넓은 창공을 도화지 삼아, 남궁세가 무공의 정수가 그 위에 펼쳐지고 있었다.

창천검왕의 검이 움직일 때마다 먹구름이 갈라지고 어둠이 찢겨나갔다.

하지만 흑야마제가 만들어 낸 어둠은 금세 다시 뭉쳐 들었다. 그리고 창천검왕을 포위해 끈질기게 괴롭혔다.

"갈!"

창천검왕이 사자후를 터트리며 아무리 맹렬하게 검을 휘둘러도 어둠을 떨쳐 내지는 못했다.

마치, 빛이 아무리 강해도 그림자를 없앨 수는 없다는 것을 보여 주는 듯했다.

'아버님. 대체 과거에 무슨 일이 있었던 겁니까?'

창천검왕은 이십 년 전 자신이 저지른 학살과 관련된 모든 기록을 폐기하고, 관련자들의 입을 막았다.

하지만 완벽한 비밀이란 없는 법.

남궁천은 자신의 부친이 없애 버린 기록이 있다는 사실을 알고 있었다.

그것이 혈교와 관련되어 있고, 무림에 절대 알려져선 안 될 남궁세가의 치부라는 것도 짐작하고 있었다.

남궁천의 하나뿐인 눈에 만감이 교차했다.

'만약 당신이 저지른 죄가 업보로 돌아온 것이라면……. 가주로서 그 죄를 묻겠습니다.'

주먹을 꽉 움켜쥔 후, 남궁천은 더 이상 두 절세고수의 싸움을 지켜보지 않고 돌아섰다.

아직 받아야 할 보고가 산더미였다.

다행히 절망뿐인 상황 속에서, 그나마 유일한 위안거리가 있었다.

"이번에 삼공자님께서 정말 큰 일을 하셨습니다!"

"셋째 도련님이 아니었다면 피해가 몇 배로 늘어났을 겁니다."

"사대학관 신입 강사들도 본가에 큰 도움을 주었습니다. 마땅히 보상해 주어야 할 것입니다.”

가주에게 보고하러 온 사람마다 모두 입이 마르도록 남궁수를 칭찬했다.

“흐음. 그렇소?”

아무렇지 않게 대답한 남궁천은 고개를 돌려 셋째 아들을 물끄러미 바라봤다.

마침 눈이 마주쳤다. 남궁천은 남궁수에게 이리로 오라 손짓했다.

“안색이 좋지 않구나.”

“가주님도 좋지 않으십니다.”

두 형과 달리, 어려서부터 입에 발린 소리는 못 하는 녀석이었다.

부자는 서로의 부상이 심상치 않음을 알아보았다.

힘든 것을 겉으로 티 내지 않는 점 하나만은 꼭 닮은 두 사람이었다.

남궁천이 고개를 끄덕이며 말했다.

“그래. 많이 좋지 않다. 몇 년 안에 뒷방으로 물러나야 할지도 모르겠다.”

“…….”

“녀석아. 이럴 때는 입바른 소리를 좀 해도 된다.”

“……죄송합니다.”

“됐다.”

피식 웃은 남궁천은 아까부터 궁금하던 것을 물었다.

그의 시선이 남궁수가 들고 있는 마령소혼적을 향했다.

“그 피리는 어디서 난 것이냐.”

“저도 정확히는 알지 못합니다. 백수룡 선생에게 받았습니다. 보시다시피 이지를 상실한 본가의 무인들을 진정시키는 효과가 있습니다.”

남궁수는 솔직하게 대답했다.

그 대답에 잠시 침묵하던 남궁천이 조심스러운 어조로 물었다.

"백수룡 선생이 이번 일과 연관되었을 가능성은?"

"없습니다."

남궁수는 단호하게 대답했다. 오히려 부친의 질문에 화가 난 듯 눈썹을 치켜세웠다.

"백수룡 선생은 본가의 은인입니다. 그가 준 이 기물이 아니었다면, 본가는 지금도 시산혈해 속에서 싸우고 있었을 것입니다."

남궁수의 격정적인 반응에 남궁천은 조금 놀랐다.

셋째 아들이 저토록 눈을 치켜뜨고 자신을 노려보는 것은 처음이었다.

어쩐지 조금 주눅이 들었다.

"……혹시나 해서 물어본 것이니 너무 기분 나빠하지 말거라. 백수룡 선생을 마땅히 본가의 은인으로 대접할 것이다."

"예."

본인의 말투가 무례했다고 생각했는지 남궁수가 고개를 숙였다. 그리고 다시 고개를 들며 말했다.

"하지만, 아직 근본적인 문제는 해결되지 않았습니다."

"……그래."

두 사람의 시선이 한쪽에 도열해 있는 마인들을 향했다.

크르르르……

크르르르……

마령소혼적을 불어 마인으로 변한 남궁세가의 무인들을 무력화시켰지만, 제정신으로 돌아오게 하지는 못했다.

"그 피리로도 할 수 없더냐?"

"여러 차례 시도해 보았으나 제정신으로 돌아오게 하는 것은 불가능했습니다. 아무래도 근본적인 문제가 해결되어야 할 듯합니다."

"근본적인 문제라면?"

"제 추측으로는……."

남궁수는 백수룡과 헤어지기 전에 들었던 말을 떠올렸다.

－나는 당장 가 봐야 할 곳이 있거든.

당장 가 봐야 할 곳이 있다며 백수룡이 달려간 방향.
남궁수가 손가락을 들어 한 방향을 가리켰다.
"저곳."
천주산 정상 부근에 있는 봉우리 중 하나.
새벽 여명이 밝아오고 있었지만, 그 주변은 여전히 칠흑 같은 어둠에 뒤덮여 있었다.
"아무래도 저 봉우리가 수상합니다. 저곳에 세가 무인들을 마성에 빠지게 하는 진법이나 기물이 있을지도 모른다는 것이 제 추측입니다."
"과연……."
남궁천도 봉우리를 보며 고개를 끄덕였다. 그의 눈에도 심상치 않은 기운이 느껴졌던 것이다.
"내가 직접 저곳으로 가겠다."
"저도 함께 가겠습니다."
"……괜찮겠느냐?"
"예."
남궁천은 더 이상 묻지 않고 고개를 끄덕였다.
저곳에 또 어떤 적이 있을지 모른다.
마령소혼적을 다루는 남궁수의 힘이 꼭 필요했다.
"알겠다. 일 각 후 출발할 것이니 준비하거라."
남궁천은 각 당의 당주들을 불러 지시를 내렸다.
남아 있는 무인들 중 부상이 덜한 인원들을 차출해 천주산으로 가기 위해서였다.

가주가 바쁘게 움직이는 동안, 남궁수도 자신을 따라온 강사들에게 준비하라고 일렀다.

"음? 저긴 수룡 형님이 먼저 가셨잖아요."

"굳이 갈 필요가 있나⋯⋯."

"저희가 도착했을 때는 다 정리되어 있을 것 같은데."

청룡학관 강사들의 반응이었다. 다른 학관 강사들이 주섬주섬 준비하는 데 반해, 그들은 멀뚱멀뚱 남궁수를 바라봤다.

"⋯⋯그래도 간다."

사실 남궁수도 비슷한 생각이었지만, 가문의 일인지라 가만히 있을 수가 없었다.

잠시 후, 남궁세가의 정예가 천주산 정상을 향해 출발했다.

"이 너머로군."

백수룡은 어깨에 짐처럼 짊어지고 온 만박자를 바닥에 잠시 내려놓았다.

스스스슷⋯⋯.

몇 발자국 앞에 심연처럼 어두운 어둠이 펼쳐져 있었다.

인위적인 힘에 의해 만들어진 어둠이었다.

보이지 않는 어둠 너머에서 솜털이 곤두설 정도로 강력한 마기가 퍼져 나오고 있었다.

"만박자. 저 안에 있는 게 뭐지?"

"크흐흐흐⋯⋯."

만박자는 실성한 사람처럼 어깨를 들썩이며 괴소를 흘렸다.

마혈이 제압된 그는 제대로 움직일 수도 없는 상태였다. 간신히, 웅얼거리듯 아주 작은 목소리로 중얼거렸다.

"저 안에 뭐가 있는지 궁금하느냐?"

만박자의 목소리가 묘하게 울리고 있었다. 백수룡은 그의 앞에 쪼그려 앉으며 물었다.

"어차피 말하게 될 거, 피차 피곤해지기 전에 말하는 게 어때?"

"내 눈을 똑바로 보거라."

"아까부터 왜 이렇게 웅얼거리는 거야?"

"크히히히……."

두 사람의 눈이 마주친 순간, 만박자의 눈동자가 붉게 물들었다.

키이이잉……!

만박자는 무공뿐 아니라 술법의 달인이기도 했다.

처음 백수룡과 싸울 때는 술법을 펼칠 틈이 없었지만.

지금은 달랐다.

백수룡이 완전히 이겼다며 방심하고 다가온 순간, 그의 술법 중 가장 강력한 섭혼술이 펼쳐졌다.

"아……."

백수룡의 눈빛이 흐릿해진 것을 본 만박자가 괴소를 흘렸다.

"크히히히! 걸려들었구나! 걸려들었어!"

백수룡에게 처참하게 패배한 이후, 계속 이 순간만을 노려왔다.

단둘만 남게 되었을 때, 그리고 백수룡이 자신을 만마몽혼진(万魔夢魂陳) 근처로 데려왔을 때.

숨기고 있었던 술법을 펼친 것이다.

"내 네놈을 산 채로 씹어먹어 주마! 흐히히히!"

붉게 물든 만박자의 눈동자.

그것은 역천신공의 혈마안을 연구해서 새롭게 만든 섭혼술이었다.

비록 그 능력은 혈마안과 비교할 수 없을 만큼 약하다지만, 뒤쪽에 있는 만마몽혼진의 도움을 받으면 이야기가 달라진다.

"크히히히! 알려 주랴? 이 진은 만마몽혼진이라 한다! 본교의 마공과 술법의 힘을 몇 배로 강화시켜 주는 절진이니라!"

흥분한 만박자가 주절주절 떠들어댔다.

백수룡이 아무리 초절정고수라고 해도, 이곳에서는 자신의 섭혼술에서 벗어날 수 없다는 확신이 있었다.

만박자의 쭈글쭈글한 얼굴에 흉측한 미소가 맺혔다. 새로 생긴 장난감을 가지고 놀 생각에 잔뜩 신이 난 표정이었다.

"흐흐흐. 우선 내 점혈부터 풀거라. 내 일어나서 차근차근 네놈의 뼈마디를 분질러 주마."

"……."

눈이 풀린 백수룡이 천천히 손을 뻗어 만박자의 어깨에 올렸다.

하지만 거기까지였다.

"어쩐지 아까부터 말이야."

"너, 너! 어떻게!"

만박자가 경악한 표정으로 백수룡을 바라봤다.

분명 자신의 섭혼술에 걸려야 하는데, 이지를 상실하고 자신의 꼭두각시가 되어야 하는데…….

어째서 두 눈에 총기가 가득하단 말인가!

"온몸에서 힘이 솟더라고."

피식 웃은 백수룡이 역천신공을 끌어올리며 혈마안을 발동했다.

백수룡의 두 눈동자가 지옥의 불길처럼 달아올랐다.

그 눈과 마주한 순간, 만박자는 영혼을 잡아 찢는 듯한 충격에 비명을 질렀다.

"끄아아아악!"

237화

혈교의 성물

찢어질 듯한 비명에 놀란 산새들이 일제히 날아올랐다.

질식당한 사람처럼 얼굴이 새파랗게 질린 만박자가 간신히 말을 내뱉었다.

"너, 너, 네가 어떻게……."

만박자는 귀신이라도 본 듯한 표정으로 백수룡을 바라봤다. 온몸이 사시나무 떨듯 떨렸다.

지옥의 업화처럼 일렁이는 붉은 눈동자와 점점 붉게 물드는 머리카락.

천하에 적발적안으로 동시에 변하는 무공은 오직 하나뿐이었다.

"여, 역천(逆天)신공……!"

"만마몽혼진이라고? 영약이라도 잔뜩 먹은 기분인데."

실제로 백수룡은 혈색이 훨씬 좋아진 얼굴로 만박자 뒤편으로 보이는 어둠을 응시했다.

역천신공을 끌어올리자, 마치 거기에 반응하듯 어둠이 거칠게 꿈틀거렸다.

'온몸에 힘이 넘쳐 흐르는군.'

만마몽혼진이란 것이 마공과 술법의 힘을 강하게 해 준다더니, 그 효능이 역천신공에도 적용되는 모양이었다.

백수룡은 두 눈에서 시뻘건 혈광을 뿜어내며 만박자를 노려봤다. 어둠 속에서 혈마안이 시뻘겋게 타올랐다.

"자, 다시 이야기를 해 볼까?"

"설마 당신은…… 커허어억!"

갑자기 만박자의 두 눈과 코, 입에서 피가 줄줄 흐르기 시작했다.

백수룡의 붉게 변한 눈동자와 머리카락이, 만박자의 근원에 있는 공포를 건드렸다.

어느새 소변까지 지렸는지, 축축하게 젖은 아랫도리에서 지린내가 풍기기 시작했다.

"……가지가지 하는군."

미간을 찌푸린 백수룡은 손을 뻗어 만박자의 혈도를 짚었다.

이대로 두면 만박자는 온몸에서 피를 쏟으며 죽어 버릴 터였다.

만박자가 죽든 말든 상관없지만, 아직 들어야 할 이야기가 있었다.

파바박!

몇 군데의 혈도를 짚자, 만박자의 몸에서 흐르던 피가 멈췄다.

백수룡은 만박자의 몸 상태를 살피며 표정을 찌푸렸다.

'얼마 못 버티겠군.'

기존에 입었던 부상, 술법이 실패한 부작용, 여기에 혈마안을 마주하며 받은 정신적인 충격까지 더해지면서, 만박자의 몸은 돌이킬 수 없을 정도로 망가진 상태였다.

그때였다.

"교주님……이십니까?"

겨우 정신을 차린 만박자가 시체 같은 얼굴로 백수룡을 올려다보았다. 그런데 말투와 행동이 크게 달라져 있었다.

“…….”

백수룡은 말없이 만박자를 노려보고 있었지만, 속으로는 크게 당황했다.

‘뭐?’

혈교의 장로라는 자가 교주도 알아보지 못한단 말인가?

아무리 자신이 혈마의 무공인 역천신공을 익혔다고 해도…….

그 순간, 백수룡의 머릿속에 어떤 생각이 번뜩 스쳤다.

‘설마, 당대의 혈마와 아직 만난 적이 없나?’

믿기 힘든 일이지만, 그게 아니라면 말이 안 되는 상황이다.

아무리 봐도 저 얼굴은 거짓말을 하는 얼굴이 아니었다.

‘생각해 보니, 예전에도 비슷한 경우가 있었지.’

과거 귀혈대의 대주인 소살귀가 혈마안을 보았을 때도 비슷한 반응을 보였다.

설마하니 장로까지 이런 반응을 보일 줄은 몰랐지만…….

‘오해받아서 나쁠 건 없지.’

백수룡은 혈마인 척 연기하기로 했다. 고문이나 협박보다 이쪽이 만박자에게 정보를 캐내기 유리할 것 같다는 판단이었다.

푸화아악!

백수룡이 적발이 하늘로 치솟으며 무시무시한 기세가 사방으로 뻗쳤다.

쿵!

백수룡이 발을 구르며 위엄 있게 말했다.

“건방지구나. 본좌에게 질문하기 전에 네 이름과 소속을 먼저 밝혀라.”

그 즉시, 만박자가 바닥에 납작 엎드렸다.

백수룡을 혈마라고 완전히 믿고 있는 눈치였다.

"요, 용서해 주십시오. 저는 전대 팔장로였던 귀령자의 대제자 혈령자입니다. 지금은 제가 팔장로의 자리를 이어받았습니다."

팔장로 귀령자(鬼靈子).

무공과 술법을 둘 다 익힌 고수로, 무공만 놓고 보면 장로들 중에서 약한 편이었지만 괴력난신의 술법을 펼치기 시작하면 그 격차를 메우고도 남는 괴물이었다.

'마뇌와 특히 죽이 잘 맞는 놈이었지.'

무령을 흔들며 마인들을 조종하는 모습을 봤을 때, 대충은 예상했었다.

혈령자가 고개를 들며 감격한 표정으로 백수룡을 바라봤다.

정신적인 충격이 커서 아무래도 정신이 살짝 나간 듯했다.

"이렇게 교주님의 존안을 뵙게 되어 영광입니다. 혈마앙복! 혈세천하……!"

"고개를 들라 한 적은 없다."

백수룡은 발로 혈령자의 뒤통수를 찍어 눌렀다. 바닥에 얼굴이 짓눌린 혈령자가 몸을 바들바들 떨며 말했다.

"주, 죽을죄를 지었습니다. 부디 한 번만 용서를……."

백수룡은 일부러 공포 분위기를 조성했다.

혈령자가 깊게 생각할 시간을 주지 않을 생각이었다.

조금만 생각해 보면 이상한 점이 한두 개가 아닐 테니까.

그 전에 기세로 몰아붙여서 최대한 정보를 캐내야 한다.

"팔장로. 남궁세가를 공격한 목적이 무엇이냐?"

"일사도(一使徒)께서 제게 이르시기를, 남궁세가를 멸문시키고 음양마존께서 안배하신 탈혼마인들을 데려오라고 하셨습니다……."

처음 듣는 단어에 백수룡의 눈썹이 꿈틀거렸다.

'사도는 또 뭐야?'

본래 혈교에 사도(使徒)라는 직책은 없었다.

혈령자에게 명령을 내렸다는 걸 보면, 사도가 장로보다 위에 있는 직책이라는 뜻이었다.

'오십 년 동안 사도라는 직책이 생겼나 보군.'

하기야. 망한 지 오십 년이 지났으니, 내부에서 몇 가지 변화가 생긴 것도 이상하지 않았다.

"그리고, 남궁제학과 남궁천의 시신은 되도록 보존해서 가져오라고……."

"둘을 혈강시로 만들 계획이었나 보군."

"그, 그러한 듯합니다."

혈강시는 혈교 비전의 강시 제조법을 통해 만드는 강시로, 고수의 시체를 사용할수록 더욱 강한 혈강시를 제조할 수 있었다.

만약 남궁제학과 남궁천의 시체로 혈강시를 만들었다면, 초절정고수도 감당하기 힘든 괴물이 탄생했을 것이다.

백수룡은 빠르게 다음 질문을 던졌다.

"마인들과 시체를 가지고 바로 본교로 돌아갈 예정이었나?"

"……속하는 본교의 위치는 모릅니다. 일단은 저희 지부로 데려갈 생각이었습니다. 후에 사도께서 오시기로……."

혈령자는 장로이면서도 본교의 정확한 위치조차 알지 못했다.

그 이후에도 이것저것 물어보았으나, 정작 중요한 정보에 대해서는 그리 아는 것이 많지 않았다.

직책만 '장로'이지, 적당히 쓰고 버리는 말이 아닌가 하는 생각이 들 정도였다.

다르게 보면 이런 생각도 들었다.

'철저한 점조직화. 그게 혈교가 무림맹의 추격을 피하면서 지금까지 힘을 키워 온 비결이었군.'

백수룡이 잠시 말이 없자, 혈령자가 변명하듯 중얼거렸다.

"오장로는 저보다 많이 알고 있을 것입니다. 그는 본단에도 자주 들락 날락하니⋯⋯."

오장로는 흑야마제였다.

백수룡은 혈령자를 통해 그가 음양마존의 제자라는 사실을 알게 되었다. 혈령자와 마찬가지로, 스승의 직위를 그대로 세습한 것 같았다.

"저 그런데, 교주님께서 왜 저희를 막으신 것인지⋯⋯."

"질문은 허락하지 않았다."

"⋯⋯죄송합니다."

그 순간, 백수룡은 혈령자의 말투가 미묘하게 변했음을 느꼈다.

'슬슬 내 정체를 의심하기 시작했군.'

하지만 함부로 백수룡을 의심하기에는 역천신공이라는 절대적인 증거가 있었다.

백수룡의 시선이 만마몽혼진 너머를 향했다.

"저 안에는 뭐가 있지?"

"전대 교주님께서 남기신 성물이 있습니다."

"⋯⋯성물? 그게 뭐지?"

"정말, 아무것도 모르십니까?"

혈령자의 목소리에 적의가 피어나는 것이 느껴졌다.

처음에는 똑바로 고개조차 들지 못하던 혈령자가, 눈을 똑바로 치켜뜨며 백수룡을 노려보고 있었다.

"눈빛이 무엄하구나."

백수룡은 씩 웃으며 혈령자를 내려다보았다.

어차피 더 이상 알아낼 정보도 없겠다, 혈마를 연기해야 할 이유가 없었다.

백수룡이 그를 놀리듯 장난스럽게 물었다.

“뭐 더 아는 건 없냐?”

그 순간, 속았다는 사실을 깨달은 혈령자의 얼굴이 붉으락푸르락 변했다.

“네놈! 교주가 아니구나!”

“당연히 아니지.”

“역천신공을 어떻게 익힌 것이냐!”

백수룡은 숨기지 않고 사실대로 말했다.

곧 죽을 노인에게 거짓말을 할 이유는 없었으니까.

“훔쳐서 배웠지.”

“이노오오옴!”

혈령자가 몸을 벌떡 일으키며 백수룡을 기습했다.

다 죽어간다는 사실이 무색할 정도로 빠른 속도였지만, 백수룡에게 위협이 될 정도는 아니었다.

휘익!

고개만 젖혀 공격을 피한 백수룡은 손을 뻗어 혈령자의 목을 움켜쥐었다. 허공에 매달린 혈령자가 버둥댔다.

“끄으윽!”

“역겨우니까 그런 억울한 표정 짓지 마라. 네놈이 이곳에서 저지른 짓, 귀령자의 술법을 익히면서 실험 삼아 해쳤을 죄 없는 생명들을 생각하면 그러면 안 되지.”

백수룡의 싸늘한 목소리에, 혈령자가 눈을 부릅떴다.

“너, 너는 대체 누구······!”

“내가 혈마는 아니지만, 혈교 출신이긴 하거든. 그리고 이제부터······.”

백수룡의 두 눈에서, 무시무시한 혈광이 한 번 더 폭발했다.

“오십 년 전, 내 손으로 마무리 짓지 못한 일을 마무리할 생각이다.”

“!”

오십 년 전 혈교가 무림에서 사라진 이유.

대부분의 무림인들은 정파무림이 혈교를 기습해 혈교를 무너뜨렸다고 알고 있지만, 진짜 이유는 따로 있었다.

−죄수들이 뇌옥을 탈출했다!

혈령자는 오십 년 전의 일을 떠올렸다.

뇌옥을 부수고 혈교의 병력을 학살하던 다섯 명의 절대고수.

혈교의 무력대 절반이 그들을 막으려다가 전멸하고, 장로들조차 시간을 끄는 것이 전부였던 가공할 무신들.

선두에서 그들을 이끌던 붉은 머리의 사내.

전혀 다른 얼굴이었지만, 지금 그 사내의 얼굴이 백수룡에게 겹쳐 보였다.

“너, 너는, 너는 설마……! 하지만 그자는 분명 죽었는데……!”

백수룡이 혈령자의 귀에 대고 속삭이듯 말했다.

“지옥에 가서 옛 교도들을 만나면 전하도록 해. 곧 나머지도 보내 줄 테니 서운해하지 말라고.”

“사, 살려……!”

우지직!

백수룡은 혈령자를 목을 꺾어 버린 후 옆으로 던졌다. 그리고 거침없이 만마몽혼진 안으로 들어갔다.

츠츠츠츳…….

진법 안에 가득한 어둠이 백수룡의 몸에 닿았다가 저절로 흩어지며 길을 열었다.

경지가 낮은 무인들은 그대로 질식해 버릴 만큼 밀도 높은 마기.

하지만 역천신공의 주인인 백수룡에겐 무한한 힘을 불어넣었다.

'이 안에 전대 교주가 남긴 성물이 있다고 했지. 그게 뭘까?'

백수룡은 성물의 정체를 추측해 보며 성큼성큼 진법의 안쪽으로 들어갔다.

지금이라면 어떤 함정이 있더라도 깨부술 수 있을 것 같았다.

크르르르…….

크르르르…….

진법의 안쪽에서 경계를 서고 있던 탈혼마인들이 백수룡에게 하나둘 다가왔다.

눈자위가 완전히 검게 물들어 있었고, 온몸에서 지독한 마기가 뿜어졌다.

"……너무 늦었군."

작게 한숨을 내쉰 백수룡은 검을 휘둘렀다.

마인들이 미처 반응조차 하지 못할 속도였다.

촤아아악!

목이 떨어진 마인들이 바닥에 털썩털썩 쓰러졌다.

진법 안에 있던 그들은 마기가 골수까지 스며들어 제정신으로 되돌릴 수도 없을뿐더러, 기적적으로 돌아온다고 해도 죽을 때까지 고통받을 운명이었다.

"부디 다음 생엔 좋은 곳에서 태어나길."

억울하게 죽은 자들에게 잠시 명복을 빌어주는 것이 할 수 있는 최선이었다.

잠시 후, 백수룡은 진의 중심에 도착했다.

고오오오…….

그곳에는 사람 키만 한 높이의 제단이 세워져 있었고, 제단을 중심으로 거미줄처럼 복잡한 주문과 술식이 피로 새겨져 있었다.

무지막지한 마기를 내뿜는 제단의 중심에, 전대 혈교주가 남겼다는 성물이 놓여 있었다.

"이게…… 성물이라고?"

성물의 정체를 확인한 백수룡이 미간을 찌푸린 순간, 성물이 역천신공에 반응해 하늘로 떠올랐다.

238화

어부지리를 노려봐?

우우우웅! 허공으로 떠오른 성물에서 마기의 파동이 물결처럼 번져 나
갔다. 진 안을 가득 채운 어둠이 출렁였다.

"혈교에 이런 성물이 있었나?"

백수룡은 고개를 갸웃거리며 성물의 형태를 자세히 살폈다.

손가락만 한 길이의 무언가가 짙은 어둠에 둘러싸여 있었다.

저만한 크기의 성물이라……. 백수룡의 기억에는 없는 물건이었다.

백수룡은 제단에 더 가까이 다가갔다. 동시에 혈마안을 발동해, 성물
을 둘러싼 마기를 투시했다.

그러자 성물의 형태가 확실히 보였다.

백수룡은 더욱 혼란스러운 표정이 되었다.

"……손가락?"

길이가 손가락만 하다고 생각했는데, 진짜 손가락이었다.

은은하게 검붉은 빛이 도는 손가락은 끝부분이 예리하게 잘려 있었는
데, 방금 잘라낸 것처럼 생기가 있었다.

그 순간, 백수룡은 혈령자가 했던 말을 떠올렸다.

─전대 교주님께서 남기신 성물이 있습니다.

"설마……."

백수룡은 저것이 누구의 손가락인지 직감적으로 깨달았다.

바로 전대 혈교주의 손가락이었다.

당시의 자타공인 천하제일인이자, 천하제일의 술법사이기도 했던 혈마.

그의 시신 일부가 혈교의 성물로 전해진 모양이었다.

"하여간 미친놈들."

한편으로는 이해가 안 되는 것은 아니었다.

혈마는 그 경지를 상상하기 힘든 고수였으니, 그 몸에 응축된 기만 해도 웬만한 영약 이상이었을 것이다.

여기에 약물과 술법적인 처리까지 했다면, 썩지 않게 하는 것은 물론이고 저런 마물(魔物)을 만들어 낼 수 있었으리라.

그때였다.

허공에 떠오른 손가락이 살아 있는 것처럼 부르르 떨더니, 백수룡을 향했다.

그 순간.

화아아악! 어마어마한 마기의 폭발이 있었다.

풀과 나무들이 급속도로 말라 죽고, 쓰러진 마인들의 시체가 미라로 변했다.

"!"

백수룡은 흠칫 놀라 공력을 끌어올렸다. 호신강기로 몸을 보호할 생각이었다.

하지만, 그럴 필요가 없었다.

진법 안의 모든 생명체를 사멸시킨 진득한 마기였지만, 유일하게 백수룽에게만은 호의적이었다.

아니, 호의 정도가 아니었다.

츠츠츠츳…….

몸을 휘감는 마기에 백수룡은 전신에 활력이 도는 것을 느꼈다.

힘이 주체할 수 없을 정도로 끓어오르고, 세상이 조금씩 붉게 물들었다.

"하아아……."

척추를 타고 밀려드는 쾌감에 백수룡은 고개를 치켜들고 밤하늘을 바라봤다.

마음만 먹으면 저 하늘도 수십 조각으로 찢어발길 수 있을 것 같았다.

"크크크."

어째서인지 실소가 새어 나오고, 어깨가 들썩였다.

입가에 비릿한 미소를 띤 채, 백수룡은 홀린 듯이 제단을 향해 걸어가기 시작했다.

그의 동공이 살짝 풀렸다.

역천신공이 강하게 공명하고 있었다. 심장이 평소보다 빠르게 뛰었다.

두근, 두근!

지금의 백수룡보다 훨씬 높은 경지에 올랐던 역천의 주인이 남긴 의념이, 백수룡을 강하게 끌어당기고 있었다.

―다음에 또 오너라.

꿈속에서 보았던 혈마의 목소리가 다시금 들리는 듯했다.

이것은 먼 미래까지 내다본 혈마의 안배인 것일까?

어느새 제단에 올라온 백수룡은 왼손을 뻗어 혈마의 손가락을 움켜쥐었다.

그 순간, 혈마가 자신의 귀에 대고 속삭이는 듯했다.

강해지고 싶은가?

그것은 전에 느껴 본 적 없던 강렬한 유혹이었다.

천하를 발아래 두고, 절대자로 군림하며, 원하는 것은 모두 움켜쥐고 싶은가?

목소리는 나른하면서도 퇴폐적이었다. 끈적끈적한 바람이 귓가를 희롱하는 듯했다.

네가 원한다면 이룰 수 있다.

백수룡은 왼손으로 움켜쥔 혈마의 손가락을 멍하니 바라보았다.
이 안에 깃든 가공할 힘을 몸 안에 품는다면, 마물이 품고 있는 마기와 의념을 단숨에 흡수할 수 있다.
"이걸 흡수하면……."
정체되어 있는 역천신공의 경지를 한 단계 끌어올릴 수 있을 것이다.
아니, 그 이상의 힘을 얻을 것이다. 그런 확신이 들었다.
푸화아악!
허공으로 치솟은 적발이 바람에 미친 듯이 펄럭이고, 두 눈은 피가 뚝뚝 떨어질 것처럼 붉게 물들었다. 역천신공이 요동쳤다.
'영약이라고 생각하면 돼. 내 힘으로 충분히 제어할 수 있어.'
그러나 한편으로는, 이성이 맹렬하게 경고하고 있었다.
'이걸 흡수하는 순간 주화입마에 빠진다. 나 자신을 잃게 될 거야.'
백수룡의 본능과 이성이 맹렬하게 충돌했다.

평소 같았다면 차가운 이성으로 충분히 본능을 억눌렀을 것이다.

하지만.

우우우웅!

그 순간 만마몽혼진이 강하게 진동했고, 역천신공이 파괴적인 본능을 부추겼다.

"이것만 있으면……."

백수룡은 혈마의 손가락을 천천히 입으로 가져갔다. 그는 상기된 표정으로 혈마가 남긴 힘을 바라봤다.

"전부, 전부 가질 수 있어……."

본능의 압도적인 우세를 뒤집은 건 대단한 것이 아니었다.

어둠 속에서도 스스로 은은하게 빛을 내는 빙백환.

은사부의 유품이 백수룡의 혼탁해진 정신에 차가운 파문을 일으켰다.

─나는 그 사람과 다시 한번 행복하게 살고 싶을 뿐이야.

"……."

사랑하는 정인에 대해서 말할 때 짓던 봄꽃 같았던 미소.

불쑥 그 아름답고도 처연했던 미소가 떠올라 백수룡을 멈칫하게 했다.

이어서 다른 사부들의 목소리도 꿈결처럼 들려왔다.

─……가문으로 돌아갈 수 있다면…… 꼭 용서를 빌고 싶구나.

무릎을 꿇고 헌원세가가 있는 방향을 향해 절을 올리던 광마 사부의 최후가 선명하게 떠올랐고,

─녹림을 구파일방 못지않은 대방파로 만들 것이다!

장난기 가득하고 단순무식한 사내였지만, 포부만큼은 진심이었던 맹 사부.

―……그 아이에게 못했던 아비 노릇을 늦게나마 하고 싶구나.

천하제일의 검을 가지고도, 아들과 함께 있어 주고 싶다는 소박한 꿈 외에는 아무것도 바랐던 것이 없던 검존의 표정까지.
"……."
흐릿했던 백수룡의 눈에 서서히 총기가 돌아오기 시작했다.
마물의 유혹에 넘어갈 뻔했던 순간, 네 사부의 기억이 그를 심연에서 끌어올렸다.
"……고맙소. 사부들."
그 순간, 백수룡이 제정신을 차리고 있다는 것을 눈치챈 마물이 울컥 울컥 마기를 뿜어내며 다시 그의 정신을 잠식하려 했다.
츠츠츠츳……!
가공할 마기가 다시 한번 백수룡의 몸을 휘감았다.
만마몽혼진의 모든 힘이 백수룡에게 집중되었다.
"크으읍……!"
무지막지한 마기가 몸 안에서 들끓었다. 주체못할 힘에 백수룡을 검을 옆으로 휘둘렀다.
콰아아아앙!
수십 장에 달하는 반경이 초토화되었다.
그러나 들끓는 힘은 조금도 해소되지 않았다.
몇 번이나 검을 휘둘렀지만 마찬가지였다.
마치 이 힘을 순순히 받아들이라고 강요하는 듯했다.
하지만 백수룡도 더 이상 쉽게 당하지 않았다.

백수룡은 이를 악물고 혈마의 손가락을 노려봤다.

"어딜 감히. 본체도 아니고 손가락 따위가."

혈마의 손가락을 꽉 움켜쥔 그는 공력을 끌어올리며 저항했다.

그의 몸에는 역천신공뿐만 아니라, 네 사부가 남긴 무공이 공존했다.

녹림투왕의 녹림십팔식.

광마의 수라혈천도.

빙월신녀의 빙백신공.

검존의 무극검.

네 사부가 남긴 절세무공에는 그들의 정신이 깃들어 있었다. 그것은 혈마가 마물에 남긴 사악한 의념에 결코 밀리지 않았다.

콰콰콰콰콰콰!

발밑에서 시작된 기파가 소용돌이치며 사방으로 퍼졌다. 땅이 쩍쩍 갈라지고 대기가 요동쳤다.

백수룡은 네 사부와 함께 혈마가 남긴 마물에게 대항했다.

"크으읍……!"

쉽지 않은 싸움이었다.

만마몽혼진으로 증폭된 마기가 몸 내부를 들쑤셨고, 혈마가 남긴 사념이 자꾸만 정신을 잠식하려 들었다.

거부하지 마라. 역천의 힘을 받아들여라. 너를 운명에서 자유롭게 하리라.

"닥쳐. 내 운명은 내가 알아서 해."

백수룡은 정신을 굳게 다잡으며 손가락을 노려봤다. 꽉 악문 이 사이로 피가 줄줄 흘러내렸다.

몇 번이나 정신이 아득해질 뻔한 순간이 있었지만, 백수룡은 버티고 또 버텼다.

그는 청룡학관에서 기다리고 있을 제자들의 얼굴을 떠올랐다.

-선생님! 남궁세가 가서 다 박살 내고 와요!
-올 때 선물 사 오는 것 잊지 마세요!

전생의 사부들이 백수룡을 주화입마의 위기에서 끌어냈다면, 현생의 제자들은 그에게 싸울 힘을 불어넣어 주었다
씨익.
백수룡이 웃으며 손안에 쥔 혈마의 손가락을 짓이겼다.
"망나니 같은 제자 놈들을 가르치는 게 내 운명이거든."
콰드드득!
혈마의 손가락이 짓이겨지며 뼈가 부러지고 핏물이 배어 나왔다.
그 순간, 팽팽했던 힘겨루기가 한쪽으로 기울었다.

······결국 늦느냐 빠르느냐의 차이일 뿐이다······.

혈마의 음성이 아스라이 멀어지면서, 동시에 백수룡의 몸을 휘감던 마기가 힘없이 사방으로 흩어지기 시작했다.
"후우우······."
한숨을 내쉰 백수룡은 마령소혼적을 담았던 목함을 꺼내 짓이겨진 혈마의 손가락을 담았다.
다행히 목함에 마기를 차단하는 기운이 있어서, 덮개를 닫자 마기가 감쪽같이 사라졌다.
"······죽겠군."
전력을 다해 싸운 것처럼 힘이 쭉 빠졌다. 몸은 지치지 않았지만 정신이 크게 지쳤다.

백수룡은 목함을 바라보며 고개를 절레절레 저었다.

혈마의 사악한 사념과 마기가 깃든 마물.

일단 힘으로 눌러 놓기는 했지만, 그렇다고 완전히 제압한 것은 아니었다.

섣불리 흡수하려고 했다가는 정신을 잠식당해 마인이 될 것이다.

'당장은 불가능해. 하지만…….'

이 힘을 부작용 없이 흡수할 방법을 찾는다면?

역천신공의 경지가 한층 더 높아질 것이 틀림없었다.

"……일단 이건 나중에 생각하고."

백수룡은 목함을 품 깊숙이 넣고 주위를 둘러봤다.

푸스스스스…….

진법을 유지하는 매개물이 사라지자 만마몽혼진이 힘을 잃기 시작했다.

어둠이 걷히며 완전히 폐허가 된 주변의 풍경이 드러났다.

저 멀리 남궁세가를 뒤덮고 있던 먹구름도 걷히고 있었다.

"휴. 겨우 한숨 돌린 건가……."

백수룡은 희미하게 밝아오는 하늘을 바라보며 한숨을 쉬었다.

생각보다 마물과 오래 싸운 모양이었다.

만마몽혼진 안으로 들어올 때만 해도 캄캄한 밤이었는데, 어느새 새벽이 밝아오고 있었다.

"슬슬 돌아가야겠군."

몸을 돌린 백수룡이 산 아래로 내려가려고 할 때였다.

콰아아아아아앙!

어마어마한 굉음과 함께 지진이라도 난 것처럼 산이 통째로 뒤흔들렸다.

백수룡은 굉음이 들려온 방향으로 고개를 휙 돌렸다.

처음에는 산사태라도 일어난 줄 알았다.

하지만 곧 자연적인 현상이 아니라는 것을 깨달았다.

콰콰콰콰콰쾅!

콰콰콰콰콰쾅!

연이어 충돌하는 기파의 격이 상상을 초월했다.

멀리서 느껴지는 여파만으로도 온몸의 솜털이 곤두설 정도였다.

"이런 미친……."

백수룡은 혀를 차며 싸움의 근원지로 시선을 주었다.

공교롭게도 그리 멀지 않은 곳이었다.

누가 싸우고 있는지는 생각할 것도 없었다.

인간의 힘으로 자연재해와 같은 일을 벌일 수 있는 고수는 천하에 열 명도 되지 않았다.

'창천검왕과 흑야마제. 아직도 싸우고 있었군.'

잠시 고민하던 백수룡은 기척을 숨기고, 싸움이 벌어지는 곳을 향해 조심스럽게 경공을 펼쳤다.

콰콰콰콰콰쾅!

가까이 다가갈수록 지진이 심해졌다. 주변의 지형을 아예 바꿔 버릴 정도였다.

잠시 후, 백수룡은 멀리 보이는 두 절세고수를 발견하고 멈춰 섰다. 상대가 상대인지라 충분히 거리를 많이 두었다.

여전히 무시무시한 기파를 뿜어내며 충돌하고 있었지만, 둘 다 크게 지친 모습이었다.

'부상도 적지 않은 것 같고.'

백수룡은 숨어서 조용히 둘의 움직임을 면밀히 살폈다.

그는 마물과 싸우느라 정신이 크게 지쳤지만, 몸 안에는 만마몽혼진에서 얻은 힘이 여전히 충만한 상태였다.

‘이거……. 한번 어부지리를 노려봐?’
백수룡은 품 안의 목함을 만지작거리며 생각에 잠겼다.
일단은 조금 더 살펴보기로 했다.

239화

천흉

"갈!"

일성(一聲)과 함께 수십 줄기로 뻗어 나간 검기가 대지를 할퀴었다.

콰콰콰콰콰!

자리를 수백 년간 지켜 온 바위가 허물어지고, 민초들에게 신령스럽게 모셔지던 거목이 속살을 드러냈다.

흔히 인간은 아무리 강해도 대자연 앞에서는 무력한 존재라 말하곤 한다.

하지만 아주 드물게 인간의 경지를 벗어난 존재들이 일으키는 폭력은, 세상에 자연재해와 다름없는 재앙을 일으킨다.

"크하하하!"

무시무시한 파괴의 향연 속에서 유쾌한 웃음이 터져 나왔다. 목소리의 주인은 흑야마제였다.

"아주 재미있지 않아?"

칠흑같은 어둠이 그를 호위하며 넘실거렸다.

사위에 조금씩 여명이 밝아오고 있었지만, 그것은 오히려 흑야마제의 어둠을 더욱 도드라져 보이게 했다.

그가 장난스럽게 웃으며 말을 이었다.

"업보란 것이 결국 이렇게 돌아오다니 말이야. 혈족들의 비명이 들려? 남궁세가의 무인들은 뭔가 다를 줄 알았는데, 이십 년 전에 내가 들었던 것과 똑같더라고."

"닥쳐라!"

비분강개한 외침과 함께, 한 자루의 검이 어둠을 꿰뚫고 흑야마제의 심장을 꿰뚫었다.

푸욱!

그러나 검이 꿰뚫은 것은 흑야마제의 잔상이었다.

창천검왕도 처음부터 상대가 이 정도 공격에 당할 거라고는 예상하지 않았다. 몇 번이나 반복된 일. 그는 미련 없이 보법을 밟았다.

휘익!

창천검왕의 발이 허공을 딛는 순간, 그는 흑야마제가 움직이는 경로를 미리 막아서고 있었다.

"버러지 같은 놈."

창천검왕의 백색 장포가 오연하게 펄럭였다.

그가 손을 뻗자 하얀 궤적이 벼락처럼 흑야마제를 사선으로 갈랐다. 흑야마제는 어둠을 휘감은 손으로 검격을 쳐 냈다.

힘과 힘이 충돌했다.

콰콰콰콰쾅!

굉음이 천지를 뒤흔들었다.

압도적인 경지에 도달한 무력의 충돌. 절대자들의 움직임은 인간의 영역을 벗어나 있었다. 그것은 상대를 베고 찌르고 부수고 터트리겠다는 의지와 의지의 충돌이었다.

싸움의 여파가 천주산을 초토화시키고 있었다.

쿠구구구궁!

땅이 내려앉았다. 오래된 고목이 뿌리를 드러내며 쓰러지고, 사납게 몰아치는 기파가 대지에 온갖 상처를 남겼다.

두 절세고수도 무사하지 못했다. 환골탈태와 반로환동을 거친 강건한 육신 위로 혈흔이 번졌다.

'이놈. 강하다.'

창천검왕은 경악하고 있었다.

마지막으로 전력을 다해 검을 휘둘러 본 것이 언제였던가.

주변이 파괴될까 봐, 상대가 죽거나 다칠까 봐 늘 힘을 아껴야 했다.

악명을 떨치던 마두들도 삼 푼의 힘조차 견뎌내지 못한 것이 부지기수였다.

하지만 흑야마제는 달랐다.

'연배로 보면 내 손주들과 비슷하거늘…….'

창천검왕 또한 어려서부터 질리도록 천재 소리를 들어왔지만, 그의 기준에서도 흑야마제는 부조리하게 느껴졌다.

"과연 검왕(劍王)이라 불릴 만해. 이 정도로 강할 줄은 몰랐어."

잠시 뒤로 물러난 흑야마제가 흑백이 섞인 머리카락을 쓸어올리며 웃었다. 그의 새카만 눈동자가 음울한 분위기를 풍겼다.

"하지만 나보다는 약하네."

"……건방진 놈."

두 절세고수는 약속이라도 한 것처럼 잠시 싸움을 멈췄다.

흑야마제는 산 아래의 남궁세가를 바라보며 고개를 갸웃거렸다.

어느새 전각을 태우던 불길이 다 잡히고, 비명과 고성도 더 이상 들려오지 않았다.

"이상하군. 마인들을 벌써 제압한 건가? 방울 소리도 안 들리네."

반대로 창천검왕의 입가에는 회심의 미소가 맺혔다.

“이것이 천하제일세가의 저력이다. 혈교의 잔당 따위가 본가를 무너뜨릴 수 있을 줄 알았더냐.”

창천검왕도 남궁세가의 상황이 안정되고 있음을 느꼈다.

초조했던 마음이 가라앉았다.

자신이 이룩한 가문에 대해 무한한 자부심을 느끼며, 창천검왕은 검을 다시 쥐었다.

‘흑야마제. 이놈만 죽이면 된다.’

사파지존의 수급을 베고, 감히 남궁세가를 공격한 자들에게 핏값을 치르게 하겠노라고 천하에 천명할 것이다.

남궁세가의 깃발을 들고, 다시 발호한 혈교 토벌의 선봉에 설 것이다.

그 전쟁이 모두 끝난 후, 남궁세가는 천하제일세가로서 영원불멸의 명성을 누리리라!

“크크크. 무슨 생각을 하는지 속이 뻔히 보이네.”

“더러운 사파의 종자가 본좌의 속을 안단 말이냐?”

경멸이 어린 창천검왕의 말투에, 흑야마제가 하얗게 이를 드러내며 웃었다.

“이제 나만 죽이면 된다고 생각하지? 남궁세가는 위기를 넘겼고, 오히려 이 위기를 기회로 다시 날아오를 거라고 말이야.”

“잘 아는구나. 목을 길게 빼놓거라. 고통 없이 죽여 줄 터이니.”

창천검왕은 검을 들어 흑야마제의 심장을 겨눴다.

이제야 상대에게 온전히 집중할 수 있을 것 같았다.

우우우웅! 대대로 남궁세가 최고수에게 전해지는 창천신검이 진동하며 시퍼런 예기를 발했다.

흑야마제는 그 검을 향해 똑바로 걸어갔다.

그의 입가에 비릿한 미소가 맺혔다.

“그런데 왜, 그 반대로는 생각을 못 할까?”

츠츠츠츳…….

사위가 시커먼 어둠에 잠기기 시작했다.

분명 새벽이 밝아오고 있었건만, 흑야마제가 다시 밤을 불러오는 것 같았다.

"흥이 식었어. 함께 불타는 남궁세가를 감상하면서, 당신이 초조해하는 모습을 보며 천천히 죽이려 했는데 말이야."

"……허세가 과하구나."

"허세인지 아닌지는 보면 알겠지?"

순간 흑야마제의 옷자락이 거세게 펄럭였다.

강풍과 함께 흑암강기가 팔방에서 솟구쳐 창천검왕을 덮쳤다. 창천검왕도 그에 맞서 맹렬하게 검을 휘둘렀다.

콰콰콰콰콰쾅!

흐릿하게 중첩된 궤적들 하나하나가 모두 일격필살의 초식이었다. 직격한다면 절세고수의 육신조차 육편으로 만들 위력을 지녔다.

하늘이 개벽할 듯 빛과 어둠이 번쩍이며 충돌했다. 천신과 마신이 세상을 종말을 앞두고 싸우는 것 같았다.

"크윽!"

최초로 신음이 터져 나왔다. 어둠을 잘라내고 그 속에서 창천검왕이 빠져나왔다. 왼쪽 어깨의 살점이 짐승이 뜯어먹은 것처럼 뭉텅이로 뜯겨 나간 모습이었다.

"어딜 가시나?"

나른한 목소리와 함께 어둠에 완전히 휩싸인 흑야마제가 창천검왕에게 쇄도했다.

몸에 갑옷처럼 두른 어둠이 불꽃처럼 끓어올랐다.

"커헉!"

창천검왕은 또 한 번 손해를 보며 물러났다.

붉은 선혈이 턱을 타고 흘러내렸다. 그 역시 반격을 했으나, 창천신검은 흑야마제의 암염을 완벽하게 뚫지 못한 채 피륙에 얕은 상처만 남겼다.

창천검왕은 이제 인정할 수밖에 없었다.

'나보다 강하다.'

놈은 제 별호처럼 인간의 껍질을 뒤집어쓴 하늘의 재앙이었다.

이십 년 전 그가 만들어 낸 참상 속에서 피어난 끔찍한 악이었다.

흑야마제가 창천검왕을 몰아붙이며 말했다.

"조금 더 힘내 봐. 어쩌면 당신을 죽인 후에 내가 지쳐서, 남궁세가를 멸하러 가지 않을 수도 있잖아?"

으득…….

창천검왕은 피가 나도록 이를 악물었다.

이곳에서 죽을 수는 없었다.

죽더라도 저 끔찍한 재앙을 떠안고 죽을 것이다.

"놈……. 내게 시간을 준 것을 후회하게 될 것이다."

그 순간, 창천검왕의 두 눈이 붉은 혈기로 물들었다.

"호오?"

흑야마제가 눈에 이채를 띠었다.

창천검왕의 기세가 갑자기 사납게 돌변하더니, 약해지고 있던 기가 폭발적으로 강해졌다.

"크크. 죽어라."

창천검왕이 흉물스럽게 웃으며 창천신검을 휘둘렀다.

파아아아앗!

잿빛으로 물든 검강이 흑야마제 뒤편의 봉우리 하나를 그대로 소멸시켰다.

"크하하하! 내 이럴 줄 알았지!"

그 광경을 본 흑야마제가 광소를 터트렸다.

조금 전 공격을 피하다가 귀 하나가 반쯤 날아갔지만, 전혀 개의치 않은 모습이었다.

흑야마제는 혈기를 띤 창천검왕의 눈동자를 바라보며 말했다.

"당신, 마공을 익혔지?"

"……."

"음양마존에게 빼앗은 마공을 연구했을 거야. 마공의 힘은 매력적이니까. 어떻게든 남궁세가의 무공에 접목해 보고 싶었겠지. 성과가 그건가?"

"크아아아!"

창천검왕은 대답 대신 포효하며 검을 휘둘렀다. 끓어오르는 힘을 주체하지 못한 모습이었다.

콰콰콰콰콰쾅!

흉악한 힘에 의해 천주산 일대가 찢겨 나갔다.

하지만 그중 흑야마제에게 닿는 것은 없었다. 최초의 공격을 제외하고는 아무것도.

"멍청하긴."

오히려 마공을 사용한 순간부터, 창천검왕은 흑야마제에게 농락당했다.

"마공은 인성을 갉아먹고 정신을 피폐하게 만들지. 뿐만 아니라, 신체를 변화시켜. 안 맞는 옷을 억지로 입고 싸우는 기분이 어때?"

"닥쳐라!"

쩌렁쩌렁한 사자후에 바위가 흔들리고, 거목이 뿌리째 뽑혀 날아갔다.

그러나 흑야마제는 태연했다.

아무리 공격이 강해도 맞지 않으면 소용없다.

마공을 일으킨 창천검왕은 힘만 센 멍청이에 불과했다.

“당신 정도 되는 고수가 이런 초보적인 실수를 하다니. 절박하긴 했나
봐?”

“끄아아아악!”

창천검왕의 모든 핏줄이 도드라졌다. 점점 강렬해지는 마기가 사방으
로 뻗쳤다.

하지만, 그뿐이었다.

휘익!

삽시간에 창천검왕의 뒤를 잡은 흑야마제가 그의 뒤통수를 잡고 바닥
에 찍었다.

콰아아앙!

어찌나 강하게 처박았는지 거대한 구덩이가 파였다.

몸을 크게 들썩이는 창천검왕의 귀에 대고, 흑야마제가 속삭였다.

“마공의 부작용을 극복하는 방법이 하나 있는데, 알려 줄까?”

창천검왕은 대답 대신 몸을 돌리며 검을 휘둘렀다. 산조차 반으로 쪼
개 버릴 힘을 담아서.

하지만.

턱!

어이없을 정도로 쉽게 손목이 잡혔다. 직후 손목이 잘려나갔다. 창천
검왕은 평생 처음으로 적에게 검을 빼앗겼다.

“!”

순간 공포에 질려 물러나는 창천검왕의 품으로 흑야마제가 불쑥 들어
가며 킥킥 웃었다.

“애초에 마공에 적합한 인간으로 태어나면 돼. 나처럼 말이야.”

“놈……!”

푸우욱!

흑야마제는 빼앗은 검을 주인의 배에 쑤셔 넣었다.

“쿨럭…….”

창천검왕은 어떻게든 움직이려 했지만, 꼼짝도 할 수 없었다.

흑야마제가 그를 밀어서 커다란 바위에 그대로 꽂아 버린 탓이었다.

“이렇게, 이렇게 끝날 수는…….”

검이 단전을 꿰뚫었다. 수십 년의 적공이 덧없이 흩어진다. 창천검왕은 죽어가고 있었다. 생사신의가 당장 온다고 해도 살릴 수 없는 부상이었다.

스르르릌.

어둠으로 된 갑옷을 해제한 흑야마제가 몸을 살짝 굽혀 창천검왕과 눈높이를 맞췄다.

“당신, 생각보다 더 강했어. 덕분에 나도 귀를 하나 잃었고. 염라대왕한테 가서 자랑해도 좋아.”

그 역시 상당히 지친 얼굴이었으나, 나른한 미소는 여전했다.

창천검왕이 그를 올려보며 이를 갈았다.

“죽……여, 라…….”

“무슨 그런 섭섭한 소리를.”

흑야마제는 손을 뻗어 창천검왕의 뺨을 쓰다듬었다. 그의 입가에 가학적인 미소가 맺혔다.

“나는 절대 당신을 쉽게 죽이지 않을 거야. 우선 두 팔과 다리의 힘줄을 자르고, 혀를 잘라 자살하지 못하게 만들 거야. 하지만 눈은 남겨 놓을 거야. 왜인 줄 알아?”

흑야마제가 앞으로 저지를 살겁을 떠올린 창천검왕의 얼굴에 공포에 질렸다.

“아, 안 돼…….”

천흉, 하늘이 내린 최악의 악인.

흑야마제를 달리 부르는 말.

그 단어가 형상을 이룬 듯했다.

"당신이 보는 앞에서 남궁세가를 몰살할 거거든. 아들부터 손자까지 하나씩 찢어 죽여 주겠어."

"제, 제발……."

"그래야 공평하잖아? 안 그래?"

"아이들, 아이들만은……."

"혹시 예전에 비슷한 이야기를 듣지 않았어?"

"내가, 내가 빌 테니……."

흑야마제가 킬킬 웃으며 창천검왕의 뺨을 툭툭 건드렸다.

승리에 취한 흑야마제가 긴장을 푼 순간.

백수룡이 은밀히 움직였다.

240화

이봐, 일어나

눈물을 흘리며 애원하는 창천검왕에게, 흑야마제는 자신의 더러워진 신발을 내밀었다.

"내 신발을 핥으면, 당신 손주들 중 하나는 살려 주지."

"핥겠소. 지금 당장이라도……."

창천검왕이 흑야마제의 발을 핥으려고 몸을 숙였다.

그러나 그는 검과 함께 바위에 박힌 상태였기에, 고개를 숙이려 하자 끔찍한 고통과 함께 상처가 벌어졌다.

"끅, 끄으윽……."

자신의 발을 핥기 위해서 벌레처럼 꿈틀거리는 창천검왕의 모습에, 흑야마제가 고개를 치켜들고 폭소를 터트렸다.

"크크크크…… 크하하하!"

내공이 담긴 절세고수의 웃음이 산천초목을 떨어 울렸다.

그 모습을 백수룡은 수풀 뒤에 숨어서 지켜보고 있었다.

단 한 번의 기회를 노리는 그의 눈이 서늘하게 가라앉았다.

'아직은 아니야.'

백수룡은 두 절세고수의 싸움을 지켜보면서 그들의 움직임 하나하나를 망막에 새겼다.

초식을 펼칠 때 보이는 기의 흐름, 보법의 경로, 공격과 수비를 아우르는 신체의 세밀한 움직임과 찰나에도 수십 번씩 바뀌는 허초와 실초.

절세고수들이 일평생 쌓아 온 무공의 정수가 충돌하는 것을 지켜봤다.

단지 보는 것만으로도 시야를 넓혀 주는 큰 기연이었다.

하지만 백수룡은 이 기연에서 만족하고 돌아설 생각이 없었다.

'조금만 더…….'

얼굴을 가린 복면을 만지작거리며 흑야마제의 등을 노려봤다.

전생과 현생에 수많은 고수를 보아온 백수룡의 눈에도, 상대는 손에 꼽을 만한 괴물이었다.

정면승부로는 승산이 거의 보이지 않는다.

'하지만 놈도 분명 지쳤어.'

백수룡은 천천히 거리를 좁혔다.

두 절세고수의 대결 장소가 산인 것이 그에겐 행운이었다.

작은 짐승들, 새와 벌레들, 그 외 온갖 생명체들이 내는 소음과 기척.

그 안에서 은밀히 움직이는 백수룡의 기척을 잡아내는 건 아무리 절세고수라 해도 어려웠다.

생사대적과 목숨 건 혈투를 벌이고 지친 지금이라면, 더더욱.

꾸욱…….

긴장한 손에 땀방울이 맺혔다.

백수룡은 기습이 성공할 가능성을 가늠해 보았다.

성공 확률은 절반쯤 될까.

조금만 더 올라간다면 충분히 도박을 해 볼 만했다.

그때였다.

"자, 이제 함께 남궁세가로 가자고."

“제발······.”

더 이상 놀리는 것도 질렸는지, 흑야마제가 창천검왕에게 성큼 다가 갔다.

그가 창천검왕의 배에 박힌 검을 뽑기 위해 손잡이를 움켜쥐었다.

그 순간, 기습의 성공 확률은 순식간에 칠 할까지 올라갔다.

인내심을 갖고 기다리던 백수룡 역시 움직이기로 결정을 내렸다.

‘일격에 죽인다.’

사로잡아서 혈교의 정보를 캐낸다는 생각 따위는 하지 않았다.

어설픈 마음가짐으로 쓰러뜨릴 수 있는 상대가 아니다.

오직 필살의 의지만을 검에 담았다.

스르륵.

백수룡의 신형이 흐릿해졌다.

다음 순간, 그는 흑야마제의 등 뒤에서 다시 나타났다.

“!”

깜짝 놀란 흑야마제가 돌아서며 반응했다. 동시에 어둠이 그를 감싸며 보호했다.

그러나 그 움직임은 평소보다 훨씬 느릴 수밖에 없었고.

두 사람의 신형이 찰나에 교차했다.

푸화악!

흑야마제의 어깨에서 핏물이 터져 나왔다.

애초에 노렸던 곳은 심장.

‘그걸 피하다니······.’

백수룡은 아쉬움을 느낄 새도 없이 공격을 이어 나갔다.

몸을 회전시키며 왼손으로는 냉기가 담긴 장력을 분출하고, 오른손으로는 벼락처럼 검을 내쳤다.

“크흡!”

호흡을 빼앗긴 흑야마제는 상처를 지혈할 시간도 없이 물러나면서 방어에 급급했다.

백수룡은 그 뒤를 집요하게 따라붙었다.

냉기를 뿜어 흑야마제의 움직임을 둔하게 만들고, 첫 기습에 상처를 입힌 어깨를 계속해서 노렸다.

순식간에 수십 합을 교환했다.

흑야마제의 몸 위에 얕은 상처가 늘어났고, 호흡이 불안정하게 흔들렸다.

"누구……?"

창천검왕은 놀란 표정으로 흑야마제를 기습한 자를 바라봤다.

하지만 상대는 복면으로 얼굴을 가리고 있어서 정체를 알아볼 수 없었다.

사실 누구라도 상관없었다.

창천검왕이 쥐어짜 내듯 소리쳤다.

"죽여라! 이곳에서 반드시 놈을 죽여야 한다!"

가능성은 충분해 보였다.

기습을 가한 복면인은 엄청난 고수였고, 흑야마제는 자신과 싸우느라 크게 지쳐 있었으니까.

하지만, 하늘은 창천검왕의 간절한 바람을 이루어주지 않을 모양이었다.

"빌어먹을."

낮은 읊조림과 함께, 흑야마제가 온몸에서 어둠을 폭발시켰다.

퍼어어어엉!

그 폭발에 휘말리면 무사할 수 없다는 사실을 직감한 백수룡은 몸을 뒤로 뺄 수밖에 없었다.

스스스슷…….

어둠이 가라앉은 자리에는 흑야마제가 마귀와 같은 형상으로 서 있었다.

"너, 뭐야?"

흑야마제는 피를 철철 흘리며 백수룡을 노려봤다. 창천검왕에게 입은 내상이 더 심해졌는지, 그의 안색이 창백했다.

하지만 그를 휘감은 어둠은 더욱 사납게 날뛰고 있었다.

츠츠츠츳…….

눈동자가 흑요석처럼 새카맣게 물들었다. 흩어졌던 어둠이 스멀스멀 피어올라 공간을 장악하기 시작했다.

"언제부터, 숨어 있었어?"

오싹.

백수룡은 피부가 저릿저릿해지는 느낌을 받았다.

창천검왕과의 생사결로 크게 지쳤을 텐데도, 흑야마제는 여전히 가공할 기파를 뿜어냈다.

"하마터면, 죽을 뻔, 했잖아?"

말이 툭툭 끊기는 것이 분노를 간신히 참고 있는 모양이었다.

인세에 보기 드문 미공자의 얼굴이 흉신악살처럼 일그러졌다.

화르륵!

주인의 분노를 감지한 어둠이 주변을 불사르기 시작했다.

그 일촉즉발의 순간, 백수룡은 망설이지 않고 차선책을 선택했다.

목소리를 갈라지게 변조한 백수룡이 입을 열었다.

"오장로. 물러나도록."

"뭐?"

순간, 흑야마제는 혼란스러운 표정으로 백수룡을 바라봤다.

그가 혈교의 오장로라는 사실을 아는 자는 수라마검과 혈령자뿐이었다. 그리고 그들은 고문을 당해도 절대 입을 열 자들이 아니었다.

그렇다면 저 복면인은 누구란 말인가?

“······너 누구야?”

“명령이다. 물러나도록.”

“네가 대체 누군데, 나한테 명령질이야?”

흑야마제는 흑암강기를 휘둘러 저 복면을 찢어발기리라 마음먹었다.

상대가 누군지는 잡아서 알아보면 될 일이었다.

갑자기 상대의 눈과 머리카락이 붉게 물들지만 않았다면, 흑야마제는 분명 그렇게 했을 것이다.

화아악! 복면을 쓴 상대의 전신에서 퍼져 나오는 위압감.

천하의 모든 마공을 짓눌러 버릴 역천신공의 압도적인 기운에, 흑야마제는 저절로 손을 멈췄다.

절세고수의 두 눈에 경악이 어렸다.

“너······!”

살기로 가득했던 흑야마제의 눈에 다른 감정이 비쳤다.

그것은 당혹스러움, 그리고 상대에 대한 두려움, 호기심이었다.

분노는 빠르게 식었다. 뚝뚝 끊어 말하던 말투도 다시 평소대로 돌아왔다.

그러곤, 도저히 믿을 수 없다는 표정으로 중얼거렸다.

“······이건 말이 안 돼. 이럴 수가 없는데······. 내가 모르는 후보가 있다고?”

“······.”

백수룡은 아무런 말도 하지 않았다. 일단 상대의 반응을 보고 대처할 생각이었다.

혈령자처럼 자신을 혈마로 오해해 주길 바랐지만, 흑야마제의 반응은 혈령자와 달랐다.

오장로는 자신보다 아는 것이 많을 거라던 혈령자의 말이 사실인 듯했다.

'후보?'

더 자세히 알고 싶었지만, 흑야마제가 입을 꾹 다물었다.

잠시 생각을 정리한 그가, 백수룡의 복면을 뚫어질 듯 노려보며 말했다.

"일단 잡아서 네 정체를 확인해 봐야겠군."

"가능할 거라고 생각하나?"

백수룡의 반문에, 흑야마제가 큭큭 웃으며 다가왔다.

"물론이지. 네가 아무리 역천신공을 익혔어도, 내가 너보다 훨씬 강하거든."

그 순간, 어둠이 크게 일어나 위협적으로 출렁였다.

순식간에 일대를 장악한 어둠이 백수룡을 향해 해일처럼 밀려들었다.

하지만 백수룡도 물러나지 않았다.

피식.

비릿한 미소를 지은 그가 역천신공의 기운을 일으켜 맞섰다.

"그거야, 네가 멀쩡할 때 얘기고."

백수룡의 몸에서도 핏빛 안개와 같은 기운이 흘러나와 어둠을 밀어내기 시작했다.

스산한 목소리로 백수룡이 경고했다.

"날 잡으려면 너도 목을 걸어야 할 거다."

츠츠츠츳……!

어둠과 핏빛 안개가 부딪쳐 서로를 갉아대기 시작했다.

그 모습을 본 흑야마제가 가소롭다는 표정을 지었다. 자신의 기운이 훨씬 강했던 것이다.

"고작 이 정도로 날 협박하는 거냐?"

"이게 전부라고 생각하나?"

지금 백수룡의 몸 안에는 만마몽혼진에서 가득 채운 마기가 충만했다.

백수룡은 그것을 일시에 분출했다.

푸화아아악!

일순간 붉은 안개가 짙어지더니 어둠을 점점 밀어냈다. 일대의 중력이 몇십 배로 강해진 듯했다.

"커헉!"

조마조마한 심정으로 둘의 대결을 지켜보던 창천검왕이 그 힘의 여파를 견디지 못하고 의식을 잃었다.

흑야마제 역시 크게 당황한 것이 느껴졌다.

"어떻게…….'

사실, 이것은 백수룡의 허장성세였다.

만마몽혼진에서 얻은 전대 혈마의 기운으로, 일시적으로 자신의 무공 수위를 속이는 방법이었다.

콰앙!

크게 발을 구른 백수룡이 위엄 있게 말했다.

"한 번만 더 말하겠다. 이곳에서 꺼져라."

백수룡은 역천신공이 만들어 내는 위압감, 전대 혈마가 남긴 마기를 믿었다.

"…….'

흑야마제는 분한 듯 충혈된 눈으로 백수룡을 노려봤다.

그는 지금 고민하고 있었다.

몸이 정상적인 상태였다면 생각할 것도 없었을 것이다.

하지만 지금은 창천검왕과 싸운 직후였다. 적지 않은 내상을 입었고, 몸 상태 또한 심히 좋지 않았다.

'이놈 하나뿐이라면 어떻게든 상대할 수 있을 것 같은데…….'

산 아래에서 빠르게 다가오는 기척들이 느껴졌다.

대부분 벌레만도 못했지만, 그중 일부는 지금 몸 상태로는 상대하기 벅차게 느껴졌다.

"……좋아. 재미있는 걸 보여 줬으니, 오늘은 내가 물러나지."

결국, 흑야마제는 처음으로 다 잡은 먹잇감을 포기할 수밖에 없었다.

스르륵…….

흑야마제의 모습이 어둠에 휩싸여 사라지기 시작했다. 그가 백수룡의 복면을 꿰뚫을 듯 노려보며 말했다.

"하지만 다음엔 다를 거야. 역천신공의 후인이여. 우리는 곧 다시 만나게 될 것이다."

그 말을 끝으로 흑야마제의 모습은 사라졌다. '다시 만나게 될 것이다'라는 말이 아스라이 먼 곳에서 메아리처럼 들려왔다.

흑야마제의 기척이 완전히 사라진 후, 백수룡은 참았던 숨을 길게 내쉬었다.

"후우……."

기습이 실패한 이후에 선택한 차선책은, 그로서도 큰 도박수였다.

'성공해서 다행이지.'

백수룡은 흑야마제의 심연 같은 눈동자를 떠올리며 몸을 부르르 떨었다.

실제로 싸워 본 놈은 예상했던 것보다 더 강했다.

그만한 고수가 왜 겨우 혈교의 오장로인지 이해가 안 될 정도였다.

"또 보자고? 내가 미쳤냐."

역천신공이 최소 8성을 이룰 때까지는 만나고 싶지 않은 상대였다.

고개를 절레절레 저으며, 백수룡은 몸을 돌려 창천검왕에게 다가갔다.

창천검왕은 두 사람의 기가 충돌한 순간 의식을 잃은 상태였다.

백수룡은 그 앞에 앉아 복면을 벗었다.

그가 목숨 건 도박까지 해 가며 흑야마제를 쫓아낸 데에는 이유가 있었다.

“이봐. 일어나.”

백수룡은 창천검왕의 뺨을 툭툭 쳐서 깨웠다.

그는 이 정파의 위선자를 곱게 지옥으로 보내 줄 생각이 없었다.

241화

남궁세가는 더 이상

백수룡은 의식을 잃은 창천검왕을 깨우며 그의 몸에 난 상처를 살폈다.

마치 사람이 아닌 야수와 싸운 듯했다.

전신에 베이고 찔린 상처가 셀 수 없을 정도로 가득했다. 핏물로 얼룩진 무복에선 원래의 색을 짐작할 수 없었다.

'아직까지 살아 있는 게 용하군.'

결정적인 상처는 복부를 관통한 검상이었다.

무인의 생명이라 할 수 있는 단전이 파괴되었다.

보통 사람이라면 이미 죽었어야 할 몸.

하지만 절세고수의 질긴 생명력은 아직도 창천검왕의 숨을 붙여 놓았다.

"제, 제발……."

간신히 의식을 차린 창천검왕은 백수룡에게 손을 뻗었다. 그를 흑야마제로 오해한 듯했다.

물론, 백수룡은 그 모습에 일말의 동정심도 느끼지 않았다.

“꼴불견이군.”

혀를 찬 백수룡은 창천검왕의 맥문을 잡고 억지로 기를 불어넣었다.

몸 안에 따뜻한 기가 들어오자, 그의 눈에 서서히 초점이 점점 돌아왔다.

“너는…….”

백수룡을 알아본 창천검왕이 눈을 크게 떴다.

천천히 주위를 둘러본 그가 갈라진 목소리로 물었다.

“흑야마제는 어디 있느냐?”

“몰라. 내가 왔을 땐 당신 혼자 이 꼴로 있었어.”

“……적발적안의 사내는 보지 못했느냐?”

창천검왕은 기절하기 전에 흑야마제를 기습한 복면인을 떠올리며 물었다.

바람에 휘날리는 적발과 지옥의 불길 같았던 안광이 잊히지 않았다.

‘혈마!’

찰나의 순간, 과거 혈교의 주인이었던 절대고수의 모습이 떠올랐다.

헌데 그자가 혈마였다면, 어째서 자신이 아닌 흑야마제를 기습했단 말인가?

백수룡은 어깨를 으쓱하며 퉁명스레 되물었다.

“내가 어떻게 알아?”

그 대답에서 창천검왕은 무언가 이상함을 느꼈다.

생각해 보니 깨어난 이후로 계속 거슬렸다.

“……어째서 내게 이토록 무례하게 구는 것이냐?”

되살리기엔 이미 늦은 몸이긴 하지만, 백수룡은 자신을 보고 그 흔한 금창약조차 꺼내지 않았다.

오히려 경멸의 시선으로 자신을 바라보고 있었다.

“당신에겐 예의를 갖출 가치가 없으니까.”

그 싸늘한 대답에 창천검왕이 허탈하게 웃었다.

"내가 죽어간다고 네가 날 얕보는구나. 고작 이 정도 사내였더냐."

창천검왕은 애써 허리를 꼿꼿이 펴고 눈에 힘을 주었다. 복부에 꽂힌 검 때문에 쉽지만은 않았다.

생명이 빠르게 빠져나가고 있는 것이 느껴졌지만, 그는 남궁세가의 태상가주로서 마지막까지 위엄을 지킬 생각이었다.

"내 비록 무공을 다 잃고 죽어가고 있다지만, 남궁세가의 태상가주이자 무림의 선배다. 후배는 마땅히 예의를 갖추거라."

백수룡이 황당하다는 듯 웃었다.

"어이가 없네. 내가 지금, 당신이 죽어가고 있어서 무시한다고 생각하는 거야?"

"그게 아니면 어찌……?"

"다 봤거든. 당신이 얼마나 역겨운 짓을 저질렀는지."

"……무슨 소리를."

창천검왕의 표정이 순간 굳었다. 백수룡은 그것을 놓치지 않았다.

"남궁가묘의 지하. 우물 아래에 묻힌 백골들. 당신이 한 짓이지?"

창천검왕은 대답하지 않고 투명한 눈으로 백수룡을 바라보기만 했다.

"그곳에 혈교의 흔적이 남아 있더군. 죽은 자들이 남긴 기록도 있었고."

백수룡은 남궁가묘의 지하에서 본 것들을 모두 폭로했다.

물론 자신과 혈교의 관계에 대해서는 빼고, 창천검왕이 저지른 끔찍한 학살을 강조해서 말했다.

"이래도 발뺌할 건가?"

창천검왕은 꽤 오랫동안 침묵했다.

그리고 겨우 입을 열었다.

"처음에는 네가 혈교의 첩자라고 생각했다."

“……무슨 개소리지?”

백수룡은 진심으로 놀랐으나 겉으로는 티를 내지 않았다.

‘대체 왜?’

지금껏 단 한 번도 혈교와 연관된 흔적을 보인 적이 없었다.

특히 창천검왕 같은 고수들 앞에서는 더더욱 조심했다.

때문에, 지금 그가 하는 말을 이해할 수 없었다.

백수룡이 혈교와 관련된 증거는 실제로 아무것도 없으니까.

창천검왕이 흐릿한 시선으로 그를 바라보며 말했다.

“널 처음 봤을 때, 과거 혈교와 전쟁을 치르면서 느꼈던 기분을 다시 느꼈다. 아주 위험한, 그리고 불길한 기분이 들었지.”

“단지 기분 때문에?”

“본좌와 같은 고수의 감을 무시하는 것이냐?”

“…….”

백수룡은 창천검왕이 느낀 기분이 무엇인지 왠지 알 것 같았다.

아마도 역천신공이 지닌 위압감일 것이다.

창천검왕은 마공을 연구하면서 직접 익히기까지 했다.

그로 인해 마공에 더 예민해진 감각으로, 백수룡에게서 알 수 없는 위압감을 느꼈던 것이다.

‘결국 심증뿐이었군.’

창천검왕이 백수룡을 빤히 쳐다보며 말을 이었다.

“……헌데 아닌 것 같구나. 네가 혈교의 첩자였다면 내게 이런 말을 할 리도 없고, 아직까지 날 살려 두었을 리도 없겠지. 네가 혈교도라면 말이야.”

창천검왕은 바람 빠진 웃음을 흘렸다.

그의 목소리가 점점 탁해지고 있었다.

백수룡이 씨늘하게 굳은 표정으로 말했다.

"당신이 죽인 사람들 중엔 죄 없는 어린아이들도 있었어."

"그래. 증거를 인멸하기 위해 모두 죽였다."

창천검왕은 더 이상 자신이 저지른 짓을 부정하지 않았다.

죽음을 앞둔 인간은 그 어느 때보다 솔직해지기 마련이다.

심지어 상대가 이미 그 비밀을 어느 정도 알고 있는 자라면,

그리고 조용한 숲속에 이렇게 둘뿐이라면,

설령 평생을 지켜 온 비밀이라 해도 자물쇠가 풀리기 마련이었다.

"헌데 말이다."

몸에서 점점 감각이 사라져가는 것을 느끼며, 창천검왕이 되물었다.

"내가 뭘 그리 잘못했단 말이냐?"

"……뭐?"

"어차피 죽을 놈들이었다. 내가 숨겨 주고, 몇십 년을 더 살게 해 줬지. 그 대가로 혈교의 마공과 재물을 요구했다. 놈들의 형편을 생각하면 제법 공정한 거래였다."

정파의 위선자는 자신의 행동을 합리화하기 시작했다.

오히려 그의 눈에는 죄책감이 아닌 맹렬한 분노가 어렸다.

"그런데 자꾸만 무리한 것을 요구하더군. 자유를 달라고? 그야말로 주제도, 은혜도 모르는 버러지들이었다. 모조리 죽여 없애는 것이 마땅했어."

고강했던 무공을 잃자, 뒤늦게 마공의 영향이 골수가 영향을 미치는 것일까.

창천검왕의 두 눈에 은은한 혈기가, 입가에는 비뚤어진 미소가 맺혔다.

문득 역겹다는 생각이 든 백수룡이 물었다.

"그렇게 당당하면 세상에 진실을 밝히지 그래?"

"푸흐흐……. 그것은 다른 이야기지."

창천검왕은 또 한 번 바람 빠진 웃음을 흘렸다.

검이 박힌 상처가 벌어지며 피가 울컥울컥 새어 나왔지만 상관하지 않았다.

어차피 곧 죽을 몸이다.

지금 이 순간이, 살면서 가장 솔직해질 수 있는 시간이란 의미이기도 했다.

"나는 그날의 일을 후회하지 않는다. 과거로 돌아간다면 또 그리할 것이야. 나 창천검왕 남궁제학이 남궁세가를 천하제일세가로 만들었노라!"

저것은 죽기 전의 발악일까.

남궁제학은 피를 토하며 자신의 업적을 떠들어댔다.

백수룡이 조용히 말했다.

"당신이 말하지 않는다면 내가 말하겠어. 이곳에서 내가 보고 들은 걸 모두 폭로할 거야."

그 순간, 푸하하! 하고 웃음이 터져 나왔다.

남궁제학이 안쓰럽다는 표정으로 백수룡을 바라봤다.

"어리석은 아이야. 대체 누가 네 말을 믿어 준단 말이냐?"

"……."

"증거가 있느냐? 이미 모두 폐기했다. 네가 지하에서 본 백골들? 이미 다 썩어 문드러졌을 놈들이 무슨 증거가 되지? 놈들은 그저 시체일 뿐이다."

그 시체들이 얼어붙어서 현장이 그대로 보존되었다는 사실을, 백수룡은 말하지 않았다.

상대가 말문이 막혔다고 생각한 남궁제학이 클클 웃었다.

"폭로? 마음대로 해 보거라. 나는 창천검왕이다. 존귀한 무림십존이고, 남궁세가를 천하제일세가로 만든 인물이며, 남궁세가 역사상 가장 위대한 가주였다. 살면서 수많은 음해를 받아 왔지. 네가 떠들어 봤자 하나가 더 늘어날 뿐, 나의 삶을 흠집 내지는 못한다.”

남궁제학의 얼굴에 잠시 혈색이 돌았다.

죽기 전에 잠시 기력을 되찾는, 회광반조 현상이었다.

“나는 끝까지 남궁세가를 지키다가 죽을 것이다. 지금도, 간악한 혈교의 공격에서 세가를 지켜 냈지. 이보다 더 위대한 최후가 어디 있단 말이냐. 하하…… 하하하하하!”

하고 싶었던 말을 모두 쏟아 낸 남궁제학의 얼굴은 더없이 후련해 보였다.

남궁제학은 입가에 미소를 띠며 눈을 감았다.

생의 불꽃이 정말 얼마 남지 않았다는 게 느껴졌다. 이대로 편안히 눈을 감을 수 있을 것 같았다.

백수룡이 그 표정을 보며 빈정거렸다.

“아주, 죽어서도 속이 시원하겠어. 등선이라도 할 표정이야.”

“네가 어떤 말을 해도 내 부동심을 흔들 수는 없다.”

“정말 그럴까?”

그 순간, 백수룡의 입가에 의미심장한 미소가 맺혔다.

지금까지는 남궁제학이 일방적으로 떠들었다.

백수룡의 반격은 이제부터 시작이었다.

“당신 말대로, 당신의 악행에 대한 증거는 하나도 없어. 그런데 증인은 있지.”

“헛소리로 나를 흔들려 해 봤자…….”

백수룡이 뒤를 돌아보며 말했다.

“이제 나오셔도 됩니다.”

“!”

창천검왕이 감겨가던 두 눈을 부릅떴다.

누군가가 그들의 대화를 듣고 있었단 말인가?

내공을 잃고 감각이 무뎌진 탓에, 누군가 듣고 있다는 것을 전혀 눈치채지 못했다.

남궁제학은 흔들리는 수풀을 바라보며 간절히 바랐다.

‘제발. 남궁세가와 상관없는 자이기를……’

잠시 후, 어둠 속에서 한 사내가 걸어 나왔다.

이 순간 남궁제학이 가장 보고 싶지 않은 얼굴이었다.

“……아버님.”

남궁세가주, 철혈검 남궁천이 창백한 표정으로 걸어왔다.

남궁제학은 허둥지둥 변명을 쏟아내기 시작했다.

“천아, 오해다, 그것이 아니다. 네가 잘못 들은 것이다. 이건, 이건…….”

“제 귀로 전부 다 들었습니다.”

남궁세가의 가주가 우울한 표정으로 말했다.

남궁천뿐만이 아니었다.

그의 뒤쪽으로 남궁수를 비롯해 남궁세가의 인물들이 하나둘 나타났다.

하나같이 얼굴이 창백했다.

“태상가주님…….”

“왜, 왜…….”

“그럼 이 모든 일이, 태상가주님 때문에 벌어졌단 말입니까?”

심지어 그들 뒤로는 사대학관의 신입 강사들 중 일부도 보였다.

다들 엄청난 충격을 받은 얼굴이었다.

“아, 아니다, 아니야, 그게 아니다!”

창천검왕이 손가락으로 백수룡을 가리키며 악을 썼다.

“저 녀석이다! 저 녀석이 사술로 내 정신을 조종했다! 나는 무공을 잃었다. 저항할 수가 없는 상태야. 아들아, 내 말을 믿어다오…….”

"아버님. 그만 말씀하십시오."

남궁천이 다가와 아버지를 부축했다.

남궁제학은 방금까지와는 전혀 다른 표정으로 죽어가고 있었다.

초조하고, 불안하고, 공포에 몸을 떨고 있었다.

남궁천이 저보다 훨씬 젊어 보이는 아버지를 안으며 덤덤한 어조로 달랬다.

"예. 아버님께서 사술에 조종당하셨을 가능성도 충분히 고려하고 있습니다."

"그, 그래. 바로 그것이다. 저놈이다. 백수룡. 저놈을 죽여야 해……."

"그렇기 때문에 더욱 철저히 조사할 것입니다."

"뭐, 뭐?"

남궁천의 표정이 심상치 않았다.

"남궁가묘의 지하를 확인해 보겠습니다. 본가의 무인들이 왜 마공을 익히게 된 건지, 그 이유를 반드시 알아내겠습니다."

"처, 천아……."

"만약 누군가가 아버님에게 사술을 건 것이 사실이라면, 남궁세가의 이름을 걸고 그자를 찾아서 죽이겠습니다."

남궁제학의 표정이 점점 창백해진다.

그런 대답을 원한 것이 아니었다.

그리고 이어질 말은 더더욱 원하지 않았다.

"허나 만약, 아버님의 입에서 나온 말이 전부 사실이라면."

"처, 천아……."

남궁제학은 아들의 저런 표정을 알고 있었다.

그 누구도, 아버지인 자신도 꺾을 수 없는 고집을 부릴 때의 얼굴이었다.

한쪽 눈을 잃은 남궁세가의 가주가 엄중하게 선언했다.

“남궁가묘에 아버님을 모실 자리는 없을 것입니다.”

“네가! 네가 어떻게 내게……!”

남궁제학이 피를 토하며 발작을 일으켰다. 검이 꽂힌 복부에서 핏물이 번져 나갔다.

남궁천은 아버지의 몸을 꾹 눌러서 진정시켰다.

“진정하십시오. 아버님.”

“내가, 내가 본가를 위해 어떻게 했는데! 내가 남궁세가를 천하제일로 만들었다!”

남궁제학의 얼굴에서 점점 핏기가 빠져나가고 있었다.

이제 정말, 정말로 그에게 남은 시간이 없었다.

세상에서 가장 비참한 죽음이 그를 기다리고 있었다.

“이럴 수는 없다! 네가 내게 이럴 수는 없어!”

남궁천은 광기에 물들어 자신을 할퀴는 부친을 바라봤다.

철저하게 조사하겠다고 말했지만, 그는 아버지의 눈에서 이미 진실을 읽었다.

때문에, 거짓말로라도 위로를 해 줄 수 없었다.

묵묵히 잔인한 사실을 전할 뿐.

“아버님. 남궁세가는 더 이상 천하제일세가가 아닙니다.”

“나……는…… 커……헉……!”

남궁제학의 몸이 부르르 경련하더니 서서히 움직임이 멎었다.

숨이 멎는 순간까지 눈을 부릅뜬 채였다.

그리고 남궁제학이 눈을 감는 순간, 백수룡은 잠시 음양마존을 떠올렸다.

‘이제 편히 눈을 감으셔도 될 것 같소.’

242화

남궁세가의 은인

남궁세가에서 화마(火魔)가 치솟았다!

하룻밤 새 불길이 전각의 절반을 태우고, 정체를 알 수 없는 세력이 남궁세가를 야습해 거의 멸문지화(滅門之禍)에 가까운 피해를 입혔다!

처음 소문이 돌기 시작했을 때, 남의 이야기라면 일단 떠들고 보는 호사가들도 그것을 믿으려 하지 않았다.

"뭐? 남궁세가?"

"최근에 들었던 헛소문 중에 제일 터무니없군."

"쯧쯧. 허풍을 쳐도 적당히 쳐야지……."

천하제일세가로 위명을 떨치는 남궁세가.

현 무림에서 남궁세가와 견줄 만한 세력은 유서 깊은 소림과 무당, 화산 정도였다.

그런데 남궁세가가 하룻밤 사이 의문에 세력에게 멸문을 당할 뻔했다?

동네 무관에 다니는 코흘리개들도 코웃음을 칠 이야기였다.

그런데…….

“아, 글쎄. 남궁세가가 대문을 닫아걸었더라니까? 내가 남궁세가와 거래를 이십 년이나 했는데, 이런 일은 처음일세!”

“……정말인가?”

“그뿐이 아닐세. 멀리서 봤는데 진짜 전각이 불에 타고 부서진 흔적이 있더라고.”

“뭐, 불이 난 건 진짜였나 보군.”

남궁세가를 오가는 상인들과 인근 백성들의 증언이, 불길한 소문을 점점 부채질하기 시작했다.

“답답하긴! 불만 난 게 아닌 것 같으니 문제라니까!”

“자네, 그 입 조심하게나. 안휘성에서 남궁세가를 함부로 입에 올렸다가 나중에 경을 치려고…….”

“피 냄새가 났단 말일세.”

“뭐?”

이야기를 꺼낸 상인이 주위를 둘러보더니 목소리를 낮춰 말했다.

“남궁세가 십 리 밖에서부터 피 냄새가 진동을 하더란 말일세……. 뭔가 사달이 난 게 틀림없다니까.”

“꿀꺽…….”

소문이 크기를 키워나가는 건 순식간이었다.

남궁세가는 안휘성을 넘어 무림 전체에 영향력을 미치는 거대한 세력이었다.

매일 남궁세가를 드나드는 상인들만 해도 수십이 넘었고, 무인들과 일꾼들을 포함하면 수백이 넘었다.

남궁세가에 문제가 생겼음은 숨기고 싶어도 숨길 수 있는 일이 아니었다.

하루가 지나기도 전에, 더 심각한 소문들이 하나둘 퍼져 나갔다.

안휘성의 의원이란 의원은 모두 남궁세가로 불려갔다더라.

의원들의 말에 따르면 남궁세가에 무인들 절반이 죽거나 다치고, 남은 절반도 정신이 나갔다더라.

철혈검 남궁천 대협이 습격을 받아 한쪽 눈을 잃었으며, 창천검왕은 심각한 내상으로 은거에 들어갔다…….

흉수가 혈교와 관련이 있을지도 모른다…….

푸드드득!

푸드드득!

수백 마리의 전서구가 하늘로 날아올랐다.

개방과 하오문이 급히 움직였다.

남궁세가에 생긴 변고는 천하에서 가장 뛰어난 정보망을 가진 세력들도 전혀 예상치 못한 일이었다.

곧 무림맹에도 이 사실이 전해졌다.

"남궁세가가 공격을 당했다니? 이게 대체 무슨 말인가!"

콰앙!

흑단목으로 만들어진 탁자가 일격에 쪼개졌다.

급보를 전해 들은 무림맹주가 화를 참지 못하고 탁자를 부순 것이다. 솥뚜껑만 한 그의 손에는 찢어진 보고서가 들려 있었다.

찢어진 보고서의 특정 부분을 읽는 무림맹주의 목소리에서 살기가 뚝뚝 묻어났다.

"혈교 놈들이 흉수란 말이지……."

권왕(拳王) 야율황.

무림십존의 일원으로, 혈교의 잔존 세력을 박멸하는 것을 자신의 숙명으로 여기는 사내였다.

"당장 조사단을 파견하라 이르라. 아니, 지금 당장 내가 가겠다!"

정말로 집무실을 나서려는 거구의 권왕의 앞을, 그와 비교하면 한참 왜소한 여인이 가로막았다.

"진정하십시오, 맹주님. 아직 혈교의 짓으로 밝혀진 것이 아닙니다."

"이런 짓을 저지를 놈들이 혈교가 아니라면 누가 있단 말인가!"

"이미 조사단을 파견했습니다. 지금쯤 선풍검이 남궁세가에 도착했을 겁니다. 맹주님께서 이렇게 움직이시면 혼란만 가중됩니다."

"끄응!"

총군사 제갈소진의 만류에, 움켜쥔 주먹을 바르르 떨던 권왕이 겨우 자리에 앉았다.

혈교의 남궁세가 습격.

만약 사실이라면, 무림맹 전체에 비상이 걸릴 만큼 대사건이었다.

"쥐새끼처럼 숨어 지내던 혈교 놈들이 다시 마각을 드러내는구나."

뿌드득.

권왕이 이를 갈며 중얼거렸다.

오십 년 전, 그는 혈교와의 전쟁에서 스승과 사형제를 모두 잃었다.

전쟁에서는 결국 승리했지만, 사내에게 남은 것은 혈교에 대한 원한과 복수심뿐이었다.

야율황은 그러한 감정을 동력으로 권왕이 되었고, 무림맹주의 자리에 오른 사내였다.

직감적으로 이 일이 혈교의 짓이라고 판단한 권왕이 제갈소진을 질책했다.

"총군사. 놈들을 움직임을 계속 추적하고 있지 않았나? 어째서 이만한 움직임을 놓친 것이지?"

"죄송합니다."

변명을 하려면 수십 가지도 할 수 있었다.

그러나 총군사 제갈소진은 가만히 고개를 숙였다.

잠시 그녀를 노려보던 권왕도 결국 한숨을 내쉬었다.

"지난 일을 더 말해 봐서 뭐하겠나. 앞으로 대처가 중요하다."

"예."

"놈들이 다시 세력을 드러냈으니, 우리도 준비를 해야 한다."

"준비라 하시면……."

권왕의 두 눈이 맹수처럼 빛났다. 그는 마치 이 순간만을 기다려 온 것처럼 보였다.

"전쟁을 준비해야지."

"……."

긴 시간 평화로웠던 무림에, 격변의 바람이 불어오기 시작했다.

무림맹의 정예 무인 일백이 경공을 펼쳐 질주했다.

그들은 남궁세가에서 가장 가까운 무림맹 안휘지부에서 파견된 무인들이었다.

"서둘러라!"

선두에서 그들을 이끄는 사내는 선풍검이라는 인물로, 완숙한 절정의 고수였다.

만사를 제쳐 놓고 남궁세가로 달려가는 와중에도, 선풍검은 의문이 들었다.

'남궁세가를 공격해? 대체 어떤 자들이?'

다른 곳도 아닌 남궁세가다.

자타공인 천하제일세가라 불리며 어마어마한 권세를 누리는 가문.

선풍검은 안휘성 토박이로 남궁세가의 힘을 누구보다 잘 알았다.

때문에 남궁세가가 공격을 받았다는 사실이 믿기지 않았다.

‘정말 혈교인가? 아니 혈교라 하더라도…….’

싸움은 남궁세가의 압도적인 승리로 끝났을 것이다.

그러나 잠시 후, 남궁세가의 모습이 보이기 시작하자 선풍검은 생각을 바꿀 수밖에 없었다.

“이럴 수가…….”

불에 타고 파괴된 전각들.

가까이 다가갈수록 격렬한 전투의 흔적들이 보였다.

밤새 내린 비로 대부분 씻겨 내려가긴 했지만, 아직도 비릿한 혈향이 곳곳에 남아 있었다.

“세상에…….”

“대체 밤새 무슨 일이 있었기에…….”

“이곳이 정녕 남궁세가가 맞습니까?”

뒤따라오는 맹원들도 하나같이 놀란 표정이었다.

그때, 맹원 중 하나가 귀신이라도 본 듯한 얼굴로 소리쳤다.

“사, 산이!”

초토화된 남궁세가 뒤편으로, 완전히 폐허가 된 천주산의 모습이 보였다.

“산사태라도 일어난 것인가?”

선풍검 역시 절정에 끝에 이른 고수였으나, 저런 광경을 인간의 힘으로 만들어 냈다는 것은 상상조차 하지 못했다.

어쨌든 남궁세가에 무언가 커다란 변고가 생긴 것만은 분명했다.

“모두 마음을 단단히 먹어라!”

“존명!”

선풍검의 경고에 무림맹원들의 표정에 긴장감이 어렸다.

일백의 무인들이 접근하자 남궁세가 쪽에서도 반응이 있었다.

“누구냐!”

남궁세가에서 백여 명에 이르는 무인들이 쏟아져 나오더니 순식간에 검진을 이뤘다.

채채챙!

하나같이 살기가 가득한 모습.

그들이 남궁세가의 무인들임을 확인한 선풍검이 소리쳤다.

"우리는 적이 아니오! 남궁세가를 돕기 위해 온 무림맹의 병력이요!"

다행히 남궁세가 쪽에서 선풍검을 알아보는 사람이 있었다.

남궁세가의 장로 중 한 명이 초췌한 얼굴로 나섰다.

"선풍검 대협이셨구려."

"저희가 너무 늦었습니까? 소식을 듣자마자 달려왔거늘……."

"……일단 안으로 들어가시지요. 가주님께 바로 기별을 넣어 두겠소이다."

선풍검과 무림맹원들은 장로를 따라 남궁세가 안으로 향했다.

남궁세가 내부는 밖에서 본 것보다 더 처참했다.

사방에서 피 냄새와 약 냄새가 진동했고, 부상자들의 신음, 가족을 잃고 흐느껴 우는 소리가 끊이지 않았다.

'이곳이 정녕 남궁세가란 말인가?'

충격받은 얼굴로 따라오는 선풍검에게, 남궁세가의 장로가 말했다.

"별채에서 잠시 기다려 주시오. 아무래도 제대로 된 손님맞이는 어려울 듯하니 이해해 주시구려."

"대체 무슨 일이 있었던 겁니까?"

"……나보다는 가주께 직접 듣는 것이 나을 것이오."

다행히 그리 오래 걸리지 않아, 선풍검은 철혈검 남궁천을 만날 수 있었다.

"선풍검 대협. 오랜만이오."

"가주님……."

선풍검은 충격으로 잠시 말문을 잃었다.

남궁천의 한쪽 눈에 감겨 있는 붕대가 무엇을 의미하는지 알아챈 것이다.

'남궁세가의 가주가 한쪽 눈을 잃다니. 대체 얼마나 싸움이 치열했으면……'

뿐만 아니었다.

시체처럼 초췌한 얼굴과 눈 밑의 그늘은, 남궁천의 내상이 생각보다 훨씬 심각하다는 것을 짐작하게 해 주었다.

남궁천이 씁쓸하게 웃으며 말했다.

"경황이 없어 손님께 차 한 잔 내어 드리지 못했군. 미안하오."

"천만의 말씀입니다. 혹 저희가 도울 것이 있다면 기탄없이 말씀해 주십시오."

"말씀만으로도 고맙소이다."

선풍검은 시간을 끌지 않고 바로 본론을 물었다.

"가주님. 지난밤에 무슨 일이 있었는지 말씀해 주시겠습니까? 흉수는 밝혀졌습니까?"

잠시 뜸을 들인 남궁천이 어렵게 대답했다.

"……지난밤, 혈교의 습격을 받았소."

"혈교! 소문이 사실이었단 말입니까!"

선풍검은 남궁세가주 앞에서 예의도 잊고 자리에서 벌떡 일어났다.

혈교라니!

오십 년 전 무림맹의 공격으로 멸망한 간악한 사교의 무리가 정말로 다시 나타났단 말인가!

이것은 무림을 뒤흔들 대사건이었다.

선풍검은 한 번 더 확인했다.

"정말 적이 혈교였습니까?"

"흑야마제, 수라마검이 혈교의 무리를 이끌고 본가를 공격해 왔소."

"그 대마두들이 혈교의 주구였다니……. 더 자세히 말씀해 주실 수 있겠습니까?"

고개를 끄덕인 남궁천은 덤덤한 목소리로 지난밤 남궁세가가 겪은 일을 설명하기 시작했다.

대부분 사실대로 이야기했지만, 갑자기 마인으로 변해 날뛴 남궁세가의 무인들에 대해서는 일단 함구했다.

'언제까지 숨길 수는 없겠지만, 지금 당장은 아니다.'

만마몽혼진이 사라진 후, 그들은 모두 제정신을 되찾았다.

하지만 자신들이 무슨 짓을 저질렀는지 깨닫고 큰 충격을 받았다. 개중에는 스스로 목숨을 끊은 이도 있을 정도였다.

남궁천은 가주로서, 무림맹이 조사를 명목으로 가문을 들쑤시게 할 수 없었다.

남궁세가는 상처를 추스를 시간이 필요했다.

그리고 다른 이야기만으로도 무림맹에서 온 사내를 경악하게 하기에는 충분했다.

"……창천검왕께서 흑야마제에게 입은 부상으로 작고하셨소."

"!"

너무 놀라면 아예 말이 나오지 않을 때가 있다.

지금 선풍검의 상태가 그러했다. 잠시 숨을 멈췄던 그가 간신히 되물었다.

"……정말입니까?"

"내가 농으로 부친의 죽음을 입에 담을 사람처럼 보이시오?"

남궁천의 싸늘한 눈빛에 선풍검이 식은땀을 흘리며 변명했다.

"죄, 죄송합니다. 그런 뜻이 아니었습니다. 그럼 흑야마제는 어떻게 되었습니까? 혹시 놈이 동귀어진의 수법으로……."

“놈은 도망쳤소.”

“…….”

선풍검의 안색이 창백하게 질렸다.

창천검왕은 죽고 흑야마제는 살아서 도망쳤다.

그동안 절대적이라 믿었던 무림십존의 권위에 의문이 던져질 사건이었다.

뿐만이 아니다.

혈교가 다시 등장했고, 그 힘이 남궁세가를 멸문 직전까지 몰고 갈 정도로 강력했다.

지금은 남궁세가의 습격뿐이지만, 수십 년간 숨죽이고 있었던 사파의 세력들과 고수들이 하나둘 모습을 드러낼지도 모른다.

‘무림이 격변하겠구나.’

선풍검은 앞으로 일어날 혼란을 상상하는 것만으로도 정신이 아득해졌다.

동시에 몇 가지 의문이 들었다.

그는 무림맹이 보낸 지원 병력이기도 했지만, 이번 사건을 자세히 조사하라는 임무도 받았다.

“몇 가지만 더 여쭙겠습니다. 오면서 보니 혈교도로 보이는 시신은 그리 많지 않던데…….”

그 순간, 남궁천은 명확하게 선을 그었다.

“내가 말씀드릴 수 있는 것은 여기까지요.”

“가주님…….”

“본가를 돕기 위해 먼 길 와 주셔서 고맙소. 하지만 보다시피 본가는 손님을 모실 여력이 없소이다.”

해 줄 이야기는 다 했으니, 이만 돌아가 달라는 말이었다.

“허면, 죄송한 말씀이지만…….”

선풍검은 무림맹에서 자체적으로 남궁세가에서 벌어진 일을 조사해도 되느냐고 물었다.

이번에도 남궁천은 고개를 저었다.

"불가하오. 본가는 한동안 외부인의 출입을 금지할 것이오. 미안하지만 이만 돌아가 주시구려."

분명한 축객령이었다.

선풍검이 곤란한 표정을 지었으나, 남궁천의 태도는 단호했다.

결국, 선풍검은 한숨을 내쉬며 한발 물러났다.

"알겠습니다."

큰 변고를 겪은 남궁세가 여기저기를 허락도 받지 않은 채 들쑤실 수는 없었다.

비록 혈교의 습격에 큰 피해를 입었다고 하나, 이곳은 여전히 남궁세가였다.

"가까운 곳에 대기하고 있을 터이니, 무림맹의 도움이 필요하시면서 언제든지 불러주십시오."

"마음만으로도 고맙소."

혈교가 이번 일에 관련되어 있다는 사실을 확인한 것만으로도, 선풍검의 어깨가 무거워졌다.

'보고서에 써야 할 내용이 많겠구나.'

자리에서 일어난 선풍검이 포권을 취했다.

"그럼 저는 이만 가 보겠습니다."

선풍검이 돌아서서 나가려는 순간, 남궁천이 뒤에서 그를 불러세웠다.

"한 가지 더."

다시 몸을 돌린 선풍검이 의아한 표정으로 물었다.

"더 하실 말씀이라도……?"

"남궁세가의 은인에 대해서 말씀드리려 하오."

“은인이요?”

고개를 끄덕인 남궁천은 한 사내를 떠올렸다.

남궁수에게 마령소혼적을 건네고, 혈교의 장로를 쓰러뜨리고, 만마몽혼진을 해제해 마인이 된 혈족들이 제정신으로 돌아올 수 있도록 도와준 은인.

……또한 부친의 가면을 벗겨, 남궁세가에 숨겨진 추악한 진실을 밝혀낸 인물.

처음에는 차라리 아무것도 몰랐으면 하고 그를 원망하기도 했지만, 지금은 고마운 마음뿐이었다.

“그의 도움이 없었다면, 본가는 멸문지화를 피하기 어려웠을 것이오.”

“예?!”

깜짝 놀란 선풍검이 눈을 동그랗게 떴다.

남궁세가를 멸문지화에서 구해 준 은인이라니?

무림십존 중 누군가가 남궁세가에 머물고 있었던 것일까?

그러나 남궁천의 입에서 나온 별호는, 선풍검은 상상도 못 했던 것이었다.

“청룡신협.”

“예? 누구요?”

“청룡학관 신입 강사 백수룡 말이오.”

선풍검이 여전히 잘못 들었나 싶어 고개를 갸웃거리는 가운데.

철혈검 남궁천이 엄숙한 표정으로 선언하듯 말했다.

“남궁세가 전체가 청룡신협에게 구명의 은혜를 입었소이다.”

“!”

남궁세가주의 입을 통해, 청룡신협의 명성이 천하에 울려 퍼지는 순간이었다.

243화

돌아가면 우리가 겪은 만큼

아직 동이 트지 않은 어스름한 새벽.

"짐은 다 챙겼나?"

남궁수의 무뚝뚝한 질문에, 남궁세가 정문 앞에 모인 청룡학관 강사들이 고개를 끄덕였다.

사실, 돌아갈 준비는 진즉에 끝났다.

신입 강사 연수는 남궁세가가 공격을 당한 날 이후로 의미가 없어졌기에, 며칠 전에 떠났어도 됐다.

하지만 청룡학관 신입 강사들은 일부러 남궁세가에 남아서 연수 기간을 꽉 채웠다.

굳이 남은 이유?

─연수 기간도 며칠 남았는데. 빨리 돌아가 봤자 일밖에 더하겠어?

시작은 언제나 그렇듯 백수룡이었다.

그리고 백수룡의 말을 찰떡같이 알아들은 다른 강사들도 강짜를 부리기 시작했다.

　－옳소! 시간도 남았는데 먼저 갈 이유는 없습니다!
　－이참에 자율 수련하죠, 자율 수련.
　－흠흠. 이번에 싸우면서 깨달음이 있었는데 말이지…….

다들 말도 안 되는 핑계를 대며 남궁세가에 남았다.
그리고 며칠 동안.
강사들은 시체를 치우고, 부상자들을 돌봤으며, 인력이 부족한 남궁세가를 도와 허드렛일을 마다하지 않았다.
남궁수도 그들이 핑계를 댔다는 것쯤은 너무나 잘 알고 있었다.
“……고맙다.”
여전히 무뚝뚝한, 그러나 진심이 담긴 남궁수의 말에 신입 강사들이 씩 웃었다. 서서히 밝아오는 새벽 햇살이 그들의 얼굴을 따뜻하게 비췄다.
칠 일 동안의 신입 강사 연수.
짧다면 짧은 시간이었지만, 그들 간에 깊은 유대가 생기기엔 충분한 기간이었다.
“몸은 좀 괜찮고?”
백수룡의 질문에, 남궁수가 전혀 괜찮지 않은 창백한 얼굴로 고개를 끄덕였다.
혈령자에게 당한 독은 해독했지만, 여전히 후유증이 남은 상태.
제대로 쉬지도 않고 뒤처리를 하겠다며 바쁘게 일한 탓이었다.
다른 강사들도 걱정스러운 표정으로 남궁수를 바라봤다.
“본가에서 며칠 더 쉬다 오시는 건 어떻습니까?”
“저희끼리 먼저 갈 테니 요양 좀 하다가 오시죠.”

"관주님께는 잘 말씀드릴게요."

"괜히 고집부리지 마시고……."

모두가 요양하고 오라는 데도 불구하고, 남궁수는 함께 청룡학관으로 돌아가겠다며 부득불 고집을 부렸다.

"돌아가서 준비해야 할 수업이 많다."

그 고집스러운 태도에 다들 고개를 절레절레 저었다.

특히 백수룡은 들으란 듯이 혀를 찼다. 이제는 대놓고 맞먹는 중이었다.

"놔둬라. 저 똥고집 누가 말려. 저러다 한번 쓰러져야 정신을 차리지."

"……시끄럽다."

본가의 은인만 아니었으면…… 하고 혼잣말을 중얼거린 남궁수가 몸을 돌렸다.

"이만 가지."

일부러 이른 새벽에 떠나기로 했다.

아직 남궁세가가 후유증을 회복하지 못한 상황에서, 괜히 떠난다는 사실을 알려서 소란을 떨고 싶지 않았기 때문이었다.

하지만 조심한다고 했는데도 불구하고, 그들을 배웅 나온 사람들이 적지 않았다.

"잠깐만!"

"잠깐 기다리세요!"

뒤에서 부르는 소리에 돌아보자, 익숙한 얼굴들이 나타났다.

"음?"

바로 주작학관과 백호학관 강사들이었다.

그들 중 사마영과 당백호가 빠르게 이쪽으로 걸어왔다.

시선을 보아하니 백수룡에게 용무가 있는 듯했다.

"……떠나기 전에 인사 나누도록."

그렇게 말한 남궁수가 작게 한숨을 내쉬었다.

저편에서 남궁세가주도 모습을 드러낸 것이다. 그 옆에는 남궁미도 함께 있었다.

"그냥 야반도주할 걸 그랬나……."

작게 한숨을 내쉰 남궁수는 이리 오라고 손짓하는 아버지를 향해 걸어갔다. 무척이나 곤란하다는 표정으로.

그사이, 사마영과 당백호는 백수룡에게 다가왔다.

그런데, 그들의 손에 반짝이는 무언가가 들려 있는 게 아닌가.

"이거 가져가시오."

당백호가 멋쩍은 듯 뒷머리를 긁으며 말했다.

그가 건넨 것은 황금으로 된 손바닥 반만 한 크기의 패였는데, 가운데 사천당문(四川唐門)이란 글씨가 정교하게 새겨져 있었다.

금패가 무엇인지 알아본 백수룡이 놀란 표정으로 물었다.

"이거…… 설마 보은패(報恩牌)냐?"

보은패.

그 말처럼 '은혜를 반드시 갚겠다'라는 의미가 담긴 징표로, 명문정파의 보은패일수록 그 가치는 상상을 초월한다.

사천당문의 보은패라면, 그 가치는 천금의 보물과도 비교할 수 없었다.

백수룡이 이 보은패를 돌려주며 무언가를 부탁하면, 당가는 반드시 그 부탁을 들어줘야만 하기 때문이다.

명문정파의 이름은 그만큼 무겁다.

때문에, 구명의 은인이라고 해도 함부로 보은패를 내어주지는 않는다.

"사실, 많이 고민했소."

당백호가 진지한 표정으로 말했다.

"내 목숨 하나만 구해 줬다면 주지 않았을 거요. 미안하지만 내 목숨 하나에는 보은패와 바꿀 만한 가치가 없거든.”

“그런데 왜?”

“내 동기들이 모두 목숨을 빚졌으니까. 당신이 그때 오지 않았다면, 우리 모두 그곳에서 죽었을 거요.”

“…….”

백수룡은 물끄러미 당백호를 바라봤다.

연수 기간 내내, 백호학관은 당백호를 중심으로 끈끈한 유대감을 만들어 뭉치는 모습을 보여 줬다.

비록 이번 연수에서 큰 활약은 보여 주진 못했지만, 어떤 악조건 속에서도 단 한 명도 포기하지 않고 함께하던 모습은 인상 깊게 남아 있었다.

“귀한 물건이니까 아무렇게나 쓰진 마시고.”

“꼭 필요한 데 써 주마.”

피식 웃은 백수룡이 사천당문의 보은패를 품 안에 잘 챙겨 넣었다. 언젠가 요긴하게 쓸 곳이 있을 터였다.

“이것도 받으세요.”

자기 차례를 기다린 사마영이 은은한 붉은빛이 도는 보은패를 내밀었다.

그녀의 보은패에는 일필휘지로 ‘염(炎)’이라는 한 글자만 새겨져 있었다.

“할아버지가 언젠가 이걸 줄 사내가 생길 거라고 하셨는데……. 설마 이렇게 쓰게 될 줄은 상상도 못 했어요.”

사마영이 묘한 표정으로 보은패를 바라보며 중얼거렸다. 평소와 어울리지 않는 쑥스러운 표정이었다.

하지만 백수룡은 방금 그녀의 입에서 나온 별호에 더 놀랐다.

“염왕의 보은패라고?”

보은패의 주인은 사마영의 할아버지, 전대 십대고수이자 주작학관주인 염왕의 보은패였다.

어떤 의미로는 사천당문의 보은패보다 더 귀하고 요긴하게 사용할 수 있는 물건.

사마영이 고개를 끄덕였다.

"할아버지가 평생에 딱 하나 만드신 거예요. 언젠가 제 목숨을 구해 준 사람에게 주라면서……."

백수룡의 뒤에서 보은패를 힐끔거리며 구경하던 강사들이 깜짝 놀라 눈을 동그랗게 떴다.

"사천당문과 염왕의 보은패라니……."

"둘 다 천금으로도 구할 수 없는 보물인데!"

"수룡 오라버니는 전생에 무림이라도 구한 걸까요?"

"그, 우리도 저 보은패에 지분이 조금은 있지 않나 하는 생각이 살며시 드는데……."

차례대로 명일오, 악연호, 제갈소영, 곽두용의 말이었다.

백수룡도 얼떨떨한 반응이었다.

사실 보상이라면 이미 남궁세가에서 차고 넘치게 받았다.

너무 많아서 들고 갈 수도 없는 돈을 전표로 받았고, 제자들에게 먹일 영약도 받았다.

남궁세가의 무공도 가주직계 무공을 제외하고는 얼마든지 열람할 수 있도록 허락을 받았다. 물론 외부 반출은 금지였지만.

여기에 남궁세가주가 얼마 전 무림맹에서 온 조사단에게 '청룡신협이 남궁세가의 은인이다.'라고 선언했다.

청룡학관에서 출발할 때 원했던 것은 모두 얻은 셈이었다.

'아니. 생각했던 것보다 훨씬 더 많이 얻었지.'

백수룡은 손안에 들어온 두 개의 보은패를 보며 생각했다.

생각지도 못한 추가 보상이었다.

이 정도면 보상이 너무 과하지 않나 싶을 정도였다.

물론, 그렇다고 거절할 마음은 추호도 없었다.

백수룡은 염왕의 보은패도 품에 갈무리하며 씩 웃었다.

"고맙다."

"……그리고."

사마영은 무언가 더 할 말이 남은 듯했다. 그녀가 조심스럽게 말을 이었다.

"……우리가 한 내기 말인데요."

신입 강사 연수가 중지되면서 흐지부지된 내기.

―내기를 합시다. 우리 둘 중에 연수 성적이 더 낮은 쪽이, 상대 학관으로 이직을 하는 거요.

정작 백수룡은 거의 잊고 있었는데, 사마영은 계속 그 내기가 신경이 쓰였던 모양이었다.

사마영이 뭔가 결심한 표정으로 말을 이었다.

"솔직하게 말할게요. 연수가 계속됐으면, 높은 확률로 내가 내기에서 졌을 거예요."

"무조건 졌겠지."

백수룡이 피식 웃으며 말하자, 사마영이 뚱한 표정으로 대꾸했다.

"무조건은 아니죠. 설령 그렇다고 해도, 지레 패배를 인정하는 건 내 성미랑 안 맞거든요!"

발끈하는 사마영의 모습에, 백수룡은 귀엽다는 듯 피식 웃었다.

"하고 싶은 말이 뭔데? 인정 못 하겠으니까 무승부로 하자고?"

"아뇨. 내기를 이어 나가자고요."

순간, 백수룡은 흥미롭다는 듯 눈을 빛냈다.

"어떻게?"

"천무제에서. 마찬가지로 성적이 더 낮은 쪽이 이직하는 건 어때요?"

"흐음……."

일견 청룡학관 소속인 백수룡의 무척 불리해 보이는 내기였다.

주작학관은 지난 몇 년 동안 준우승을 해 왔고, 청룡학관은 매해 꼴찌만 해 왔으니까.

하지만 그 자리에 있는 누구도, 백수룡이 내기에서 불리하다는 생각은 하지 않았다.

묘한 일이었다.

오히려 내기를 제안한 사마영의 용기가 대단하다는 생각이 드니 말이다.

물론 사마영을 제외하면 말이다.

"제가 이 내기에서 지면, 내년에 청룡학관에 입사시험을 보러 가겠어요."

"흐음……."

"모, 못 믿겠다면 각서라도 쓸게요!"

침을 꿀꺽 삼킨 사마영이 백수룡의 눈치를 봤다.

그녀는 여전히 백수룡이 탐났다.

백수룡만 주작학관으로 데려올 수 있다면 오 년, 아니 삼 년 이내에 천무제에서 우승할 자신이 있었다.

하지만 스스로가 생각해도 천무제 성적으로 내기하는 건 주작학관에 너무 유리했다.

여기서 백수룡이 거절해도 어쩔 수 없는 일이었다.

'하지만 이 남자라면…….'

이렇게 불리한 내기라도 충분히 받아들이지 않을까?

사마영이 걱정 반 기대 반으로 백수룡을 바라볼 때였다.

"그 내기. 받아들이지."

백수룡이 씩 웃으며 고개를 끄덕였다.

사마영이 못 믿겠다는 듯 되물었다.

"……정말이죠?"

"못 믿겠으면 각서라도 쓸까?"

"아뇨. 믿을게요."

각서를 받고 싶은 마음은 굴뚝같았으나, 차마 생명의 은인에게 각서를 쓰라고 할 수는 없었다.

백수룡은 그녀의 생각이 빤히 보인다는 듯 웃으며 말했다.

"시험 준비 미리 해 놔. 내년부터는 경쟁률이 높아져서 떨어질지도 모르니까."

"와, 재수 없어……."

어처구니가 없다는 표정으로 백수룡을 바라보던 사마영이 이내 피식피식 웃기 시작했다.

그렇게 두 사람의 내기는 천무제로 연장되었다.

"그건 그렇고, 다음에 합동 수업이라도 하는 건 어떻소?"

두 사람이 대화를 나누는 동안 잠시 물러나 있던 당백호가 다시 대화에 끼어들었다.

다행히 두 사람 다 고개를 긍정적인 반응을 보였다.

"합동 수업 좋지."

"저희도 좋아요."

세 사람은 잠시 합동 수업에 대해서 이런저런 의견을 나눴다.

처음에는 셋뿐이었는데, 어느새 다른 강사들도 하나둘 참여해서 활발한 토론이 이어졌다.

청룡, 주작, 백호.

경쟁자로 만나 서로 첫인상은 좋지 않았지만, 헤어질 때가 되었을 때 그들의 얼굴에는 부드러운 미소가 떠올랐다.

함께 생사를 넘나들며 서로의 등을 지켜 주었기 때문이었다.

어느 해보다 짧았지만, 어느 때보다 강렬했던 신입 강사 연수.

이제 각자 학관으로 돌아간 강사들의 경험은 학생들에게 고스란히 전해질 것이다.

강사들이 하나같이 눈빛을 빛내며 말했다.

"합동 수업 때는 다를 겁니다."

"돌아가면 일단 제자 놈들부터 죽어라 굴려야겠어요."

"흐흐. 벌써 몸이 근질근질하네요."

"이 자식들. 지금쯤 농땡이나 피우고 있을 텐데……."

경쟁자들이 의욕을 불태우는 모습은 그리 반길 만한 일은 아니건만, 이상하게 백수룡의 입가에는 미소가 떠나질 않았다.

"좋아. 돌아가면 우리가 겪은 만큼 애들한테도 경험시켜 주자고."

그러자 강사들이 작당 모의를 위해 모인 악당들처럼 음산하게 웃기 시작했다.

"후후후……."

그렇게, 주작학관과 백호학관 학생들의 험난한 미래가 결정되었다.

244화

다시 청룡학관으로

백수룡이 앞으로 제자들을 어떻게 굴릴지 다른 강사들과 활발하게 토론하는 동안, 남궁수는 자신을 배웅하러 나온 아버지와 마주했다.

오른눈에 안대를 한 남궁천이 섭섭한 표정으로 남궁수를 바라봤다.

"인사도 안 하고 떠나려 했느냐."

"괜히 소란스러워질 것 같아서 조용히 가려 했습니다."

남궁수는 무뚝뚝한 표정으로 고개를 살짝 숙였다.

도무지 귀여운 구석이라고는 없는 셋째 아들의 말투에, 남궁천은 고개를 절레절레 저었다.

'하긴. 그게 이 녀석의 성격이지.'

어떻게든 아비의 눈에 들려고 하는 첫째, 둘째 아들과는 달랐다.

예전에는 남궁수의 저런 모습이 가주 자리에 욕심이 없다는 것을 은연중에 드러내는 것 같아 탐탁지 않았다.

하지만 이제는 다르게 보였다.

자신을 둘러싼 모든 상황이 변했는데도, 남궁수는 여전히 같은 모습이었다.

남궁천은 셋째 아들의 침착한 성격이 무척 마음에 들었다.

하지만, 이렇게 서둘러 가문을 떠나려는 건 이해할 수 없었다.

남궁세가주는 궁금한 것을 돌려 묻지 않았다.

"지금 많은 이들이 너를 소가주로 지지하고 있다. 장로들, 무력대 대주들, 특히 일반 무인들의 지지가 엄청나더구나. 가주인 나로서도 무시하기 힘들 정도다."

"예. 알고 있습니다."

"그걸 알면서도 서둘러 청룡학관으로 돌아가겠다는 말이냐?"

남궁수가 혈교의 습격에서 가문을 구했다고 해도 과언이 아니었다.

가문에 조금 더 남아서 뒷수습을 돕는다면, 자신의 입지를 완전히 다질 수 있을 것이다.

하지만 남궁수는 그 기회를 버리고 청룡학관으로 돌아가려 하고 있었다.

"예. 알고 있으니 떠나려는 것입니다."

"설마…… 소가주 자리에 관심이 없다는 뜻이더냐?"

남궁천의 한쪽뿐인 눈꺼풀이 미미하게 떨렸다.

소가주가 되기 위한 경쟁은 아직 끝나지 않았다.

첫째와 둘째는 이미 반격을 준비하고 있었다.

녀석들은 자신의 휘하였던 무인들을 찾아가 일일이 사죄하고, 실수를 만회하기 위해 동분서주하고 있었다.

이 상황에서 남궁수가 자리를 비운다면, 형세는 다시 바뀔지도 모른다.

'만약 여기서 포기하는 것이라면, 네게는 두 번 다시 기회를 주지 않을 것이다.'

남궁천이 다소 실망한 눈으로 바라보는 가운데, 남궁수가 천천히 입을 열었다.

“지금은 본가의 힘을 한곳으로 모아야 할 때입니다. 쓸데없는 일에 낭비할 여력은 없습니다.”

“쓸데없는 일이라니?”

“소가주 자리를 두고 아들들끼리 편을 나눠 경쟁하는 것 말입니다. 이는 본가가 제자리를 찾고 나서 해도 될 일입니다.”

“허어…….”

솔직히 무척 훌륭한 대답이었다.

본인의 영달보다 가문을 우선시한 대답.

그러나 남궁천은 만족스러운 티를 내지 않고 다음 질문을 던졌다.

“만약 네가 먼저 떠난 사이에, 네 형들 중 하나가 실권을 잡으면 어찌할 것이냐?”

“제가 아버님이라면, 그렇게 되도록 내버려 두지 않을 겁니다.”

“……뭐라? 내가 네 편이라도 들어줄 거란 의미인 게냐?”

눈살을 찌푸린 남궁천의 물음에, 남궁수는 천천히 고개를 저었다.

“지금은 가문이 총력을 기울여 상처를 회복해야 할 때라는 의미입니다. 그러니, 가주께서 한 명을 편애해선 안 됩니다. 자칫 분란이 일어날 수도 있으니까요.”

“……그래서?”

되묻는 남궁천의 입꼬리가 자기도 모르게 조금씩 씰룩였다.

그 역시, 남궁수의 의도가 무엇인지 깨닫고 있었다.

“제가 먼저 떠나면, 형님들을 학관으로 돌려보낼 명분도 생기겠지요. 제가 가주라면 그렇게 하겠습니다.”

“허허…….”

미리 앞일을 내다보고 내린 판단이었단 말인가.

실제로 남궁수가 떠나려 한다는 이야기를 들었을 때, 남궁천은 다른 아들들도 내보내야겠다는 생각을 했다.

현재 남궁세가에는 대공자와 이공자, 그리고 새롭게 남궁수를 지지하는 파벌까지 생겨서 긴장감이 감돌고 있었다.

가문의 힘을 하나로 모아도 부족한 가주로서는 꽤나 골치 아픈 상황.

그런데, 남궁수는 간단한 방법으로 이 문제를 해결할 정답을 찾아낸 것이다.

'네가 나보다 낫구나.'

아직 이러면 안 되지만, 마음이 기운다.

남궁천은 지금 심각한 내상을 숨기고 있었다.

몇 년 안에 가주 자리에서 물러나야 할지도 모르는 상황.

그 몇 년 안에 후계자를 결정해야 하는데, 요즘 세 아들 가운데 한 녀석이 유독 눈에 들어오고 있었다.

바로 여기 있는 셋째가 말이다.

그렇게 생각하던 중, 남궁수가 다시 입을 열었다.

"사실은 한 가지 이유가 더 있습니다."

"다른 이유가 더 있다고?"

남궁수가 진지하게 고개를 끄덕였다.

다른 이유는 도통 떠올리지 못한 남궁세가주는 그게 뭐냐고 물었다.

남궁수는 일부러 뜸을 들였다가 어색하게 웃으며 말했다.

"……저 바쁩니다. 빨리 돌아가서 수업 준비해야 합니다."

"뭣……? 푸하하하!"

남궁수 나름대로 던진 농담.

보통 사람이라면 결코 이해하지 못할 농담이었다.

그러나 남궁천은 눈물까지 몇 방울 흘릴 정도로 폭소를 터트렸다. 며칠 동안 세가의 문제로 마음이 좋지 않았는데, 그 일이 있은 후 처음으로 웃었다.

잠시 후, 겨우 웃음을 멈춘 남궁세가주가 부드러운 시선으로 남궁수를 바라봤다.

"좋다. 한번 우승시켜 보거라."

"예?"

"천무제에서 청룡학관을 우승시켜 보란 말이다. 누구도 토를 달 수 없도록 네 능력을 증명하거라. 그리한다면……."

뒷말은 전음으로 전했다. 여기저기서 듣는 귀가 많았기에.

[너를 내 후계자로 삼을 것이다.]

"……."

부자는 한동안 말없이 서로의 눈동자를 바라봤다.

남궁수는 아무것도 묻지 않았다.

전음으로 물을 수도 있었지만, 그 어떤 말도 하지 않았다.

다만 절도 있게 포권을 취하며 말했다.

"그리하겠습니다."

남궁천이 고개를 끄덕였다.

그리고 옆에 있는 막내딸의 머리를 손으로 쓰다듬었다.

"미아야. 청룡학관에 가서도 오라버니 말 잘 들어야 한다."

"네."

남궁미가 힘차게 고개를 끄덕였다.

동시에, 남궁수는 드물게 당황해서 눈을 휘둥그레 떴다.

대화가 갑자기 왜 이렇게 흘러간단 말인가?

"아버님? 그게 무슨 말씀이신지……?"

두툼한 외투에 행낭까지 등에 둘러멘 남궁미의 모습이 남궁수의 불안감을 더 부추겼다.

"설마 저더러……."

남궁천이 뻔뻔하게 고개를 끄덕였다.

"미아를 부탁하마."

"……이런 이야기는 처음 듣습니다만."

남궁수가 정색하고 싸늘하게 말했으나, 상대는 남궁세가의 가주였다. 정색이 통할 상대가 아니었다.

"네가 오늘 갑자기 떠나려고 하지 않았느냐. 원래 오늘쯤 말하려 했다."

"곤란합니다. 일하면서 어린애까지 돌볼 여유가 없습니다."

퉁명스레 대꾸한 남궁수가 난감하다는 표정으로 남궁미를 바라봤다.

"……."

이제 겨우 열 살인 소녀는 오라버니의 시선에 쭈뼛거리며 손가락을 꼼지락거리고 있었다.

그때, 남궁천이 남궁수에게 전음을 보냈다.

[본가는 아직 안전하지 않다. 혈교가 또 어떤 사술을 사용할지 모르는 이상, 이 아이를 가문에 두는 건 너무 위험하지 않겠느냐.]

[허나…….]

[미아가 많이 불안해하더구나. 밤마다 악몽을 꾼다고 들었다. 유일하게 네 옆에 있을 때만 안심하는 것 같더구나.]

"……."

남궁수는 올해 열 살인 막냇동생을 바라봤.

무림세가의 딸이라고 한들, 어린 나이에 너무 끔찍한 일을 겪었다.

밤마다 악몽을 꾼다는 건 알고 있었다.

매일 밤 자신의 방에 찾아와선, 함께 자면 안 되냐고 칭얼거린 것도 여러 번이었다.

그래도 조금씩 나아지는 줄 알았는데, 그렇지 않은 모양이었다.

"오라버니……."

소녀가 작은 두 손을 맞대고 꼬물거리고 있었다. 자신을 올려다보는 시선이 무척 불안해 보였다.

남궁천의 전음이 이어졌다.

[나도 길게 맡길 생각은 없다. 조금 나아질 때까지 두어 달만 데리고 있거라.]

결국, 남궁수도 고개를 끄덕였다.

"……알겠습니다."

남궁수가 손을 뻗어 동생의 작은 손을 잡아 주자, 겨우 안심한 소녀가 헤에, 하고 웃었다.

"오라버니 일 방해 안 하고 얌전히 지낼게요."

"그래야지. 그리고 당과는 하루에 한 개만 줄 것이다."

"아, 안 돼……. 하루에 세 개는 먹어야 하는데!"

"어림도 없는 소리."

오누이가 당과를 두고 협상을 하는 동안, 남궁천은 백수룡에게 다가갔다.

"백수룡 선생. 잠깐 시간을 좀 내주겠소?"

"예?"

백수룡이 돌아봤다. 그가 품 안에 보은패를 넣는 모습을 본 남궁천이 허허 하고 웃었다.

"남궁세가의 보은패는 일부러 준비하지 않았소. 은인께서 부르시면 언제든 본가가 나설 것이기 때문이오."

무림의 배분으로 치면 백수룡이 한참 아래였으나, 남궁세가주는 가문의 은인에게 말을 높였다.

"대신 다른 것을 드리려 하오."

"저, 이미 너무 많은 걸 받았습니다만……."

남궁천은 품에서 무언가를 꺼냈다. 가주에게 전해 내려오는 가보 중 한 가지를 급히 챙겨 나온 참이었다.

"이건……?"

그것 역시 보은패였다.

옥으로 만든 보은패에는 '생사신의(生死神醫)'라는 네 글자가 선명하게 새겨져 있었다.

"설마……!"

백수룡의 눈이 부릅떠졌다.

사천당문이나 염왕의 보은패를 받았을 때와는 달랐다.

생사신의.

천하에서 가장 뛰어난 의원이자, 무림십존의 일인.

의술의 경지가 신선에 이르러, 이백 년이 넘게 불로장생하고 있다고도 알려져 있었다.

백수룡이 꾸준히 찾고 있는 인물이기도 했다.

"언젠가 생사신의를 만나게 된다면 요긴하게 사용할 수 있을 것이오."

"……감사합니다."

백수룡은 생사신의의 보은패를 조심스럽게 받아들었다.

혹시나 해서 남궁천에게 생사신의의 거처를 아느냐고 물었지만, 남궁천도 그것까지는 모른다고 했다.

"워낙에 바람 같은 분이라 만나는 게 쉽지만은 않을 것이오. 사실 쓰고 싶어도 못 쓰고 있었던 물건이지."

남궁천이 피식 웃으며 농담을 했다.

"특별한 인연이 닿아야 만날 수 있는 분이지만, 선생이라면 그분을 만날 수 있을 듯하오.”

“……그렇군요.”

어떻게든 찾아낼 것이다.

역천신공을 더욱 높은 경지로 끌어올리기 위해서는, 천음절맥의 체질을 개선할 필요가 있었다.

여기에 생사신의의 도움이 필요했다.

‘보은패까지 얻었으니, 이제 찾기만 하면 된다.’

백수룡은 새삼 현천신녀의 말을 떠올렸다.

자신의 선택에 따라 남궁세가의 재앙이 화가 될 수도 있고, 복이 될 수도 있다더니.

남궁세가에서 그는 새로운 무공과 명성, 엄청난 인맥까지 얻었다.

더할 나위 없이 만족스러운 여정이었다.

그때, 남궁세가주가 은근한 목소리로 말했다.

“앞으로 우리 아들 잘 좀 부탁드리오. 많이 부족한 녀석이오.”

“예. 제가 틈틈이 지도편달하겠습니다.”

남궁천의 농담에 백수룡도 농담으로 응수했다.

“아버님.”

발끈한 남궁수가 미간을 찌푸렸으나, 두 사람은 큭큭 웃을 뿐이었다.

“이런, 내가 눈치 없이 사람을 너무 오래 붙잡았군.”

남궁천이 남궁세가의 정문을 지키는 위사들을 돌아보며 외쳤다.

“은인들께서 가신다! 문을 열어라!”

쿠구구궁……!

오랜만에 남궁세가의 정문이 활짝 열렸다.

열린 문으로 청룡학관 강사들이 나섰다.

남궁세가의 가주, 장로들, 무력대의 수장들이 모두 나와서 그들을 배웅했다.

"그럼 이만 가 보겠습니다."

포권을 취한 남궁수, 백수룡, 청룡학관 강사들이 말에 올라탔다. 남궁미는 남궁수의 앞에 앉혔다.

그들이 어느 정도 멀어졌을 때였다.

쿵!

남궁천이 발을 크게 구르자, 배웅 나온 남궁세가의 가솔 전원이 자세를 바로잡았다.

후읍 하고 숨을 들이쉰 남궁천이 쩌렁쩌렁한 목소리로 외쳤다.

"남궁세가는 청룡학관의 도움을 잊지 않을 것이오!"

남궁천이 절도 있게 포권을 취하며 고개를 숙이자, 배웅 나온 남궁세가의 가솔 전원이 똑같이 따라 했다.

"……!"

"……!"

몸을 돌려 이쪽을 바라보는 강사들의 놀란 모습이 보였다.

처음 청룡학관이 남궁세가에 왔을 때.

아무도 그들에게 기대하지 않았다.

십 년째 천무제에서 최하위를 기록한 청룡학관.

그들은 패배와 낙오의 상징이었으니까.

하지만 지금.

청룡학관으로 돌아가는 저들은 남궁세가의 은인이자, 무림의 영웅이었다.

'이제 시작이겠지.'

남궁천은 직감적으로 알 수 있었다.

청룡학관이 일으킬 파란은 이제 막 시작되었다는 것을.

"올해 천무제에는 꼭 참석해야겠군."

청룡학관 강사들의 뒷모습이 지평선 너머로 완전히 사라질 때까지, 남궁세가주는 그 자리를 지켰다.

- 6권에 계속

일타강사 백사부 5

1판 1쇄 인쇄 2025년 12월 1일
1판 1쇄 발행 2025년 12월 17일

지은이 간짜장
펴낸이 김영곤
펴낸곳 ㈜북이십일 아르테팝

편집팀 송경진 김지혜 이영애 김경애 박지석
영업팀 정지은 한충희 남정한 장철용 강경남 황성진 김도연 이민재
제작팀 이영민 권경민
디자인 박숙희 전효은

출판등록 2000년 5월 6일 제406-2003-061호
주소 (우 10881) 경기도 파주시 회동길 201(문발동)
대표전화 031-955-2100
팩스 031-955-2151
이메일 book21@book21.co.kr

㈜북이십일 경계를 허무는 콘텐츠 리더
아르테팝 채널에서 도서 정보와 다양한 영상자료, 이벤트를 만나세요!
페이스북 facebook.com/21artepop   트위터 twitter.com/21artepop
인스타그램 instagram.com/21artepop   홈페이지 artepop.book21.com

Naver Series ⓒ2020. 간짜장 All rights reserved.

ISBN 979-11-7357-649-2 04810
       979-11-7357-309-5 04810(세트)

-책값은 뒤표지에 있습니다.
-이 책 내용의 일부 또는 전부를 재사용하려면 반드시 (주)북이십일의 동의를 얻어야 합니다.
-잘못 만든 책은 구입하신 서점에서 교환해 드립니다.